Mittsommerherzen

MIRA® TASCHENBUCH
Band 25595
1. Auflage: Juli 2012

MIRA® TASCHENBÜCHER
erscheinen in der Harlequin Enterprises GmbH,
Valentinskamp 24, 20354 Hamburg
Geschäftsführer: Thomas Beckmann

Copyright © 2012 by MIRA Taschenbuch
in der Harlequin Enterprises GmbH
Originalausgabe

Konzeption/Reihengestaltung: fredebold&partner gmbh, Köln
Umschlaggestaltung: pecher und soiron, Köln
Redaktion: Daniela Peter
Titelabbildung: Getty Images, München
Satz: GGP Media GmbH, Pößneck
Druck und Bindearbeiten: CPI - Ebner & Spiegel, Ulm
Printed in Germany
Dieses Buch wurde auf FSC®-zertifiziertem Papier gedruckt.
ISBN 978-3-86278-321-2

www.mira-taschenbuch.de

Werden Sie Fan von MIRA Taschenbuch auf Facebook!

Pia Engström

Das Schloss am See

Roman

1. KAPITEL

Tiefblau schimmerte der Siljansee im klaren Sonnenlicht. In seiner Oberfläche spiegelten sich die Wipfel
der Bäume und die mit samtigem Grün überzogenen
Berge Dalarnas.

Grün, so viele Facetten von Grün. Dunkel und schattig wie
das der Kiefern- und Fichtenwälder oder leuchtend wie die
Kronen der Birken und Weiden am See. Von gelben Butter-
blumen und weißem Tausendschön gesprenkelte Wiesen, auf
denen Kühe weideten, und Obstbäume, deren Äste sich unter
der Last der Früchte bogen. Dazwischen blitzte immer wieder
das *Falunröd*, das leuchtende Rot der Häuser, auf. Mit ihren
weißen Giebeln und Fensterrahmen sahen sie aus der Entfernung wie winzige Puppenstuben aus.

Hannes Westenberg stand auf einer Anhöhe am gegenüberliegenden Seeufer. Seine Jacke flatterte im Wind, der von den
schneebedeckten Bergen im Norden her blies. Die Luft war mild,
aber frisch und sauber, und der Anblick, der sich ihm eröffnete,
schien geradewegs einem Bilderbuch entsprungen zu sein.

Trotzdem hätte Hannes jederzeit den Trubel und die Hektik
der Großstadt vorgezogen.

Er warf einen Blick auf die Uhr und runzelte die Stirn. So spät
schon? In diesen langen schwedischen Sommernächten sank die
Sonne, wenn überhaupt, erst sehr spät am Abend. Dadurch hatte
er vollkommen die Zeit aus den Augen verloren. Der Tag neigte
sich dem Ende zu, und es gab noch eine Menge zu erledigen. Je
schneller er diese leidige Angelegenheit hinter sich brachte, umso
eher konnte er dem Heimatland seiner verstorbenen Mutter den
Rücken kehren. Doch er glaubte nicht, dass er vor Ablauf einer
Woche wieder in Hamburg sein würde.

Er ging zurück zu seinem Wagen, den er am Fuß der Anhöhe
abgestellt hatte, stieg ein und setzte seinen Weg fort. Der Stra-
ßenrand war gesäumt von Wildblumen, dahinter erstreckten
sich ausgedehnte Weiden und Wälder. Doch die landschaftlichen
Reize seiner Umgebung waren an Hannes vollkommen ver-

schwendet. Er hatte keinen Sinn für die Schönheiten der Natur. In Hamburg war er geboren und aufgewachsen, hatte danach lange Jahre in Paris, London und Rom gelebt. Er war ein Kind der Großstadt, und ein gelegentlicher Spaziergang an der Binnenalster, mit anschließendem Espresso auf der Terrasse seines Lieblingsitalieners, genügte seinem Anspruch an Freiluftaktivitäten vollkommen.

Für mehr ließ ihm sein aufreibender Job auch gar keine Zeit. Und freiwillig, so viel stand fest, hätte er diese überstürzte Reise nach Schweden nicht angetreten.

Bei dem Gedanken daran, wie viel von seinem Besuch hier im mittelschwedischen Dalarna abhing, runzelte Hannes die Stirn. Er mochte sich lieber gar nicht erst ausmalen, was ihm bevorstand, sollte er keinen Erfolg haben. Richard Westenberg, sein Vater, würde sich in seiner Meinung bestätigt sehen, dass sein jüngster Sohn, der bis zum Tod seines Bruders einfach in den Tag hinein gelebt hatte, nach wie vor ein Taugenichts war. Und der lachende Dritte wäre Albert, der Sohn von Richards zweiter Frau.

Nein! Hannes hieb mit der flachen Hand auf das Lenkrad seines Mietwagens. So weit durfte es niemals kommen. Er hatte nicht all die Jahre so hart geschuftet, damit Albert am Ende den Sieg davontrug! Nicht ausgerechnet dieser Meister der Intrige – das war er Tobias schuldig …

Rasch schob Hannes die Erinnerung an seinen Bruder beiseite. Jetzt war nicht der richtige Augenblick, um sich darüber den Kopf zu zerbrechen. Er hatte wahrlich anderes zu tun.

In einhundert Metern biegen Sie links ab.

Hannes reduzierte die Geschwindigkeit und bedachte das Display des Navigationssystems mit einem skeptischen Blick. Mit dem Ding stimmte ganz offenbar etwas nicht. Hier gab es weit und breit keine Straße!

Erst beim zweiten Hinsehen entdeckte er einen schmalen Weg, der von der Hauptstraße abzweigte und direkt in den Wald hineinführte. Die Entfernung stimmte, aber … Nun, versuchen konnte er es ja zumindest, ehe er die Landkarte aus seiner Laptoptasche im Kofferraum herauskramte.

Nach ein paar Hundert Metern wurde der Weg noch schlechter. Hannes liebte schnelle und schnittige Wagen und hatte sich beim Autoverleih für einen kleinen Sportflitzer entschieden, was er nun bereute. Er war schon kurz davor zu wenden, als er bemerkte, dass sich der Wald direkt vor ihm lichtete.

Er holperte weiter, und kurz darauf eröffnete sich ihm der Blick auf das Ziel seiner Reise.

Beringholm Slott.

Das Schloss lag auf einer Halbinsel, die über eine schmale Landbrücke mit dem Ufer verbunden war. Der Grundriss der Burg war rechteckig, mit vier runden Türmen an den Ecken, jeder mit einem grünen Kuppeldach gekrönt. Die Backsteinfassade mit den vorspringenden Giebeln in Kleeblattform leuchtete in einem warmen Braunrot, und die Scheiben der zahllosen Sprossenfenster glitzerten im Sonnenlicht.

Aufregung erfasste Hannes. Soweit er es aus der Entfernung beurteilen konnte, handelte es sich bei dem Schloss um ein wahres Juwel. Dieses herrliche Gebäude gewinnbringend an den Mann zu bringen dürfte sich nicht allzu schwierig gestalten, dachte er.

Doch seine anfängliche Euphorie wurde schon bald gedämpft.

Zu Beringholm Slott gehörte umfangreicher Grundbesitz, der sich über die Wiesen am Seeufer bis weit in den Wald hinein erstreckte. Ein idyllisches Fleckchen Erde, hätte nicht jemand anscheinend ohne Sinn und Verstand niedrige Schuppen darauf errichtet. Erst jetzt bemerkte Hannes auch die vielen Zäune und … Er blinzelte irritiert. Waren das etwa Pferde?

Er runzelte die Stirn. Ja, tatsächlich – und als wäre das noch nicht genug, entdeckte er bei genauerem Hinsehen nun auch noch Esel, Schafe und Ziegen.

Je näher er Beringholm Slott kam, umso schlechter wurde der Weg, sodass Hannes sich schließlich gezwungen sah, seinen Wagen stehen zu lassen und zu Fuß weiterzugehen. Er beschloss, sich zuerst einmal in Ruhe umzusehen und sich später um sein Gepäck und den Wagen zu kümmern.

Das Schloss war gewaltig, doch es befand sich längst nicht in so gutem Zustand, wie Hannes gehofft hatte. Das Dach war an einigen Stellen mit einer schwarzen Plane abgedeckt – vermutlich, um zu verhindern, dass es hineinregnete. Die Glasscheiben einiger Fenster waren zersplittert, als hätte jemand Steine darauf geworfen. Der Burggraben, den man über eine echte Zugbrücke überqueren konnte, wirkte brackig und verschlammt.

Die Fassade hatte offensichtlich ebenfalls bessere Tage erlebt. Backsteine waren beschädigt oder ganz herausgebrochen, Zinnen zerfallen, und einer der kunstvoll geformten Giebel war eingestürzt. Seine Überreste lagen von Moos und Unkraut überwuchert im Burggraben.

Das vermeintliche Juwel hatte Kratzer. Aber die Lage von Beringholm Slott ist und bleibt einzigartig, tröstete Hannes sich.

„Lisbet! Lisbet, komm! Komm schnell!"

Lisbet Carlsson wollte gerade das Futter für die Schweine auf die Schubkarre laden. Auf der Stelle ließ sie die Schaufel fallen und eilte in die Richtung, aus der die helle Mädchenstimme erklang.

Als sie aus dem Schuppen trat, kam ihr die blonde Fünfzehnjährige bereits entgegen. Aleksandra – Aleks – war der älteste ihrer Schützlinge. Sie kam beinahe jeden Tag nach der Schule und in den Ferien oft auch schon am Vormittag zu ihr nach Beringholm Slott. Das schnelle Laufen ließ das Hinken des Mädchens viel deutlicher zutage treten. Bei seiner Geburt waren Komplikationen aufgetreten, die eine teilweise Lähmung der rechten Körperhälfte zur Folge gehabt hatten.

Kaum ein Mensch wusste so gut wie Lisbet, was solch eine Behinderung bedeutete. Sie selbst hatte das Laufen wieder völlig neu erlernen mussen – damals, als ihr altes, scheinbar so perfektes Leben mit einem Paukenschlag geendet hatte …

„Hej, Aleks, was ist denn los?" Lisbet nahm das völlig aufgelöste Mädchen bei den Händen. „Nun hol erst einmal tief Luft, du bist ja ganz außer Atem!"

Aleksandra atmete zwei-, dreimal tief ein und aus.

Lisbet nickte. „So, und jetzt erzählst du mir, was passiert ist, ja? Stimmt etwas nicht mit Charlotte?"

Charlotte hieß die alte Stute, um die Aleksandra sich kümmerte. Das Tier hatte lange Jahre auf einem Gehöft ganz in der Nähe geschuftet. Doch als es seine Aufgaben nicht mehr bewältigen konnte, wollte der Besitzer es zum Abdecker schaffen lassen. Lisbet hatte davon erfahren und den Mann überredet, Charlotte ihr zu überlassen. Jetzt erhielt die Stute ihr Gnadenbrot auf Beringholm Slott – so wie viele ihrer Schicksalsgenossen.

„Nicht Charlotte!" Energisch schüttelte Aleksandra den Kopf. „Ein Fremder! Da schleicht ein Fremder um das Schloss herum!"

Lisbet kniff die Augen zusammen. „Was sagst du da? Bist du sicher?"

„Ja! Ich habe ihn gesehen, als ich zur Weide hinauswollte." Das Mädchen stockte. „Was, wenn er einer von *ihnen* ist?"

Einer von ihnen ... Lisbet wusste gleich, wer damit gemeint war, und ihre Miene verfinsterte sich.

Na wartet – nicht mit mir!

„Geh hinein", wies sie Aleksandra an. „Auf dem Ofen in der Küche steht frisch gebackener *Äppelpaj*. Nimm dir ein Stück."

Besorgt blickte das Mädchen zu ihr auf. „Was hast du denn vor? Sollten wir das nicht besser der Polizei überlassen?"

Als ob die auch nur einen Finger rührt, um mir zu helfen! dachte Lisbet bitter, doch sie sprach es nicht aus. Diese verdammten Rowdys! Sie tauchten meistens gleich zu fünft oder sechst auf ihren lärmenden Motorrädern auf. Das letzte Mal hatten sie ein halbes Dutzend Fensterscheiben im Südflügel eingeworfen – und waren verschwunden gewesen, ehe Wachtmeister Lundberg auf der Polizeiwache in Tålby sich überhaupt aus seinem Schreibtischsessel erhoben hatte.

Aber dieses Mal würden diese Unruhestifter nicht so einfach davonkommen. Dieses Mal nicht!

„Versuch mal, ob du Lars erreichen kannst." Lisbet schob Aleksandra in Richtung Tür. „Und mach dir um Himmels willen keine Sorgen um mich – ich weiß schon, was ich tue."

Sie wartete, bis das Mädchen in der Küche verschwunden war,

dann kehrte sie zum Schuppen zurück und öffnete den alten Schrank. Er war stets mit einem Vorhängeschloss gesichert, weil sie darin Verdünner, Lacke und Lasuren aufbewahrte. Dinge also, die nicht in Kinderhände geraten sollten.

Das Gewehr lag, in ein Tuch eingeschlagen, auf dem obersten Regal.

Ehe sie es herausnahm, atmete sie tief durch. *So, jetzt könnt ihr was erleben!*

Sie wusste, dass sie nicht einfach auf Lars, den achtundzwanzigjährigen Enkel einer alten Freundin, warten konnte. Seine Gärtnerei lag am Stadtrand von Tålby, und selbst wenn Aleksandra ihn sofort erreichte, würde er eine ganze Weile brauchen, um nach Beringholm Slott zu fahren. Bis dahin muss ich irgendwie allein zurechtkommen, dachte Lisbet.

Normalerweise war sie ein wirklich friedliebender Mensch, der keiner Seele etwas zuleide tun konnte. Doch diese Motorradrowdys mit ihren lärmenden Geländemaschinen und ihrer Zerstörungswut hatten den Bogen überspannt. Sie verspürte keine Skrupel, diese gemeinen Kerle mit dem Gewehr zu bedrohen – wobei sie natürlich keineswegs vorhatte, es tatsächlich zu benutzen.

Seit sie vor etwas mehr als sechs Monaten zum ersten Mal aufgetaucht waren, hatten diese Rocker einen Schaden von mehr als hunderttausend Kronen angerichtet, indem sie Fensterscheiben einwarfen, Schuppen abbrannten und Zäune umfuhren. Doch das war längst nicht das Schlimmste: Lisbet gab ihnen indirekt auch die Schuld an Hildas Tod. Ihnen – und Kristof Steen, einem Hotelier aus Mora, der partout nicht akzeptieren wollte, dass Beringholm Slott unverkäuflich war. Mit seiner an Penetranz grenzenden Hartnäckigkeit hatte er der rüstigen Mittsiebzigerin das Leben noch schwerer gemacht.

Ohne den ständigen Stress wäre Hilda am Ende nicht so mutlos und erschöpft gewesen. Und ich müsste mir jetzt keine Gedanken um die Zukunft machen, dachte Lisbet bitter. Weder um meine eigene noch um die meiner Schützlinge.

Doch es war egoistisch, so zu denken. Hilda war immer gut zu ihr gewesen. Die alte Dame und sie hatten einander verstanden, ohne dass viele Worte nötig gewesen wären. Und nun war sie tot – und Lisbet hatte den einzigen Menschen auf der Welt verloren, dem sie wirklich noch vertraut hatte.

Seufzend strich sie sich eine Strähne aus dem Gesicht, die sich aus dem strengen Zopf gelöst hatte. Dann holte sie noch einmal tief Luft und verließ, das Gewehr im Anschlag, den Schuppen.

Sie überquerte den Hof und betrat das schattige Zwielicht des Brückentors, wobei sie sich eng an die Mauer drängte. Ihre Augen brauchten einen Moment, um sich an die Lichtverhältnisse zu gewöhnen. Doch sie hörte eine leise Stimme auf Deutsch, das sie in der Schule gelernt hatte, sagen: „Ich hoffe sehr, dass ich die Angelegenheit hier bald abgewickelt habe. Und danach können wir dann richtig loslegen."

Lisbet spitzte die Ohren. Würde sie nun endlich erfahren, was die Motorradrowdys im Schilde führten? Doch der Mann hatte das Gespräch bereits beendet.

Dann eben nicht!

Sie hob das Gewehr und drehte sich so, dass der Lauf auf den Fremden gerichtet war.

Der Mann, der gerade sein Telefon in der Innentasche seines Jacketts verschwinden ließ, starrte sie überrascht an. Ganz am Rande registrierte Lisbet, dass er statt Rockermontur einen teuren, offensichtlich maßgeschneiderten Anzug trug, doch davon ließ sie sich natürlich nicht beeindrucken.

„Stehen bleiben!", rief sie aufgebracht. „Ich warne Sie: Eine falsche Bewegung, und Sie werden *nie wieder* irgendetwas abwickeln!"

Was zum Teufel ...?

Für einen Moment war Hannes sprachlos angesichts dieser atemberaubenden jungen Frau, die mit ihrem Gewehr auf ihn zielte. Es war lange her, dass ihm so ein hinreißendes Geschöpf zum letzten Mal begegnet war – und er machte wirklich keinen Bogen um schöne Frauen.

Seidiges rabenschwarzes Haar umrahmte ein herzförmiges

Gesicht, aus dem ihn ein Paar lebhafte blaugrüne Augen anfunkelten. Volle Lippen, hohe Wangenknochen und ein energisch nach vorn gerecktes Kinn entsprachen genau seinem Geschmack.

Nur ihr Gesichtsausdruck, der von wilder Entschlossenheit zeugte, machte ihm den Ernst der Lage bewusst.

Beschwichtigend hob er die Hände. „Immer mit der Ruhe, Prinzessin", sagte er auf Schwedisch, das er von seiner Mutter gelernt hatte. „Was halten Sie davon, wenn Sie erst einmal das Gewehr herunternehmen? So ein Teil ist nämlich nicht gerade ungefährlich, wissen Sie?"

„Das könnte Ihnen wohl so passen!" Sie unterstrich ihre Worte, indem sie mit dem Lauf ihrer Waffe in seine Richtung stieß. „Ich weiß nicht, wer Sie sind oder warum Sie Hilda und mir diese Rowdys auf den Hals gehetzt haben. Aber eines verspreche ich Ihnen: Ich werde dafür sorgen, dass Sie und diese Leute sich vor dem Gesetz verantworten müssen!"

Irritiert hob Hannes eine Braue. „Hören Sie, das muss eine Verwechslung sein."

„Natürlich, eine Verwechslung!" Die Ironie in ihrer Stimme war nicht zu überhören. „Vermutlich haben Sie sich auf dem Weg nach Tålby verfahren und sind rein zufällig vor meiner Tür gelandet."

Sie war nicht nur umwerfend schön und offenbar recht schießwütig – nein, sie besaß auch noch eine ganz schön scharfe Zunge.

Hannes atmete tief durch und zwang sich zur Ruhe. Er fuhr sonst nicht allzu leicht aus der Haut, aber diese Frau reizte ihn bis aufs Blut – und zwar in mehr als einer Hinsicht.

Doch angesichts der Waffe, die sie noch immer auf ihn gerichtet hielt, erschien es ihm empfehlenswert, sich zusammenzureißen.

„Nun nehmen Sie schon endlich das Gewehr herunter", forderte er sie auf. „Können Sie mit so einem Ding überhaupt umgehen?"

Zur Antwort lud sie die Waffe durch und richtete sie dann wieder auf den ungebetenen Besucher.

Hannes stieß einen leisen Fluch aus.

„Reicht das?", fragte sie mit einem herablassenden Lächeln. „Und nun raus mit der Sprache: Gehören Sie zu dieser Motorradrockerbande, oder hat Kristof Steen Sie geschickt?"

Fragend schaute Hannes sie an. „Kristof Steen? Wer soll das sein?" Als sie ihn, anstatt zu antworten, mit einem finsteren Blick bedachte, zuckte er mit den Schultern. „Nun, wer immer das auch ist, er ist nicht zu beneiden. Wo er sich doch offensichtlich den Zorn der schönen Prinzessin zugezogen hat …"

„Hören Sie auf, mich so zu nennen!", fauchte sie.

„Da Sie mir Ihren Namen noch immer nicht verraten haben, muss ich mich ja irgendwie behelfen." Trotz der bedrohlichen Situation fand er zu seinem eigenen Erstaunen mehr und mehr Vergnügen daran, sich mit ihr auseinanderzusetzen. Längst glaubte er nicht mehr, dass die schöne Fremde ihm wirklich etwas tun wollte. Vielmehr schien ihr irgendjemand solche Angst einzujagen, dass sie sich anders nicht zu helfen wusste.

Und um die ganze Geschichte noch verwirrender zu machen, war anscheinend eine Bande von Motorradrowdys ebenso involviert wie eine mysteriöse Person namens Kristof Steen.

Steen … Noch wusste Hannes nicht, wer sich dahinter verbarg, doch er würde es herausfinden. Später. Jetzt musste er sich erst einmal um die schöne Prinzessin kümmern.

Er versuchte es mit einem etwas versöhnlicheren Tonfall. „Hören Sie, ich weiß wirklich nicht, was hier gespielt wird. Aber ich versichere Ihnen, dass ich nicht gekommen bin, um Ihnen Schwierigkeiten zu machen."

„Ach, was Sie nicht sagen! Und warum sind Sie *dann* hier?"

„Ich …"

„Geben Sie sich erst gar keine Mühe!", fiel sie ihm ins Wort. Aus ihrem Blick sprach noch immer das pure Misstrauen. „Ganz egal, was Sie sagen, ich glaube Ihnen ohnehin nicht. Wenn Steen Sie geschickt hat, können Sie ihm von mir ausrichten, dass er Beringholm Slott auf keinen Fall bekommen wird."

Hannes war überrascht. Es gab bereits einen Interessenten für das Schloss? Das wunderte ihn zwar, passte ihm aber eigentlich ganz gut. Allerdings fragte er sich von Sekunde zu Sekunde mehr, warum die schöne Fremde sich aufführte, als gehöre ihr das Anwesen. Wer war sie? Und was hatte sie hier zu suchen?

Er kniff die Augen zusammen. „Nun, die Entscheidung, ob dieser Mann Beringholm Slott bekommt oder nicht, überlassen Sie doch wohl besser mir!" Hannes war nun endgültig der Geduldsfaden gerissen – Prinzessin hin oder her.

„Ihnen?" Sie lachte, doch es bestand kein Zweifel, dass seine Worte sie zutiefst irritierten. „Und wieso …?"

„Weil ich der neue Besitzer von Beringholm Slott bin. Und jetzt nehmen Sie gefälligst Ihr Schießeisen herunter, damit ich Ihnen das Testament meiner Großtante Hilda zeigen kann!"

Für einen Moment verschlug es ihr die Sprache, und sie riss die Augen auf. „Sagten Sie gerade *Großtante* Hilda?" Sie schüttelte den Kopf. „Aber …"

„Kein Aber!", unterbrach er sie brüsk. „Mein Name ist Hannes Westenberg, und da Sie sich auf *meinem* Grund und Boden befinden, würde ich jetzt wirklich gern erfahren, mit wem ich es eigentlich zu tun habe!"

2. KAPITEL

*I*hr Grund und Boden? *För Guds skull* – Sie wissen ja nicht, was Sie reden!"

Lisbet konnte nicht glauben, was dieser unverschämte Kerl da behauptete. Hilda sollte *ihm* Beringholm Slott vermacht haben?

Dunkel erinnerte sie sich, dass Hilda ab und an von einem Hannes gesprochen hatte. „Er ist ein guter Junge, ganz anders als sein Vater", waren ihre Worte gewesen. Und Lisbet war wie selbstverständlich davon ausgegangen, dass es sich bei dem „guten Jungen" um ein Kind, allenfalls einen Teenager handelte.

Doch der Hannes Westenberg, der nun vor ihr stand, war definitiv kein Kind.

Dennoch! Selbst wenn er Hildas einziger noch lebender Verwandter war – warum sollte sie ihn in ihrem Testament bedacht haben? Solange Lisbet zurückdenken konnte, hatte er sich nie bei seiner Großtante blicken lassen.

„Ist das so?" Er lachte leise auf. „Nun, dann habe ich das Testament, das ich hier bei mir trage, wohl selbst angefertigt. Oder wie erklären Sie es sich sonst?"

„Ich …" Sie verstummte. „Woher soll ich das wissen?"

Ihre Selbstsicherheit geriet ins Wanken. Wenn es dieses Testament nun wirklich gab … Aber nein, das konnte – *durfte* – nicht sein!

„Wenn ich einmal nicht mehr bin, mein Kind", hatte Hilda stets gesagt, „dann sollst du Beringholm Slott bekommen und es in meinem Sinne weiterführen."

Lisbet wäre nie auf den Gedanken gekommen, dass ihre Freundin es sich noch einmal anders überlegen würde. Andererseits: Auf ihre alten Tage war sie sehr vergesslich geworden. Vielleicht hatte sie schlicht und einfach nicht daran gedacht, ihr Testament, das sie beim Notar hinterlegt hatte, entsprechend zu ändern. „Es muss sich um ein Versehen handeln", flüsterte sie. „Ich … Hilda hat mir doch versprochen …"

„Zum Teufel, jetzt legen Sie endlich dieses verdammte Gewehr weg, ehe es am Ende noch losgeht!", knurrte er. „Und dann würde ich wirklich gern erfahren, was dieser ganze Zirkus hier eigentlich soll!"

Lisbet bekam nur am Rande mit, was er sagte. In ihrem Kopf herrschte ein heilloses Durcheinander. War es wirklich möglich, dass Hilda das Schloss einem Wildfremden vermacht hatte?

Nein, keinem Wildfremden, korrigierte sie sich in Gedanken. Dieser Mann war immerhin Hildas Großneffe. Aber wenn er ihr so nahestand, dass sie ihm Beringholm Slott vererbte, wieso habe ich ihn dann noch nie zu Gesicht bekommen? fragte sich Lisbet.

„Ich will es sehen", stieß sie atemlos hervor. „Ich will das Testament sehen!"

„Gern." Er holte eine Dokumentenmappe aus seiner Tasche und hielt sie Lisbet hin. Doch als sie danach greifen wollte, zog er sie weg. „Erst die Waffe!"

„Die war eh nicht geladen." Sie schleuderte ihm das Gewehr vor die Füße und entriss ihm die Mappe.

Dann ließ sie ihn einfach stehen.

Auf halbem Weg zur Schlossküche kam ihr Aleksandra entgegen. „Ich habe Lars erreicht", rief sie schon von Weitem. „Er hat versprochen, dass er sich gleich auf den Weg macht und …" Sie verstummte, als Lisbet einfach ohne Reaktion an ihr vorbeiging. „Lisbet? Ist alles in Ordnung? Was ist denn nun mit dem Mann, der draußen herumgeschlichen ist?"

Lisbet antwortete nicht. Sie betrat die Küche, ließ sich schwer auf einen der wuchtigen Stühle am Esstisch fallen und atmete tief durch.

„Was ist denn los?" Aleksandra klang jetzt richtig ängstlich. „Ist etwas Schlimmes passiert?"

Du hast ja keine Ahnung, dachte Lisbet verzweifelt. Laut sagte sie: „Bitte, sei so lieb und geh jetzt nach Hause, Aleks. Ich werde dir alles erklären, wenn du morgen kommst, um Charlotte zu füttern, aber jetzt …" Sie schüttelte den Kopf. „Ich möchte gern allein sein."

Wie ein Schatten huschte Aleksandra aus der Küche.

Lisbet klopfte das Herz bis zum Hals. Wie hypnotisiert starrte sie auf die Dokumentenmappe, die vor ihr auf dem Tisch lag. Auch wenn sie es niemals zugegeben hätte: Sie fürchtete sich davor, sie aufzuschlagen. Was, wenn es wirklich stimmte? Wenn *er* der neue Besitzer von Beringholm Slott war?

Käre Gud! Gib, dass das nicht wahr ist!

Mit zitternden Fingern öffnete sie die Dokumentenmappe. Das Schriftstück, das sich darin befand, war überschrieben mit: Mein Testament. Und das, was danach kam, musste Lisbet dreimal lesen, um es wirklich glauben zu können.

… im Vollbesitz meiner geistigen Kräfte vermache ich, Hilda Helström, Beringholm Slott meinem Großneffen Hannes Westenberg, auf dass er es in meinem Sinne weiterführen möge …

Lisbet hatte das Gefühl, völlig den Boden unter den Füßen zu verlieren. *Oh nein, Hilda! Warum? Warum nur?*

Ihre mütterliche Freundin war vor etwas mehr als drei Wochen friedlich in ihrem Bett entschlafen. Da Hilda in Schweden keine Verwandten mehr besaß, hatte Lisbet sich um alles gekümmert. Die Vorbereitungen für die Beerdigung und die ganzen Formalitäten, die sie alle neben ihren übrigen Aufgaben erledigen musste, hatten sie so beschäftigt gehalten, dass sie gar nicht dazu gekommen war, sich Gedanken über Hildas Testament zu machen.

Überdies war sie ja fest davon ausgegangen, dass sie Beringholm Slott bekommen würde. Und das wäre nur recht und billig, nach allem, was sie in den vergangenen Jahren getan hatte.

Ein verhängnisvoller Fehler, wie sich nun herausstellte. Denn so traf sie die Neuigkeit, dass Hilda das Anwesen jemand anderem vermacht hatte, wie ein Schock. Irgendwie hatte sie die ganze Zeit geglaubt, dass alles so weitergehen würde wie bisher. Auf den Gedanken, Hildas Notar zu kontaktieren, war sie gar nicht gekommen. Sie hatte angenommen, dass er früher oder später auf sie zukommen würde, und nie daran gezweifelt, dass Hilda alles wie vereinbart geregelt hatte. Immerhin hatten ihr die Tiere und die Kinder doch so am Herzen gelegen!

Und nun das … Lisbet konnte es noch immer nicht fassen. Warum hatte Hilda das getan? Darauf würde sie so einfach keine

Antwort finden. Und es brachte auch nichts, sich darüber den Kopf zu zerbrechen. Die wichtigste Frage lautete jetzt: Wie sollte es weitergehen? Was sollte aus diesem Schloss werden? Aus all den Tieren … und den Kindern?

Lisbet wollte nicht weinen. Alles in ihr sträubte sich dagegen, doch wie so oft waren die Tränen stärker.

Aufschluchzend barg sie das Gesicht in den Händen. All ihre Hoffnungen und Träume waren von einer Sekunde auf die andere wie ein Kartenhaus in sich zusammengestürzt. Sie hasste es, dass sie bei jeder noch so kleinen Gelegenheit in Tränen ausbrach, doch heute hatte sie wenigstens allen Grund dazu.

Als sie hörte, wie jemand die Küche betrat, wischte sie sich hastig mit dem Handrücken über die Augen. „Aleks, bitte", stieß sie heiser hervor. „Geh …"

Doch es war ganz eindeutig nicht die Hand des Mädchens, die sich von hinten auf ihre Schulter legte.

„Können wir *jetzt* vielleicht vernünftig miteinander sprechen?"

Der Klang seiner Stimme ließ Lisbet einen wohligen Schauer den Rücken hinunterrieseln. Sie war sich durchaus im Klaren darüber, wie unpassend diese Reaktion war, doch sie konnte nichts dagegen tun.

Ungefragt setzte Hannes sich auf den Stuhl ihr gegenüber und faltete die Hände auf der Tischplatte. „Hören Sie, es lag nicht in meiner Absicht, Sie so zu überfallen." Seufzend strich er sich durchs Haar. „Ich ahnte nicht, dass ich überhaupt jemanden auf Beringholm Slott antreffen würde, und als Sie plötzlich mit dem Gewehr vor mir standen …"

Lisbet fand, dass er mit seinen blauen Augen, die strahlten wie der Sommerhimmel über dem Siljansee, und dem blonden Haar wie ein typischer Schwede aussah – doch sein leichter Akzent wies ihn als Ausländer aus. Zudem hatte er vorhin am Telefon Deutsch gesprochen.

Sie atmete tief durch, klappte die Dokumentenmappe zu und schob sie zu ihm hinüber. „Hilda hat Ihnen also Beringholm Slott hinterlassen." Ihre Stimme klang selbst für ihre eigenen Ohren seltsam fremd. „Und was haben Sie nun damit vor?"

„Vielleicht verraten Sie mir zuerst einmal Ihren Namen." Er schenkte ihr ein freundliches Lächeln. „Meinen kennen Sie ja bereits."

„Ich heiße Lisbet", erwiderte sie zögernd. „Lisbet Carlsson." Sie runzelte die Stirn. „Hilda hat ein paarmal von Ihnen gesprochen, aber …"

Er zuckte mit den Schultern. „Offen gestanden: Ich war selbst überrascht zu erfahren, dass sie mich in ihrem Testament berücksichtigt hat. Meine Großmutter und Hilda waren Schwestern, doch sie verstanden sich nicht besonders gut. Nachdem Großmutter mit meiner Mutter nach Hamburg gegangen war, zu meinem Vater, hielten sie wohl nur noch sehr lockeren Kontakt. Ich erinnere mich, dass wir – mein Bruder und ich – einmal einen herrlichen Sommer in Schweden verbracht haben, aber danach brach der Kontakt wegen eines dummen Streits schließlich ganz ab."

Lisbet schloss die Augen. Was mochte bloß in Hilda gefahren sein, ausgerechnet ihm Beringholm Slott zu vererben? Einem Menschen, den sie seit zwanzig Jahren nicht mehr gesehen hatte!

„Verzeihen Sie, ich will Ihnen ja nicht zu nahe treten, aber …" Er runzelte die Stirn. „Wie kommt es, dass Sie so überrascht sind? Ich meine, Ihnen muss doch klar gewesen sein, dass es einen Erben geben würde."

Ja, dachte Lisbet mit ungewöhnlicher Bitterkeit. Mich …

Sie spürte, wie ihr schon wieder die Tränen kamen, doch sie blinzelte sie energisch fort. Nicht jetzt, und nicht ausgerechnet vor ihm!

„Natürlich", sagte sie mit einem traurigen Lächeln. „Hilda war ja schon länger krank, daher konnte ich mir ausrechnen, dass sie … dass sie nicht mehr lange unter uns weilen würde." Sie schluckte. Die Vorstellung, ihre mütterliche Freundin niemals wiederzusehen, kam ihr immer noch ganz unwirklich vor. Manchmal glaubte sie immer noch, ihr ansteckendes Lachen zu hören. Doch Hilda würde nie wieder lachen. Sie ruhte für alle Zeiten auf dem Friedhof von Tålby, direkt an der Friedhofsmauer im Schatten einer prachtvollen Kastanie.

Jetzt konnte Lisbet doch nicht verhindern, dass ihre Augen feucht wurden.

„Schsch …" Hannes griff tröstend nach ihrer Hand. „Nicht wieder weinen."

Sie schüttelte den Kopf. „Tut mir leid, aber … Ihre Großtante war ein ganz besonderer Mensch. Ich habe sie sehr gerngehabt. Umso weniger verstehe ich, warum sie sich nicht an unsere Vereinbarung gehalten hat."

„Vereinbarung?" Er hob eine Braue. Ein Anflug von Misstrauen überschattete sein Gesicht. „Was für eine Vereinbarung?"

Sie räusperte sich. „Nun, Sie haben sicher die vielen Tiere auf dem Grundstück von Beringholm Slott bemerkt." Als er nickte, fuhr sie fort: „Ihre Großtante und ich haben die meisten dieser bedauernswerten Kreaturen vor dem Gang zum Schlachthof bewahrt. Und wir haben außerdem …"

Mit einer knappen Handbewegung brachte er Lisbet zum Verstummen. „Machen wir es doch kurz. Ihrer Meinung nach hätte meine Großtante also *Ihnen* das Schloss überlassen sollen und nicht mir, richtig?"

Lisbet konnte seiner unergründlichen Miene nicht entnehmen, was er dachte. „So war es zwischen uns abgesprochen, ja." Sie nickte. „Und ich bin sicher, Hilda hätte gewollt, dass ich Beringholm Slott in ihrem Sinne weiterführe."

Einen kurzen Moment lang herrschte Stille, dann brach er zu Lisbets Überraschung in schallendes Gelächter aus. „Das haben Sie sich so gedacht, was? Aber damit kommen Sie bei mir nicht weit, Schätzchen. Ich bin der rechtmäßige Erbe von Beringholm Slott, und Sie werden zusehen müssen, dass Sie mit Ihren Viechern irgendwo anders unterkriechen." Er kniff die Augen zusammen. „Bei der alten Dame konnten Sie mit Ihrer Masche vielleicht etwas erreichen, aber ich sage Ihnen eines: Ich bin weder die Wohlfahrt noch vom Tierschutzbund. Und eine Schmarotzerin erkenne ich noch immer, wenn ich einer begegne!"

Völlig perplex starrte Lisbet ihn an. Ihr war, als hätte man einen Eimer Eiswasser über ihrem Kopf ausgeleert. Einen Moment lang war sie vor Entsetzen wie gelähmt. Dann spürte sie, wie alle Dämme brachen und eine Woge tiefster Verzweiflung und Trostlosigkeit über sie hinwegrollte.

Sie sprang so abrupt auf, dass ihr Stuhl nach hinten wegkippte und laut scheppernd zu Boden fiel. Doch sie achtete nicht darauf.

Es gab nur noch eines, woran sie denken konnte: Raus hier, bevor sie vor den Augen dieses gefühllosen Mannes schon wieder in Tränen ausbrach!

Weinend flüchtete Lisbet aus dem Gebäude und durch den Torgang hinaus auf die Weide. Sie lief und lief, so lange, bis ihre Lungen brannten und sich glühende Dolche in ihre Seiten zu bohren schienen. Erst dann gelang es ihr, sich ein wenig zu beruhigen und langsam zum Schloss zurückzugehen.

„Was mache ich denn jetzt bloß mit euch?" Fragend schaute sie die junge Eselstute an, die ein paar Meter von ihr entfernt auf der Koppel stand und zufrieden auf einem Büschel Klee kaute. Lisbet ließ sich ins warme Gras sinken. Die wärmenden Strahlen der Sonne kitzelten auf ihrer Haut, sie hörte das Zwitschern der Vögel und das leise Rauschen des Windes in den Baumkronen. Doch ihr war, als würde das alles nur wie aus weiter Ferne zu ihr vordringen.

Ihre ganze Welt war von einer Minute auf die andere in sich zusammengestürzt. Alles, worauf sie sich verlassen, woran sie fest geglaubt hatte, schien nun plötzlich nichts mehr wert zu sein.

Warum, Hilda? Warum hast du das nur getan? Du wusstest doch, was mir Beringholm Slott bedeutet. Wie hart es für mich war, den Mut für einen Neuanfang aufzubringen, nachdem mein altes Leben von einem Tag auf den anderen in Trümmern lag. Nach meinem Unfall und Rubens Verrat an unserer Liebe …

Indem sie das Schloss ihrem Großneffen vererbt hatte, hatte die alte Dame all das aufs Spiel gesetzt, wofür sie in den letzten Monaten und Jahren gelebt hatte. Wofür *sie beide* gelebt hatten.

Das Schloss war mehr als nur ein Gnadenhof für Tiere, die niemand mehr haben wollte, viel mehr. Im Grunde waren die Tiere sogar ihr kleinstes Problem. Irgendwie würde es ihr schon gelingen, sie alle irgendwo unterzubringen. Aber was sollte aus den Kindern werden?

Unwillkürlich ließ Lisbet ihre Gedanken in die Vergangenheit wandern. Am Anfang war es nur die kleine Aleksandra Bjorklund gewesen. Fast fünf Jahre war es nun her, seit sie das schüchterne kleine Mädchen mit der Gehbehinderung zum ersten Mal in der Nähe der Pferdekoppel entdeckt hatte. Nach und nach verlor es seine Scheu – zuerst die vor den Tieren und schließlich auch die vor fremden Menschen.

Aleksandra übernahm die Pflege von Charlotte. Sie kümmerte sich praktisch ganz allein um die gutmütige Schimmelstute und brachte sich dabei sogar selbst das Reiten bei. Anfangs brachten ihre Eltern sie noch vorbei und holten sie am späten Nachmittag wieder ab, später kam das Mädchen allein direkt nach der Schule mit dem Fahrrad, manchmal auch zu Fuß.

Und Aleksandras Entwicklung war einfach erstaunlich: Aus dem ängstlichen und gehemmten Kind wurde ein selbstbewusstes Mädchen, das in der Schule kaum noch gehänselt und ausgegrenzt wurde. Sogar ihr Hinken war ein wenig zurückgegangen. Das Reiten stärkte Muskelgruppen, die bei Aleksandras Krankengymnastik nicht angesprochen wurden.

Ihr Beispiel sprach sich schnell herum, und so fragten schon bald Eltern anderer behinderter Kinder an, ob ihre Söhne und Töchter nicht auch nach Beringholm Slott kommen könnten.

Zu Anfang zweifelten Lisbet und Hilda noch, ob sie die Verantwortung für ein halbes Dutzend behinderter Kinder wirklich auf sich nehmen konnten. Doch das glückliche Strahlen in Aleksandras Gesicht ließ sie schließlich alle Bedenken über Bord werfen.

Seitdem hallte fast immer Kinderlachen durch die alten würdigen Mauern von Beringholm Slott. Es war für die Schwächsten und Unschuldigsten der Gesellschaft – sowohl Mensch als auch Tier – eine Zuflucht geworden. Und ganz gleich, was Hannes Westenberg von ihr dachte, Lisbet war stolz auf das, was Hilda und sie hier gemeinsam aufgebaut hatten.

Dabei waren die Umstände von Anfang an alles andere als

günstig gewesen: Da weder sie selbst noch Hilda über eine Ausbildung verfügten, die sie für die Betreuung behinderter Kinder qualifizierte, waren schon bald die ersten Paragrafenreiter auf den Plan getreten. Denn dafür, dass ihre Schützlinge regelrecht aufblühten, wenn sie bei ihnen waren, und dass die Arbeit mit den Tieren und die Verantwortung, die man ihnen übertrug, ihr Selbstbewusstsein stärkte, interessierte sich in den Amtsstuben natürlich niemand. Das Glück der Kinder passte eben nicht zwischen zwei Aktendeckel und ließ sich auch nicht in starren Einheiten bemessen.

Es war ein langer, harter Kampf gewesen, schließlich doch die amtliche Erlaubnis zu erhalten, ihre Arbeit fortzusetzen. Ja, er hatte im Grunde genommen niemals wirklich aufgehört. Sie mussten sich regelmäßigen strengen Kontrollen unterziehen und nachweisen, dass sie wirklich etwas zum Wohl der Kinder unternahmen. Und das alles, obwohl sie nicht einmal offizielle Zuschüsse vonseiten der Ämter bekamen, sondern sich allein durch die Beiträge der Eltern sowie durch Spenden finanzierten.

Doch irgendwie hatten sie es geschafft, sich von Woche zu Woche, von Monat zu Monat und von Jahr zu Jahr durchzuschlagen. Und nun sollte all diese Mühe umsonst gewesen sein? Wegen eines Mannes, der sich einbildete, nur hierherkommen zu müssen, um Beringholm Slott in Besitz zu nehmen?

Nej, korrigierte Lisbet sich in Gedanken. Er bildet es sich nicht nur ein – er kann es tatsächlich. Und die Verantwortung dafür trägt ausgerechnet Hilda!

Ganz gleich, wie Lisbet es auch drehte und wendete, sie verstand nicht, was ihre mütterliche Freundin zu dieser Entscheidung veranlasst haben mochte.

Als sie aus der Ferne ein Motorengeräusch vernahm, glaubte sie zunächst, dass Lars gekommen war. Doch dann erkannte sie das charakteristische Dröhnen von Motorrädern und blickte erschrocken auf.

Was sie sah, ließ sie erbleichen.

Sie waren es: Die Motorradrowdys, die Hilda und ihr schon seit einer geraumen Weile das Leben schwer machten. Die Bande war in der ganzen Umgebung gefürchtet – doch seit einiger Zeit hatte sich Beringholm Slott zu ihrem bevorzugten Ziel entwickelt.

Seit Hildas Beerdigung waren diese Typen nicht mehr aufgetaucht, und Lisbet hatte schon gehofft, dass sie es endlich aufgegeben hatten, sie zu schikanieren.

Einer der Männer – sie konnte sein Gesicht nicht erkennen, weil er einen Helm mit schwarz getöntem Visier trug – entdeckte sie nun ebenfalls und bedeutete seinen Kumpanen mit einem Winken, ihm zu folgen.

Dann riss er seine Maschine herum und raste geradewegs auf Lisbet zu.

3. KAPITEL

*H*annes sah sich gerade in der Küche um, als er von draußen infernalischen Lärm und Hilfeschreie vernahm. Was zum Teufel ging da vor? Sofort ließ er alles stehen und liegen und stürmte ins Freie.

Suchend blickte er sich um. Der Schlosshof lag verlassen da, also musste der Lärm von außerhalb der Burgmauern stammen. Er folgte den Geräuschen durch das Brückentor – und blieb wie angewurzelt stehen. „Was zum Teufel …?"

Im ersten Moment traute er seinen Augen nicht und blinzelte irritiert. Doch an dem Bild änderte sich nichts: Da war Lisbet, umzingelt von sechs Bikern mit wendigen Maschinen. Gehetzt blickte sie hin und her, offensichtlich auf der Suche nach einer Möglichkeit zu fliehen. Doch es gab keine. Sie steckte fest wie ein Tier in der Falle, und die Rowdys ließen ihre Motoren aufheulen, um ihr noch zusätzlich Angst einzujagen.

Er musste etwas unternehmen – und zwar schnell!

Auf keinen Fall konnte er zulassen, dass diese sechs Verrückten Lisbet noch weiter in die Enge trieben. Er wollte nicht, dass ihr etwas passierte!

Hannes war bereits drauf und dran, ohne einen Plan oder auch nur den Hauch einer Idee loszustürmen, da fiel sein Blick auf das Gewehr, das noch immer vor dem Brückentor auf dem Boden lag.

Er unterzog die Flinte einer raschen Prüfung. Lisbet hatte die Wahrheit gesagt – es befand sich tatsächlich keine Kugel im Lauf. Er musste sich also darauf verlassen, dass das Gewehr in seiner Hand abschreckend genug wirken würde, um die Kerle zu vertreiben.

Hannes stürmte hinaus aufs freie Feld. Die Motorradgang bedrängte Lisbet noch immer. Dabei johlten, hupten und lärmten sie geradezu ohrenbetäubend.

„Sofort aufhören!", brüllte Hannes und richtete die Waffe drohend auf die Biker.

Es dauerte einen Moment, ehe die Männer ihn bemerkten –

doch dann ließen sie von Lisbet ab und wandten sich stattdessen ihm zu.

„Haut ab!" Er legte auf den Motorradfahrer an, der ihm am nächsten war. „Ich meine es ernst: Wenn ihr nicht auf der Stelle die Frau in Ruhe lasst und verschwindet, werdet ihr es bereuen!", rief er auf Schwedisch.

Einen Moment lang schienen die Männer unschlüssig, was sie tun sollten, es gab aufgeregtes Gemurmel – dann wurde ihnen die Sache wohl doch zu heiß, denn sie traten den Rückzug an.

Mit aufheulenden Motoren wendeten sie die Maschinen und jagten davon.

Erleichtert ließ Hannes das Gewehr sinken. Er war bis zuletzt nicht sicher gewesen, ob die Rowdys sich wirklich zurückziehen würden. Doch sein Bluff war geglückt. Nicht auszudenken, hätten die Männer seine Entschlossenheit auf die Probe gestellt!

Er lief zu Lisbet, die im Gras kauerte und weinte. „Alles in Ordnung?", fragte er sanft. „Diese Verrückten haben Ihnen doch hoffentlich nicht wehgetan?"

Als sie aus tränenverschleierten Augen zu ihm aufblickte, war ihm, als würde ihn ein Pfeil mitten ins Herz treffen. Sie so verängstigt und niedergeschlagen zu sehen, weckte eine derart unbändige Wut auf die Rowdys, dass er ihnen am liebsten nachgelaufen wäre, um es ihnen heimzuzahlen.

„Ich …" Lisbets Stimme riss ihn aus seinen Gedanken. Sie wischte sich mit dem Ärmel ihres Jeanshemds über die Augen. „Es geht mir gut, vielen Dank." Wie um ihre Worte zu bekräftigen, stand sie ungelenk auf. Aber Hannes sah, dass sie noch immer sehr wacklig auf den Beinen war. Er streckte die Hand nach ihr aus, doch sie wehrte ab. „Ich brauche Ihre Hilfe nicht!"

„Das sah mir aber vorhin ganz anders aus", entgegnete er stirnrunzelnd. „Was waren das für Leute, und was haben Sie mit ihnen zu schaffen?"

„Was *ich* mit diesen Leuten zu schaffen habe?" Sie lachte bitter auf. „Nun, die Frage beantworte ich Ihnen gerne: überhaupt nichts! Aber das wüssten Sie, wenn Sie sich in letzter Zeit auch nur ein einziges Mal bei Ihrer Großtante gemeldet hätten!"

Ihr vorwurfsvoller Blick ärgerte ihn. Mit welchem Recht maßte sie sich an, ihm Vorhaltungen zu machen? Was wusste sie denn schon über ihn? „Ich glaube nicht, dass Sie sich diesbezüglich ein Urteil erlauben können", entgegnete er kühl. „Weder kennen Sie mich noch wissen Sie etwas über mein Verhältnis zu meiner Großtante. Sparen Sie sich also Ihre unqualifizierten Kommentare. Erklären Sie mir lieber, was es mit diesen Rowdys auf sich hat. Es gibt also schon länger Schwierigkeiten mit ihnen?"

Lisbet atmete tief durch und nickte dann. „Vor etwa einem halben Jahr sind sie zum ersten Mal aufgetaucht. Damals haben sie mit Luftgewehren einige Fensterscheiben im Südturm eingeschossen und sind wieder verschwunden. Hilda und ich haben an eine einmalige Sache geglaubt. Ein paar Halbstarke, die sich voreinander beweisen wollten. Doch wir mussten bald feststellen, dass wir uns geirrt hatten."

„Sie kamen also wieder?"

„Das nächste Mal haben sie den Vorratsschuppen unten bei den Ställen angezündet. Er war vollständig niedergebrannt, ehe die Feuerwehr aus Tålby angekommen war."

Hannes runzelte die Stirn. „Und die Polizei?"

„Ach, die!" Lisbet schnaubte verächtlich. „Sie haben ermittelt, ja. Aber angeblich konnte die Identität der Männer nicht festgestellt werden. Die Motorräder haben keine Nummernschilder, und Sie haben ja selbst gesehen, dass die Fahrer Lederkluft und Helm tragen. Vielleicht könnte man trotzdem rausfinden, wer sie sind, aber der Polizeichef von Tålby ist – wie soll ich sagen? – in dieser Angelegenheit nicht sonderlich engagiert."

„Sie glauben also, dass er die Männer deckt?", fragte Hannes erstaunt. „Aber warum?"

„Wegen der einen Sache, die schon immer die Welt regiert hat", entgegnete Lisbet. „Geld. Aber beweisen kann ich das natürlich nicht!"

Hannes brannte darauf, mehr zu erfahren, doch in diesem Moment kam ein Wagen laut hupend die Zufahrt zum Schloss hinaufgefahren. Im Gegensatz zu seinem Sportflitzer schien das Allradfahrzeug keine Schwierigkeiten mit den Straßenverhältnissen zu haben. Als er Hannes und Lisbet erreicht hatte, sprang der Fahrer, ein großer hellblonder Mann in kariertem Hemd, Cordhosen und Gummistiefeln, heraus und eilte auf sie zu.

Hannes schätzte den Mann auf Mitte bis Ende zwanzig, und seine Miene war so düster wie der Himmel vor einem Gewitter.

Die Hände zu Fäusten geballt, stapfte er näher. „Lass Lisbet in Ruhe, du verdammter Schuft!", schrie er und wollte Hannes beim Kragen packen. Doch der wich ihm geschickt aus und drehte ihm nun seinerseits den Arm auf den Rücken, bis der Angreifer vor Schmerz aufschrie.

„Was soll das, zum Teufel?"

„Lars!" Lisbet bedachte Hannes mit einem vorwurfsvollen Blick. „Nun lassen Sie ihn schon los, um Himmels willen! Merken Sie denn nicht, dass Sie ihm wehtun?"

Völlig perplex entließ Hannes den Mann aus seinem Klammergriff, stieß ihn aber sicherheitshalber ein paar Meter von sich, damit er nicht gleich wieder angriff.

„Ihr Freund wollte auf *mich* losgehen", verteidigte Hannes sich – und ärgerte sich im nächsten Moment darüber. Warum rechtfertigte er sich, wo er doch eindeutig im Recht war? Zornig funkelte er Lisbet und den Fremden an. „Ich verlange auf der Stelle eine Erklärung!"

Aber auch Lars hatte noch einige ungeklärte Fragen. „Lisbet, wer ist der Typ? Aleksandra hat mich vorhin ganz aufgeregt angerufen und gesagt, dass einer dieser verdammten Motorradrocker sich hier rumdrückt. Ich habe sofort alles stehen und liegen lassen und bin hergefahren. Ist das der Kerl?"

Lisbet schüttelte den Kopf. „*Nej*, Lars, das ist …" Sie atmete tief durch. „Das ist Hannes Westenberg, und er ist der neue Besitzer von Beringholm Slott." Sie wandte sich an Hannes. „Lars Sjögren. Selma, seine Großmutter, war eine gute Freundin Ihrer Großtante."

„Neuer Besitzer?" Sjögren schüttelte verständnislos den Kopf. „Aber was soll denn das heißen? Ich dachte, Hilda hätte …"

„Hat sie aber nicht", fiel Lisbet ihm ins Wort.

„Und das lässt du dir so einfach gefallen?"

„Ihr wird wohl kaum etwas anderes übrig bleiben", mischte Hannes sich ein. „Beringholm Slott gehört mir, und ich kann damit tun und lassen, was ich will, ob Ihnen beiden das nun gefällt oder nicht! Aber Sie können mir ja gern ein Kaufangebot machen, wenn Ihnen das alte Gemäuer so viel bedeutet."

Lisbet erbleichte. „Sie wollen verkaufen?"

„Natürlich. Was soll ich mit einem Schloss mitten in Schweden anfangen? Noch dazu in einer so gottverlassenen Gegend?" Er schüttelte den Kopf. „Nein, nein, ich habe ein Hotel in Hamburg zu führen. Je schneller ich einen Käufer für Beringholm Slott finde, desto besser."

„Ihnen ist aber klar, dass es etwas schwierig werden könnte, das Schloss unter den gegebenen Umständen zu verkaufen", wandte Lisbet ein.

„Gegebene Umstände?" Was führte sie jetzt wieder im Schilde? Diese Frau war anscheinend immer wieder für eine Überraschung gut – und Hannes ahnte, dass ihm diese nicht besonders gefallen würde. „Dürfte ich erfahren, wovon Sie sprechen?"

Lisbet atmete tief durch, dann sagte sie: „Nun, der potenzielle Käufer müsste damit einverstanden sein, dass ich mit meinen Tieren hierbleibe. Ich mag vielleicht nicht geerbt haben, aber Ihre Großtante hat mir die kostenlose Nutzung von Beringholm Slott auf Lebenszeit zugesagt. Ich hielt es damals für überflüssig, solch eine Vereinbarung zu treffen, doch Hilda bestand darauf. Und jetzt bin ich natürlich sehr froh darüber."

„Tante Hilda hat – was?" Ungläubig starrte Hannes sie an. Damit hatte er nun wirklich nicht gerechnet. Doch es bestätigte im Grunde nur das, was er bereits geahnt hatte: Lisbet Carlsson hatte sich wie ein Parasit bei seiner Großtante eingenistet und geschickt dafür gesorgt, dass man sie auch nach deren Tod nicht ohne Weiteres vertreiben konnte.

Warum wunderte ihn das eigentlich? Sie hatte sich genauso verhalten, wie er es von einer Frau erwartete: selbstsüchtig, eigennützig und gierig. Er brauchte sich ja nur seine Stiefmutter Nadine anzusehen. Die setzte wirklich alles daran, ihn bei seinem

Vater schlechtzumachen, um ihren eigenen Sohn Albert auf den Thron des Familienunternehmens zu hieven.

Unwillkürlich musste er wieder an Tobias denken. Und daran, unter welchen Umständen er ums Leben gekommen war: Bei hellem Sonnenschein und trockenem Wetter war er mit seinem Wagen ohne erkennbaren Grund von der Straße abgekommen.

Ein Unfall? Die Polizei vermutete, dass ein entgegenkommendes Fahrzeug Tobias geschnitten und zum Ausweichen gezwungen hatte. Ein Beweis, der diese Annahme bestätigte, wurde jedoch nie gefunden.

Niemand konnte also mit Sicherheit sagen, was an jenem Tag passiert war. Und so vermochte auch niemand, Hannes die quälenden Zweifel zu nehmen, die ihn seitdem begleiteten. Zweifel, ob er die Tragödie nicht hätte verhindern können, wenn er …

Nein!

Dies war nicht der richtige Zeitpunkt, um über Vergangenes nachzudenken. Er hatte geschworen, seiner Stiefmutter und ihrem Sohn einen Strich durch die Rechnung zu machen. Und genauso würde er auch Lisbet in ihre Schranken weisen. Natürlich wusste er, worauf sie spekulierte: Beringholm Slott war eine fabelhafte Geldanlage für jeden Investor. Es ließ sich ohne große Umstände in ein exklusives Wellnesshotel oder Kur-Sanatorium verwandeln. Die Grundsubstanz war vorhanden. Natürlich müsste man umfassende Umbau- und Instandsetzungsmaßnahmen vornehmen, doch die Kosten würden sich rasch amortisieren. Das Schloss war ein ungeschliffenes Juwel, das nur darauf wartete, dass jemand seinen Wert zu schätzen wusste.

Doch wenn Lisbet die Wahrheit sagte und dieser Vertrag mit seiner Großtante tatsächlich existierte, dann änderte das alles. Kein Geschäftsmann, der seine Sinne beieinanderhatte, wurde Geld in ein Projekt stecken, solange diese Sache nicht geklärt war. Der potenzielle Käufer könnte das Schloss vielleicht nach seinen Wünschen umgestalten. Doch was brachte das, wenn er Lisbet und ihre verflixten Viecher nicht von Beringholm Slott vertreiben konnte!

Natürlich könnte ich trotzdem versuchen, das Schloss zu verkaufen, überlegte Hannes. Mit ein wenig Glück fand er vielleicht einen Investor, der bereit war, das Risiko einzugehen. Doch das würde zum einen deutlich länger dauern, als er einkalkuliert hatte, und zum anderen den Preis erheblich drücken.

Dabei hatte Hannes jede Krone, die ihm der Schlossverkauf bringen würde, bitter nötig. Und wer trug die Schuld daran? Eine Frau natürlich! Mindestens genauso intrigant und selbstsüchtig wie seine Stiefmutter, wenn auch nicht ganz so durchtrieben.

„Ich will diesen Vertrag sehen", forderte er energisch. „Auf der Stelle!"

Lisbet verschränkte die Arme vor der Brust und erwiderte fest seinen Blick. „Das ist leider im Augenblick nicht möglich. Der Vertrag ist bei meinem Onkel Petter Rönquvist, einem Notar. Und der hält sich noch bis mindestens zum Ende des Monats im Ausland auf. Ich dachte nicht, dass ich das Dokument während seiner Abwesenheit brauchen würde. Sie werden sich also gedulden müssen."

Hannes runzelte die Stirn. „Kommt gar nicht infrage! Rufen Sie ihn an! Der Mann wird ja wohl eine Vertretung haben!"

Doch sie schüttelte den Kopf. „Leider nein. Eigentlich praktiziert er schon seit Jahren nicht mehr. Er betreut mich nur deshalb noch, weil wir verwandt sind. Tut mir wirklich leid."

Missbilligend schnalzte Hannes mit der Zunge. „Ich glaube Ihnen kein Wort, hören Sie? Und wenn Sie denken, mich so leicht loswerden zu können, dann täuschen Sie sich." Er atmete tief durch. „Nehmen Sie mit diesem Rönquvist Kontakt auf und teilen Sie ihm mit, dass ich so schnell wie möglich mit ihm sprechen will. So lange, bis diese Angelegenheit geklärt ist, bleibe ich hier."

Lisbet nickte. „Natürlich, ganz wie Sie wünschen. Lars wird Sie sicher gern mit in die Stadt nehmen. Unten an der Kirche gibt es eine hübsche kleine Pension, die …"

„*Nej!*", fiel Hannes ihr lächelnd ins Wort. „Sie haben mich anscheinend missverstanden. Ich meinte selbstverständlich, ich bleibe hier auf Beringholm Slott!"

Lisbet erbleichte. „Sie wollen … hier auf dem Schloss?" Hastig schüttelte sie den Kopf. „Nein, unmöglich! Selbst wenn ich es wollte, ich bin nicht auf Besucher eingerichtet."

„Da seien Sie mal ganz unbesorgt. Ich erwarte von Ihnen keine Fünfsterneunterkunft, sondern nur ein Dach über dem Kopf, ein Bett und einen Platz, an dem ich arbeiten kann."

„Aber ..." Sie schluckte, dann nickte sie. „Also schön, wenn Sie es denn unbedingt so haben wollen. Aber ich versichere Ihnen, dass Sie es in einem Zimmer in der Pension in Tålby bequemer hätten."

„Meine Bequemlichkeit lassen Sie ruhig meine Sorge sein. Ich will in *meinem* Schloss bleiben." Mit diesen Worten nahm er den Schlüssel seines Mietwagens aus seiner Hosentasche und warf ihn Lars zu. „Hier, mein Wagen steht ein Stück den Feldweg dort rauf. Das Gepäck liegt im Kofferraum. Während Sie es hineinbringen, schaue ich mich ein wenig um."

Er wusste, dass er es auf die Spitze trieb, indem er den jungen Mann wie einen Dienstboten behandelte, doch er konnte es sich einfach nicht verkneifen.

„Willst du dir das wirklich gefallen lassen?", fragte Lars, als er und Lisbet am Abend miteinander telefonierten. Er hatte sich so über Hannes' Verhalten aufgeregt, dass Lisbet ihn fortgeschickt hatte, damit die Situation nicht eskalierte. Doch auch jetzt, Stunden später, schien er sich noch nicht wirklich beruhigt zu haben. „Wie der Kerl mit dir umgeht, ist wirklich mehr als dreist. Und jetzt nistet er sich auch noch unter deinem Dach ein ...!"

Seufzend fuhr sie sich durchs Haar. Sie ärgerte sich ja selbst über Hannes, doch was sollte sie tun? „Genau das ist ja das Problem: Es ist *sein* Dach, nicht meines. Ich kann mir wirklich nicht erklären, warum Hilda sich nicht an unsere Vereinbarung gehalten hat. Aber ich habe die Kopie des Testaments selbst gesehen, und es trägt ganz eindeutig Hildas Unterschrift."

„Er könnte es gefälscht oder sich auf irgendeine unlautere Art und Weise erschlichen haben", entgegnete Lars.

Ach, wie sehr sich Lisbet wünschte, dass es so wäre. Doch die Chancen, dass sich das Testament als ungültig oder fehlerhaft erweisen würde, standen mehr als schlecht. Natürlich würde sie es trotzdem ihrem Onkel zur Prüfung vorlegen. Besonders große Hoffnungen machte sie sich allerdings nicht.

Viel drängender war ein anderes Problem – und als hätte Lars ihre Gedanken gelesen, brachte er es auch schon zur Sprache: „Was hat es eigentlich mit diesem Vertrag auf sich, von dem du vorhin gesprochen hast? Ich wusste gar nicht, dass es eine solche Vereinbarung zwischen Hilda und dir gegeben hat."

„Das wundert mich nicht." Lisbet senkte die Stimme. Zwar hatte sie Hannes ein Zimmer im gegenüberliegenden Flügel des Schlosses fertig gemacht, sodass kaum Gefahr bestand, dass er ihr Gespräch mithören konnte. Doch wenn sie eines gelernt hatte, dann war es, dass der alte Leitspruch wirklich zutraf: Vorsicht ist besser als Nachsicht. Sie atmete tief durch, ehe sie weitersprach. „Es gibt nämlich überhaupt keinen derartigen Vertrag."

Einen Moment lang herrschte Schweigen am anderen Ende der Leitung. Dann sagte Lars: „Du hast diesen Westenberg also angeschwindelt?" Sie konnte förmlich vor sich sehen, wie er betrübt den Kopf schüttelte. „Ich weiß nicht, ob das so eine gute Idee war, Lisbet. Was willst du denn jetzt tun? Ich glaube kaum, dass Westenberg sich lange vertrösten lassen wird. Du hast ihn ja gehört: Er will die Vereinbarung so schnell wie möglich sehen. Eine Weile kannst du ihn vielleicht noch hinhalten, aber …"

Lisbet wusste ja selbst, dass sie sich mit ihrer Notlüge höchstens eine kleine Atempause verschafft hatte. Doch in ihrer Verzweiflung war es ihr als die einzig mögliche Lösung erschienen. Was hätte sie denn tun sollen? Hannes Westenberg hatte ihr klipp und klar gesagt, dass er sie so schnell wie möglich vertreiben wollte. Aber was sollte dann aus den Tieren werden? Und den Kindern? *Und aus mir …*

Jeder Tag, den sie länger hierbleiben konnte, zählte.

Lars räusperte sich. „Vielleicht solltest du dich an den Gedanken gewöhnen, dass du Beringholm Slott bald verlassen musst. Ganz gleich, wie bitter es für dich ist – wenn das Testament rechtsgültig ist, wird dir nichts anderes übrig bleiben."

„Sei mir bitte nicht böse, aber ich will jetzt nicht weiter darüber reden. Wir hören voneinander, *okej*?"

„Natürlich", sagte Lars. „Ich melde mich morgen. Wer weiß, vielleicht sieht die Welt dann schon wieder ganz anders aus."

Nichts wünschte Lisbet sich mehr als das, doch wirklich daran glauben konnte sie nicht. Mit Tränen in den Augen trat sie ans Fenster und öffnete es, denn die Luft in dem kleinen Arbeitszimmer erschien ihr plötzlich unerträglich stickig.

Lars hatte ja recht. Vermutlich war es ein dummer Fehler gewesen, Hannes etwas vorzuschwindeln. Doch in ihrer Verzweiflung hatte sie einfach keinen anderen Weg gesehen. Sie konnte doch nicht zulassen, dass alles, wofür Hilda und sie so viele Jahre gearbeitet hatten, den Bach hinunterging!

Sie erinnerte sich noch genau, wie damals alles angefangen hatte. Sie hatte Hilda während einer Reha in Borlänge kennengelernt. Die rüstige ältere Dame war dort gewesen, um sich von einem Treppensturz zu erholen, während Lisbet mit den Folgen jenes Autounfalls kämpfte, der ihr ganzes Leben von einem Tag auf den anderen auf den Kopf gestellt hatte.

Die Ärzte hatten sie mit Mühe und Not wieder zusammengeflickt, doch in dieser dunklen Zeit, wenige Wochen nach dem Unfall, hatte Lisbet sich manchmal gewünscht, sie wären nicht so eifrig gewesen.

Es waren weniger die Schmerzen, die sie so mut- und hoffnungslos in die Zukunft blicken ließen. Viel tiefer traf sie der Gedanke, vermutlich niemals wieder aus eigener Kraft laufen zu können. Sie hatte das Gefühl, an einem gähnenden Abgrund zu stehen – es fehlte nur noch ein Schritt, und sie würde hineinstürzen.

Was konnte das Leben ihr schon noch bieten?

Vor dem Unfall hatte eine steile Karriere als Sängerin vor ihr gelegen. Sie hatte die Musik geliebt, für sie gelebt – doch ihr großer Traum war zu Ende gewesen, noch ehe er richtig begonnen hatte. Und Ruben …

Schnell wischte Lisbet den Gedanken an ihren damaligen Verlobten und Duettpartner beiseite. Er hatte sie verraten und ihr damit einen Dolchstoß versetzt, als sie bereits am Boden lag.

Wäre Hilda nicht auf der Bildfläche erschienen, sie wüsste nicht, wo sie heute stehen würde.

Die resolute Dame schaffte, was sonst niemandem gelungen war: Sie riss Lisbet aus ihrer Lethargie. Als sie in Selbstmitleid zu versinken drohte, verlieh Hilda ihr neue Kraft und neuen Mut, sich den Herausforderungen zu stellen. Lisbet verdankte ihr viel mehr, als sie jemals hatte zurückgeben können.

Und auch nach der Reha blieben die beiden Frauen in Kontakt. Während Hildas Beschwerden fast gänzlich verschwunden waren, stand Lisbet noch ein langer, mühsamer Weg bevor. Hilda war es, die ihr schließlich den Rat gab, es mit einem Tiertherapeuten zu versuchen.

Der Therapeut lebte und arbeitete in einem Häuschen am Siljansee, nicht weit entfernt von Beringholm Slott. Doch Lisbet hatte sich inzwischen schon mit einem Leben im Rollstuhl arrangiert und glaubte nicht mehr, dass ihr noch irgendjemand zu helfen vermochte. Warum sollte dieser Therapeut mehr Erfolg haben als die Ärzte in der Reha-Klinik? Nur Hilda zuliebe ließ sie es trotzdem auf einen Versuch ankommen – und erlebte eine Überraschung.

Als sie ihre Freundin knapp zwei Monate später zum ersten Mal auf Beringholm Slott besuchte, konnte sie bereits wieder einige Schritte aus eigener Kraft laufen. Ein halbes Jahr darauf brauchte sie nicht einmal mehr Krücken.

Hilda freute sich über ihre Fortschritte und auch ihre Besuche. Dennoch merkte Lisbet, dass die alte Dame sich dafür schämte, wie verfallen ihr Schloss war. Doch Geld, selbst für dringend notwendige Reparaturen, war schlichtweg nicht vorhanden.

Lisbet war unterdessen von der Therapie nach Stockholm zurückgekehrt und hatte ihr altes Leben in Trümmern vorgefunden. Da sie nun nicht mehr das erfolgreiche Popsternchen war, interessierten sich die meisten ihrer früheren Freunde plötzlich nicht mehr für sie. Ihre Eigentumswohnung im angesagten Stadtteil Södermalm, in der sie gemeinsam mit Ruben gewohnt hatte, war voller Erinnerungen, die sie am liebsten einfach nur vergessen wollte. Erinnerungen an Zeiten, in denen sie noch an die große Liebe geglaubt hatte ...

Kurzerhand entschloss sie sich, alles hinter sich zu lassen. Nach der Enttäuschung fühlte sie sich ohnehin nicht mehr imstande, auch nur eine einzige Note zu singen. Also machte sie Hilda ein Angebot: Sie brachte ihr kleines Vermögen ein, das aus Plattenverkäufen und Werbeverträgen stammte, finanzierte damit die dringend notwendigen Instandhaltungsarbeiten am Schloss und den Stallungen und Wirtschaftsgebäuden. Im Gegenzug stellte Hilda die Ländereien und Räumlichkeiten von Beringholm Slott zur Verfügung. Sie wurden sich sofort einig. Lisbet verkaufte ihre Wohnung und zog bei Hilda ein. Seitdem hatte sie ihre Entscheidung nicht ein einziges Mal bereut, auch wenn es bedeutete, dass sie auf so manchen Luxus verzichten musste, an den sie sich im Lauf der Jahre gewöhnt hatte. Sie tat es gern, denn sie wusste, dass sie zum ersten Mal etwas wirklich Sinnvolles machte.

Sie hatte also auf Beringholm Slott ein vollkommen neues Leben angefangen – und das würde sie sich von Hannes Westenberg nicht kampflos wieder zunichtemachen lassen!

Um sich zu beruhigen, ließ sie ihren Blick über den nächtlichen Schlosshof schweifen. Im gegenüberliegenden Flügel des Schlosses brannte Licht hinter einem der Fenster. Lisbet stockte der Atem, als jemand in dem hell erleuchteten Rechteck erschien.

Hannes. Er war offenbar gerade dabei, sich für die Nacht vorzubereiten, denn sein Oberkörper war nackt, und Lisbet konnte trotz der Entfernung deutlich seine klar definierten Muskeln erkennen.

Sie wusste, sie sollte sich abwenden. Es war ungehörig, einen halb nackten Mann, den sie zudem kaum kannte, so ungeniert anzustarren.

Trotzdem schaffte sie es einfach nicht, den Blick von ihm zu lösen.

Und dann schaute er plötzlich in ihre Richtung, und sie zuckte erschrocken zusammen. Hastig zog sie die Läden zu, dann legte sie sich sofort ins Bett, zog die Decke bis zum Hals hoch und schloss die Augen. Doch ihr Herz klopfte noch lange wie verrückt, und immer wieder tauchte *sein* Gesicht vor ihrem inneren Auge auf.

Als sie knapp eine Stunde später endlich zur Ruhe kam, verfolgte Hannes sie sogar bis in ihre Träume.

Goldenes Sonnenlicht sickerte durch die Fensterläden, als Hannes am nächsten Morgen die Augen aufschlug.

Er konnte das Zwitschern der Vögel, das leise Knarren und Ächzen des alten Gebälks und das Rauschen des Windes draußen hören – sonst nichts. Für ihn, der daran gewöhnt war, von der Geräuschkulisse der Stadt umgeben zu sein, von Gesprächsfetzen, Verkehrslärm und lautstarken Baustellen, war es wie ein kleines Wunder.

Er hatte überraschend gut geschlafen und fühlte sich so voller Tatendrang und Energie wie schon sehr lange nicht mehr. Dabei hatte er noch gestern nur den einen Gedanken gehabt: bloß weg von hier. Doch vielleicht, so dachte er jetzt versonnen, besaß dieser erzwungene Aufenthalt im Heimatland seiner Mutter auch seine positiven Seiten.

Mit einem Lächeln auf den Lippen stand er auf, trat ans Fenster und öffnete die Läden.

Die Sonne strahlte vom makellos blauen Himmel herab. Ein würziger Duft nach Wald und frischem Heu erfüllte die Luft. Unten im Hof erblickte er Lisbet, die gerade dabei war, Stroh in eine Schubkarre zu laden. Er hatte sie gestern Abend gesehen, wie sie am Fenster ihres Zimmers gestanden und zu ihm hinübergeblickt hatte. Mehr denn je war sie ihm wie die Prinzessin dieses Schlosses erschienen. Das schulterlange Haar, das wie schwarze Seide ihr Gesicht umspielte ... Ihre vollen, sinnlichen Lippen und ihre blaugrünen Augen, die schimmerten wie ein klarer Bergsee ...

Sie war schön, gar keine Frage. Und mit ihrer selbstbewussten und zugleich verletzlichen Art reizte sie ihn mehr als all die anderen Frauen, die ihm in den letzten Jahren begegnet waren. Vielleicht sollte er sich seinen Besuch in Schweden ein wenig versüßen, indem er ...

Nej! rief er sich zur Ordnung. Lisbet war tabu, was *diese* Dinge betraf. Er durfte nicht vergessen, wie viel für ihn davon abhing, dass er Beringholm Slott möglichst schnell gewinnbringend verkaufte. Und Lisbet war die einzige Person, die ihm diesbezüglich noch ernsthaft Steine in den Weg legen konnte.

Für das *Alsterblick*, das Hotel in der Hamburger City, dessen Leitung sein Vater ihm überlassen hatte, brauchte er jeden Cent, den er nur bekommen konnte. Das Gebäude war bei einem Feuer so schwer beschädigt worden, dass umfangreiche Renovierungs- und Reparaturarbeiten durchgeführt werden mussten. An sich kein Problem, schließlich war das *Alsterblick* gut versichert – so hatte Hannes zumindest gedacht.

Ein Trugschluss, wie er kurz nach dem Unglück herausgefunden hatte …

Sein Bruder Tobias war vor dem tödlichen Autounfall mit einer jungen Frau namens Anna-Lena Kerstens zusammen gewesen. Hannes hatte sie erst auf Tobias' Beerdigung kennengelernt und war mit ihr ins Gespräch gekommen. Sie hatte so verzweifelt, so am Boden zerstört gewirkt, dass er Mitleid bekam. Trotzdem konnte er heute nicht mehr sagen, woran es lag, dass er plötzlich das Bedürfnis verspürte, dieser Fremden zu helfen.

Vermutlich war es wegen Tobias. Hannes war nicht immer gut mit seinem älteren Bruder ausgekommen, dennoch hatte sein Tod ihn tief getroffen. Vor allem, da er das Gefühl nicht abschütteln konnte, eine Mitschuld daran zu tragen.

Er fuhr sich mit der Hand über die Stirn. Hätte er Tobias doch nur besser zugehört, als dieser ihn an jenem verhängnisvollen Tag auf seinem Handy anrief. Sein Bruder hatte beunruhigt gewirkt. Er erzählte, dass er in den Geschäftsbüchern auf Hinweise gestoßen sei, dass jemand in einer Schlüsselposition Firmengelder veruntreute. Und dieser Jemand hatte die Dokumente so manipuliert, dass er selbst als Schuldiger dastand.

Tobias hatte die Person, die er verdächtigte, bereits zur Rede gestellt – und wurde seitdem das Gefühl nicht mehr los, verfolgt zu werden.

Hannes, der sich nicht sonderlich für die Belange der Firma interessierte, hatte dies als Hirngespinst abgetan.

Die Tragödie aber, die sich bald darauf ereignet hatte, ließ alles in einem vollkommen neuen Licht erscheinen. Seitdem war kaum ein Tag vergangen, an dem sich Hannes nicht mit Selbstvorwürfen gequält hatte.

Mit Anna-Lena bot sich nun die Gelegenheit, postum noch etwas zu tun, das Tobias bestimmt so gewollt hätte. Und als sie ihm erklärte, dass sie für Tobias ihre Heimatstadt verlassen und ihren Job aufgegeben hatte und nach seinem Tod nun praktisch vor dem Nichts stand, hatte Hannes ihr eine Stelle im *Alsterblick* angeboten.

Der größte Fehler seines Lebens, wie er inzwischen leider nur zu gut wusste.

Anna-Lena hatte ihre neue Position in der Verwaltung des Hotels schamlos ausgenutzt, um sich selbst zu bereichern: Sie kündigte einige Versicherungspolicen und steckte das Geld für die monatlichen Beitragszahlungen in die eigene Tasche.

Da sie auch den Posteingang bearbeitete, fiel ihr Betrug lange niemandem auf. Erst als nach dem Feuer, das durch einen Kabelbrand ausgelöst worden war, die Brandschutzversicherung ausgezahlt werden sollte, stellte sich heraus, dass das *Alsterblick* über keinen derartigen Versicherungsschutz mehr verfügte.

Anna-Lena war daraufhin in einer Nacht- und Nebelaktion abgetaucht, ehe Hannes sie zur Verantwortung ziehen konnte. Natürlich ermittelte die Staatsanwaltschaft gegen sie, doch das half ihm in seiner derzeitigen Situation auch nicht weiter. Der Kostenvoranschlag für die Instandsetzung des *Alsterblick* war schwindelerregend hoch. Nächtelang hatte Hannes hin und her gerechnet, doch er hatte beim besten Willen keine Möglichkeit gesehen, das Geld zusammenzubekommen, ohne seinen Vater um Hilfe zu bitten.

Und genau das wollte er um jeden Preis verhindern! Denn das würde die Meinung des alten Mannes nur bestätigen, dass er sich nicht auf seinen Sohn verlassen konnte.

Sosehr Hannes sich auch bemühte, es gelang ihm einfach nicht, seine eigene, wenig rühmliche Vergangenheit abzuschütteln. Bis zu Tobias' Tod hatte er seine Zeit lieber auf wilden Studentenpartys verbracht statt im Hörsaal. Erst danach war er aufgewacht und hatte ernsthaft mit dem Studium begonnen. Sein

Vater jedoch schien noch immer nicht so recht an diese Wandlung glauben zu können.

Zudem würde Richard Westenberg das Argument, dass ja eigentlich Anna-Lena für die Misere verantwortlich war, ganz sicher nicht gelten lassen. Und im Grunde stimmte Hannes ihm sogar zu, denn schließlich verdankte er es seiner eigenen Fehleinschätzung, dass sie ihn so hatte reinlegen können.

Die Tatsache, dass er damit seinen Stiefbruder Albert noch ein wenig näher an den ersehnten Chefsessel im Familienunternehmen – *Westenberg Cityhotels* mit Sitz in Berlin – herangebracht hatte, ging ihm allerdings gegen den Strich. Das konnte – das *durfte* – Hannes einfach nicht zulassen.

Da war ihm auf einmal das Schreiben vom Notar seiner Großtante Hilda ins Haus geflattert und hatte ihn darüber in Kenntnis gesetzt, dass er ein Schloss in der schwedischen Provinz Dalarna geerbt hatte.

Seitdem setzte er all seine Hoffnung darauf, Beringholm Slott gewinnbringend zu verkaufen. Mit dem Erlös wollte er das *Alsterblick* retten, und mit ein bisschen Glück würde sein Vater niemals etwas merken.

Doch damit, dass er das Schloss geerbt hatte, schien sein Glück bereits erschöpft. Und der Stolperstein, der all seine schönen Pläne zu Fall zu bringen drohte, trug einen Namen: Lisbet Carlsson.

Das Klingeln seines Handys riss Hannes aus seinen Grübeleien. Als er es zur Hand nahm und die Nummer auf dem Display erkannte, fluchte er unterdrückt.

„Hallo, Vater", meldete er sich.

„Wo zum Teufel steckst du?" Richard Westenberg hielt sich nie lange mit überflüssigen Floskeln auf und kam stets gleich auf den Punkt. Daran war Hannes seit Langem gewöhnt – was jedoch nicht bedeutete, dass es ihm gefiel.

„Es freut mich auch, deine Stimme zu hören", entgegnete er ironisch. „Was kann ich für dich tun?"

„Ich will verdammt noch mal wissen, warum man im *Alsterblick* niemanden erreichen kann!", polterte sein Vater. „Ich habe in den vergangenen Tagen mehrfach erfolglos versucht, dich im Büro zu erreichen, und auch am Empfang geht niemand an den Apparat. Was zur Hölle geht da bei euch in Hamburg vor?"

Hannes spürte, wie sein Puls sich beschleunigte, doch er schaffte es, dies aus seiner Stimme herauszuhalten. „Reg dich nicht auf, Vater. Es werden dringend notwendige Renovierungen durchgeführt. Was erwartest du? Dass die Handwerker den Telefondienst übernehmen?"

Aus Erfahrung wusste er, dass er mit dieser dreist-provokanten Art bei seinem Vater am weitesten kam. Vermutlich vermittelte es Richard Westenberg am ehesten das Gefühl, mit seinesgleichen zu sprechen.

„Renovierungen?", knurrte er unwillig. „Warum weiß ich davon nichts?"

Hannes seufzte. „Ich habe es dir schon vor einer ganzen Weile erzählt – vermutlich hast du es einfach vergessen. Davon abgesehen hast du *mir* die eigenverantwortliche Leitung des *Alsterblick* übertragen – ich wüsste also nicht, warum ich mich dir gegenüber rechtfertigen müsste."

Einen Moment lang herrschte Schweigen am anderen Ende der Leitung, dann sagte Richard Westenberg in einem deutlich versöhnlicheren Tonfall: „Also schön. Aber warum ich dich eigentlich sprechen wollte: Ich werde Ende nächsten Monats kurz nach Hamburg kommen und möchte mir bei der Gelegenheit auch das *Alsterblick* anschauen. Ich nehme doch an, dass die Renovierung bis dahin abgeschlossen ist? Du solltest nicht vergessen, dass uns jeder Tag, den das Hotel geschlossen ist, ein Vermögen kostet."

Sein Vater wollte nach Hamburg kommen? Schon Ende des kommenden Monats? Wie konnte er ihn davon abhalten? Seine Gedanken rasten.

„Ich ... Vater, du ..." Er kam nicht mehr dazu, seinen Einwand zu formulieren, denn im nächsten Moment drang auch schon das Besetztzeichen an sein Ohr.

Richard Westenberg hatte aufgelegt.

Fluchend warf Hannes das Handy aufs Bett. Wunderbar! Er

war, was den Verkauf des Schlosses betraf, seit seiner Ankunft noch nicht einen Schritt vorangekommen. Im Gegenteil, es gab Komplikationen. Und jetzt machte ausgerechnet sein Vater die Sache noch komplizierter, als sie es ohnehin bereits war.

Nun, er würde sich etwas einfallen lassen müssen. Und angesichts dieser Wendung durfte er fortan erst recht keine Rücksicht auf Lisbet nehmen.

Entschlossen ballte er die Hände zu Fäusten. Er würde seinem Vater beweisen, dass er der richtige Mann war, um seine Nachfolge anzutreten. Koste es, was es wolle!

Lisbet stand gerade im Stall und mistete eine der Boxen aus, als sie den alten Esel Viktor protestierend schreien hörte.

„Nein, pass auf, Kristina." Lisbet legte die Mistgabel zur Seite und trat hinter das neunjährige Mädchen, das am Downsyndrom litt. Sie nahm Kristinas Hand, die den Striegel hielt, und führte sie mit sanftem Druck über das Fell des Esels. „Wenn du zu fest drückst, tust du Viktor weh. So gefällt es ihm bestimmt besser."

Kristina quietschte vergnügt, als das Tier den Kopf zu ihr wandte und sie mit seiner feuchten Nase gegen die Schulter stupste.

„Siehst du?" Lisbet lächelte. „Er zeigt dir, dass er es so lieber mag."

Als sie sich wieder ihrer eigenen Arbeit zuwandte, bemerkte sie den Mann, der an der Stalltür stand.

Hannes.

Ihr Herz stockte kurz, dann klopfte es umso schneller. Rasch senkte sie den Blick, um ihre Nervosität zu verbergen. Dabei ärgerte sie sich über sich selbst. Sie war mit diesem Mann nicht zusammen, warum reagierte ihr Körper so heftig auf ihn? Sie mochte ihn ja nicht einmal, machte er ihr doch den Anspruch auf Beringholm Slott streitig.

Nein, er macht ihn mir nicht streitig – *rechtlich gesehen ist er die einzige Person, die* überhaupt *einen Anspruch besitzt!*

Sie schob den unbequemen Gedanken weit von sich. Hilda hätte gewollt, dass sie das Schloss bekam und alles genauso weiterführte, wie es zu ihren Lebzeiten gewesen war, da war sie sich absolut sicher. Hatte sie damit nicht zumindest einen moralischen Anspruch auf das Anwesen?

Doch leider würde ihr das vor Gericht wohl kaum helfen. Sie musste sich also dringend etwas einfallen lassen, denn Hannes würde sich mit diesem Vertrag, den sie erfunden hatte, nicht lange ruhigstellen lassen.

Sie drehte sich zu ihm um. „Stehen Sie schon lange hier?"

„Lange genug, um zu sehen, wie gut Sie mit Kindern umgehen können." Seine anerkennenden Worte überraschten Lisbet. Doch sogleich verfinsterte sich sein Blick wieder. „Warum, haben Sie was dagegen, dass ich mich auf meinem Grund und Boden umsehe?"

Das hätte sie sich ja denken können, dass wieder so etwas kam! Lisbet zwang sich zur Ruhe. Um keinen Preis wollte sie sich vor ihm eine Blöße geben. „Nein, weshalb sollte ich?", entgegnete sie kühl. „Allerdings können Sie sich, wenn Sie schon hier herumstehen, ebenso gut nützlich machen."

Sie warf Hannes die zweite Mistgabel zu, die neben ihr an der Wand lehnte. Er fing sie geschickt auf und begann ohne jeden Protest mit der Arbeit. Verblüfft schaute Lisbet ihm zu. Dieser Mann besaß eindeutig zwei Gesichter!

„Hören Sie, ich wollte noch einmal mit Ihnen reden." Er schaufelte eine Ladung Eselsmist in die Schubkarre. „Wir sind doch erwachsene Menschen und sollten in der Lage sein, uns gütlich zu einigen, was Beringholm Slott angeht, finden Sie nicht auch?"

Sie hielt inne und stützte sich auf den Stiel der Mistgabel. Argwöhnisch schaute sie ihn an. „Im Grunde ja. Aber was wollen Sie genau damit sagen? Haben Sie es sich etwa anders überlegt und lassen mich mit den Tieren auf dem Schloss bleiben?"

„Nun, wenn dieser Vertrag, von dem Sie gesprochen haben, tatsächlich existiert, wird mir wohl nichts anderes übrig bleiben, als mich irgendwie mit Ihnen zu arrangieren."

Sein Blick machte deutlich, dass er nicht wusste, ob er ihr trauen konnte. Lisbet spürte, wie sich in ihrem Magen ein schmerzhafter Knoten bildete. „Und wie soll ein solches Arrangement aussehen?"

„Ganz einfach: Ich möchte Ihnen anbieten, Ihnen bei der Suche nach etwas Neuem behilflich zu sein."

„Etwas Neuem?"

„Ja, einem Grundstück, auf dem Sie Ihr Projekt in aller Ruhe fortführen können."

Lisbet lachte bitter auf. „*Sie* wollen mir helfen? Geht es Ihnen nicht vielmehr darum, mich so schnell wie möglich loszuwerden?"

Er zuckte mit den Schultern. „Wenn Sie es unbedingt so betrachten wollen … Und ob Sie mein Angebot nun annehmen oder nicht: Ich werde einen Käufer für Beringholm Slott finden. Notfalls eben Ihren speziellen Freund, diesen Kristof Steen …"

„Das würden Sie nicht tun!", stieß Lisbet entsetzt hervor.

„Und warum nicht? Sie lassen mir ja praktisch keine andere Wahl. Glauben Sie mir, ich bin auch nicht begeistert von der Vorstellung, das Schloss weit unter Wert zu verkaufen. Aber ich kann es mir einfach nicht leisten, viel Zeit auf die Suche nach einem Käufer zu verschwenden."

Mühsam hielt Lisbet den Zorn, der in ihr hochkochte, im Zaum. Sie wandte sich an Kristina, die den Striegel inzwischen sinken gelassen hatte und Hannes und sie aus großen Augen anschaute.

„Das hast du wirklich schön gemacht, Kleines. Aber Viktor hat jetzt genug Streicheleinheiten für heute bekommen. Lauf rasch hinüber in die Küche. Ich bin sicher, dass noch etwas von dem *Äppelpaj* übrig ist, den ich gestern gebacken habe."

Sofort strahlte die Kleine und eilte aus dem Stall. Kaum dass sie außer Hörweite war, wandte Lisbet sich wieder Hannes zu. „Hilda würde sich im Grabe umdrehen, wenn sie wüsste, wie Sie alles, wofür sie in den vergangenen Jahren gelebt hat, mit Füßen treten." Sie verschränkte die Arme vor der Brust. „Dass Sie sich nicht schämen!"

„Wie Sie selbst schon einige Male festgestellt haben, war das Verhältnis zwischen meiner Großtante und dem Rest der Familie nicht besonders herzlich. Ich kannte Tante Hilda im Grunde kaum, warum sollte ich mein Handeln nach ihren Wünschen ausrichten?", entgegnete er ungerührt. „Ach, und noch eines: Selbst wenn ich mich dazu entschließe, nicht gleich an diesen Steen zu verkaufen – es gibt durchaus Mittel und Wege, Ihnen das Leben auf Beringholm Slott alles andere als einfach zu machen. Sie sollten sich also sehr genau überlegen, ob Sie sich wirklich auf einen Kampf mit mir einlassen wollen."

Seine Worte trafen bei Lisbet einen wunden Punkt. In dem Versuch, sich ihre Unsicherheit nicht anmerken zu lassen, reckte sie das Kinn. „Sie drohen mir?"

Er trat einen Schritt auf sie zu und schaute nun von oben auf sie herab. Widerwillig musste sie sich eingestehen, dass dieser Schachzug seine Wirkung nicht verfehlte – wenn auch auf andere Art und Weise, als Hannes vermutlich beabsichtigt hatte: Lisbet bekam weiche Knie, und in ihrem Bauch schien ein ganzer Schwarm Schmetterlinge umherzuflattern.

„Ich führe Ihnen lediglich die möglichen Konsequenzen Ihres Handelns vor Augen", sagte Hannes mit einem anmaßenden Lächeln, das ihr Herz Purzelbäume schlagen ließ. „Kommen Sie mir jedoch entgegen, werde ich tun, was in meiner Macht steht, um Ihnen bei der Suche nach einer passenden neuen Immobilie zu helfen. Ich habe bereits Kontakt mit einigen Maklern hier in der Gegend und …"

„Ja, das kann ich mir vorstellen", entgegnete Lisbet bissig. Es gefiel ihr gar nicht, dass ihr Körper so auf ihn reagierte. „Das ist Erpressung, Hannes! Und egal, wie vornehm Sie tun: Damit sind Sie keinen Deut besser als Kristof Steen! Er hat es auch nicht geschafft, mich kleinzukriegen, auch wenn er es weiß Gott lange genug versucht hat!"

Als sie das gefährliche Aufblitzen in seinen blauen Augen registrierte, war es bereits zu spät. Ehe sie sich versah, fand sie sich in seinen Armen wieder, und als er sie küsste, war sie zuerst zu überrumpelt, um sich zu wehren. Dann stieß sie ihn von sich und versetzte ihm eine schallende Ohrfeige.

Das zumindest war der Plan – doch irgendwie konnte sie

ihren verräterischen Körper nicht dazu bringen, ihre Anweisungen auch auszuführen …

Stattdessen schlangen sich ihre Arme wie von selbst um seinen Nacken.

Ihr Herz flatterte aufgeregt, und ihre Knie waren so weich, dass sie fürchtete, nicht mehr aus eigener Kraft stehen zu können. So etwas hatte sie noch nie erlebt – nicht einmal mit Ruben, und mit dem wäre sie immerhin beinahe vor den Traualtar getreten …

Der Gedanke an ihren Exverlobten holte Lisbet wieder auf den Boden der Tatsachen zurück. Hatte sie denn aus der Vergangenheit überhaupt nichts gelernt? Schon einmal war sie durch den Verrat ihrer großen Liebe in tiefe Depression gestürzt worden, von der sie sich mühsam hatte befreien müssen. Noch immer war sie kaum in der Lage, an früher zu denken, ohne dass ihr die Tränen kamen. Seit damals hatte sie keinen einzigen Song mehr zu Ende geschrieben, geschweige denn gesungen. Eine weitere Demütigung, das spürte sie deutlich, würde sie nicht überstehen.

Hastig machte sie sich von Hannes los, stolperte ein paar Schritte zurück, bis sie gegen die Wand stieß, und wischte sich mit dem Handrücken über die Lippen.

„Was bilden Sie sich ein?", stieß sie, noch immer atemlos, hervor. „Tun Sie das nie wieder, hören Sie? Nie wieder!"

Ihr Gefühlsausbruch ließ Hannes anscheinend vollkommen kalt – ebenso wie der Kuss, der sie selbst so aufgewühlt und verwirrt zurückgelassen hatte. „Wenn Sie unbedingt wollen, reden Sie sich nur ein, dass es Ihnen nicht gefallen hat, Lisbet." Er lächelte ein wenig spöttisch. „Ich weiß es besser."

Mit diesen Worten wandte er sich ab und verließ den Stall.

Lisbet widerstand nur mühsam dem Drang, ihm irgendetwas hinterherzuwerfen. Was für ein unglaublich arroganter und selbstherrlicher Kerl Hannes Westenberg doch war!

Das Schlimmste war, dass er mit seinen Worten den Nagel auf den Kopf getroffen hatte …

„Der Name des Notars lautet Petter Rönquvist." Hannes saß in seinem Zimmer auf Beringholm Slott, einem gemütlichen

Raum mit Himmelbett, Bauernschrank und Aussicht auf den Schlosshof, und telefonierte mit einem Privatdetektiv namens Lennartsson. Die Nummer hatte er mit seinem Blackberry aus dem Internet herausgesucht. Zwei Tage lang hatte er versucht, einen Kaufinteressenten zu finden, der sich von Lisbets bislang ungeklärtem Status auf Beringholm nicht beeindrucken ließ – vergeblich. Ehe er auch nur an einen Verkauf denken konnte, musste er zunächst klare Verhältnisse schaffen.

Und das wiederum war nur möglich, wenn er diesen verflixten Vertrag in die Hände bekam, der Lisbet die Nutzung von Beringholm Slott auf Lebenszeit zusicherte. Er musste das Dokument so schnell wie möglich von seinen Anwälten prüfen lassen.

Deshalb der Privatdetektiv.

Natürlich konnte Hannes nicht wissen, ob der Mann wirklich etwas von seinem Handwerk verstand, doch was blieb ihm schon für eine Wahl? Noch stümperhafter und unprofessioneller als er selbst konnte der Detektiv auch nicht an die Angelegenheit herangehen. *Nein, dazu müsste er schon Lisbet küssen …*

Wütend schob er den Gedanken an diesen unseligen Kuss beiseite. „In Rönquvists Obhut sollen sich einige Dokumente befinden, die für mich von entscheidender Bedeutung sind. Sehen Sie eine Chance, sich Einblick in diese Unterlagen zu verschaffen?"

„Nun", antwortete der Mann am anderen Ende der Leitung zögernd, „es gibt für alles Mittel und Wege, allerdings …"

Hannes unterdrückte ein gereiztes Knurren. Er nannte einen, wie er fand, recht stattlichen Betrag. „Das ist der Bonus, den Sie erhalten, sollten Sie Ihren Auftrag zu meiner Zufriedenheit erfüllen. Zusätzlich zu Ihrem üblichen Honorar, versteht sich. Ich denke, das dürfte ausreichen, um Ihr Gewissen zu beruhigen."

Lennartsson lachte leise. „Nun gut, unter diesen Umständen … Aber eines muss ich von vorneherein klarstellen: Ich werde keinesfalls gegen Gesetze verstoßen, und ich unterstütze keine kriminellen Machenschaften."

„Seien Sie unbesorgt. Es handelt sich lediglich um eine schriftlich fixierte Nutzungsvereinbarung. Finden Sie heraus, ob dieser

Vertrag tatsächlich existiert, und wenn ja, beschaffen Sie mir eine Kopie, die ich meinen Anwälten zur Prüfung vorlegen kann. Ich schicke Ihnen eine E-Mail mit allen Informationen, die Sie benötigen."

„Gut. Das ist alles?"

„Ja … das heißt …" Er zögerte. Sollte er das wirklich tun? Schließlich gab er sich einen Ruck. „Eine Sache gäbe es da noch. Wenn Sie gerade dabei sind, überprüfen Sie bitte eine Frau namens Lisbet Carlsson für mich. Ich will alles wissen, was sie getan hat, bevor sie vor ein paar Jahren auf Beringholm Slott untergekrochen ist. Ihren Beruf, ihre Hobbys, die finanzielle Situation – einfach alles!"

„Ich melde mich, sobald ich etwas für Sie habe", erwiderte Lennartsson.

Das will ich hoffen, dachte Hannes und beendete das Gespräch. Im Grunde konnte er es sich überhaupt nicht leisten, einen Detektiv zu engagieren. Auf der anderen Seite kam es darauf nun auch nicht mehr an. Wenn Lennartsson ihm Ergebnisse lieferte, dann wusste er zumindest, woran er war. Und ob es überhaupt noch eine Chance gab, das *Alsterblick* zu retten.

Ganz wohl fühlte er sich bei der Sache allerdings nicht – vor allem wegen Lisbet.

Üblicherweise war es nicht seine Art, in der Vergangenheit anderer Menschen herumzuwühlen. Doch angesichts der aktuellen Situation blieb ihm kaum etwas anderes übrig. Zwei der wichtigsten Lektionen, die er von seinem Vater gelernt hatte, lauteten: *Wissen ist Macht* und *Kenne deinen Gegner*.

Es gab nicht viele Punkte, in denen er mit Richard Westenberg übereinstimmte – in diesen jedoch schon.

*D*ie tief stehende Sonne färbte den Himmel über den Hügeln in ein leuchtendes Purpurrot, das zuerst in kräftiges Rosa und schließlich in zartes Violett überging, bis es mit dem Blau des Abendhimmels verschmolz.

Obwohl es bereits spät war – schon fast elf – war es immer noch hell genug, dass man draußen lesen und arbeiten konnte. Mit einem Glas Rotwein und ihrer alten Gitarre saß Lisbet am Gartentisch im Innenhof des Schlosses.

Sie hatte vor ein paar Wochen wieder damit begonnen, an einem Song zu schreiben. Allerdings nicht, weil sie hoffte, jemals wieder auf der Bühne zu stehen. Es war einfach nicht mehr so wie früher, als ihr die Melodien und Texte förmlich zugeflogen waren. Dennoch empfand sie das Komponieren immer noch als sehr beruhigend und entspannend.

Heute jedoch wollte es ihr einfach nicht gelingen, sich auf die Musik zu konzentrieren. Denn immer, wenn sie die Augen schloss, musste sie daran denken, wie wunderbar es sich angefühlt hatte, Hannes' Lippen auf ihrem Mund zu spüren.

Schluss damit!

Sie schüttelte den Kopf über sich selbst. Was war bloß mit ihr los? Seit der Geschichte mit Ruben hatte sie nicht mehr das Verlangen verspürt, einem Mann auch nur nahezukommen. Nein, das hatte er ihr wahrlich mit Bravour ausgetrieben! Aber vielleicht war ja auch genau das der Grund dafür, dass sie sich plötzlich ausgerechnet zu Hannes hingezogen fühlte.

Ihre Hormone spielten verrückt, so einfach war das – oder?

Seufzend fuhr sie sich durchs Haar. Ganz gleich, woher diese Gefühle auch rühren mochten, sie kamen ihr höchst ungelegen. Sie brauchte einen klaren Kopf, wenn sie es schaffen wollte, Beringholm Slott zu halten. Das Problem war nur: Sie hatte absolut keine Idee, wie sie das anstellen sollte. Ihre einzige Chance bestand darin, Hannes von der Wichtigkeit ihrer Arbeit zu überzeugen, bevor er einen Interessenten für das Schloss fand – oder gar an Kristof Steen verkaufte!

Denn so ungern sie es sich auch eingestehen mochte, er allein hielt nun die Zügel in der Hand. Hilda hatte ihm Beringholm Slott vererbt. Und wenn er mich loswerden will, dann steht es ihm frei, mich nach Belieben vor die Tür zu setzen, dachte Lisbet traurig. Im Augenblick schützte sie nur ihre Behauptung, dass eine schriftliche Vereinbarung zwischen Hilda und ihr existierte, doch damit würde sie nicht auf Dauer durchkommen. Sie musste sich dringend eine andere Strategie ausdenken. Bisher hatte sie allerdings nicht das Gefühl, dass Hannes sich besonders für ihr soziales Engagement interessierte.

Sie legte die Gitarre beiseite und versuchte noch einmal, sich auf den Song zu konzentrieren, den sie bisher zu Papier gebracht hatte. Als sie den Text überflog, den sie für die ersten Zeilen notiert hatte, riss sie entsetzt die Augen auf.

… trag dich in meinem Herzen, was immer auch geschieht.
Hannes, mein Geliebter, für dich schrieb ich dieses Lied …

Nej, nej, nej!
Wütend riss Lisbet das Blatt vom Notenblock ab, knüllte es zusammen und warf es auf den Boden. Der Papierball kullerte ein paar Meter weit – und Hannes, der gerade aus dem Gebäude getreten war, genau vor die Füße.

Lisbet spürte, wie ihr das Blut ins Gesicht schoss, als er sich bückte und das Papier aufhob.

Hastig sprang sie auf und riss ihm das Knäuel aus der Hand. „Was wollen Sie?"

Verdutzt sah er sie an. „Ich kann nicht schlafen", antwortete er dann. „Es ist viel zu hell."

Verächtlich blickte sie ihn an. „Sie wissen nicht gerade besonders viel über die Heimat Ihrer Großtante, was?"

„Fangen Sie schon wieder damit an?" Er runzelte die Stirn. „Ja, ich weiß, ich habe sie sehr lange nicht gesehen, und ich kann mir beim besten Willen nicht erklären, warum sie mir Beringholm Slott vermacht hat. Aber so ist es nun mal – ob es Ihnen gefällt oder nicht!"

Lisbet atmete tief durch. Auf diese Weise würde sie nicht weiterkommen. Sie musste versuchen, ihre Emotionen unter Kontrolle zu halten.

„*Midnattssol* – Mitternachtssonne", sagte sie, und als er irritiert blinzelte, fuhr sie ein wenig versöhnlicher fort: „Je weiter man nach Norden kommt, umso länger bleibt es im Sommer hell. Die Mittsommernacht ist der Höhepunkt, die Sonne geht dann nur ein paar Stunden unter, aber schon jetzt wird es vor Mitternacht kaum richtig dunkel."

Hannes zog sich einen Stuhl heran und setzte sich zu Lisbet. Mit einem Nicken deutete er auf die Gitarre, die am Tisch lehnte. „Was machen Sie da?"

Verlegen zuckte sie mit den Schultern. „Ach, nichts Besonderes. Nur eine Freizeitbeschäftigung von mir, die ich … Nein, bitte nicht!" Ehe sie ihn daran hindern konnte, hatte er sich die bereits fertigen Seiten der Komposition geschnappt und fing an, leise die Melodie des Songs zu summen.

Ihre Wangen brannten vor Scham. „Ich mache das nur für mich, Hannes. Es war nicht geplant, dass irgendjemand je das fertige Werk zu sehen bekommt."

„Und warum nicht, wenn ich fragen darf?" Überrascht blickte er sie an. „Ich mag kein Experte sein, aber …"

„Ja?"

„Nun, die Melodie ist sehr eingängig. Soweit ich es beurteilen kann, hat dieser Song das Potenzial zu einem echten Ohrwurm." Er vertiefte sich wieder in das Notenblatt und runzelte nachdenklich die Stirn. „Sie scheinen ein hervorragendes musikalisches Gespür zu haben, hat Ihnen das schon einmal jemand gesagt?" Er nickte beifällig, als er ihr das Blatt zurückgab. „Sie sollten das wirklich von einem Profi begutachten lassen, Lisbet."

„Ich … Sie meinen …" Vollkommen sprachlos starrte sie ihn an. Dieser Mann überraschte sie immer wieder aufs Neue. In einem Moment hochmütig und arrogant, konnte er im nächsten schon wieder die Freundlichkeit in Person sein.

Sofort fing ihr Herz wieder an, heftiger zu klopfen, und in ihrem Bauch flatterte es wild. Doch rasch rief sie sich zur Ordnung. Auf keinen Fall durfte sie sich von seinem Charme einwickeln lassen. Dank Ruben wusste sie nur allzu gut, dass Männer in den meisten Fällen nur so lange freundlich und zuvorkommend waren, wie es ihrem eigenen Vorteil diente. Aber wehe, die Situation veränderte sich zu ihren Ungunsten – dann nahmen sie Reißaus, ohne auch nur ein einziges Mal zurückzublicken.

Dies war einer der Gründe, warum sie an einer Beziehung kein gesteigertes Interesse hatte.

Den zweiten Grund sah sie jeden Morgen und Abend im Spiegel, wenn sie sich umkleidete, denn ihr Unfall vor sechs Jahren war nicht ohne Folgen geblieben. Durch das Feuer, das im Inneren des Wagens ausgebrochen war, hatten ihre Beine schwerste Verbrennungen davongetragen. Und die vernarbte Haut würde sie ihr Leben lang daran erinnern.

Lisbet schüttelte den Kopf, um die düsteren Gedanken beiseitezuwischen. „Wie ich schon sagte", entgegnete sie scheinbar unverbindlich und steckte die Partitur in eine Mappe. Hannes sollte auf keinen Fall bemerken, was für eine umwerfende Wirkung er auf sie hatte. „Ich schreibe das hier ausschließlich zu meinem eigenen Vergnügen."

Sie stand auf, legte den Gitarrenkoffer offen auf den Tisch und versuchte etwas umständlich, das Instrument darin zu verstauen, ohne Hannes zu nahe zu kommen.

„Warten Sie, ich helfe Ihnen."

Hannes war bei ihr, ehe sie ihn davon abhalten konnte. Er stand so dicht hinter ihr, dass sie seine Körperwärme spüren und den männlich-markanten Duft seines Aftershaves riechen konnte.

Plötzlich fühlte sie sich ganz schwach, und ohne seine Hilfe wäre ihr die Gitarre vermutlich einfach aus den Händen geglitten. Doch er fasste beherzt zu und half ihr, das Instrument in den Koffer zu legen und den Deckel zu schließen. Dabei streifte er mit den Fingern ihre Hand, und ein Kribbeln durchlief ihren Körper. Hastig rückte sie von ihm ab.

„Danke, ich …" Sie packte den Griff des Koffers. „Es ist schon spät, *god natt*."

Mit diesen Worten drehte sie sich um und flüchtete ins Haus. Einmal mehr lief sie vor Hannes Westenberg davon – es schien allmählich zu einer schlechten Gewohnheit zu werden.

„Wie viel wollen Sie als Anzahlung?", stieß Hannes fassungslos hervor. Er telefonierte gerade mit dem Handwerker, der das Dach des *Alsterblick* reparieren sollte. „Sind Sie wahnsinnig? Ich brauche lediglich ein Dach – ich will nicht gleich ein neues Hotel bauen!"

Die Nachrichten waren gelinde ausgedrückt katastrophal. Immer wenn er gerade glaubte, es könne nicht mehr schlimmer werden, kam stets von irgendwo eine neue Hiobsbotschaft. Nun waren es also die Dachdecker, die mit ihrer Arbeit erst dann beginnen wollten, wenn er mindestens die Hälfte der veranschlagten Reparatursumme im Voraus gezahlt hatte.

Das war natürlich üblich, schon allein deshalb, weil für die Instandsetzung des Daches große Mengen an Material beschafft werden mussten. Die Handwerker waren nervös, denn sie fürchteten, am Ende selbst auf den Kosten sitzen zu bleiben. Es kam nicht gerade selten vor, dass ihre Auftraggeber während der laufenden Arbeiten pleitegingen – und wenn sie die notwendigen Baustoffe dann aus eigener Tasche gezahlt hatten, standen sie dumm da.

An Verständnis mangelte es Hannes also nicht, aber an den nötigen Rücklagen, um diese Forderung zu erfüllen. Nichts, aber auch wirklich gar nichts lief so, wie er es sich vorgestellt hatte. Sein Plan war gewesen, nach Schweden zu fahren, Beringholm Slott gewinnbringend zu verkaufen und mit dem Geld wieder nach Hamburg zurückzukehren. Das alles möglichst innerhalb einer Woche. Doch es sah nicht so aus, als ob daraus noch etwas werden würde.

Statt Gespräche mit Kaufinteressenten zu führen, saß er hier, verschwendete seine Zeit und hatte bisher nichts erreicht, als ausgerechnet der Frau schöne Augen zu machen, die er eigentlich so schnell wie möglich vertreiben sollte.

Wie er es auch drehte und wendete – Lisbet stand ihm im Weg.

Er musste eine Möglichkeit finden, sie mitsamt ihrer Tiere loszuwerden, und zwar so schnell wie möglich. Ansonsten konnte er auch gleich nach Deutschland fahren und vor seinem Vater zu Kreuze kriechen. Und so weit würde es nicht kommen, ganz gleich, wie sehr er Lisbet insgeheim auch für ihre Arbeit bewunderte. Wenn er allerdings daran dachte, wie himmlisch es sich angefühlt hatte, als sie in seinen Armen gelegen hatte und …

Energisch schüttelte Hannes den Kopf, um die Erinnerung zu vertreiben. Es gab wirklich andere Dinge, mit denen er sich zu befassen hatte. Lisbet war nicht die erste Frau, die ihre weiblichen Vorzüge als Waffe einsetzte, um an ihr Ziel zu gelangen, und sie würde mit Sicherheit auch nicht die letzte sein. Er brauchte ja nur an seine Stiefmutter zu denken. Wie sie seinen Vater, den sonst so dominanten und überlegenen Richard Westenberg, mit einem Augenaufschlag um den kleinen Finger wickelte …

„Nein, Herr Hennig", sagte er schließlich. „Es tut mir leid, aber eine so hohe Vorausleistung kommt nicht infrage. Meinetwegen zahle ich Ihnen zehn Prozent des Kostenvoranschlags, aber keinen Cent mehr." Dass er schon diesen Betrag im Augenblick nur schwer aufbringen konnte, erwähnte er natürlich nicht. „Sie können sich darauf verlassen, dass die Zahlung bis Ende des Monats auf Ihrem Konto eingeht. Schönen Tag noch."

Er beendete das Gespräch, ohne Dachdeckermeister Hennig noch einmal zu Wort kommen zu lassen. Dann warf er das Telefon mit einem unterdrückten Fluch aufs Bett. Als er sich umdrehte, fiel sein Blick in den goldgerahmten Spiegel an der Wand.

„Und nun?", fragte er sein Spiegelbild. „Noch irgendeine tolle Idee?"

Da ihm sein Konterfei eine Antwort schuldig blieb, musste er sich wohl oder übel selbst etwas einfallen lassen. Nachdenklich verließ er das Zimmer, das im Obergeschoss lag, und ging die steile Wendeltreppe am Ende des Korridors hinunter. Die meisten Räume des Schlosses waren verwaist. Genutzt wurden eigentlich nur die ebenerdigen Wirtschaftsräume, wie die Küche, in der auch gegessen wurde. Lisbet bewohnte ein winziges Zimmer im ehemaligen Gesindetrakt. Warum sie sich von all den herrlichen Räumen ausgerechnet einen so einfachen Raum ausgesucht hatte, war Hannes ein Rätsel. Aber vielleicht hatte sie es mit vorgeblicher Bescheidenheit geschafft, seiner Großtante Sand in die Augen zu streuen.

Er hatte die Schwester seiner Großmutter nicht besonders gut gekannt, doch die meisten älteren Frauen schätzten Menschen, die sich für andere engagierten und dabei doch bescheiden und bodenständig blieben. Vermutlich hatte Hilda ihrem Schützling Lisbet all die kleinen Annehmlichkeiten, mit denen sie ohne Zweifel bedacht worden war, förmlich aufdrängen müssen. Das machte sie keinen Deut besser als seine Stiefmutter Nadine, die ihren fünfzehn Jahre älteren Mann mit einschmeichelndem Lächeln dazu bewegte, ihre hemmungslose Verschwendungssucht zu finanzieren – und zum Dank dafür, sobald er ihr den Rücken zuwandte, gegen seine Erben intrigierte, damit ihr eigener Sohn Albert die Firma erbte. Lisbet ging bei all dem lediglich ein wenig subtiler vor.

Aber warum fiel es ihm dann so schwer, Nägel mit Köpfen zu machen? Selbst wenn dieser Nutzungsvertrag zwischen Lisbet und seiner Großtante tatsächlich existierte – er würde mit Sicherheit Mittel und Wege finden, damit sie freiwillig ging. Er glaubte keine Sekunde daran, dass sie ihre Maskerade der edlen Wohltäterin dann noch weiter aufrechterhielt. Sollte er sich täuschen, konnte er ihr ja immer noch helfen, eine geeignete neue Bleibe für sich und ihre Tiere zu finden.

Der Duft von Kaffee und frisch gebackenen Brötchen wehte zu ihm herüber. Doch obwohl sein Magen vernehmlich knurrte, machte er einen großen Bogen um die Küche. Lisbet wollte er jetzt lieber nicht begegnen. Er musste ernsthaft darüber nachdenken, wie es weitergehen sollte, und sie würde ihn nur daran hindern, mit kühlem Verstand an die Sache heranzugehen.

Er trat durch eine Seitentür ins Freie, verließ den Burghof über die Zugbrücke und ging ein Stück am See entlang. Wider Erwarten fehlten ihm der Lärm und der Trubel der Großstadt überhaupt nicht. Ganz im Gegenteil: Er hatte sich selten so lebendig, so energiegeladen gefühlt wie hier, und das überraschte ihn ehrlich.

Versonnen ließ er seinen Blick über den See schweifen. Am gegenüberliegenden Ufer erstreckten sich sanfte grüne Hügel und dichte Wälder, so weit das Auge reichte. Dazwischen entdeckte er immer wieder vereinzelte Häuser, allesamt im typischen *Falunröd*, für das dieser Landstrich Schwedens so bekannt war. Sie wirkten wie rote Farbspritzer, die von einem nachlässigen Maler mit dem Pinsel auf eine grüne Leinwand getupft worden waren.

Unwillkürlich fragte Hannes sich, wie es wohl sein mochte, hier zu leben, doch rasch verwarf er den Gedanken wieder. Er war ein Stadtmensch, und daran konnte auch eine noch so schöne Umgebung nichts ändern. Auf Dauer würden ihn all die gute Luft und die herrliche Natur nur langweilen, denn was hatte das Leben auf dem Land sonst schon zu bieten?

Das Geräusch eines Autos riss ihn aus seinen Gedanken. Er drehte sich um und entdeckte einen Geländewagen mit Ladefläche, der mit der unwegsamen Zufahrtsstraße keinerlei Probleme zu haben schien. Neugierig ging Hannes in Richtung Schloss zurück und erreichte es gerade, als der Fahrer ausstieg.

Der Mann war gedrungen, jedoch nicht korpulent, sondern eher kräftig und grobschlächtig. Sein rötlich braunes Haar war dünn und strähnig, der Haaransatz bereits weit zurückgewichen. Das Gesicht wurde dominiert von einer schmalen, spitzen Nase und stechenden gewittergrauen Augen, mit denen der Fremde ihn nun taxierte.

„Kann ich etwas für Sie tun?" Hannes trat auf den Mann zu. Er war ihm auf Anhieb unsympathisch, ohne dass er sagen konnte, woran genau es lag. Normalerweise gab er nicht viel auf Äußerlichkeiten, wenn es darum ging, Menschen einzuschätzen.

Der Unbekannte hob eine Braue. „Wer sind Sie denn?", fragte er schroff, dann fing er an, bellend zu lachen. „Sagen Sie bloß, die Carlsson hat Sie als Wachhund engagiert, weil Sie sich nicht traut, selbst mit mir zu reden!"

„Ich weiß nicht, wovon Sie sprechen", entgegnete Hannes wahrheitsgemäß. „Aber Ihr Tonfall gefällt mir nicht."

„Und mir gefällt nicht, wie Sie sich hier aufspielen", entgegnete der Fremde. „Ich frage Sie noch einmal: Wer zum Teufel sind Sie?"

„Mein Name ist Hannes Westenberg", erwiderte er kühl. „Und meine Großtante hat mir Beringholm Slott vermacht."

Die Verwandlung, die mit seinem Gegenüber vor sich ging, war erstaunlich. Zuerst drückte seine Miene Überraschung aus, doch er fing sich rasch wieder und lächelte unterwürfig. „*Förlåt*", entschuldigte er sich und deutete eine kleine Verbeugung an. „Ich hatte ja keine Ahnung ... Aber dann sind Sie ja genau der Mann, mit dem ich sprechen möchte!"

Hannes runzelte die Stirn. „Und wer bitte schön sind Sie?" Er konnte Leute, die wie ein Fähnchen im Wind ständig ihre Haltung wechselten, nicht ausstehen. „Und vor allem: Was wollen Sie von mir?"

„Steen ist mein Name", antwortete der Mann eilfertig. „Kristof Steen. Ich ..."

„Ich habe von Ihnen gehört", fiel Hannes ihm ins Wort. „Und mir ist ebenfalls zu Ohren gekommen, dass Sie meiner Großtante ihre letzten Monate ziemlich schwer gemacht haben."

Steen riss die Augen auf. „Das sind doch üble Verleumdungen", protestierte er, doch Hannes kaufte ihm seine Entrüstung nicht ab. „Ich bin gekommen, um Lisbet Carlsson meine Aufwartung zu machen. Fälschlicherweise hatte ich angenommen, dass sie nach dem Tod Ihrer Großtante die neue Besitzerin von Beringholm Slott ist. Ich hatte ja keine Ahnung ... Hannes – ich darf Sie doch so nennen, nicht wahr?" Als Hannes nichts erwiderte, räusperte er sich kurz und fuhr fort: „Da Sie ja bereits von mir gehört haben, wissen Sie sicherlich, dass ich daran interessiert bin, Beringholm Slott zu kaufen."

„In der Tat. Aber ich muss Sie enttäuschen."

Steens Augen wurden schmal. „Was soll das heißen?"

„Nun, selbst wenn ich wollte – ich *könnte* Ihnen das Schloss im Augenblick gar nicht verkaufen. Es gibt da einige ... Formalitäten, die noch geklärt werden müssen. Wie es scheint, wurde Lisbet Carlsson von meiner Großtante nämlich lebenslanges Wohn- und Nutzungsrecht garantiert."

„Unter diesen Umständen dürfte es sich in der Tat schwierig gestalten, einen Käufer für das Anwesen zu finden." Steen nickte, dann verzog er die Lippen jedoch zu einem verschwörerischen Grinsen. „Mir würde diese Konstellation hingegen nichts ausmachen, Hannes. Denn wissen Sie, ich verfüge durchaus über Mittel, Lisbet Carlsson dazu zu bringen, mit ihrem Viehzeug und den Gören das Feld zu räumen."

Daran zweifelte Hannes keine Sekunde. Er kniff die Augen zusammen. Was für ein widerlicher Kerl!

Aber warum kümmert dich das eigentlich? fragte plötzlich eine innere Stimme. *Hör dir an, was er zu sagen hat, und wenn sein Angebot gut ist, schlag ein. Eine bessere Gelegenheit, diesen alten Kasten loszuwerden, bekommst du so schnell nicht wieder!*

Doch stattdessen fluchte er leise. „Verschwinden Sie!" Als Steen lediglich überrascht blinzelte, runzelte er die Stirn. „Haben Sie nicht gehört, Mann? Sie setzen sich sofort wieder in Ihren Wagen und verlassen mein Grundstück!"

„Seien Sie kein Narr, Hannes", beschwor Steen ihn eindringlich. „Hören Sie sich doch erst einmal an, was ich Ihnen biete!"

Er nannte eine Summe, die nicht gerade besonders hoch war – aber immer noch hoch genug, um sämtliche Reparaturen am *Alsterblick* damit bezahlen zu können.

Nichtsdestotrotz verspürte Hannes einen tiefen Widerwillen, das Schloss an Kristof Steen zu verkaufen. Steen hatte keinen Hehl daraus gemacht, was aus Lisbet, den Tieren und den Kindern werden sollte, wenn er erst einmal der Besitzer von Beringholm Slott war. Hannes mochte gar nicht darüber nachdenken, zu welchen Mitteln dieser Mann greifen würde, um sein Ziel zu erreichen …

Das ist nicht dein Problem! Du brauchst das Geld, Steen bietet es. Es ist nur ein Geschäft, von dem beide Seiten profitieren würden.

Alle, bis auf Lisbet und ihre Schützlinge.

„Sie sind doch kein Dummkopf, Hannes! Unter den gegebenen Umständen ist mein Angebot das Beste, das Sie bekommen werden – und das wissen Sie ebenso gut wie ich!"

Natürlich war sich Hannes darüber im Klaren – ebenso wie darüber, dass ihm nicht viel Zeit blieb, das Schloss zu verkaufen. Sein Vater würde schon Ende nächsten Monats nach Hamburg kommen, und bis dahin mussten alle Arbeiten am *Alsterblick* abgeschlossen sein. Wenn Richard Westenberg herausfand, dass Hannes sich von einer Frau hatte reinlegen lassen, und das auch noch aus rein sentimentalen Gründen, war er endgültig aus dem Rennen. In solchen Dingen war sein Vater knallhart. Ihm war es nicht wichtig, ob ein direkter Verwandter die Firma weiterführte. Für ihn war nur wesentlich, welcher Kandidat am besten geeignet war, die leitende Position zu besetzen. Und nach seinen Maßstäben erfüllte Albert diese Voraussetzungen vermutlich viel besser.

Noch vor ein paar Jahren wäre es Hannes vermutlich vollkommen egal gewesen. Er hätte Albert die Firmenleitung mit Freuden überlassen, denn er selbst hegte keine entsprechenden Ambitionen.

Doch Tobias' Unfall hatte alles verändert. Als Hannes davon erfuhr, hatte er unwillkürlich an das letzte Telefonat mit seinem Bruder denken müssen. Tobias war dahintergekommen, dass jemand in der Firma in die eigene Tasche wirtschaftete.

Jemand, der die Möglichkeit besaß, sich unauffällig von Firmenkonten zu bedienen – und der über Leichen gehen würde, um die Unterschlagung zu vertuschen. Es gab nur zwei Personen, denen Hannes so etwas zutrauen würde: seinen Stiefbruder Albert und dessen Mutter Nadine, die zweite Frau seines Vaters.

Seit er diesen schrecklichen Verdacht hegte, war Hannes zu einem anderen Menschen geworden. Er kämpfte mit aller Macht darum, die Anerkennung seines Vaters zu gewinnen. Denn eines stand für ihn fest: Auf keinen Fall durfte das Familienimperium an Albert fallen. Auch wenn Hannes keinerlei Beweise hatte – er würde nicht zulassen, dass sein Stiefbruder und dessen Mutter ihr Ziel erreichten.

Doch nun drohte er trotz aller Anstrengungen zu scheitern. Der Verkauf von Beringholm Slott war seine letzte Chance. Konnte er es sich wirklich leisten, Kristof Steens Angebot auszuschlagen?

Er geriet ins Schwanken – doch dann beging Steen einen entscheidenden Fehler: Er drohte ihm.

„Hören Sie, Sie sollten sich wirklich gut überlegen, ob Sie sich mit mir anlegen wollen, Westenberg", sagte er lauernd. „Das haben bereits ganz andere versucht, und bisher ist noch jeder gescheitert. Ich habe schon so manchen in die Knie gezwungen. Zu guter Letzt werden Sie doch an mich verkaufen. Warum wollen Sie es sich so schwer machen?"

Glaubte dieser Kerl wirklich, ihn einschüchtern zu können? Nun, da hatte er sich aber geschnitten! Damit erreichte er bei Hannes genau das Gegenteil.

„Sie sollten jetzt besser gehen", entgegnete er scharf. „Ehe ich die Beherrschung verliere und Sie wie einen räudigen Hund von meinem Grund und Boden vertreibe!"

Lisbet durchquerte gerade mit einer Schubkarre voll Hafer das Brückentor auf dem Weg zur Pferdeweide, als sie die beiden Männer erblickte.

Sie erbleichte, als sie Kristof Steen erkannte. Ein Gefühl von Schwäche erfasste ihren Körper, und die Griffe der Karre entglitten ihren Fingern. Was hatte Hannes mit diesem Kerl zu schaffen?

Da überlegst du noch? Hannes will Beringholm Slott verkaufen, daraus hat er nie einen Hehl gemacht!

Der Gedanke, dass das Schloss diesem Widerling in die Hände fallen könnte, weckte ihre Lebensgeister wieder. Sie ließ die Schubkarre einfach stehen und lief los.

Steen stieg gerade wieder in sein Auto. Gras und Erde spritzten auf, als er mit Vollgas wendete und davonpreschte. Als der Wagen gerade im Wald verschwand, erreichte Lisbet Hannes.

„Was zum Teufel hat das zu bedeuten?" Sie baute sich in voller Größe vor ihm auf – wobei er sie immer noch um mehr als einen Kopf überragte – und verschränkte die Arme vor der Brust. „Sie denken doch hoffentlich nicht darüber nach, Beringholm Slott an dieses … dieses Scheusal zu verkaufen!"

„Und wenn?" Hannes erwiderte ihren Blick fest, und in seinen Augen funkelte es gefährlich. „Ich wüsste nicht, was Sie das anginge, Lisbet. Sie scheinen immer wieder zu vergessen, dass *ich* der Besitzer des Schlosses bin."

Störrisch reckte Lisbet das Kinn. „Wie könnte ich, wo Sie mich doch so freundlich daran erinnern? Aber eines sage ich Ihnen: Wenn Sie an Steen verkaufen …"

„Ja? Was dann?"

An seinem Blick erkannte sie, dass sie es zu weit getrieben hatte. Er kam auf sie zu, und ehe sie zurückweichen konnte, hatte er sie bei den Schultern gepackt und in seine Arme gezogen. In der nächsten Sekunde verschloss er ihre Lippen mit seinem Mund.

Sein Kuss war hart und ungestüm – und er setzte Lisbet augenblicklich in Flammen. Plötzlich gab es keine Ängste mehr, keine Sorgen – nur noch den übermächtigen Wunsch, diesen Augenblick nie enden zu lassen.

Lisbet hatte das Gefühl zu schweben. Sie hörte das Blut in ihren Ohren rauschen, ihr Herz flatterte, und flüssiges Feuer pulsierte durch ihre Adern.

„Du wolltest doch sofort zurückkommen und mir helfen, Charlotte das Zaumzeug anzulegen."

Die vorwurfsvolle Mädchenstimme holte Lisbet abrupt wieder in die Realität zurück. Sie riss sich von Hannes los und erblickte Aleksandra, die Hannes und sie mit gerunzelter Stirn musterte.

Hastig machte sie sich von Hannes los und fuhr sich übers Haar. Ihre Wangen glühten noch immer vor Leidenschaft, doch daran konnte sie jetzt nichts ändern. Sie bemühte sich um ein unbefangenes Lächeln.

„*Förlåt*, Aleks, das habe ich völlig vergessen. Geh schon mal zurück, ich komme sofort nach."

Das Mädchen hob eine Braue. Dieses Mal aber wirklich, ja?, schien sein Blick zu sagen. Dann wandte es sich ab und lief zurück.

Lisbet unterdrückte ein Aufstöhnen. Das hatte ihr gerade

noch gefehlt. Was war bloß mit ihr los, dass Hannes es immer wieder schaffte, sie die Kontrolle über sich selbst, über ihren eigenen Körper und ihre eigenen Gefühle verlieren zu lassen?

Und das, obwohl sie genau wusste, dass zwischen ihnen beiden niemals etwas sein konnte!

Sie war nicht mehr dieselbe Frau wie vor ihrem Unfall. Der betrunkene Autofahrer, der ihren Wagen von der Straße abgedrängt hatte, hatte ihr sehr viel mehr genommen als nur ihre Gesangskarriere.

Die Erinnerung an Rubens Blick, an das blanke Entsetzen in seinem Gesicht, tat noch immer weh.

Seit jenem Tag hatte sie keine Note mehr gesungen – es war, als hätte Ruben die Musik aus ihrem Kopf und aus ihrem Herzen vertrieben. Erst seit kurzer Zeit war sie in der Lage, wieder an Songs zu arbeiten. Die alten Wunden hatten angefangen zu heilen – wollte sie wirklich riskieren, sie wieder aufzureißen?

Nein, unmöglich!

Im Grunde ihres Herzens wusste sie, dass sie niemals wieder eine Beziehung mit einem Mann eingehen könnte. Auch für Hannes durfte sie keine Ausnahme machen – nicht einmal für eine einzige Nacht, sosehr sie sich auch danach sehnte. Sie würde es nicht ertragen, die Abscheu in seinen Augen zu sehen, wenn er die vernarbte Haut an ihren Beinen sah …

Hastig schüttelte sie den Gedanken ab. „Ich muss gehen", murmelte sie und wandte sich ab, doch er griff nach ihrem Arm und hielt sie zurück.

Fragend schaute sie ihn an. Er schien etwas sagen zu wollen, doch dann schüttelte er den Kopf und ließ sie los. „Sieh zu, dass du deinen Notar erreichst", knurrte er. „Ich will endlich diesen verdammten Vertrag sehen!"

Lisbet schluckte hart, drehte sich um und ging davon.

Aleksandra stand im Schatten des Torgangs und spähte vorsichtig nach draußen. Als sie Lisbet kommen sah, zog sie sich rasch zurück. So schnell es ihr schlimmes Bein erlaubte, eilte sie zu Charlotte zurück und gab vor, die ganze Zeit bei der gutmütigen Stute gewartet zu haben.

Mit ihren Gedanken war sie jedoch ganz woanders.

Nur mühsam gelang es ihr, ein sehnsüchtiges Seufzen zu unterdrücken, wenn sie an Hannes Westenberg dachte. Dass sie erst fünfzehn und er bestimmt schon über dreißig war, störte sie nicht im Geringsten. Er sah so gut aus mit seinem hellblonden Haar und den leuchtend blauen Augen. Und er war so stark und bestimmt auch sehr mutig, dass ihr Herz jedes Mal Purzelbäume schlug, wenn sie ihn sah.

Doch er schien nur Augen für Lisbet zu haben – und das behagte Aleksandra ganz und gar nicht. Vorhin, als sie die beiden erwischt hatte, wie sie sich küssten, war ihr vor lauter Eifersucht ganz schlecht geworden.

Es war so unfair!

Lisbet hatte einfach alles, was man sich nur wünschen konnte: Sie war schön und anmutig, mit ihrem langen schwarzen Haar und den blaugrünen Augen. Was Aleksandra stattdessen sah, wenn sie in den Spiegel blickte, gefiel ihr gar nicht. Alles an ihr wirkte blass und farblos – uninteressant. Kein Wunder, dass Hannes sie nicht einmal bemerkte – nicht, solange Lisbet in seiner Nähe war.

Diese Erkenntnis machte alles nur noch schlimmer. Seit fünf Jahren kam sie beinahe jeden Tag her, um sich um Charlotte und die anderen Tiere zu kümmern. Lisbet war in der Zeit zu einer guten Freundin für sie geworden.

Doch alles, was Aleksandra jetzt empfinden konnte, als sie Lisbet den Burghof betreten sah, war Eifersucht.

Brennende, quälende Eifersucht.

6. KAPITEL

*A*ch, Hilda, wie soll ich das alles nur ohne dich schaffen?"

Tränen schimmerten in Lisbets Augen, als sie zwei Tage später einen Blumenstrauß auf das Grab niederlegte. Es waren gelbe Rosen aus dem kleinen Schlossgarten, um den sich Hilda immer so liebevoll gekümmert hatte.

Obwohl Hilda erst seit drei Wochen fort war, fing die Natur bereits an, den ihr abgetrotzten Raum zurückzuerobern. Schon jetzt wucherten Löwenzahn und Gipskraut auf den sorgsam angelegten Rabatten, und auf den Steinplatten des Gehwegs bildete sich Moos.

Hilda fehlte einfach – nicht nur im Garten, sondern überall. Sie war immer da gewesen, wenn Lisbet jemanden zum Reden gebraucht hatte.

Verstohlen wischte Lisbet sich über die Augen. *Ach, Hilda, ich verdanke dir so viel. Umso weniger kann ich verstehen, warum du ihm Beringholm Slott vererbt hast. Weshalb hast du das getan? Und was soll ich jetzt tun?*

Sie erhielt keine Antwort. Still und friedlich lag der kleine Friedhof von Tålby da. Hildas Grab befand sich ganz hinten, nahe der Mauer, im Schatten einer alten Kastanie. Diese letzte Ruhestätte hätte ihr sicher gefallen. Nur das Rauschen des Windes in den Baumkronen und das Zwitschern der Vögel durchbrach die Stille. Bienen summten, und Schmetterlinge flatterten von Blüte zu Blüte. Der süße Duft der Blumen erfüllte die laue Sommerluft.

Lisbet schloss die Augen und versuchte, wieder Ruhe und Frieden zu finden. Doch stattdessen sah sie aus einem unerfindlichen Grund Hannes' Gesicht vor sich, und ihr Herz fing an, heftiger zu klopfen.

Hastig schlug sie die Augen wieder auf und bemühte sich, den Gedanken an ihn abzuschütteln. Doch das war alles andere als leicht. Immerhin hing die Zukunft von Beringholm Slott von Hannes ab.

Und damit auch die von Lisbet und ihren Schützlingen.

Sie wusste, lange würde sie ihn nicht mehr hinhalten können. Und wenn er erfuhr, dass es die schriftliche Vereinbarung zwischen Hilda und ihr nie gegeben hatte, würde er sofort verkaufen, so viel stand fest. Ihre einzige Chance war es also, ihn so schnell wie möglich davon zu überzeugen, wie wichtig die Arbeit war, die sie auf Beringholm Slott leistete. Doch wie sollte sie das bloß anstellen?

„Hab ich also doch richtig gesehen, dass du's bist", erklang plötzlich Lars' volltönende Stimme hinter ihr.

Sie atmete tief durch und zwang ein Lächeln auf ihre Lippen, ehe sie sich zu ihm umwandte. *„Hej,* Lars. Ich habe mich lange davor gedrückt, Hilda hier zu besuchen. Es kommt mir so … endgültig vor." Seufzend fuhr sie sich durchs Haar. „Das klingt ganz schön albern, was?"

Lars schüttelte den Kopf. „Ganz und gar nicht. Du vermisst sie sehr, nicht wahr?"

„Ja, sie fehlt mir. Es ist jetzt schon drei Wochen her, und ich denke manchmal immer noch, dass sie gleich zur Tür reinspaziert. Irgendwie will mir der Gedanke, dass ich sie nie wiedersehe, einfach nicht in den Kopf."

Mitfühlend legte Lars ihr eine Hand auf die Schulter. Obwohl er ihr damit sicherlich nur Trost spenden wollte, war Lisbet die Berührung unangenehm. Sie wusste genau, dass er schon lange heimlich in sie verliebt war, aber sie konnte seine Gefühle einfach nicht erwidern.

Dabei war es keineswegs so, dass sie ihn nicht mochte. Ganz im Gegenteil: Lars war ein netter Kerl. Er sah gut aus, und Lisbet kannte einige, die gern mit ihr getauscht hätten. Doch Gefühle ließen sich nun mal nicht erzwingen – ganz gleich, wie gern man jemanden auch hatte.

Was für eine Ironie, dass ihr Körper auf Hannes so vollkommen anders reagierte. Sie wusste selbst nicht, was sie an diesem unausstehlichen Kerl eigentlich fand. Seit er aufgetaucht war, machte er ihr nur Scherereien. Und was tat sie? Sank ihm bei jeder sich bietenden Gelegenheit in die Arme. Lars hingegen war eher wie ein Bruder für sie. Das Leben war schon manchmal wirklich verrückt!

„Und wie läuft es mit deinem Gast?", fragte Lars, als hätte er ihre Gedanken erraten. „Sag mir Bescheid, wenn er sich danebenbenimmt, ja?", ereiferte er sich. „Ich werde dem Knaben schon beibringen, wie man einer Frau Respekt erweist."

„*Tack så mycket*", entgegnete sie. „Vielen Dank, aber damit komme ich schon allein zurecht. Ich weiß, du meinst es gut, aber ich brauche wirklich keinen starken Mann als Beschützer."

Als sie sah, wie er betreten den Blick senkte, bereute sie ihre Worte sogleich wieder. Verdammt, sie wollte ihm ja nicht wehtun, aber genauso wenig wollte sie ihn in seinen Bemühungen bestärken!

„Ich könnte dir helfen, weißt du?", sagte er leise. „Dieser Vertrag zwischen Hilda und dir …"

„Ein solches Dokument existiert nun mal nicht", fiel Lisbet ihm ins Wort. „Und ich glaube, es war ein großer Fehler, überhaupt damit anzufangen! Ich habe ein wenig Zeit gewonnen – aber was hilft mir das? Früher oder später werde ich die Karten auf den Tisch legen müssen, und dann habe ich gegenüber Hannes sowieso verloren. Er wird mich für eine Lügnerin halten – zu Recht …"

„Wer sagt denn, dass er es überhaupt erfahren muss?"

Fragend hob sie eine Braue. „Wie meinst du das?"

„Erinnerst du dich noch an Fredrik Ljung? Ich habe ihn dir beim letzten Mittsommerfest vorgestellt. Er ist früher mit mir in eine Klasse gegangen."

Vage erinnerte Lisbet sich an einen großen dürren Mann, der einen gehetzten Eindruck auf sie gemacht hatte, weil er sich während ihrer kurzen Unterhaltung ständig nach allen Seiten umgeblickt hatte. Sie nickte. „Und? Was ist mit ihm?"

„Fredrik hat … nun, man könnte sagen, dass er eine … eher unorthodoxe Laufbahn eingeschlagen hat. An der Uni entdeckte er sein Talent zum Fälschen von Unterschriften, und …"

Lisbet hob eine Hand. „Willst du damit sagen, dieser Ljung ist kriminell?" Sie schüttelte den Kopf. „Damit will ich nichts zu tun haben, Lars."

„Aber überleg doch mal! Es wäre die Lösung all deiner Probleme. Du brauchst doch nur ein Dokument, in dem Hilda dir die Nutzungsrechte für das Schloss zusichert – das ist nicht schwer. Und Hildas Unterschrift würde Fredrik Ljung dann daruntersetzen. Du weißt genau, dass sie gewollt hätte, dass du auf Beringholm Slott bleibst, Lisbet. Es wäre so einfach …"

Kurz, ganz kurz, dachte Lisbet über seinen Vorschlag nach. Was Lars da beschrieb, klang tatsächlich kinderleicht. Doch es fühlte sich falsch an. Die Versuchung war da, ja, und sie war stark, doch Lisbet gab ihr nicht nach.

„Nein, Lars, das kann ich nicht machen", sagte sie daher bestimmt. „Ich bin vielleicht verzweifelt, aber nicht *so* verzweifelt, dass ich bereit bin, meine Prinzipien dafür zu verraten." Seufzend fuhr sie sich durchs Haar. „Ich weiß nicht, warum Hilda sich entschieden hat, das Schloss ihrem Großneffen zu vermachen, aber ich werde mich nicht einfach über ihren Willen hinwegsetzen. Und jetzt entschuldige mich bitte, ich muss zurück zum Schloss – die Kinder warten bestimmt schon."

Er zuckte mit den Schultern. „Du weißt, wo du mich findest, solltest du es dir doch noch anders überlegen."

„Das wird nicht passieren", entgegnete Lisbet energisch. Aber würde sie immer noch so konsequent sein, wenn alle Versuche, Hannes umzustimmen, erfolglos blieben?

Wenn sie ehrlich zu sich selbst war, konnte sie diese Frage nicht mit einem klaren Ja beantworten.

Der Besuch an Hildas Grab und das Gespräch mit Lars hatten sie länger aufgehalten als beabsichtigt. So blieb ihr auch keine Zeit, groß über Lars' Worte nachzugrübeln – und das war ihr nur recht.

Die Kinder trafen jetzt, während der Sommerferien, oft schon gegen elf Uhr ein. Und die Kirchturmglocke schlug bereits zwölf, als Lisbet auf ihr klappriges altes Fahrrad stieg und in Richtung Beringholm Slott radelte.

Sie trat in die Pedale, so fest sie konnte, doch der Weg schien sich ewig hinzuziehen. Natürlich wusste sie, dass sie sich im Grunde nicht zu sorgen brauchte. Aleksandra war für ihre fünfzehn Jahre manchmal schon übertrieben vernünftig und zuverlässig, sie würde sich um die Jüngeren kümmern. Trotzdem fühlte Lisbet sich unbehaglich bei dem Gedanken, dass die Kinder ganz auf sich gestellt waren.

Besonders, nachdem diese Motorradrowdys wieder aufgetaucht waren.

Zu Lisbets Erleichterung lag Beringholm Slott friedlich da, als sie das Wäldchen hinter sich ließ. Wusste ich doch, dass ich mich auf dich verlassen kann, Aleksandra, dachte sie lächelnd. Doch als sie kurz darauf durch das Brückentor fuhr, erlebte sie eine Überraschung.

„Bravo, Jenny, toll gefangen!", hörte sie Hannes rufen, der neben einem improvisierten, mit Kreide auf den Boden aufgezeichneten Spielfeld stand. „Jetzt kannst du einen Spieler der anderen Mannschaft abwerfen."

Die zehnjährige Jenny Rödgård, die nach einem Unfall im Rollstuhl saß und erst seit knapp zwei Wochen nach Beringholm Slott kam, wirkte stets ein wenig bedrückt und ängstlich. Jetzt aber strahlte sie über das ganze Gesicht, hob den gelben Softball hoch über den Kopf, zielte und warf.

Kristina wurde an der Hüfte getroffen, und Lisbet rechnete mit Geschrei und Tränen, denn das Mädchen mit Downsyndrom fühlte sich schnell ausgegrenzt. Doch stattdessen quietschte Kristina vor Vergnügen und lief sogleich auf die andere Seite des Spielfelds, wo sie hinter der Markierungslinie stehen blieb. Dort standen auch Aleksandra und der kleine Gabriel, dessen linker Arm aufgrund eines Geburtsfehlers vom Ellbogen bis zur Hand deformiert war.

Er bemerkte Lisbet, die das Schauspiel fasziniert und erstaunt betrachtete, zuerst.

„Lisbet!", rief er, die Wangen vor Begeisterung gerötet. „Hannes hat uns ein Spiel beigebracht, das die Kinder in Deutschland spielen – es heißt Völkerball und macht total viel Spaß!"

„Dann macht nur weiter – aber vergesst mir dabei nicht, die

Tiere zu versorgen, ja?"

„Längst erledigt!", erklärte Aleksandra mit würdevoller Miene. „Hannes hat mir geholfen, die Ställe auszumisten, während die Kleinen das Futter verteilt haben."

Der vernarrte Blick, den das Mädchen Hannes dabei zuwarf, entging Lisbet nicht, doch sie bezweifelte, dass er ihn bemerkte.

„Eine aufgeweckte Rasselbande hast du da", sagte er schmunzelnd und trat auf sie zu. „Ich hätte nicht gedacht, dass es so viel Freude macht, sich mit Kindern zu beschäftigen."

„Nun, ich nehme an, du hast es nie wirklich versucht?"

Er sah sie verdutzt an, dann lachte er. „Stimmt, du hast recht. Die einzigen Kinder, mit denen ich bisher zu tun hatte, waren die unserer Hotelgäste. Und die sind in der Regel nur Mini-Ausgaben ihrer Eltern: gut gekleidet und furchtbar wohlerzogen." Er seufzte. „Schätze, mein Bruder Tobias und ich waren auch nicht anders. Unser Vater hat ein strenges Regiment geführt. Undenkbar, dass einer von uns sich dreckig gemacht oder mit zerrissenen Hosen nach Hause gekommen wäre."

„Das muss eine ziemlich traurige Kindheit gewesen sein", entfuhr es Lisbet – und zu ihrem Erstaunen empfand sie tatsächlich so etwas wie Mitgefühl.

Sie selbst war in einer Künstlerfamilie aufgewachsen – der Vater Schauspieler, die Mutter Sängerin. Da die Engagements ihren Vater an Theater in ganz Schweden führten, war Lisbet als junges Mädchen sehr viel herumgekommen. Von Ystad im äußersten Süden von Skåne über Göteborg und Stockholm bis nach Kiruna nördlich des Polarkreises – überall hatte sie schon einmal für eine Weile gelebt. Und obwohl es aufgrund der vielen Umzüge kaum möglich gewesen war, echte Freundschaften zu schließen, hatte sie rückblickend betrachtet eine wunderbare Kindheit gehabt.

Hannes zuckte mit den Achseln. „Ich glaube nicht, dass ich mich wirklich als trauriges Kind bezeichnet hätte. Im Gegensatz zu meinem Bruder habe ich mich oft über die Regeln und Verbote meines Vaters hinweggesetzt. Ich war so etwas wie das schwarze Schaf der Familie – vermutlich bin ich das noch."

Sein Lächeln war nur aufgesetzt, das spürte Lisbet sofort. Doch es stand ihr nicht zu, weiter in ihn zu dringen. Wenn er darüber reden wollte, dann würde er schon von selbst auf sie zukommen.

Und genau genommen ging es sie auch überhaupt nichts an.

Überrascht stellte sie fest, dass sie sich viel mehr für ihn und seine Belange interessierte, als es unter den gegebenen Umständen angemessen war. Dieser Mann hatte einfach etwas an sich, das sie all ihre Prinzipien vergessen ließ.

„Hannes, kommst du?", riss Aleksandras helle Stimme sie aus ihren Gedanken. „Wir haben drei Runden gespielt, wie du gesagt hast, und mein Team hat mit zwei zu drei Punkten gewonnen."

„Gar nicht wahr!", mischte sich die sonst so stille Jenny ein. „Einmal hatten wir Gleichstand – ich weiß es noch ganz genau!"

Es sah ganz so aus, als würde jeden Augenblick eine Zankerei beginnen – doch Hannes brachte die Streithähne mit einer einzigen Handbewegung zum Schweigen.

„Immer mit der Ruhe", sagte er. „Was ist denn das Problem? Ihr glaubt doch nicht etwa, dass ich der Hälfte von euch ein Eis spendiere und die anderen hungrig zuschauen lasse, oder?"

Überrascht schaute Lisbet ihn an. „Eis?"

Er lächelte entschuldigend. „Ich weiß, ich hätte dich vorher fragen sollen – es war nur als kleine Motivation für das Spiel gedacht. Du hast doch nichts dagegen, oder?"

Tadelnd hob Lisbet eine Braue. „Nun, ich könnte mich dazu durchringen, eine Ausnahme zu machen – aber nur unter einer Bedingung."

„Und die lautet?"

„Dass ich ebenfalls eingeladen bin", erklärte sie lachend.

Goldenes Sonnenlicht sickerte durch das sattgrüne Blätterdach, und der Wind fuhr raschelnd durch die Kronen der Bäume, als sie sich knapp zweieinhalb Stunden später mit vollen Eisbäuchen auf dem Rückweg nach Beringholm Slott befanden. Ein erdiger Geruch lag in der Luft, vermischt mit dem süßen Duft der Blumen, die am Wegesrand wuchsen.

Hannes atmete tief durch und spürte, wie neue Energie ihn durchströmte. Niemals hätte er es für möglich gehalten, dass er den Aufenthalt in der freien Natur so genießen könnte. Für Menschen, die erholsame Spaziergänge im Park liebten, hatte er stets nur ein müdes Lächeln übrig gehabt. Was sollte es schon bringen, wenn man stundenlang ohne Sinn und Zweck durch die Gegend lief? Und was Kinder betraf, so hatte er sich zeit seines Lebens nicht mit diesem Thema beschäftigt. Wer glaubte, sich eines dieser kleinen, ständig quengelnden Wesen zulegen zu müssen, bitte sehr – aber für ihn war das nichts.

So hatte er bisher gedacht, doch inzwischen war er nicht mehr so überzeugt davon.

Die unbekümmerte Vitalität von Lisbets Schützlingen erfüllte den Wald. Sie alberten herum, sangen und kabbelten sich, und für Hannes waren es die schönsten Laute, die er jemals im Leben gehört hatte – abgesehen vielleicht von Lisbets sanfter Stimme und ihrem hellen, ansteckenden Lachen …

Rasch verscheuchte er diesen Gedanken und konzentrierte sich wieder darauf, Jennys Rollstuhl über den holprigen Waldweg zu schieben. Zu sehen, wie fröhlich, ja wie glücklich das kleine Mädchen wirkte, rührte sein Herz. Er hatte sich mit den Kindern unterhalten und wusste, dass die meisten von ihnen es nicht leicht hatten. In der Schule wurden sie aufgrund ihrer körperlichen Beeinträchtigungen oft von den Mitschülern gehänselt und verspottet, während die eigenen Eltern sie vor lauter Sorge zumeist wie ein rohes Ei behandelten.

Sie alle liebten Lisbet, weil sie ganz normal mit ihnen umging.

Auf Beringholm Slott konnten sie einfach sie selbst sein. Hier wurde nur von ihnen erwartet, dass sie sich gewissenhaft um die Tiere kümmerten. Doch was das betraf, ließ Lisbet, wie er gehört hatte, keine Ausreden gelten.

Hannes kam nicht umhin, sie für das zu bewundern, was sie auf die Beine gestellt hatte. Sie gab diesen Kindern, denen aus falsch verstandener Rücksichtnahme oft jeder noch so kleine Handgriff abgenommen wurde, eine Aufgabe, eine Herausforderung.

Doch diese Erkenntnis stellte Hannes gleichzeitig vor eine schwierige Entscheidung. Lisbets Arbeit war wichtig – vielleicht *zu* wichtig, als dass man ihr Steine in den Weg legen durfte.

Aber wenn er Beringholm Slott nicht verkaufte, wie sollte es dann mit dem *Alsterblick* weitergehen?

Hannes dachte gerade über dieses Dilemma nach, als er einen seltsamen Geruch wahrnahm. Es roch nach …

„Feuer!", sprach Lisbet den Gedanken aus. Sie hatten das Ende des Wäldchens fast erreicht, und als er Lisbets Blick folgte, sah er die Rauchsäule, die von einem der Ställe aufstieg. Nur Sekunden später hörte er ein lautes Dröhnen, das rasend schnell näher kam.

Sein Instinkt meldete Gefahr.

Er hob die kleine Jenny aus ihrem Rollstuhl und scheuchte die anderen Kinder an den Wegesrand – gerade noch rechtzeitig, denn nur einen Augenblick später schoss ein halbes Dutzend Motorräder an ihnen vorüber, die Fahrer tief über ihre Lenker gebeugt, und verschwand in einer Wolke aus Staub und Erde.

„Charlotte! Sie ist noch im Stall … Es ging ihr nicht so gut … Ich muss mein Pferd retten!"

Aleksandras verzweifelter Schrei riss Hannes aus seiner Erstarrung. Er sah, wie das Mädchen sich von Lisbet losriss und direkt auf die brennende Stallung zulief.

„Aleks, bleib hier!", rief Lisbet. „Du kannst nichts für Charlotte tun!"

Doch das Mädchen hörte nicht auf sie – und Hannes handelte. Rasch reichte er Jenny, die zum Glück ein echtes Fliegengewicht war, an Lisbet weiter. „Kümmere dich um die Kinder", rief er und rannte Aleksandra nach. „Bring sie in Sicherheit und ruf die Feuerwehr!"

„Hannes!", rief Lisbet ihm nach. In ihrer Stimme schwang Besorgnis mit. „Pass um Himmels willen auf dich auf!"

Aleksandra hatte den brennenden Stall bereits erreicht und war, ohne auch nur eine Sekunde zu zögern, hineingelaufen. Hannes rief ihr nach, versuchte, sie dazu zu bringen, stehen zu bleiben. Doch das Mädchen wurde nur von einem Gedanken angetrieben: dem Tier das Leben zu retten, das ihm mehr bedeutete als die meisten Menschen auf der Welt.

Die Hitze, die Hannes im Stall entgegenschlug, war mörderisch. Das Feuer hatte rasend schnell um sich gegriffen. Überall züngelten Flammen, und seine Haut spannte bereits wie bei einem beginnenden Sonnenbrand.

Beißender Qualm erfüllte den Stall, und Hannes' Augen tränten so heftig, dass er nur noch wie durch einen dichten Schleier sehen konnte. Er zog den Bund seines Hemds aus der Hose und hielt sich den Stoff vor den Mund. Es war nur ein armseliger Schutz, aber immer noch besser als nichts.

„Aleksandra!", rief er gegen das Brausen des Feuers an. „Aleks, wo steckst du? Wir müssen hier raus!"

Verzweifelt blickte Hannes sich um, doch der Rauch war so dicht, dass er keinen halben Meter weit sehen konnte. Und er spürte bereits, wie seine Kräfte zu schwinden begannen. Jeder Atemzug schien flüssiges Feuer in seine Lungen zu transportieren.

„Aleks, verdammt!"

Und dann, als er schon nicht mehr daran glaubte, sie noch zu finden, stolperte er beinahe über sie.

Sie lag am Boden, direkt vor dem Eingang einer leeren Pferdebox. Ihre Augen waren geschlossen, und er konnte nicht erkennen, ob sie noch atmete. Er kniete sich neben sie und fühlte ihren Puls – er ging schwach, aber regelmäßig. Doch sie hatte bereits viel Rauch eingeatmet, die Gefahr für ihr Leben war noch längst nicht gebannt.

Hannes musste sie so schnell wie möglich hier herausbringen.

*A*leks wird doch nichts passieren, oder?" Mit banger Miene schaute der kleine Gabriel zu Lisbet auf. „Hannes passt auf sie auf, nicht wahr?"

„Ganz sicher", erwiderte sie mit einer Zuversicht, die sie nicht empfand. Sie hatte Jenny zurück in ihren Rollstuhl gesetzt und mit ihrem Handy die Feuerwehr gerufen. Seitdem schien eine kleine Ewigkeit vergangen zu sein, doch in Wahrheit lag der Anruf gerade einmal ein paar Minuten zurück.

Minuten, die für Hannes und Aleks den Unterschied zwischen Leben und Tod ausmachen konnten.

Gerade als sie meinte, die Untätigkeit nicht mehr länger aushalten zu können, tauchte Lars' Wagen plötzlich hinter der nächsten Wegbiegung auf.

Sie war unendlich dankbar für diesen Zufall. Nun hielt sie nichts mehr. „Bleibt bei Lars, er wird auf euch aufpassen, bis die Feuerwehr kommt!", wies Lisbet die Kinder an.

Dann rannte sie los.

Schon von Weitem sah sie die Pferde, die sich ängstlich am Rand des Gatters zusammendrängten. Unter ihnen befand sich auch Charlotte. Das Tier war gar nicht im brennenden Stall gewesen – Aleksandra hatte sich völlig unnötig in Lebensgefahr begeben!

Lisbet hatte gerade erst die halbe Strecke hinter sich gebracht, da hörte sie ein Krachen wie von berstendem Holz. Im nächsten Augenblick stürzte das Dach des Stalles ein, und eine Wolke aus Rauch und Qualm erhob sich in den strahlend blauen Sommerhimmel.

Die Hitze, die ihr entgegenschlug, raubte ihr den Atem.

„Aleks …" Ihre Stimme war kaum mehr als ein heiseres Krächzen. „Hannes!" Ein Schluchzen kroch ihre Kehle hinauf, und Tränen brannten in ihren Augen. Sie hatten es nicht geschafft. „Nein …!"

Die grausame Wahrheit traf Lisbet wie ein Schlag in die Magengrube. Sie hatte versagt. Aleksandras Eltern hatten ihr die Verantwortung für ihr Kind übertragen, weil sie es bei ihr in si-

cheren Händen glaubten. Doch sie hatte dieses Vertrauen enttäuscht. Sie hätte besser auf Aleks aufpassen müssen.

Oh Gott!

Ein halb ersticktes Husten ließ sie hochfahren. „Hannes?",
rief sie. „Aleks?"

Der Wind trieb Staub und Rauch über der Brandruine aus-
einander. Und dann – endlich! – sah sie ihn. Mit schleppenden
Schritten kämpfte Hannes sich vorwärts, Aleksandra in den
Armen. Sein Gesicht war mit schwarzem Ruß bedeckt, und
Schweiß glitzerte auf seiner Haut.

Lisbet rannte.

Tränen strömten ihr über das Gesicht und verschleierten
ihren Blick. Vorsichtig nahm sie ihm Aleksandra ab. Das leise
Stöhnen des Mädchens klang in ihren Ohren wie Musik. Aleks
lebte! Beide lebten!

Allein sein eiserner Wille, das Mädchen aus der Todesfalle
zu befreien, schien Hannes auf den Beinen gehalten zu haben.
Jetzt, da er es geschafft hatte, sank er mit einem erstickten Keuchen in die Knie und schlug hart auf dem Boden auf. Doch er atmete, und das war weit mehr, als Lisbet zu hoffen gewagt hatte.

Plötzlich waren Menschen überall um sie herum.

Die Feuerwehr und der Rettungswagen waren eingetroffen.
Jemand nahm ihr Aleksandra behutsam ab, ein anderer Mann
wollte sich um Lisbet kümmern, doch sie winkte ab.

„Es geht mir gut", brachte sie heiser hervor und deutete auf
Hannes. „Er braucht dringender Hilfe als ich."

„Schwester, bitte, können Sie mir sagen, wie es Aleksandra Bjorklund und Hannes Westenberg geht? Sie wurden mit Verdacht
auf Rauchvergiftung eingeliefert."

Die Krankenschwester schüttelte bedauernd den Kopf. „Die
beiden werden noch untersucht. Bitte warten Sie, bis der *Doctor*
Sie ins Zimmer ruft."

Obwohl Lisbet weder mit Aleksandra noch mit Hannes verwandt war, hatte sie den Notarzt davon überzeugt, sie im Rettungswagen zum Krankenhaus mitzunehmen. Lars hatte sich

bereitwillig darum gekümmert, dass die anderen Kinder zu ihren Eltern gebracht wurden.

Vor etwas mehr als einer Stunde waren sie im *Hospital* von Rättvik eingetroffen. Seitdem lief Lisbet unruhig auf dem Gang vor den Untersuchungsräumen auf und ab. Niemand sagte ihr etwas, und aus den Mienen des Krankenhauspersonals konnte sie nicht ablesen, wie es um Hannes und Aleks stand. Diese Ungewissheit machte sie noch verrückt!

„Lisbet!"

Ein Mann und eine Frau kamen auf sie zugelaufen. Es waren Aleks' Eltern, Bjarne und Annegret Bjorklund, die Lisbet vom Krankenhaus aus per Handy informiert hatte. Den beiden stand die Sorge um ihre Tochter ins Gesicht geschrieben.

„Wie konnte das passieren?", fauchte Annegret aufgebracht. „Sie hatten versprochen, sich gut um Aleks zu kümmern! Wenn ihr durch Ihre Schuld etwas zugestoßen ist ...!"

„Lass gut sein, *min älskling*, ich bin sicher, dass Lisbet keine Schuld trifft", beruhigte Bjarne seine Frau. Mit einem entschuldigenden Lächeln wandte er sich an Lisbet. „Wie geht es ihr? Hat der Arzt schon etwas gesagt?"

„Nein, bisher nicht. Ich warte schon die ganze Zeit darauf, dass ..."

Sie kam nicht dazu, ihren Satz zu Ende zu bringen, denn in diesem Moment wurde die Tür des Untersuchungszimmers geöffnet, und der Arzt trat hinaus auf den Korridor.

„*Doctor*, bitte! Wie geht es unserer Tochter?"

Der Mann lächelte. „Herr und Frau Bjorklund, nehme ich an? Ein tapferes Mädchen, Ihre Aleksandra. Sie hat eine leichte Rauchvergiftung – nichts, weswegen man sich Sorgen machen müsste. Zur Sicherheit würde ich sie gern eine Nacht zur Beobachtung hierbehalten, aber das ist eine reine Vorsichtsmaßnahme. Und jetzt will ich Sie nicht länger aufhalten – gehen Sie ruhig zu ihr."

Das musste er den Bjorklunds kein zweites Mal sagen. Die beiden liefen sofort in das Behandlungszimmer zu ihrer Tochter.

Mit einem Lächeln wandte sich der Arzt an Lisbet. „Und Sie

brennen sicher darauf, zu erfahren, wie es Ihrem Mann geht, nicht wahr?"

„Meinem …?" Sie unterdrückte ihren ersten Impuls, den Doktor darüber aufzuklären, dass Hannes und sie nicht verheiratet waren. Stattdessen sagte sie: „Ja, ich … Geht es … Geht es ihm gut? Er wird doch wieder gesund, oder?"

Tiefe Erleichterung durchströmte sie, als der Arzt nickte. „Ihr Gatte ist ein ganz schön zäher Brocken", sagte er lächelnd. „Er hat einige ziemlich schwere Verbrennungen an den Armen und am Hals und ebenfalls eine leichte Rauchvergiftung – aber er will nichts davon hören, auch nur eine einzige Nacht hier im Krankenhaus zu bleiben." Er seufzte. „Nun, es ist nicht zwingend medizinisch erforderlich, und ich kann ihn ja nicht hier einsperren. Aber ich bitte Sie, heute Nacht ein Auge auf ihn zu haben. Wenn er sich irgendwie merkwürdig benimmt, Zeichen von Orientierungslosigkeit zeigt oder über Atemnot klagt, bringen Sie ihn bitte sofort zurück in die Klinik. Versprechen Sie mir das?"

„Aber selbstverständlich, *Doctor*", erwiderte Lisbet feierlich.

„Dann können Sie jetzt zu ihm gehen."

Lisbet klopfte das Herz bis zum Hals, als sie über die Schwelle des Untersuchungszimmers trat. Hannes saß mit bloßem Oberkörper auf der Behandlungsliege. Obgleich sie wusste, wie unangemessen es war, konnte sie doch nicht umhin, ihn verstohlen zu mustern.

Sofort bestätigte sich der Eindruck, den sie schon vor einigen Tagen gewonnen hatte, als sie ihn unauffällig vom Fenster aus betrachtet hatte: Hannes war ganz offensichtlich nicht der Schreibtischhengst, für den sie ihn zunächst gehalten hatte. Deutlich zeichneten sich harte Muskeln unter leicht gebräunter Haut ab, und er besaß die kräftigen, breiten Schultern eines Mannes, der körperliche Arbeit gewohnt war. Eines stand fest: Einen solchen Körperbau bekam man nicht davon, Akten auf dem Schreibtisch hin- und herzuschieben. Vermutlich ging er regelmäßig ins Fitnessstudio und traf sich dort mit den ebenso perfekt durchtrainierten, perfekt gestylten Frauen der Hamburger Society.

Mit einem Mal fühlte Lisbet sich in ihren praktischen Jeans und ihrem Pullover regelrecht mickrig und klein.

„Wenn du damit fertig bist, mich anzustarren, könntest du mir vielleicht dabei helfen, mein Hemd anzuziehen?"

Seine Worte holten sie abrupt wieder in die Realität zurück. Prompt spürte sie, wie sie rot anlief. „Ich … habe dich keineswegs angestarrt", widersprach sie stotternd.

„Nein, natürlich nicht." Er lächelte ironisch. „Wie sieht es aus – könntest du dich dazu durchringen, mir behilflich zu sein?"

Sie sah, wie er sich damit abmühte, sein Hemd überzustreifen, und eilte zu ihm. Als der dünne Stoff, der mit Brandlöchern und Flecken übersät war, seine verbundene Haut berührte, verzog er schmerzerfüllt das Gesicht und fluchte unterdrückt.

„Tut es sehr weh?", fragte sie mitfühlend.

„Der Arzt sagte, Aleksandra geht es gut?", überging er ihre Frage. Als Lisbet nickte, lächelte er. „Dann ist es halb so schlimm", sagte er sichtlich erleichtert.

„Danke – für alles …"

Er hob eine Braue. „Du brauchst mir nicht zu danken. Ich habe lediglich getan, was auch jeder andere in meiner Situation gemacht hätte."

„Du hast dein Leben riskiert", entgegnete sie fest. „Das ist weit mehr, als die meisten Menschen für ein fremdes Kind getan hätten! Und jetzt komm, ich bringe dich nach Hause."

Erst nachdem sie sie ausgesprochen hatte, wurde ihr klar, wie richtig diese Worte klangen. *Nach Hause …* Trotz der kurzen Zeit, die er erst auf Beringholm Slott verbracht hatte, schien er bereits dorthin zu gehören. Zu Lisbets Überraschung konnte sie sich kaum mehr vorstellen, ohne ihn in dem riesigen Schloss zu leben.

Werd jetzt bloß nicht sentimental! Es ist vollkommen normal, dass du dich nach Hildas Tod einsam fühlst. Aber Hannes ist ganz bestimmt nicht die richtige Person, um deine Einsamkeit zu bekämpfen!

„Sehr gern", seufzte er. „Aber vorher muss ich mir noch ein

wenig die Beine vertreten, um meinen Kreislauf in Schwung zu bringen."

Zweifelnd schaute Lisbet ihn an. „Bist du sicher, dass es dir dafür gut genug geht?"

„Mir fehlt nichts." Er hakte sich bei ihr unter. „Komm, gehen wir."

Sie verabschiedeten sich von Aleks und ihren Eltern und verließen das Krankenhaus.

Rättvik war ein typisch schwedisches Städtchen mit hübschen kleinen Einkaufsstraßen und wimpelgeschmückten Häusern. Auf dem Marktplatz stand ein mannshohes graues, mit farbenfrohen Ornamenten geschmücktes Holzpferd, auf dessen Rücken lachende Kinder thronten.

„Ein *Dalahäst*", erklärte Lisbet, als sie Hannes' fragenden Blick bemerkte. „Diese Holzpferde sind ganz typisch für die Gegend Dalarna."

„Aber sind sie nicht für gewöhnlich rot?"

„Üblicherweise schon – nur hier in Rättvik nicht. Vermutlich, um sich vom Rest der Provinz abzuheben." Sie gingen weiter, bis sie zum Seeufer gelangten. Das kristallklare Wasser, auf dem Boote ihre Runden drehten, glitzerte im Sonnenlicht. Hannes hob das Gesicht zum Himmel und schloss die Augen.

Sein Anblick löste etwas in Lisbet aus, das sie kaum in Worte zu fassen vermochte. Da war dieses warme, wohlige Gefühl in ihrem Bauch, während es sie gleichzeitig allein bei dem Gedanken, dass er vorhin bei dem Brand hätte sterben können, eiskalt überlief.

Sie nahmen vom See aus ein Taxi zurück nach Beringholm Slott. Lisbet schaute aus dem Fenster, um nicht ständig den immer höher werdenden Betrag auf dem Taxameter vor Augen zu haben.

Das gedämpfte Licht der sinkenden Sonne tauchte die Landschaft in ein Meer aus Farben. Plötzlich musste sie daran denken, was ihre Mutter immer gesagt hatte, wenn der Himmel über dem Horizont rot aufleuchtete.

Schau, Lisbet, Frau Holle backt Kuchen …

Als sie Beringholm Slott erreichten, war die Feuerwehr längst wieder abgerückt. Als letzte Überreste des Stalles ragten einige geborstene und von Ruß geschwärzte Holzpfeiler in den Himmel. Der Boden im Umkreis der Ruine war verbrannt, und die Reifen des Löschwagens hatten tiefe Furchen in die Erde gegraben.

Es war ein trauriger, bedrückender Anblick, und Lisbet spürte, wie ihr die Tränen kamen.

„Nun weine doch nicht." Hannes legte ihr von hinten eine Hand auf die Schulter. „Den Stall haben wir innerhalb einer Woche wieder aufgebaut, du wirst schon sehen."

„Ach ja? Und wozu?" Mit einem Mal brach sich die Verzweiflung, die sich in den vergangenen Tagen und Wochen seit Hildas Tod in ihr aufgestaut hatte, Bahn. Sie drehte sich zu ihm um. „Was hat das noch für einen Sinn, Hannes? Du hast mehr als deutlich gemacht, dass du Beringholm Slott verkaufen willst, und die Tiere und ich sind dir dabei nur im Weg. Warum willst du mir helfen, wenn du mir am Ende ja doch alles wegnimmst? Ich …"

Sie schluchzte auf und barg das Gesicht in den Händen. Sicher würde er jetzt gehen und sie allein lassen. Er hatte ihr ja schon mehrfach klar zu verstehen gegeben, dass er sie für eine kühl kalkulierende Frau hielt. Er ahnte ja nicht, wie sehr ihr das Schicksal der Tiere und der Kinder am Herzen lag. Sie hatte in ihrem Leben einmal etwas wirklich Gutes tun wollen – und jetzt schien alles den Bach hinunterzugehen. Doch warum sollten ihre Tränen ihn berühren?

Umso überraschter war sie, als er sie in seine Arme zog, ihr Gesicht mit einer Hand anhob und sie sanft küsste.

Lisbet fühlte sich wie im Fieber. Sie konnte nicht mehr klar denken. Ihr Herz klopfte wie verrückt, und sie schien schwerelos über den Dingen zu schweben.

Hannes' Küsse ließen ihre Lippen brennen. Sie trank, ja, sie labte sich an seinem Kuss. Er gab ihr all das, wonach sie sich so lange gesehnt hatte. Immer wieder hatte sie sich eingeredet, dass sie keinen Mann mehr in ihrem Leben brauchte. Dass sie alle körperlichen Bedürfnisse hinter sich gelassen hatte und nur noch für ihre Aufgabe lebte.

Doch nun erkannte sie, dass sie sich die ganze Zeit nur etwas vorgemacht hatte. Die Art und Weise, wie sie körperlich auf Hannes reagierte, ließ daran nicht den geringsten Zweifel aufkommen.

Trotzdem durfte das, wonach sie sich so sehr sehnte, nicht sein.

Und im Grunde ihres Herzens wusste sie, dass es auch niemals so weit kommen würde. Spätestens wenn Hannes sie ohne die langen Hosen sah, die sie auch bei größter Sommerhitze trug, würde er vor ihr zurückschrecken. Und sie konnte es ihm nicht einmal verdenken ...

Unwillkürlich versteifte sie sich in Hannes' Armen. Sie wollte sich von ihm losmachen, doch er hielt sie fest.

Mit vor Leidenschaft verschleiertem Blick schaute er sie an. „Stimmt etwas nicht?", fragte er mit heiserer Stimme. „Wenn dir das hier zu schnell geht ..."

Wie verständnisvoll er war! Ganz anders als die meisten Männer, mit denen sie bis zu jenem schicksalhaften Tag zusammen gewesen war. Er schien sich tatsächlich dafür zu interessieren, was in ihr vorging. Selbst Ruben war, was die körperliche Seite ihrer Beziehung betraf, stets vor allem auf die Befriedigung seiner Wünsche und Bedürfnisse bedacht gewesen.

Sie glaubte zu spüren, dass Hannes anders war. Auch sie war anfangs auf seine Masche hereingefallen, auf den selbstherrlichen Macho. Aus irgendeinem Grund wollte er, dass alle Welt ihn für einen gefühllosen, karrierebesessenen Bastard hielt, der überhaupt nicht seinem wahren Charakter entsprach. Doch dann hatte sie gesehen, wie herzlich und verständnisvoll er mit den Kindern umgegangen war. Ein Mann, der nur an Macht und Karriere interessiert war, verhielt sich so nicht. Und auch wenn er es mehrfach angedroht hatte – bisher hatte er keinen Versuch unternommen, sie mitsamt den Tieren und Kindern von Beringholm Slott zu vertreiben.

Doch das alles änderte nichts daran, dass es für sie und Hannes keine Zukunft geben konnte. Ein unterdrücktes Schluchzen schnürte Lisbet die Kehle zu, und Tränen schossen ihr in die Augen. Sie wollte sich abwenden, damit Hannes ihre Verzweiflung nicht bemerkte, doch er ließ es nicht zu.

„Bitte!", sagte sie heiser. „Lass mich los!"

8. KAPITEL

*H*annes kam ihrem Wunsch nach. Hastig stolperte Lisbet ein paar Schritte zurück und drehte ihm den Rücken zu. Doch anstatt die Chance zu nutzen, aus seiner verwirrenden Gegenwart zu entkommen, blieb sie stehen.

„Was hast du?", fragte er. „Ich merke doch, dass dich etwas bedrückt, Lisbet." Er trat hinter sie und legte ihr beide Hände auf die Schultern. „Willst du es mir nicht sagen? Vielleicht finden wir gemeinsam eine Lösung."

Sie schüttelte den Kopf. „Nein", erwiderte sie, und die Traurigkeit, die in ihrer Stimme mitschwang, erstaunte sie selbst. „Du kannst mir nicht helfen. Niemand kann das …"

Behutsam drehte er sie zu sich um, legte ihr eine Hand unters Kinn und zeichnete mit dem Daumen die Konturen ihres Gesichts nach.

Die Berührung ließ Lisbet erschauern vor Verlangen.

Sei keine Närrin! Du weißt genau, dass es nur in einer Enttäuschung enden kann. Willst du dir das wirklich antun?

Ja, lautete zu ihrer eigenen Überraschung die Antwort.

Sie wollte mit Hannes zusammen sein, wollte es vielleicht mehr, als sie je zuvor etwas gewollt hatte. Ihre Sehnsucht war sogar größer als die Furcht davor, verletzt zu werden. Und die Stimme ihrer Vernunft wurde leiser und leiser, bis sie schließlich ganz verklang.

Wie von selbst hoben sich ihre Arme und schlangen sich um seinen Nacken. Sie legte den Kopf zurück, hob das Gesicht und schaute ihm direkt in die Augen.

Ihr Atem ging heftiger. Rasch hob und senkte sich ihre Brust. In seinen blauen Augen loderte dasselbe Feuer, das auch in ihrem Inneren wütete. Doch er hielt sich zurück – noch.

„Bist du sicher, dass du das wirklich willst? Ich möchte nichts tun, was du vielleicht danach bereust."

„Wen kümmert schon, was danach ist", flüsterte sie. Dann zog sie sein Hemd aus der Hose und fuhr mit den Händen darunter.

Seine glatte Haut unter ihren Fingern zu spüren ließ Lisbet

für einen Moment alle Zweifel vergessen. Zu hören, wie er scharf einatmete, gab ihr ein Gefühl von Macht, wie sie es noch nie zuvor in ihrem Leben verspürt hatte. Kein Mann, mit dem sie je zusammen gewesen war, hatte ihr so deutlich gezeigt, was ihre Berührungen in ihm auslösten. Selbst Ruben war stets irgendwie reserviert geblieben, als wolle er seine wahren Empfindungen vor ihr zurückhalten.

Aber nicht Hannes. Er machte kein Geheimnis daraus, dass er sich nach ihr sehnte. Und als er nun seinerseits die Knöpfe ihrer Bluse einen nach dem anderen öffnete, hielt Lisbet ihn nicht davon ab, obgleich sie wusste, dass es Wahnsinn war.

Noch immer zitterte sie unwillkürlich bei dem Gedanken, wie er reagieren würde, wenn sie vollkommen unbekleidet vor ihm stand. Doch als Hannes den Stoff ihrer Bluse auseinanderschob und mit seinen Lippen eine feurige Spur aus Küssen über ihren Hals und ihr Dekolleté zog, war ihre Furcht wie ausgelöscht.

Zum ersten Mal seit ihrem Unfall dachte sie nicht darüber nach, welche Reaktion ihr Anblick bei einem anderen Menschen hervorrufen würde. Die Welt um sie herum versank in einem Nebel der Bedeutungslosigkeit, und alles, woran sie denken konnte, war, dass sie mit Hannes zusammen sein wollte.

Der Punkt, an dem ein Umkehren noch möglich gewesen wäre, war längst überschritten. Jetzt gab es nur noch alles oder nichts.

Mit geschickten Bewegungen öffnete Hannes den Verschluss ihres schlichten Baumwoll-BHs. Einen Moment lang ruhte sein bewundernder Blick auf ihren Brüsten, dann neigte er sich herab und umschloss die festen rosigen Knospen mit seinen Lippen.

Das Gefühl, das Lisbet durchfuhr, war mit Worten nicht zu beschreiben.

Ein atemloses Stöhnen entrang sich ihrer Kehle, während immer höher und höher steigende Wogen der Erregung durch ihren Körper brandeten. Was Hannes in ihr auslöste, war so süß und so köstlich, dass es schon fast schmerzte. Sie stand förmlich in Flammen, und sie wusste nicht, wie lange sie es noch ertragen konnte, ehe sie ihn anflehen würde, ihr die Erfüllung zu gewähren, die seine Küsse versprachen.

„Oh, Hannes!", seufzte sie in sein Ohr, griff mit beiden Händen in sein dichtes Haar und presste seinen Kopf an ihre Brust. „Hannes …!"

Doch als er schließlich zuerst den Knopf und dann den Reißverschluss ihrer Hose öffnete, kehrte für einen kurzen Augenblick die alte Angst zurück, die sie nun schon so lange quälte.

Sie entwand sich ihm. „Nein, bitte nicht!"

Der gequälte Klang von Lisbets Stimme ließ Hannes innehalten. Fragend schaute er sie an. „Was bedrückt dich so?", erkundigte er sich leise. „Warum kannst du dich nicht einfach fallen lassen und den Augenblick genießen?"

Sie wandte sich ab. „Ich … kann es einfach nicht, *okej*?"

„Natürlich ist es in Ordnung, wenn du nicht darüber reden willst. Ich verspreche dir, dich zu nichts zu drängen, Lisbet, aber …" Er legte ihr die Hände auf die Schultern. „Manchmal tut es gut, sich etwas von der Seele zu reden. Du sollst wissen, dass ich für dich da bin und dir zuhöre."

Noch immer zögerte sie – und als sie sich zu ihm umdrehte, schimmerten Tränen in ihren Augen. „Es ist sechs Jahre her", begann sie stockend. „Sechs Jahre, seitdem ein betrunkener Autofahrer mein Leben von einem Tag auf den anderen veränderte. Ich war glücklich und beruflich erfolgreich, aber dann … alles vorbei."

„Du hattest einen Unfall?"

Sie nickte. „Es brach ein Feuer im Wagen aus. Als die Feuerwehr mich aus dem Wrack zog, hatten meine Beine bereits schwerste Verbrennungen davongetragen. Die Ärzte taten alles in ihrer Macht Stehende, um mir zu helfen. Aber auch nach unzähligen Hauttransplantationen waren die Folgen des Unfalls noch zu sehen." Sie lachte bitter auf. „Weißt du, was mein damaliger Verlobter zu mir gesagt hat, als er mich zum ersten Mal … *so* sah? Er sagte: ‚Tut mir leid, *älskling*. Du weißt, ich mag dich, aber ich kann unmöglich mit einer Frau zusammenbleiben, bei deren Anblick es mich eiskalt überläuft.'"

Hannes spürte, wie brennende Wut in ihm aufstieg. Lisbet hatte etwas Besseres verdient. Kein Wunder, dass sie davor zurückschreckte, sich erneut auf einen Mann einzulassen!

Aber sie brauchte jetzt kein Mitleid. Sie brauchte jemanden, der ihr zeigte, dass sie nach wie vor eine schöne und begehrenswerte Frau war.

Und dieser Jemand wollte er sein.

Er zog sie wieder in seine Arme, doch sie sträubte sich. „Lass mich", stieß sie heiser hervor. „Hast du nicht verstanden, was ich gesagt habe? Ich kann den Anblick meiner Beine selbst kaum ertragen, Hannes! Und ich könnte es nicht aushalten, die Abscheu in deinen Augen zu sehen!"

„Schsch …" Er strich ihr sanft übers Haar. „Vergiss, was dieser Idiot dir eingeredet hat. Du bist wunderschön, Lisbet, und ich verzehre mich nach dir. Nichts und niemand kann daran etwas ändern, hörst du?"

Sie wollte ihn zurückweisen, doch in dem Moment, als er vor ihr auf die Knie ging und anfing, ihren Bauchnabel mit der Zunge zu liebkosen, war es um sie geschehen. Sie ließ zu, dass er ihr die Hose über den Po streifte – raschelnd glitt der dünne Stoff zu Boden. Ohne die Lippen von ihrer Haut zu lösen, fuhr er mit beiden Händen ihre Oberschenkel entlang. Kurz bevor seine Finger das vernarbte Hautgewebe erreichten, entwand sich Lisbet seiner Umarmung und taumelte zurück.

Sie fühlte sich wie trunken, dennoch war sie noch so sehr Herrin ihrer Sinne, dass sie vor der Demütigung zurückschreckte, die nun unweigerlich folgen musste. Wie oft hatte sie in den vergangenen Jahren vor dem Spiegel gestanden, angewidert vom eigenen Anblick, der jeden Mann einfach in die Flucht schlagen *musste*?

Mit heftig klopfendem Herzen stand sie vor ihm. Es war klar, was nun kommen würde. Beinahe glaubte Lisbet den Ausdruck von Abscheu und Ekel bereits in seinem Gesicht zu sehen. Er würde sie anschauen wie einen Freak – zu Recht – und sich dann angewidert von ihr abwenden.

Aber die Sekunden verstrichen, und nichts dergleichen geschah. Hannes schaute sie an, doch in seinem Blick lag Mitgefühl statt Widerwillen.

Er trat auf sie zu. Als sie zurückweichen wollte, nahm er ihre Hand und hielt sie zurück. „Nein", flüsterte er sanft. „Lauf nicht weg, Lisbet. Dafür gibt es keinen Grund."

Ohne dass sie etwas dagegen tun konnte, füllten sich ihre Augen mit Tränen. „Natürlich gibt es den!", stieß sie mit erstickter Stimme hervor. „Schau mich doch nur an!"

„Das tue ich. Und was ich sehe, ist eine unglaublich attraktive Frau – wunderschön sowohl innerlich als auch äußerlich."

Sie konnte in seinen Augen lesen, dass er es ernst meinte.

Ungläubig schaute sie ihn an. „Du willst ... mich noch immer?" Konnte das wirklich sein? Sollte Hannes sich nicht von den Narben abgestoßen fühlen, unter denen sie nun schon seit sechs Jahren litt? War er der Mensch, der sie befreien konnte, nicht von den körperlichen Narben, aber vielleicht von den seelischen, die Rubens Verrat an ihrer Liebe zurückgelassen hatte?

Wortlos sank Hannes vor ihr auf die Knie. Sie versuchte, ihn davon abzuhalten, als sie erkannte, dass er die vernarbte Haut küssen wollte. Doch Hannes ließ sich nicht beirren, und schon bald vergaß Lisbet all ihre Scheu und Zurückhaltung.

Sie hatte geglaubt, dass ihre geschundene Haut unempfindlich für so zärtliche Berührungen und Liebkosungen sein würde, doch das genaue Gegenteil war der Fall.

Als Hannes spürte, dass Lisbets Beine sie nicht mehr tragen wollten, stand er auf und hob sie auf seine Arme. Mühelos, als wöge sie nicht mehr als eine Feder, trug er sie in den Stall im Inneren des Schlosshofes und bettete sie dort aufs Stroh. Hier befreite er zuerst sie und dann sich von der restlichen Kleidung, bis sie beide vollkommen nackt waren.

Hannes' Körper war genauso perfekt, wie Lisbet ihn sich vorgestellt hatte. Er glich den Statuen griechischer Götter, die sie im *Medelhavsmuseet* in Stockholm gesehen hatte. Breite Schultern, schmale Hüften, eine glatte Brust und ... Ihr wurde der Mund trocken, als sie den Blick tiefer wandern ließ. Jetzt konnte sie nicht länger abstreiten, dass er sie attraktiv fand – der Beweis war mehr als offensichtlich.

In einer stummen Bitte streckte sie die Hände nach ihm aus. Sie wollte ihn berühren, seine warme Haut unter den Fingerspitzen fühlen, eins mit ihm werden. Doch Hannes schien fest entschlossen, diesen köstlichen Augenblick so lange wie möglich auszudehnen. Er kniete sich neben sie und überzog ihren ganzen Körper mit Küssen. Lisbet hörte jemanden hemmungslos stöhnen – erstaunt erkannte sie, dass sie selbst es war, die diese Laute der Lust ausstieß.

Sie bäumte sich auf, wand sich unter seinen Berührungen und flehte ihn an, endlich zu ihr zu kommen.

Er tat es. Mit einem kraftvollen Stoß eroberte er sie. Die Welt schien den Atem anzuhalten, und die Zeit stand still.

Nie zuvor hatte Lisbet etwas Vergleichbares empfunden. Und als Hannes begann, sich in ihr zu bewegen – zuerst langsam und vorsichtig, dann immer schneller und fordernder –, passte sie sich wie von selbst seinem Rhythmus an. Wie zwei Adler schwangen sie sich empor in immer größere Höhen, bis Lisbet fast glaubte, die Wolken berühren zu können.

In dem Augenblick, als Hannes die Erfüllung fand, erreichte auch sie einen unvergleichlichen Höhepunkt, der sie zitternd und bebend vor Leidenschaft zurückließ.

Erschöpft schmiegte Lisbet sich in Hannes' Armbeuge. Sein Herz klopfte an ihrer Wange, und sein männlich-herber Duft hüllte sie ein. Ihr Atem ging noch immer schwer, doch ihr Puls beruhigte sich bereits, und langsam konnte sie wieder klar denken.

Du musst verrückt sein, dich auf so eine Geschichte einzulassen, Lisbet Carlsson! Hannes hat eine Existenz zu Hause in Hamburg. Du kennst sein Leben nicht und hast darin nichts verloren. Dir ist doch wohl klar, dass du nicht mehr für ihn bist als ein netter Zeitvertreib für die Dauer seines Aufenthaltes in Dalarna? Er wird dir wehtun, so wie einst Ruben ...

Nej, dachte Lisbet und brachte so ihre innere Stimme zum

Schweigen. Es war müßig, über eine Zukunft mit Hannes nach-zudenken, weil es eine solche für sie nicht geben würde. Aber musste sie deshalb auch auf das verzichten, was er ihr zu geben bereit war?

Sie atmete tief durch. Was passiert war, erschien ihr noch immer wie ein Wunder. In ihren Augen brannten Tränen, als sie daran dachte, wie zärtlich er sie behandelt und wie bewundernd er sie angesehen hatte. Dabei war sie so sicher gewesen, dass er sie zurückweisen würde.

Zum ersten Mal seit sehr langer Zeit befand sich Lisbet wieder im Einklang mit sich – und das hatte sie nur Hannes zu ver-danken.

Aber wie sollte es jetzt weitergehen?

Sie wusste, dass Hannes Beringholm Slott verkaufen und so schnell wie möglich wieder nach Deutschland zurückkehren wollte. Und das Einzige, was ihn daran hinderte, war sie …

Doch wie lange konnte sie ihn mit der Lüge von der schrift-lichen Nutzungsvereinbarung noch hinhalten? Zwei Tage? Eine Woche? Einen Monat?

Sie presste die Handballen auf die Augen, bis Sterne vor ihren Netzhäuten zu explodieren schienen. Mit Hannes zu schlafen hatte die ganze Sache noch komplizierter gemacht. Denn nun konnte sie nicht mehr so tun, als empfände sie nichts für ihn.

Es war verrückt: Sie befand sich auf dem besten Wege, sich ausgerechnet in den Mann zu verlieben, der ihr alles wegnehmen wollte, was ihr im Leben etwas bedeutete. Was für eine grausame Ironie des Schicksals!

Dabei war ihr vollkommen klar, dass sich zwischen Hannes und ihr niemals mehr entwickeln konnte. Es gab zu viel, was dem im Wege stand. Und deshalb durfte so etwas wie gerade auf keinen Fall noch einmal geschehen.

Energisch blinzelte Lisbet die Tränen fort. Sie durfte sich jetzt nicht von albernen Träumen von einer Zukunft beeinflussen lassen, die es ohnehin nie geben konnte.

Es wurde Zeit, dass sie sich wieder auf das konzentrierte, was wirklich zählte.

Beringholm Slott.

Wenn es ihr nicht gelang, Hannes von der Wichtigkeit ihres Projekts zu überzeugen, war alles verloren. Sie musste ihm begreiflich machen, dass er das Schicksal aller – das der Kinder und der Tiere, aber auch ihres – in seinen Händen hielt.

Vorsichtig setzte sie sich auf und wischte die verräterischen Tränenspuren weg. Hannes drehte sich mit einem schläfrigen Seufzen zur Seite. Leise stand Lisbet auf, sammelte ihre im Stall verstreuten Kleidungsstücke zusammen und zog sich an.

Sie war froh darüber, sich Hannes jetzt noch nicht wieder stellen zu müssen. Und sie hoffte, dass er sie nicht auf das ansprechen würde, was zwischen ihnen geschehen war.

Auf diese Weise konnte sie vielleicht einfach so tun, als sei überhaupt nichts gewesen.

Hannes wartete, bis Lisbet den Stall verlassen hatte. Dann schlug er die Augen auf und atmete tief durch. Er wusste, dass es ein Fehler gewesen war, mit ihr zu schlafen. Doch er konnte sich einfach nicht dazu bringen, es zu bereuen.

Mit Lisbet zusammen zu sein brachte eine Saite in ihm zum Klingen, von der er nicht einmal geahnt hatte, dass es sie gab. Seit dem Tod seines Bruders war für ihn nur noch eines von Bedeutung gewesen: beruflich erfolgreich zu sein, um seinem übermächtigen Vater zu beweisen, dass er allein als Nachfolger im Familienunternehmen infrage kam.

Er war von dem Gedanken wie besessen, seinen Stiefbruder Albert aus dem Rennen zu drängen, und hatte sein ganzes Leben nur auf dieses Ziel ausgerichtet.

Manchmal, wenn Hannes morgens in den Spiegel blickte, erkannte er sich selbst kaum wieder. Und er war nicht sicher, ob er diesen neuen, verbesserten Hannes Westenberg wirklich mochte.

Fest stand nur, dass er mit Eigenschaften wie Mitgefühl und Hilfsbereitschaft bei einem Mann wie seinem Vater nicht punkten konnte. Für ihn zählten nur Leistung und Erfolg. Deshalb hatte er alles getan, um zu einem knallharten Geschäftsmann zu werden, wie sein Bruder es gewesen war.

Dass ihn manchmal das Gefühl beschlich, irgendwo auf diesem Weg sich selbst verloren zu haben, ignorierte er lieber.

Bis vor Kurzem. Irgendetwas war hier in Schweden mit ihm passiert. Nein, korrigierte er sich im Stillen. Nicht *etwas*, sondern *jemand* ist mir passiert.

Lisbet.

Diese Frau war wirklich ein Phänomen. Noch nie zuvor hatte Hannes einen Menschen kennengelernt, der so viele Widersprüche in sich vereinte. Lisbet war störrisch und dickköpfig, gleichzeitig aber auch scheu und verletzlich. Es beeindruckte ihn, wie aufopfernd sie sich um die Kinder kümmerte, die Tag für Tag nach Beringholm Slott kamen – und das, nachdem ihr selbst so übel mitgespielt worden war. Was würde aus ihnen werden und aus all den Tieren, wenn Hannes das Schloss verkaufte?

Kristof Steen war seit ihrem Gespräch vor zwei Tagen noch nicht erneut an ihn herangetreten, doch nach allem, was er von Lisbet gehört hatte, konnte kein Zweifel daran bestehen, dass er nach wie vor an einem Kauf interessiert war. Und auch daran, dass Steen Mittel und Wege finden würde, Lisbet und ihre Schützlinge zu vertreiben, zweifelte Hannes nicht.

Aber blieb ihm überhaupt eine andere Wahl? Im Grunde nicht. Jedenfalls dann nicht, wenn er das *Alsterblick* rechtzeitig vor dem Besuch seines Vaters wieder herrichten wollte. Da es zum Zeitpunkt des Brands nicht versichert gewesen war, musste er jeden Nagel, jedes Brett und jede Arbeitsstunde, die im Zuge der Reparaturarbeiten benötigt wurden, aus eigener Tasche finanzieren. Und ohne den Erlös aus dem Schlossverkauf konnte er das aus eigener Kraft nicht stemmen.

Einer von ihnen beiden würde als Verlierer dastehen: entweder Lisbet oder er. Noch vor ein paar Tagen wäre ihm diese Entscheidung ganz leichtgefallen, doch inzwischen … Keineswegs bemitleidete oder bedauerte er sie wegen ihres schweren Schicksals und der Narben, die sie für alle Zeiten daran erinnern würden. Im Gegenteil, er respektierte und schätzte Lisbet für das, was sie trotz aller Rückschläge erreicht hatte. Wie sollte er es übers Herz bringen, ihr all das wegzunehmen? Durfte er das überhaupt?

Seufzend stand er auf und zog sich an. Die Situation drohte ihm zu entgleiten, und er wusste nicht, wie er damit umgehen sollte. Fest stand, dass er sich bereits sehr viel stärker zu Lisbet hingezogen fühlte, als es unter den gegebenen Umständen vernünftig war.

Geh zu Steen und sag ihm, dass du sein Angebot akzeptierst. Und wenn alles abgewickelt ist, steigst du in ein Flugzeug, fliegst zurück nach Hamburg und vergisst, dass du jemals eine Frau namens Lisbet Carlsson kennengelernt hast.

In der Theorie klang das so leicht – doch irgendwie glaubte Hannes nicht, dass er das so einfach fertigbringen würde …

Es war noch früher Morgen, als Aleksandra ihr altes Fahrrad über den Zufahrtsweg in Richtung Beringholm Slott schob. Gestern hatte es fast ununterbrochen geregnet, doch heute versprach es ein herrlicher Tag zu werden: Die Sonne strahlte vom makellos blauen Himmel, und es war wunderbar warm. Die Vögel zwitscherten um die Wette, und die Luft war erfüllt vom schweren, erdigen Geruch des Waldes.

Trotzdem glaubte Aleks, wenn sie die Augen schloss, wieder das Tosen der Flammen zu hören. Der beißende Rauch schien ihre Lungen zu füllen, und ihre Kehle war wie zugeschnürt.

Erst das Scheppern, als der Lenker ihren klammen Fingern entglitt und das Rad zu Boden fiel, holte sie wieder in die Realität zurück.

Gierig sog sie die frische, klare Morgenluft in ihre Lungen. Ein Zittern durchlief ihren schmächtigen Körper.

Sie war gestern aus dem Krankenhaus entlassen worden. Abgesehen von ein paar leichten Verbrennungen am Arm und im Gesicht war die ganze Geschichte für sie noch einmal glimpflich ausgegangen. Der Arzt im Krankenhaus meinte, dass sie wahnsinniges Glück gehabt hätte, doch Aleksandra wusste es besser.

Dass sie noch am Leben war, verdankte sie nämlich nicht ihrem Glück, sondern allein einem einzigen Menschen.

Hannes Westenberg.

Schon der Gedanke an ihn ließ ihr Herz schneller klopfen.

Hannes sah so gut aus, er war so stark und mutig – ganz anders als die Jungs aus ihrer Klasse, die sie hänselten, wenn sie im Sportunterricht wegen ihrer Behinderung mal wieder nicht mithalten konnte.

Zum ersten Mal in ihrem Leben war sie so richtig verliebt. Zwar hatte Hannes bisher mit keiner Silbe angedeutet, dass er ihre Gefühle erwiderte, aber immerhin hatte er sein Leben riskiert, um sie zu retten – das musste doch etwas bedeuten, oder?

Das Problem war Lisbet. Solange die ihm schöne Augen machte, konnte er sie, Aleks, ja gar nicht bemerken. Und leider bestand auch kein Zweifel daran, wer im direkten Vergleich besser abschnitt. Obwohl Lisbet – zumindest in Aleks' Augen – schrecklich alt war, sah sie immer noch sehr gut aus. Mit ihrem langen schwarzen Haar, den dichten Wimpern und den tollen Kurven hatte sie Hannes verhext. Dagegen konnte Alcksandra, die leider die Figur eines Jungen besaß und auch mit ihrem dunkelblonden Haar nicht aus der Masse hervorstach, nicht ankommen.

Es war so unfair!

Sie hatte Beringholm Slott fast erreicht, als sie aus einem der Ställe in der Nähe Stimmen hörte. Hastig schob sie ihr Fahrrad hinter das Holzgebäude und lehnte es an die Wand. Dann schlich sie sich zum Fenster und spähte vorsichtig hindurch.

Sie sah Lisbet und Hannes, die offensichtlich hitzig miteinander diskutierten. Es schien um etwas anderes als das Feuer zu gehen, obwohl das derzeit im ganzen Ort Gesprächsthema Nummer eins war.

Offenbar waren Hannes und Lisbet sich seit dem Brand noch nähergekommen. Dabei hatte Aleksandra so gehofft, dass ihr Traummann sie nun, da er ihr das Leben gerettet hatte, endlich bemerken würde. Doch weit gefehlt – er hatte nur Augen für Lisbet.

Überrascht riss Aleksandra die Augen auf, als Lisbet plötzlich die Hand hob, so als wolle sie Hannes schlagen. Doch er reagierte blitzschnell, umfasste ihr Handgelenk und hielt es fest.

Die Spannung, die in der Luft lag, war beinahe körperlich spürbar, und Aleksandra hielt erwartungsvoll den Atem an. Doch mit dem, was dann geschah, hatte sie nicht gerechnet: Hannes zog Lisbet an sich und küsste sie!

Eifersucht durchzuckte Aleksandra wie ein Blitz. Und als Lisbet nach kurzem Zögern die Arme um Hannes' Nacken legte und seinen Kuss erwiderte, ballte sie die Hände zu Fäusten. Sie wollte das nicht sehen, doch sie schaffte es auch nicht, den Blick abzuwenden. Schließlich beobachtete sie, wie Lisbet sich von Hannes losriss, aus dem Stall stürmte und in Richtung Brückentor davonrannte.

Hannes stieß einen leisen Fluch aus und folgte ihr.

Aleksandra presste sich mit dem Rücken gegen die Wand, ihr Atem ging flach und stoßweise. Sie schloss die Augen und versuchte, sich zu beruhigen – vergeblich. Es wurde sogar noch schlimmer, denn sie sah es, wie einen Film in Endlosschleife, immer wieder vor sich. Hannes, der Lisbet küsste. Lisbet, die seinen Kuss erwiderte.

Unfair! Unfair! Unfair!

„Du beobachtest wohl gern heimlich die Leute, wie?"

Mit einem erstickten Aufschrei wirbelte Aleksandra herum, als neben ihr plötzlich eine Stimme erklang.

Im ersten Augenblick befürchtete sie einen weiteren Angriff der Motorradrowdys, vor denen sie sich seit dem Feuer mehr denn je fürchtete – doch der Mann, der ihr gegenüberstand, gehörte ganz sicher nicht zu der Bande, die Lisbet terrorisierte. Dafür war er viel zu gut gekleidet.

Er trug einen teuer aussehenden Anzug und Schuhe aus schwarzem Leder – besonders vertrauenerweckend wirkte er jedoch nicht. Dazu war der Blick seiner grauen Augen, aus denen er Aleksandra musterte, einfach zu durchdringend. Eine direkte Gefahr schien von ihm jedoch nicht auszugehen, deshalb blieb Aleks stehen und lief nicht einfach, ihrem ersten Impuls entsprechend, davon.

„Wer sind Sie denn? Und wie lange stehen Sie schon hier?",

fragte sie nicht besonders freundlich. Sie war sicher, den Mann schon mal irgendwo gesehen zu haben, konnte ihn aber nicht einordnen. Auf jeden Fall hatte er auf dem Grundstück von Beringholm Slott nichts zu suchen – doch warum interessierte sie das überhaupt? Der Eindringling war Lisbets Problem, nicht ihres!

Er lächelte jetzt, aber das Lächeln erreichte seine Augen nicht. „Mein Name ist Kristof Steen", sagte er. „Und ich habe genug gesehen, um zu erkennen, dass du und Lisbet Carlsson nicht gerade beste Freundinnen seid. Wie du sie vorhin angeschaut hast, als sie diesen Westenberg küsste ... Er gefällt dir, hm? Wie heißt du denn?"

Aleksandra zögerte. Sie wusste, dass es nicht besonders klug war, sich mit einem Fremden zu unterhalten, der sich zudem unberechtigt auf dem Grundstück herumtrieb. Doch sie war neugierig geworden. Und außerdem brauchte sie nur zu schreien, wenn sie Hilfe brauchte – oben im Schloss würde man sie garantiert hören.

„Aleksandra", antwortete sie. „Aber was geht Sie das alles überhaupt an?"

„Nun ja, im Grunde überhaupt nichts – aber ich wüsste da vielleicht einen Weg, wie du dir freie Bahn bei Westenberg verschaffen könntest."

„Ach ja?" Aleks horchte auf. „Und wie?"

Steen lächelte verschwörerisch. „Du musst mir jetzt einfach nur genau zuhören ..."

*I*ch sagte: Lass mich los! Hörst du nicht, du sollst mich loslassen!" Fauchend versuchte Lisbet, Hannes ihren Arm zu entwinden – doch sein Griff blieb unnachgiebig. „Glaub nicht, dass du alle Probleme aus der Welt schaffen kannst, nur indem du mich küsst!"

Seit zwei Tagen ging sie ihm nun schon aus dem Weg, wo immer sie konnte. Doch ihre Gefühle für Hannes waren nicht, wie erhofft, abgekühlt – ganz im Gegenteil. Dieser Kuss gerade im Stall war das beste Beispiel gewesen.

Hannes war einfach zu ihr in den Stall gekommen und hatte versucht, ihr ein Gespräch aufzuzwingen. Doch sie wollte nicht über das sprechen, was zwischen ihnen vorgefallen war. Es würde auch so schon schwer genug werden, über ihn hinwegzukommen.

Dann, als er mit Reden nicht weitergekommen war, hatte er sie einfach geküsst. Und anstatt Hannes für diese Unverschämtheit zurechtzuweisen, war sie wie Wachs in seinen Händen dahingeschmolzen. Es war zum Verzweifeln!

„Und du kannst nicht ewig vor mir davonlaufen", entgegnete er gereizt. „Verdammt, Lisbet, wir müssen dringend einige Dinge miteinander klären, denkst du nicht auch?"

„Ach, und was? Dass wir miteinander geschlafen haben, ändert doch nichts zwischen uns. Oder hast du es dir anders überlegt und willst Beringholm Slott plötzlich doch nicht mehr verkaufen?"

„Nein, ich … Doch, natürlich, aber …"

„Dann haben wir auch nichts mehr zu besprechen!" Ruckartig machte sie sich von ihm los und lief weiter. Wieder kämpfte sie gegen die Tränen an.

Als sie die Küche erreichte, warf sie die Tür hinter sich ins Schloss, setzte sich an den Küchentisch und barg das Gesicht in den Händen. Sie wusste einfach nicht mehr, wie es weitergehen sollte. Hannes hatte schon recht: Auf Dauer konnte sie nicht vor ihm davonlaufen. Vor allem, weil das ihre Probleme auch nicht lösen konnte.

Denn bei den wirklich wichtigen Dingen trat Lisbet auf der Stelle.

Sie hatte sich inzwischen in der Umgebung nach geeigneten Immobilien umgeschaut, um ihr Projekt dort fortzuführen. Es gab ein stillgelegtes Sägewerk, das als Ersatz für Beringholm Slott durchaus infrage gekommen wäre. Doch die Preisvorstellung des Verpächters war so absurd hoch, dass Lisbet den Eltern ihrer Schützlinge gut und gerne das Doppelte von dem abnehmen müsste, was sie bisher zahlten. Und selbst dann wären noch nicht alle Kosten gedeckt.

Eine weitere Möglichkeit, die auf den ersten Blick recht vielversprechend erschienen war, war das alte Kloster knapp zwei Kilometer flussaufwärts. Das dazugehörende Grundstück bot zwar nicht so viel Platz wie die Ländereien von Beringholm Slott, aber es war immerhin groß genug, um alle Tiere darauf unterzubringen. Gestern hatte sich Lisbet mit dem Makler zu einer Besichtigung getroffen. Das Ergebnis war ernüchternd gewesen.

Der Zustand, in dem sich das Kloster befand, war bestenfalls als katastrophal zu bezeichnen. In der Hälfte aller Fenster fehlte das Glas, und die meisten Fußböden waren so marode, dass ein falscher Schritt ausreichte, um durchzubrechen. Und im ehemaligen Dormitorium wimmelte es nur so von Ratten.

Eine Sanierung würde ein kleines Vermögen verschlingen – Geld, über das Lisbet nun mal nicht verfügte. Ihr gesamtes Erspartes war in die Instandhaltung von Beringholm Slott geflossen. Sollte all dies denn wirklich umsonst gewesen sein?

Lisbet ballte die Hände zu Fäusten. Nein, so weit durfte es nicht kommen! Es musste einen anderen Weg geben. Nur welchen? Ach, wenn Hannes doch nur verschwinden und sie ein für alle Mal in Ruhe lassen würde!

Kaum hatte sie den Gedanken zu Ende gedacht, wurde ihr auch schon klar, dass sie sich bloß etwas vormachte. Im Grunde ihres Herzens wollte sie doch überhaupt nicht, dass Hannes ging. Allein die Vorstellung, dass er schon bald wieder nach Hamburg gehen und sie zurücklassen würde, machte sie fast verrückt. Es war zum Verzweifeln: Sobald sie die Augen schloss, sah sie sein Gesicht vor sich. Sie traute sich schon gar nicht mehr, abends zu Bett zu gehen, weil er sich Nacht für Nacht in ihre Träume schlich, und immer wenn sie ihn sah, fing ihr verräterisches Herz an, schneller zu schlagen.

Die Symptome waren eindeutig: Sie hatte sich in Hannes verliebt.

Förbannat! Reiß dich zusammen, Lisbet Carlsson! Du hast es schon einmal geschafft, den Mann, den du zu lieben glaubtest, aus deinem Herzen zu verbannen – du wirst es auch jetzt wieder schaffen!

Doch so recht daran glauben konnte sie selbst nicht.

Hannes war Lisbet nicht gefolgt. Er kannte sie inzwischen gut genug, um zu wissen, dass man nicht vernünftig mit ihr reden konnte, wenn sie sich in dieser Stimmung befand. Aber auch er selbst war heute ungewöhnlich gereizt und angespannt. Vermutlich lag es an dem Anruf, der ihn heute Morgen in aller Herrgottsfrühe erreicht hatte.

Es war Hennig gewesen, der Handwerkermeister, der die Reparaturarbeiten am Dach des *Alsterblick* leitete. Und er hatte ihm mitgeteilt, dass sich seit einigen Tagen ein Mann in der Nähe der Baustelle herumdrückte und die Arbeiten zu beobachten schien. Nach seiner Beschreibung hatte Hannes sofort erkannt, um wen es sich handeln musste: Martin Kowalski, die rechte Hand seines Stiefbruders Albert.

Das konnte nur eines bedeuten: Albert und seine Mutter Nadine hatten Verdacht geschöpft, dass etwas im *Alsterblick* nicht stimmte. Und auch wenn Hennig ihm versichert hatte, dass sich Art und Umfang der Arbeiten für einen Außenstehenden kaum einschätzen ließen, war Hannes doch beunruhigt. Sehr beunruhigt sogar.

Sollte Kowalski nämlich zu dem Schluss kommen, dass Hannes etwas zu verbergen hatte, würde er Albert darüber informieren. Und wenn dieser die Chance witterte, seinem Stiefbruder eins auszuwischen, dann würde er sie unter Garantie nutzen.

Für Hannes hieß das, dass ihm womöglich noch weniger Zeit blieb, als er ohnehin befürchtet hatte. Das *Alsterblick* war zwar kein wirtschaftlicher Totalschaden, doch es befand sich auch noch lange nicht in einem Zustand, in dem an Wiedereröffnung auch nur zu denken war.

Als sein Handy klingelte, rechnete er sogleich mit einer neuen Hiobsbotschaft. Doch dieses Mal war es nicht Hennig, sondern Lennartsson, der Detektiv.

Hannes hob das Telefon ans Ohr. „Ja?", sagte er ohne lange Vorrede. „Haben Sie die Informationen, die ich benötige?"

„Allerdings", erwiderte der Privatermittler. „Und es war leichter, als ich angenommen hatte. Ich habe mich einfach als Ihr Anwalt ausgegeben und einen Termin bei Notar Rönquvist gemacht. Er war recht überrascht, als ich ihm den Grund meines Besuchs nannte."

„Soll das bedeuten …?"

„Den Nutzungsvertrag, den Sie mir geschildert haben, gibt es nicht."

Hannes runzelte die Stirn. Lisbet hatte also gelogen – ihr Notar war keineswegs verreist, und das Dokument, in dem Hilda ihr die lebenslange Nutzung von Beringholm Slott garantierte, existierte nicht.

Warum wunderte ihn das eigentlich? Er hatte sie eben doch von Anfang an richtig eingeschätzt!

„Was sonst noch?", fragte er barsch. Sein Bedarf an schlechten Nachrichten war zwar gedeckt, doch wenn es noch etwas gab, dann wollte er es lieber jetzt auf der Stelle erfahren. Das heißt, im Grunde waren die Neuigkeiten für ihn ja sogar positiv. Es gab keinen Nutzungsvertrag, also konnte er Lisbet mitsamt ihren Schützlingen vertreiben, wann immer es ihm gefiel. Für die Kinder, ja sogar für die Tiere tat es ihm leid. Er hatte Aleksandra, Jenny, Kristina und die anderen ins Herz geschlossen. Doch sie würden auch so ihren Weg gehen. Vermutlich tat er ihnen sogar einen Gefallen, wenn er dafür sorgte, dass Lisbet nicht länger Einfluss auf sie nehmen konnte.

Er schüttelte über sich selbst den Kopf. War es sein gekränkter

Stolz, oder dachte er tatsächlich so über Lisbet? Die Frage war nicht so leicht zu beantworten.

„Rönquvist sagt, dass es noch einen Brief Ihrer Großtante gibt, den er jedoch erst nach Ablauf eines Jahres nach ihrem Tod an Sie und Lisbet Carlsson aushändigen darf."

„Ein Brief?" Hannes runzelte die Stirn. Was hatte das nun wieder zu bedeuten? Tante Hilda war doch immer wieder für eine Überraschung gut. „Und was soll das für ein Brief sein?"

Lennartsson räusperte sich. „Leider war der Brief in einem versiegelten Umschlag, sodass ich über den Inhalt nichts herausfinden konnte. Der Notar kannte ihn selbst nicht."

„Schon gut." Ich werde es schon noch erfahren, dachte Hannes. Jetzt gibt es erst einmal Wichtigeres. „Kommen wir zu Lisbet. Was haben Sie über sie herausgefunden?"

Papier raschelte. „Lisbet Carlsson entstammt einer Künstlerfamilie. Der Vater war Theaterschauspieler, und durch seine ständig wechselnden Engagements reisten die Carlssons überall in Schweden herum. Die Mutter war Sängerin. Beide Eltern starben bei einem Fährunglück, als Lisbet gerade achtzehn Jahre alt war. Sie eiferte daraufhin ihrer Mutter nach und trat vornehmlich in kleinen Klubs in Stockholm als Sängerin auf. Mit Anfang zwanzig gründete sie zusammen mit einem Duettpartner namens Ruben Rusgården die Gruppe *Mia*. Sie hatten einige sehr erfolgreiche Hits hier in Schweden, und Branchenkenner prophezeiten dem Duo eine internationale Karriere. Doch mit gerade einmal dreiundzwanzig verschwand Lisbet Carlsson schlagartig aus dem Rampenlicht. Rusgården machte allein weiter, jedoch mit eher mäßigem Erfolg. Wo Lisbet abgeblieben war, war nicht so leicht herauszufinden, aber …"

Hannes hatte genug gehört. Er kannte selbst ein oder zwei Songs von *Mia*, die auch von deutschen Radiosendern gespielt worden waren – doch er wäre nie darauf gekommen, dass es sich bei der Sängerin um *seine* Lisbet handeln könnte!

Plötzlich erschienen ihm die Dinge in einem völlig neuen Licht. Der Erfolg mit *Mia* hatte aus Lisbet vermutlich keine Millionärin gemacht, aber sie müsste eigentlich genug verdient haben, um ein sorgloses Leben mit einigem Komfort zu führen.

Dass sie trotzdem bei seiner Großtante untergekrochen war, konnte nur eines bedeuten: Sie hatte ihr Geld durch Partys, Luxus und einen ausschweifenden Lebensstil innerhalb kürzester Zeit aus dem Fenster geworfen, so wie man es von den meisten Stars und Sternchen kannte. Und als sie dann Hilda kennenlernte, wählte sie den einfachen Weg und ließ sich von der gutmütigen alten Dame aushalten.

„Wir telefonieren später noch einmal", fiel er Lennartsson, der noch immer redete, ins Wort; dann beendete er das Gespräch.

Wut und Enttäuschung brodelten in ihm. Er wusste nicht, was er schlimmer fand: dass Lisbet die Gutmütigkeit seiner Großtante so schamlos ausgenutzt hatte, oder die Lügen, mit denen sie ihn schon seit dem Tag seiner Anreise hinters Licht zu führen versuchte.

Er fand sie in der Küche. Ihm fiel auf, dass sie blass und unglücklich wirkte, doch er zwang sich, es zu ignorieren. Vermutlich gehörte auch das zu ihrer Fassade der selbstlosen und hilfsbereiten Samariterin – doch sie konnte ihn nicht länger täuschen. Endlich hatte er Lisbet durchschaut!

„Du hast mich angelogen", konfrontierte er sie direkt.

Sie blickte auf. Wie echt ihr irritiertes Blinzeln doch wirkte. Waren das Tränen, die in ihren herrlichen blaugrünen Augen glitzerten? Eines musste man ihr lassen: Sie war wirklich eine gute Schauspielerin! Vermutlich hatte sie das von ihrem Vater geerbt.

Nun runzelte sie die Stirn. „Wovon sprichst du eigentlich?"

„Ich glaube, das weißt du ganz genau!", entgegnete er eisig. „Es existiert überhaupt keine Vereinbarung zwischen dir und meiner Großtante! Ich sollte dich auf der Stelle rauswerfen, Lisbet Carlsson!"

Sie erbleichte.

Lisbet fühlte sich, als hätte ihr jemand mit einem kräftigen Ruck den Boden unter den Füßen weggerissen.

Hannes wusste Bescheid. Sie hatte gewusst, dass es früher oder später so kommen musste. Und für sie war es nun an der Zeit, sich den Konsequenzen ihres Handelns zu stellen.

Langsam stand sie auf und trat ihm entgegen. Ihr Herz hämmerte wie verrückt, und ihr war eiskalt. Sie hatte Angst. Was, wenn Hannes seine Drohung wahr machte und sie vor die Tür setzte? Das Recht dazu besaß er. Beringholm Slott gehörte ihm. Sie, Lisbet, hatte allenfalls einen moralischen Anspruch auf das Schloss – wobei sie sich die Frage stellen musste, ob sie diesen mit ihrer Lüge nicht längst verwirkt hatte.

„Es tut mir leid", flüsterte sie. „Ich weiß, dass es ein Fehler war, dir etwas vorgemacht zu haben. Aber bitte, versuch doch wenigstens, mich zu verstehen! Hilda hat mir stets versichert, nein, sie hat mir *versprochen*, dass Beringholm Slott nach ihrem Tod mir gehören soll. Ich ..." Sie brach ab, schüttelte verzweifelt den Kopf. „Du siehst doch selbst, was wir hier auf die Beine gestellt haben! Hilda hätte bestimmt nicht gewollt, dass unser gemeinsames Projekt den Bach hinuntergeht."

Mit klopfendem Herzen schaute sie ihn an. Doch ihre Hoffnung, dass er Verständnis für ihre Situation aufbringen könnte, wurde jäh enttäuscht.

„Ach komm, spiel dich vor mir bitte nicht als Wohltäterin auf, Lisbet!" Er winkte ab. „Ich weiß inzwischen, wer du bist! Und nun erzähle ich dir mal, was *ich* glaube: Du hast mit *Mia* ein Vermögen verdient, doch irgendwann wurde dir die Arbeit zu viel, und du hast deinen Duettpartner einfach im Stich gelassen. Eine Weile gelang es dir, deinen Lebensstil mit dem Geld, dass du dir angespart hattest, aufrechtzuerhalten. Und als alles aufgebraucht war, bist du Tante Hilda begegnet. Der gutherzigen, leichtgläubigen Tante Hilda, die sich von dir hat übers Ohr hauen lassen. Du hast recht gut auf ihre Kosten gelebt, was? Gut genug offenbar, dass meiner Großtante nichts mehr blieb, um auch nur die notwendigsten Reparaturen an Beringholm Slott durchzuführen."

Mit wachsendem Entsetzen hatte Lisbet seinen Ausführungen zugehört. Er glaubte immer noch, dass sie Hilda nur ausgenutzt hatte? Nach allem, was zwischen ihnen vorgefallen war?

Sie wusste nicht, was stärker war, die Wut oder die Enttäuschung. Beides nahm ihr beinahe die Luft zum Atmen. „Du hast ja überhaupt keine Ahnung", entgegnete sie aufgebracht. „So ist es nicht gewesen!"

„Nein?" Er lächelte herausfordernd. „Nun, ich bin schon ganz gespannt auf deine Geschichte. Lass dir nur eines gesagt sein: An Märchen glaube ich schon lange nicht mehr."

Sie lachte bitter auf. „Keine Sorge, Hannes – für ein Märchen fehlt meiner Geschichte das romantische Potenzial." Sie wandte sich von ihm ab und schlang die Arme um ihren Körper. Ihr war auf einmal schrecklich kalt. „Ja, es stimmt, vor meiner Zeit hier war ich als Sängerin mit *Mia* recht erfolgreich. Ich hatte mich mit meinem Duettpartner Ruben verlobt, und uns stand eine großartige Karriere bevor. Wir waren gerade dabei, Europa zu erobern, ja sogar von Amerika war bereits die Rede. Das Leben erschien mir damals wie ein wunderbarer Traum. Wir griffen nach den Sternen, und nichts konnte uns aufhalten – so dachte ich zumindest. Aber dann …" Sie schloss die Augen, als die Erinnerung an jenen schrecklichen Tag vor sechs Jahren sie zu überwältigen drohte. „Von dem Unfall habe ich dir ja schon erzählt. Aber eins habe ich dir noch nicht gesagt: dass ich mir damals nur gewünscht habe, die Feuerwehr wäre nicht rechtzeitig an der Unfallstelle gewesen und ich wäre einfach im Wrack meines Autos gestorben."

Sie hörte, wie er hinter ihr scharf einatmete, und drehte sich wieder zu ihm um. „Schockiert dich das? Dass mir ein Leben im Rollstuhl, mit ständigen Schmerzen und endlosen Operationen, ohne Chancen auf Erfolg, nicht lebenswert erschien? Bis mir einige Monate später in der Reha-Klinik ein Mensch begegnet ist, der mir den Spiegel vorgehalten hat."

Hannes schaute sie überrascht an. „Hilda?"

Sie nickte. „Deine Großtante war ebenfalls dort in Behandlung, und irgendwie vollbrachte sie das kleine Wunder, mich aus dem Sumpf von Selbstmitleid zu befreien. Hilda hat mir dazu geraten, einen Tiertherapeuten aufzusuchen. Ich habe nicht so recht daran geglaubt. Wieso sollte ihm gelingen, was die Ärzte in der Klinik auch nicht geschafft hatten? Doch sie behielt recht.

Die Beschäftigung mit den Tieren tat mir gut, und ich machte rasch Fortschritte. Bald brauchte ich statt des Rollstuhls nur noch Krücken, und etwa ein Jahr nach dem Unfall konnte ich wieder aus eigener Kraft auf den Beinen stehen. Mit Hilda bin ich die ganze Zeit in Kontakt geblieben. Und eines Tages besuchte ich sie hier auf Beringholm Slott." Sie lächelte versonnen. „Ich weiß noch, wie erschrocken ich war, in welch katastrophalem Zustand sich das Schloss befand. Damals lebten schon einige Tiere hier, die Hilda vor dem Gang zum Abdecker bewahrt hatte. Ich fand ihr Engagement bewundernswert. Also beschloss ich, meinem Leben einen neuen Sinn zu geben und Hilda bei ihrer Arbeit zu unterstützen." Lisbet atmete tief durch. Es war ein seltsam befreiendes Gefühl, sich endlich einmal alles von der Seele zu reden. Herausfordernd schaute sie Hannes an. „Und? Glaubst du immer noch, dass ich nur hinter Hildas Geld her war?"

Er schüttelte den Kopf. „Ich hatte ja keine Ahnung ..."

„Natürlich nicht, woher solltest du auch? Aber ich habe damals mein ganzes Vermögen in die Instandhaltung von Beringholm Slott gesteckt. Deshalb *kann* ich nicht weg von hier, Hannes. Ich bin finanziell nicht in der Lage, woanders noch einmal ganz von vorn anzufangen. Du kannst mir glauben, dass ich nächtelang wach gelegen und immer wieder alles von A bis Z durchgerechnet habe. Doch es bleibt dabei: Wenn du Beringholm Slott verkaufst, bin ich am Ende – und mit mir das gesamte Projekt." Sie spürte, wie ihr Tränen in die Augen stiegen. „Die Tiere kann ich vielleicht noch irgendwo unterbringen, auch wenn es nicht leicht wird. Aber die Kinder, Hannes! Was wird aus den Kindern?" Hastig wischte sie sich mit dem Handrücken über die Augen. Dann schüttelte sie den Kopf. „*Förlåt* – ich sollte dich wirklich nicht mit meinen Problemen belasten ..."

„Nein, Lisbet. Wenn sich einer von uns beiden entschuldigen muss, dann bin ich das."

Er trat auf sie zu und nahm sie in die Arme. Sie ließ ihn gewähren, obwohl sie doch wusste, dass es falsch war, ihn erneut so nah an sich heranzulassen. Aber seine Umarmung hatte etwas so ungemein Tröstliches, dass sie einfach nicht anders konnte.

Sie schloss die Augen. Sein Herz pochte ruhig und gleichmäßig, und Lisbet spürte, wie ihr Puls sich langsam dem seinen anpasste. Warum kann dieser Moment nicht ewig andauern? fragte sie sich versonnen. Oder zumindest so lange, bis sich alle Schwierigkeiten ganz von selbst in Luft auflösten? Doch das war etwas, das niemals passieren würde ...

Seufzend löste sie sich von ihm. „Es hat keinen Zweck, Hannes", sagte sie mit einem traurigen Lächeln. „Was bringt es, noch länger die Augen vor der Wahrheit zu verschließen? Ich habe Beringholm Slott bereits in dem Moment verloren, in dem du hergekommen bist."

Und nicht nur das Schloss, sondern auch mein verräterisches kleines Herz ...

Hannes konnte es kaum glauben. Hier stand er nun, Lisbet in seinen Armen – und alles, was er wollte, war, sie glücklich zu machen.

Seine Wut auf sie war verraucht. Er zweifelte nicht eine Sekunde daran, dass sie ihm gerade die Wahrheit gesagt hatte. Und er fühlte sich mehr denn je zu ihr hingezogen.

Sei nicht verrückt! Es kann nicht funktionieren! Dazu gibt es einfach zu viel, was zwischen euch steht.

Das stimmte in der Tat. Zwischen ihnen stand nämlich vor allem eines: Beringholm Slott.

Realistisch betrachtet gab es für Hannes nur zwei Möglichkeiten: Entweder er zerstörte Lisbets Existenz, indem er das Schloss verkaufte. Mit dem Erlös renovierte er dann das *Alsterblick* und blieb, was das Erbe des Familienunternehmens betraf, im Rennen.

Oder aber er half Lisbet und überließ damit seinem Stiefbruder Albert und dessen Mutter den Sieg. Doch dadurch verlor er die einzige Chance, über Tobias' Tod hinaus Wiedergutmachung für die Schuld zu leisten, die er auf sich geladen hatte.

Wie er es auch drehte und wendete, es gab einfach keine *rich-*

tige Entscheidung. Er konnte nur versuchen, das geringere Übel zu wählen.

Es tut mir leid, Tobias! Ich habe es versucht, ich habe es wirklich *versucht – aber ich kann einfach nicht sein wie du. Und ich glaube, ich will es auch gar nicht …*

Und da wurde ihm plötzlich klar: Das, was er für Lisbet empfand, ging über Zuneigung oder Freundschaft oder auch über eine lockere Affäre weit hinaus. Dieses Gefühl, einen anderen Menschen behüten und beschützen zu wollen und ohne ihn nicht mehr leben zu können, hatte einen Namen.

Liebe.

Ja, er liebte Lisbet. Deshalb war es ihm auch nicht gelungen, sie sich aus dem Kopf zu schlagen, sosehr er sich auch bemüht hatte. Er wusste nicht, wie es nun weitergehen sollte, doch eines stand fest: Auf keinen Fall brachte er es übers Herz, ihr Beringholm Slott wegzunehmen.

„Wir werden eine andere Lösung finden", sagte er. „Es muss einen Weg geben, alles unter einen Hut zu bringen. Es muss einfach …"

Sie schaute zu ihm auf. Es lag so viel Hoffnung in ihrem Blick, dass es ihm die Schamesröte ins Gesicht trieb. Diese engagierte und liebenswerte Frau hatte er verdächtigt, nur aus Egoismus und Eigennutz zu handeln? Wie blind er gewesen war!

„Ist das wirklich dein Ernst?", flüsterte sie ungläubig. „Du willst nicht mehr um jeden Preis verkaufen?"

Zu seiner eigenen Überraschung lautete die Antwort auf diese Frage Nein. Er war nach Schweden gekommen, um möglichst schnell möglichst viel Gewinn aus dem Verkauf seines Erbes zu schlagen. Nicht Lisbet war eigennützig und selbstsüchtig gewesen, sondern er.

Möglich, dass Tobias seine Beweggründe nicht verstanden hätte. Sein Vater würde es gewiss nicht tun. Aber Hannes wollte sich nicht länger danach richten, was andere für richtig oder falsch hielten. Von nun an würde er der Stimme seines Herzens folgen. Und die sagte ihm, dass er eine Lösung für Beringholm Slott finden musste, mit der alle leben konnten.

Lisbet, die Kinder – und nicht zuletzt auch er selbst.

Und was, wenn sie nur eine bessere Schauspielerin ist als deine Stiefmutter und Anna-Lena? Wenn es am Ende ein böses Erwachen gibt und du feststellst, dass du deinen Bruder erneut im Stich gelassen hast für eine Frau, die deine Liebe nicht verdient?

Mit einem Kopfschütteln verscheuchte er den Gedanken. Lisbet war nicht wie Anna-Lena und erst recht nicht wie seine Stiefmutter. Selbstlos setzte sie sich für andere Menschen ein, und sie hatte auch ihm geholfen, endlich wieder zu sich selbst zu finden.

Wollte er wirklich den Rest seiner Tage damit verbringen, das Leben eines anderen Menschen zu leben? Zu einer Kopie seines Bruders zu werden, nur weil er sich mitschuldig an dessen Tod fühlte?

Nein, damit musste endlich Schluss sein! Er war er selbst, Hannes Westenberg, und egal, wie sehr er sich auch anstrengte: Er konnte niemals zu jemand anderem werden.

Trotzdem würde er nicht zulassen, dass Albert und Nadine den Sieg davontrugen. Tatsächlich hatte er bereits eine Idee, wie sich vielleicht tatsächlich alles zum Guten wenden ließ. Doch dazu musste er mit seinem Vater reden, und zwar so schnell wie möglich.

Gleich am ersten Tag war ihm aufgefallen, welch enormes Potenzial Beringholm Slott in sich barg. Man könnte daraus ein Wellness- oder Kurhotel für gestresste Manager machen. Doch warum sollte es nicht auch zu einem Ort werden können, an dem Kinder ihr Lachen wiederentdecken und Familien wieder zueinanderfinden konnten?

„Komm mit mir nach Berlin", sagte er. „Ich will dich mit meinem Vater bekannt machen."

Überrascht schaute sie ihn an. „Was? Aber …"

„Ich habe dir doch von meinem Hotel in Hamburg erzählt. Das *Alsterblick* gehört zu einer großen Kette namens *Cityhotels* mit Häusern in ganz Europa – auch in einigen schwedischen Großstädten. Und mein Vater ist der Eigentümer dieser Hotelkette."

„Ich kenne *Cityhotels*", entgegnete Lisbet. „Aber was hat dein Vater mit mir zu tun? Und mit Beringholm Slott?"

„Ich kann es dir jetzt noch nicht genau erklären. Es ist bisher nur eine Idee, aber ich glaube, es könnte funktionieren."

Die Zweifel standen ihr ins Gesicht geschrieben, doch Hannes wollte nichts Näheres dazu sagen, bis er sicher sein konnte, dass sein Plan eine Chance auf Erfolg hatte.

„Bitte, Lisbet." Er strich ihr eine Haarsträhne aus dem Gesicht. „Vertraust du mir?"

Einige quälende Sekunden lang zögerte sie, doch schließlich verzog sie ihre hübschen Lippen zu einem Lächeln. „Also schön. Aber ich kann nicht sofort weg von hier, das verstehst du doch, oder? Ich komme in ein paar Tagen nach, wenn ich hier alles geregelt habe."

Hannes zögerte. „Ich kann dich doch nicht hier allein lassen! Was, wenn diese Motorradrowdys wiederkommen?"

„Die haben sich seit dem Feuer nicht mehr blicken lassen", erwiderte Lisbet. „Die Geschichte hat in den umliegenden Ortschaften ganz schön für Wirbel gesorgt. Durch den Anschlag ist beinahe ein Kind ums Leben gekommen, da kann sogar Wachtmeister Lundberg nicht länger untätig bleiben. Diese Rocker wären schön dumm, hier so bald noch einmal aufzutauchen."

Hannes seufzte. Er wusste, dass sie recht hatte, doch er vermisste sie schon jetzt. Zärtlich zog er Lisbet noch näher an sich heran. Wenn diese Sache ausgestanden war, das schwor er sich, würde er sie nie wieder allein lassen.

Und mit einem Kuss besiegelte er sein Versprechen.

Aleksandra beobachtete, wie Lisbet und Hannes im Hof standen und sich voneinander verabschiedeten. Von ihrem Versteck hinter dem Schuppen aus hatte sie gehört, dass Hannes für eine Weile geschäftlich nach Deutschland zurückmusste – und dass er Lisbet gebeten hatte, so schnell wie möglich nachzukommen.

Unauffällig schlich sie sich ins Schloss, solange die beiden noch abgelenkt waren. Die Stufen, die ins obere Stockwerk führten, knarrten leise, als sie hinaufhuschte. Im Korridor wandte sie sich dann nach rechts, bis sie vor der Tür zu Hannes' Zimmer stand.

Aleks klopfte das Herz bis zum Hals. Sie klammerte sich an die Aktenmappe, die sie vor ein paar Tagen von Kristof Steen erhalten hatte, wie an einen Rettungsring.

Wenn sie jetzt jemand erwischte …

Nej, darüber wollte sie gar nicht erst nachdenken. Sie würde alles genauso machen, wie Steen gesagt hatte. Sie musste nur ein paar handschriftliche Notizen aus Hannes' Zimmer holen und sie unter die Dokumente mischen, die Steen ihr gegeben hatte. Anschließend würde sie die Mappe irgendwo in dem Zimmer liegen lassen, wo Lisbet praktisch darüberstolpern musste. Den Rest würde Steen erledigen, das hatte er ihr versprochen.

Der Plan war so einfach wie genial. Wenn alles klappte, würde Lisbet so sauer auf Hannes sein, dass sie nie wieder ein Wort mit ihm sprechen wollte – und damit die Bahn freimachte für Aleks, die davon überzeugt war, wenn Lisbet erst weg wäre, würde Hannes schon mehr als nur ein kleines Mädchen in ihr sehen.

Sie atmete tief durch und kämpfte gegen das schlechte Gewissen an, das sich immer wieder in ihr zu regen begann.

Wie kannst du nur? Lisbet ist immer gut zu dir gewesen! Wo würdest du heute stehen, wenn sie und Hilda dir nicht geholfen hätten? Hast du schon vergessen, was die beiden alles für dich getan haben?

Kurz geriet Aleksandra in ihrem Entschluss ins Schwanken. Lisbet war das Herz und die Seele von Beringholm Slott. Nichts würde jemals wieder so sein wie bisher, wenn sie fortging. Und was sollte aus den Tieren werden? Und aus Jenny, Kristina und den anderen?

Doch dann schüttelte der Teenager den Kopf. Unsinn! Steen hatte ihr doch alles erklärt: Lisbet würde sich einfach irgendwo in der Nähe ein neues Grundstück suchen, und dort würde alles so weitergehen wie zuvor. Überhaupt kein Problem – oder?

Aleksandra streckte die Hand nach der Türklinke aus. Dann holte sie noch einmal tief Luft und betrat das Zimmer.

*L*isbet riss das halb beschriebene Blatt vom Notenblock, knüllte es zusammen und warf es in den Papierkorb, der bereits überzuquellen drohte. Sie hatte sich mit der Arbeit an ihrem Song ein wenig von ihrer Nervosität ablenken wollen, aber es gelang ihr nicht.

Immer wieder wanderten ihre Gedanken fort von der Musik und hin zu Hannes. Seufzend fuhr sie sich mit der Hand über die Augen und atmete tief durch. Er hatte sich kurz nach ihrem Gespräch am frühen Vormittag auf den Weg nach Berlin gemacht. War das wirklich erst sechs Stunden her? Ihr kam es wie eine kleine Ewigkeit vor. Sie sehnte sich so sehr nach ihm, dass sie einfach keinen klaren Gedanken fassen konnte.

Wie gern hätte sie ihn sofort begleitet, doch das ging natürlich nicht. Zuerst musste sie die Eltern ihrer Schützlinge darüber informieren, dass sie für ein paar Tage verreiste. Außerdem brauchte sie natürlich jemanden, der sich während ihrer Abwesenheit um die Tiere kümmerte. Das alles ließ sich nicht von jetzt auf gleich bewerkstelligen. Sie seufzte. Wenn Hannes doch nur endlich anrufen würde! Er hatte ihr versprochen, dass er sich gleich nach seiner Ankunft in Berlin bei ihr melden würde, doch bisher hatte sie nichts von ihm gehört.

Sie wollte gerade mit einem neuen Notenblatt beginnen, als das Telefon im Korridor klingelte.

Sofort ließ Lisbet alles stehen und liegen. „*Hej*, Hannes!", rief sie atemlos, kaum dass sie den Hörer abgenommen hatte.

Am anderen Ende räusperte sich jemand vernehmlich, dann erklang eine Frauenstimme, die Lisbet nicht kannte. „Entschuldigung, aber kann ich bitte mit Hannes Westenberg sprechen? Ich habe es bereits auf seinem Handy versucht, aber mir scheint, dass ich seine Nummer falsch notiert habe …"

„Er ist im Augenblick nicht hier", erwiderte Lisbet. „Aber ich erwarte jeden Moment seinen Anruf. Kann ich ihm vielleicht etwas ausrichten?"

„Oh ja, würden Sie das tun? Mein Name ist Linda Halman, ich

arbeite für das Immobilienbüro Kant in Falun. Sagen Sie Herrn Westenberg bitte, dass wir bereits einen Interessenten für das Objekt gefunden haben, wegen dem er uns vorhin kontaktiert hat. Er möchte sich bitte mit uns wegen eines Besichtigungstermins in Verbindung setzen."

Objekt? Besichtigung? Ein ungutes Gefühl stieg in Lisbet auf. Aber nein, das konnte sich doch nur um ein Missverständnis handeln – oder?

„Entschuldigen Sie bitte", fragte sie nach, „*wann* sagten Sie, hat Hannes mit Ihnen gesprochen?"

„Der Anruf kam so gegen halb zwölf. Herr Kant persönlich hat ihn entgegengenommen und mich sofort mit der weiteren Bearbeitung beauftragt."

In Gedanken überschlug sie kurz die Zeiten. Etwa um zehn Uhr dreißig war Hannes aufgebrochen, das bedeutete, dass er um halb zwölf vermutlich bereits am Flughafen gewesen war.

Sie holte tief Luft. „Darf ich fragen, um welches Objekt es sich handelt?"

Leises Rascheln verriet, dass die junge Frau in ihren Unterlagen blätterte. „Ein kleines Wasserschloss am Siljansee – Beringholm Slott. Ich …"

Den Rest hörte Lisbet nicht mehr. Der Hörer war ihr aus der kraftlosen Hand geglitten und zu Boden gefallen. Wie betäubt stand sie da, während ihre Gedanken sich im Kreis drehten. Das durfte einfach nicht wahr sein! Wenn es wirklich stimmte, dass Hannes das Immobilienbüro nach seiner Abreise kontaktiert hatte …

Dieser Feigling hat sich aus dem Staub gemacht, weil er keine Lust auf eine Konfrontation mit dir hatte, ist doch ganz klar! All seine schönen Worte hatten nur einen Sinn: dich ruhigzustellen, bis er sich davongemacht hat!

Nej! Lisbet schüttelte den Kopf. Sie konnte sich einfach nicht vorstellen, dass Hannes sich so schäbig verhalten würde. Nicht der Mann, der so zärtlich, so liebevoll zu ihr gewesen war. Er hatte ihr doch versprochen, dass er eine Lösung finden würde, die für alle Seiten vertretbar war!

Und warum sucht er dann jetzt plötzlich wieder nach einem Käufer? Blick den Tatsachen ins Auge – er hat dich angelogen, Lisbet!

Das werden wir ja sehen! Zwei Stufen auf einmal nehmend, eilte sie die Treppe ins erste Obergeschoss hinauf und lief den Korridor hinunter, bis sie vor Hannes' Zimmertür stand. Dort blieb sie noch einmal unschlüssig stehen.

Sollte sie das wirklich tun? Ihm nachschnüffeln, in seinen Sachen herumwühlen, ohne ihm zuvor Gelegenheit zu geben, zu den Vorwürfen Stellung zu nehmen?

Sei nicht dumm! Er würde doch ohnehin nur alles abstreiten!

Sie atmete tief durch, drückte die Klinke herunter und betrat das Zimmer.

Das Erste, was sie wahrnahm, war sein Geruch, der sie umfing wie eine Umarmung. Wieder zögerte sie – jedoch nur für einen winzigen Moment –, ehe sie sich suchend umschaute.

Hannes hatte fast all seine persönlichen Sachen mitgenommen. Vermutlich war es vollkommen aussichtslos, hier nach irgendwelchen Hinweisen zu suchen, die ihr eine Erklärung für den Anruf der Immobilienagentur liefern würden. Sie kam sich wie ein Eindringling vor, als sie nacheinander die Schubladen der Kommode öffnete.

Schluss jetzt! rief sie sich selbst zur Ordnung. *Du machst dich noch vollkommen lächerlich, Lisbet Carlsson! Ruf Hannes an und sprich mit ihm, dann wird sich ganz sicher alles aufklären!*

Sie wollte gerade das Zimmer verlassen, als sie die Mappe auf dem Schreibtisch entdeckte.

Lisbet verharrte. Nur ein kurzer Blick, um sicherzugehen …

Sie öffnete den Pappdeckel der Akte und spürte, wie sämtliche Kraft aus ihren Gliedern wich. Kraftlos ließ sie sich auf den Stuhl sinken.

Nej! Käre Gud, bitte nicht!

Nervös lief Hannes in Richard Westenbergs gediegen eingerichtetem Vorzimmer auf und ab. Seit seiner Ankunft in Berlin vor zwei Tagen versuchte er nun schon, Lisbet zu erreichen. Doch wo er auch anrief – im Schloss oder auf dem Handy –, sie nahm einfach nicht ab. Und auch auf seine E-Mails reagierte sie nicht. So langsam fing er an, sich ernsthaft Sorgen zu machen.

Das alles gefiel ihm ganz und gar nicht. Er hatte vorgehabt, gemeinsam mit Lisbet vor seinen Vater zu treten, um ihn von dem Konzept zu überzeugen, das er sich ausgedacht hatte.

Zuerst war es nur eine spontane Idee gewesen, nicht ganz ausgereift. Trotzdem hatte er von Anfang an dieses unbestimmte Gefühl gehabt, dass es funktionieren würde. Und nun, nach zwei Tagen, in denen er das Konzept ausgefeilt und konkret durchgeplant hatte, war er sich ganz sicher. Doch es würde nicht leicht werden, seinen Vater ins Boot zu holen.

Richard Westenberg war viel zu sehr rational denkender Geschäftsmann, als dass er sich, wenn es um Profit ging, von Emotionen beeinflussen ließ. Nichtsdestotrotz hatte Hannes darauf gesetzt, dass es Lisbet mit ihrer Energie und ihrem großen Engagement gelingen würde, seinen Vater mitzureißen.

Doch Lisbet war nicht erreichbar. Seit zwei Tagen hatte er nichts von ihr gehört. Und das Schlimmste daran war, dass er kaum an etwas anderes denken konnte als an sie – nicht gerade die besten Voraussetzungen für ein Gespräch mit seinem alten Herrn …

„Herr Westenberg? Ihr Vater ist jetzt bereit, Sie zu empfangen."

Hannes atmete tief durch. *Auf in die Höhle des Löwen …*

Der dicke cremefarbene Teppichboden verschluckte das Geräusch seiner Schritte, und auch die wuchtige Eichentür, die zum Büro seines Vaters führte, öffnete und schloss sich absolut lautlos.

Richard Westenberg saß in einem großen Ledersessel hinter dem schweren, mit Schnitzereien versehenen Holzschreibtisch. Das riesige Panoramafenster blickte auf den Berliner Alexanderplatz hinaus. Alles in dem Raum zeugte von Stil, Eleganz und Geld – sehr viel Geld. Das Mobiliar, die Holzvertäfelung der Wände, die gedämpfte Deckenbeleuchtung – mit all dem erreichte Richard Westenberg genau den eindrucksvollen, leicht einschüchternden Effekt, den er erzielen wollte.

Doch bei Hannes zeigte dies nach all den Jahren keine Wirkung mehr. Der Anblick der zweiten Person, die auf einem der Besucherstühle saß, ließ in ihm jedoch gleich sämtliche Alarmsirenen losschrillen.

„Albert", sagte er und nickte seinem Stiefbruder knapp zu.

Er war im selben Alter wie Hannes, wirkte jedoch älter – nein, verbrauchter. Das lag daran, dass er seine Abende mit Vorliebe in Bars und Nachtklubs verbrachte, in denen er seinen drei großen Lastern frönte: kubanischen Zigarren, französischem Kognak und leichten Mädchen. Jeder wusste das, doch für Richard Westenberg fiel der umtriebige Lebenswandel seines Stiefsohns nicht ins Gewicht, wenn es um die Nachfolge als Unternehmensleiter ging. Für ihn zählte nur der berufliche Erfolg – sonst nichts.

Dass Albert heute hier war, bei einem Termin, den Hannes mit seinem Vater vereinbart hatte, konnte nichts Gutes bedeuten. Er brauchte den alten Mann nur anzusehen, um das zu wissen. Die Brauen über den gewittergrauen Augen waren zusammengezogen, der Blick stechend.

„Du erklärst mir jetzt auf der Stelle, was bei dir in Hamburg vor sich geht", begann er ohne jede Begrüßung. „Wie ich von Albert erfahren musste, handelt es sich bei den Arbeiten am *Alsterblick* keineswegs nur um gewöhnliche Renovierungsarbeiten!"

Hannes atmete tief durch. Er hatte ohnehin vorgehabt, seinem Vater reinen Wein einzuschenken. Dass Albert ihm zuvorgekommen war, sorgte zwar nicht gerade für beste Voraussetzungen, ließ sich aber nun mal nicht ändern.

Er würdigte Albert keines Blickes und schaute seinen Vater an. „Ich kann und will es nicht abstreiten, Vater: Das *Alsterblick* ist im Augenblick eine einzige Baustelle. Es hat ein Feuer gegeben, ausgelöst durch einen Kabelbrand. Und da sich die Versicherung geweigert hat, für die Kosten aufzukommen …"

„Die Versicherung hat – was?", bellte sein Vater.

Hannes gab dem Impuls, den Blick zu senken, nicht nach. „Nicht ohne Grund, fürchte ich. Eine Mitarbeiterin von mir hat die monatlichen Prämien für die Police lieber in die eigene

Tasche gesteckt, anstatt sie an die Versicherungsgesellschaft zu überweisen."

Wütend ließ Richard Westenberg seine Faust auf die Tischplatte sausen. „Verdammt! Das kann doch nicht wahr sein! Und wann hattest du vor, mir das mitzuteilen?"

„Überhaupt nicht", erwiderte Hannes wahrheitsgemäß. „Ich wollte die Angelegenheit selbst regeln, um mir deine Vorwürfe zu ersparen." Ernst schaute er seinen Vater an. „Wir wissen doch beide, dass ich nie der ideale Sohn sein werde, so wie Tobias es war. Mein Bestes war für dich nie gut genug, und …"

„Glaubst du wirklich, Vater hast Lust, sich dein Gejammer anzuhören?", mischte Albert sich ein. Er versuchte nicht einmal, seine Selbstzufriedenheit zu verbergen. „Du hast auf ganzer Linie versagt, und deine armseligen Erklärungsversuche machen …"

Mit einem scharfen Blick brachte Hannes seinen Stiefbruder zum Schweigen. „Ich führe eine Unterhaltung mit meinem Vater." Seine Stimme klang schneidend. „Sei bitte so freundlich, dich nicht in Dinge einzumischen, die dich nichts angehen." Dann wandte er sich wieder an Richard Westenberg. „Ich weiß, dass ich Fehler gemacht habe. Allerdings bin ich nicht hier, um vor dir zu Kreuze zu kriechen, sondern um dir einen lukrativen geschäftlichen Vorschlag zu machen. Was ist? Bist du interessiert?"

Einen Moment lang blieb die Miene des alten Mannes unergründlich, dann lächelte er anerkennend. „Eins muss man dir lassen, Sohn: Du hast Mumm in den Knochen, dich jetzt noch vor mich zu stellen und mir ein Geschäft vorzuschlagen. Aber gut, lass hören …"

Das musste er Hannes nicht zweimal sagen.

Hannes klopfte das Herz bis zum Hals, als er drei Tage später nach Dalarna zurückkehrte. Er konnte immer noch nicht glauben, dass es ihm tatsächlich gelungen war, seinen Vater für sein Konzept zu gewinnen. Richard Westenberg würde die Kosten für die dringend notwendigen Reparaturen und Umbaumaßnahmen übernehmen, um aus dem Schloss etwas ganz Einzigartiges zu machen: Ein Tiertherapiezentrum für Menschen aller Alters- und Einkommensklassen, in dem Familien ebenso willkommen waren wie Einzelpersonen. Daran angeschlossen ein Erlebnishotel für all diejenigen, die den Stress des Alltags hinter sich lassen und dennoch etwas Sinnvolles mit ihrer Zeit anfangen wollten. Es sollte ein Ort der Begegnung werden – und über einen Fond, der sich aus den Einnahmen der zahlungskräftigeren Gäste finanzierte, würde es auch sozial schwächeren Familien weiterhin möglich sein, ihre Kinder nach Beringholm Slott zu schicken.

Ganz leicht war es nicht gewesen, seinen Vater vom Potenzial des Projekts zu überzeugen. Doch die positive Gewinnprognose, die ein unabhängiger Gutachter bestätigt hatte, stellte den alten Herrn zufrieden. Somit schlug Hannes gleich zwei Fliegen mit einer Klappe, denn nun konnte Lisbet mit ihrer wichtigen Arbeit fortfahren, ja sie sogar noch ausweiten.

Lisbet …

Es stimmte Hannes besorgt, dass er noch immer nichts von ihr gehört hatte. Nein, besorgt war noch zu wenig. Jeder Tag, den er in Berlin auf die Entscheidung seines Vaters hatte warten müssen, war ihm wie eine kleine Ewigkeit erschienen. Warum war Lisbet nicht gekommen? Was hatte sie daran gehindert, ihre Verabredung einzuhalten?

Er war bereits drauf und dran gewesen, einfach abzureisen, auch auf die Gefahr hin, dass sein Vater sich noch einmal umentscheiden könnte. Die Vorstellung, dass Lisbet womöglich etwas Schreckliches zugestoßen war, hatte ihm den Schlaf geraubt. Aber dann war es ihm gelungen, doch noch jemanden auf Beringholm Slott zu erreichen.

Lisbets guten Freund, diesen Lars Sjögren.

Doch durch das Gespräch waren seine Sorgen nicht weniger geworden, eher im Gegenteil: Sjögren hatte ihm wenig freundlich erklärt, dass Lisbet nicht mit ihm sprechen *wollte*, und dann einfach aufgelegt.

Hannes verstand die Welt nicht mehr. Zum Glück war das

Gutachten kurz darauf fertig geworden, denn nach diesem Telefonat hielt ihn nichts mehr in Berlin.

Nun würde er bald erfahren, was während seiner Abwesenheit in Schweden vorgefallen war – und er befürchtete, dass es ihm nicht gefallen würde. Er schlug mit der flachen Hand aufs Lenkrad. *Verdammt!*

Als er die Zufahrt zu Beringholm Slott endlich erreichte, erhöhte er, trotz der schlechten Straße, noch einmal sein Tempo. Dieses Mal war er schlauer gewesen und hatte sich am Flughafen einen Geländewagen mit Vierradantrieb gemietet.

Schon von Weitem merkte er, dass sich etwas verändert hatte, und er runzelte die Stirn. Wo waren all die Tiere geblieben? Die Schuppen und Scheunen schienen ebenso verwaist wie die Koppeln und Wiesen.

Mit einem unguten Gefühl setzte er mit dem Wagen über die Zugbrücke und fuhr durch das Brückentor auf den Schlosshof. Dort stand bereits ein anderes Auto, ein Pick-up, auf dessen Ladefläche sich Koffer und Kisten stapelten.

Hannes stellte den Motor ab, zog die Handbremse an und stieg aus. „Lisbet?" Suchend blickte er sich um. „Lisbet, wo steckst du?"

„Na, Sie haben vielleicht Nerven, sich hier noch einmal blicken zu lassen", knurrte jemand hinter ihm.

Argwöhnisch drehte Hannes sich um. Es war Lars Sjögren, der ihn finster musterte. Unter einen Arm geklemmt trug er einen Karton, in der anderen Hand hielt er Lisbets Gitarrenkoffer.

„Was soll das heißen?" Hannes deutete mit einem Kopfnicken auf den voll beladenen Geländewagen. „Was geht hier vor?"

„Was denken Sie denn?" Sjögren bedachte ihn mit einem geringschätzigen Blick. „Ich helfe Lisbet dabei, ihre Sachen zu mir rüberzuschaffen. Wissen Sie, im Grunde sollte ich Ihnen danken, Westenberg. Durch Ihr schäbiges Verhalten hat sie nun endlich erkannt, was sie an mir hat. Wir haben uns verlobt, und im nächsten Frühjahr wird Hochzeit gefeiert!", erklärte er triumphierend.

Hannes hatte das Gefühl, als bohre sich ihm ein glühender Pfeil geradewegs ins Herz. Er schüttelte den Kopf. „Ich glaube Ihnen kein Wort", stieß er heiser hervor. „Lisbet würde nie …"

„Sie hat!", fiel Sjögren ihm barsch ins Wort. „Meine Großmutter und ich besitzen ein Landgut ganz in der Nähe, vielleicht hat das ihre Entscheidung ein wenig beeinflusst. Es ist nicht so groß wie dieses Anwesen hier. Aber für die Tiere haben wir Platz genug, und sie kann auch weiter mit ihren behinderten Schützlingen arbeiten. Wenigstens so lange, bis wir selbst Kinder haben."

„Nein!" Hannes fühlte sich wie betäubt, während das Entsetzen wie eine Flutwelle über ihn hinwegrollte und drohte, ihn mit sich zu reißen. „Nein, das ist nicht wahr!"

„Ach, und warum beantwortet sie dann Ihre Anrufe nicht?" Sjögren warf Karton und Gitarrenkoffer auf die Ladefläche und schloss die Heckklappe. Dann ging er nach vorne, stieg in den Wagen und ließ den Motor an. „Ein gut gemeinter Rat noch: Lassen Sie Lisbet in Ruhe. *Adjö!*"

Mit diesen Worten setzte er ruckartig zurück, wendete und fuhr los.

Lisbet stand am Küchenfenster des Sjögren-Hofes und schaute hinaus, doch in Wahrheit versuchte sie nur, ihren Kummer vor Lars' Großmutter zu verbergen, die kurz aus dem Zimmer gegangen war. Die alte Selma, eine enge Freundin von Hilda, verstand es wie keine Zweite, aus den Gesichtern der Menschen zu lesen. Sie würde sofort erkennen, was in ihr vorging, und Lisbet fühlte sich den Fragen, die dann unweigerlich folgen mussten, im Augenblick nicht gewachsen.

Denn das würde bedeuten, wieder über Hannes nachzudenken, und das könnte sie nicht ertragen.

Nachdem sie herausgefunden hatte, was für ein gemeines Spiel er spielte, hatte sie Lars angerufen und ihm unter Tränen alles berichtet. Den Unterlagen zufolge, die sie in seinem Zimmer gefunden hatte, hatte er die ganze Zeit über mit Kristof Steen in Verhandlung gestanden. Da dessen Angebot offenbar nicht seiner

Preisvorstellung entsprach, hatte er sich schließlich an einen Makler gewandt – während er zur selben Zeit Lisbet glauben ließ, dass sich doch noch alles zum Guten wenden würde.

Lars war sofort bereit gewesen, ihr zu helfen und sie und die Tiere bei sich aufzunehmen. Was war ihr schon für eine andere Wahl geblieben, als sein Angebot anzunehmen – selbst wenn sie ihm damit womöglich neue Hoffnungen machte?

Natürlich konnte dies nur eine Übergangslösung sein, und Lisbet zerbrach sich praktisch Tag und Nacht den Kopf darüber, wie es weitergehen sollte. Doch das war gar nicht so einfach, weil sie trotz allem immerzu an Hannes denken musste.

Obwohl es ein warmer Sommertag war, zog sie fröstelnd die dünne Strickjacke enger um ihre Schultern. Doch die Kälte, die sie verspürte, konnte kein noch so warmer Stoff vertreiben, denn sie kam von innen.

Womöglich hatte sich ihr Herz einfach in Eis verwandelt, so fühlte es sich jedenfalls manchmal an. Und vielleicht war es auch besser so. Auf diese Weise lief sie wenigstens nicht Gefahr, ihr Glück und ihr Schicksal noch einmal in die Hände eines Mannes zu geben, der ihr Vertrauen nicht verdiente.

Mach dir doch nichts vor, Lisbet Carlsson! Du liebst Hannes noch immer, ganz gleich, wie sehr du dich auch dagegen wehrst.

Ein tiefes Seufzen entrang sich ihrer Kehle, und etwas Warmes lief ihre Wangen herab und fiel als schwerer Tropfen auf das Fensterbrett. Hastig wischte sie sich mit dem Handrücken über die Augen. Sie hatte gar nicht gemerkt, dass sie weinte.

Als sie hörte, dass jemand hereinkam, straffte sie rasch die Schultern. Weder Selma noch Lars sollten merken, wie sehr sie unter der Trennung von Hannes litt. Die beiden waren so freundlich gewesen, sie und die Tiere übergangsweise bei sich aufzunehmen, dass es ihr undankbar erschienen wäre, sie auch noch mit ihrem Liebeskummer zu belasten – vor allem Lars gegenüber.

Aber es war nicht Selma, die jetzt die Küche betrat.

„Aleks!", rief Lisbet überrascht und erfreut – doch als sie sah, wie verstört und unglücklich das Mädchen wirkte, runzelte sie die Stirn. „Hey, was ist denn los mit dir?" Sie nahm es bei den

Händen. „Dich bedrückt doch etwas, oder?"

Einen Moment lang schien Aleksandra zu zögern, dann brach sie plötzlich in Tränen aus und wollte sich gar nicht mehr beruhigen.

„Was ist denn los, Liebes?" Lisbet schloss sie in ihre Arme und strich ihr beruhigend übers Haar. „Du kannst mit mir über alles reden, das weißt du doch. Hast du Kummer wegen eines Jungen? Ist es das?"

„Ja", stieß Aleksandra unter Schluchzern aus. „Und nein! Ach, Lisbet, es ist so schrecklich! Ich habe etwas Schlimmes getan, das du mir bestimmt niemals verzeihen wirst! Ich …" Sie rang nach Luft. „Ich … ich …"

„Nun setz dich erst einmal hin." Lisbet führte sie zum Küchentisch. „Und jetzt atme mal tief durch und beruhige dich. So schlimm wird es schon nicht sein."

„Doch", entgegnete das Mädchen, jetzt schon ein wenig ruhiger. „Es ist schlimm und gemein und schäbig, Lisbet. Ich schäme mich so!" Sie atmete tief durch. „Da war dieser Mann – Kristof Steen …" Sie fing an zu erzählen, zuerst langsam und stockend, dann immer schneller. Lisbet konnte kaum glauben, was sie da hörte, und es machte sie schrecklich wütend – nicht auf Aleksandra, sondern auf Kristof Steen. Dieser Schuft hatte das Gefühlschaos eines fünfzehnjährigen Mädchens ausgenutzt, um es zu seinem Handlanger zu machen. Er hatte Aleks dazu gebracht, die Unterlagen in Hannes' Zimmer zu verstecken. Gleichzeitig hatte er in Hannes' Namen die Immobilienagentur beauftragt, einen Käufer für Beringholm Slott zu finden.

Das Ziel war klar: Er wollte Misstrauen und Zwietracht zwischen Lisbet und Hannes säen – und das war ihm ja auch gelungen. Welche Mittel er dabei anwandte, war ihm offenbar egal gewesen. Wie tief konnte ein Mensch eigentlich sinken?

„Es tut mir so leid, Lisbet", flüsterte Aleks mit gesenktem Blick. „Wirst du dich jetzt mit Hannes vertragen? Ich glaube, er hat dich wirklich sehr gern. Jedenfalls sah er ziemlich erschrocken aus, als er hörte, dass du Lars heiraten willst."

„Ich … Lars heiraten? Aber wie kommst du denn darauf?"

„Na, weil Lars das Hannes gegenüber behauptet hat. Ich war vorhin auf Beringholm Slott, da haben die beiden gerade miteinander gesprochen und …"

Lisbets Herz machte einen Sprung. „Hannes ist hier?"

Als das Mädchen nickte, gab es für Lisbet kein Halten mehr – obwohl sie keine Ahnung hatte, was sie zu Hannes sagen sollte, wenn sie ihm gegenüberstand. Würde er sie überhaupt sehen wollen? Seit fast einer Woche hatte sie all seine Anrufe ignoriert und jede seiner E-Mails sofort gelöscht. Sie hatte ihn wie einen Verräter behandelt, dabei war sie es doch, die ihn im Stich gelassen hatte bei dem wichtigen Gespräch mit seinem Vater.

Würde sie Beringholm Slott nun endgültig verlieren? Wie könnte sie es Hannes verübeln, wenn er sich nun nicht mehr für sie einsetzen wollte?

Das Herz klopfte ihr bis zum Hals, als sie die Zufahrt zum Schloss hinauffuhr. Im ersten Moment befürchtete sie, zu spät gekommen zu sein, doch dann entdeckte sie den fremden Wagen, der auf dem Schlosshof parkte.

Sie stellte ihr Auto gleich daneben ab und stieg aus. „Hannes?"

Wie merkwürdig still es hier war ohne die Tiergeräusche und das fröhliche Lachen der Kinder.

„Hannes, wo bist du? Bitte, ich muss mit dir reden!"

„Reden? Worüber denn? Ich glaube, zwischen uns ist bereits alles gesagt." Er stand an der Tür zur Küche, die Arme vor der Brust verschränkt. Dann stieß er sich vom Türrahmen ab und kam langsam die Treppe herunter. „Wenn du gekommen bist, um mich zu deiner Hochzeitsfeier einzuladen, dann kann ich dir jetzt schon sagen, dass ich nicht kommen werde."

„Lars hat gelogen", sagte sie leise. „Er und seine Großmutter haben mir geholfen, als ich sie brauchte, und dafür bin ich ihm dankbar. Aber ich liebe ihn nicht, und ich habe ihn nie geliebt – und deshalb werde ich ihn auch nicht heiraten."

Hannes runzelte die Stirn. „Ist das wirklich wahr?"

„Natürlich ist es wahr!" Lisbet trat ihm gegenüber. „Und weißt du, warum ich niemals mehr für Lars empfinden kann als Freundschaft? Deinetwegen."

„Was?"

Lisbet schüttelte den Kopf. „*För Guds skull,* ist das denn wirklich so schwer zu begreifen? Ich kann Lars nicht lieben und auch sonst keinen anderen Mann, weil mein Herz bereits dir gehört, Hannes Westenberg! Ich wollte es mir nicht eingestehen, aber ich habe dich vom ersten Augenblick an geliebt. Du bist mir wichtiger als alles andere auf der Welt!"

„Wichtiger als Beringholm Slott?"

„Das Schloss ist doch nur ein Gebäude. Ich hänge vor allem wegen der Kinder und der Tiere so sehr daran. Aber ohne dich, Hannes, hätte das alles keinen Sinn mehr für mich. Selbst wenn ich das Schloss jetzt verloren habe, ich …"

„Du hast es nicht verloren", unterbrach er sie.

Lisbet blinzelte überrascht. „Soll das heißen …?"

„Ich habe meinen Vater davon überzeugen können, in Beringholm Slott zu investieren. Wir werden einen Ort daraus machen, mit dem man gleichermaßen Geld verdienen und Menschen helfen kann – gemeinsam mit dir, wenn du es noch immer willst."

„Träume ich?", flüsterte Lisbet. „Ich kann nicht glauben, dass das wirklich wahr ist."

Anstatt zu antworten, beugte er den Kopf zu ihr herab und küsste sie so leidenschaftlich und voller Zärtlichkeit, dass sie glaubte, vor Glück verrückt zu werden.

„Fühlte sich das wie ein Traum an?"

„Allerdings", erwiderte sie ein wenig atemlos. „Aber ich hoffe, dass ich nie, nie wieder daraus erwachen werde."

Er lachte. „Dafür werde ich sorgen, verlass dich darauf." Zärtlich zog er sie in seine Arme und verschloss ihren Mund erneut mit seinen Lippen.

EPILOG

*L*isbet und Hannes heirateten zwölf Monate später im Garten von Beringholm Slott, am selben Tag, an dem auch das Tiertherapiezentrum und das Hotel feierlich eröffnet wurden. Es war eine Menge Arbeit gewesen, das Schloss auf Vordermann zu bringen, doch es hatte sich gelohnt. Kristof Steen wäre grün vor Neid geworden, hätte er es in seinem jetzigen Zustand sehen können: Wie Juwelen funkelten die Fensterscheiben im strahlenden Sonnenschein. Doch Steen würde vorerst nur das Panorama genießen können, das ihm das Fenster seiner Gefängniszelle bot. Man hatte nämlich einen der Motorradrocker erwischt, die Hilda und Lisbet so lange das Leben schwer gemacht hatten, und der Mann hatte ohne zu zögern seinen Auftraggeber angeschwärzt – niemand anderen als Kristof Steen. Nicht einmal vor solchen Mitteln war er also zurückgeschreckt. Nun, genützt hatte es ihm nichts.

Lisbet kam es vor, als blühten die Blumen in Hildas Garten heute ganz besonders prachtvoll. Vermutlich lag es einfach nur daran, dass Tränen des Glücks ihren Blick verklärten – doch ihr gefiel der Gedanke, dass Hilda ihr auf diese Weise einen Gruß schickte, wo auch immer sie jetzt sein mochte.

„Ich kann dir gar nicht sagen, wie glücklich ich bin", sagte Hannes, als sie etwas später die Hochzeitsfeier mit dem ersten Tanz eröffneten. „Ich danke Gott jeden Tag dafür, dass wir beide uns getroffen haben."

Lisbet strahlte, und ihr ging das Herz über vor lauter Zuneigung zu diesem wunderbaren Mann. Auch sie konnte kaum in Worte fassen, wie sehr sie Hannes liebte. Für sie stand fest, dass er der Mensch war, mit dem sie den Rest ihres Lebens teilen wollte.

„Schön, dass dein Vater ebenfalls gekommen ist", sagte sie, während sie sich im Takt der Musik wiegten. „Wer weiß, vielleicht bessert sich eure Beziehung ja jetzt, da deine Stiefmutter und ihr Sohn ihn nicht länger beeinflussen."

Richard Westenberg hatte durch einen Zufall herausgefunden, dass Nadine ihn mit ihrem Tennislehrer betrog, und sie und Albert kurzerhand vor die Tür gesetzt. Da Hannes wusste, dass er niemals würde beweisen können, ob und wie die beiden in den Tod seines Bruders Tobias verwickelt waren, musste ihm dies als Strafe genügen – und das tat es auch.

Er hatte mit Lisbet ein neues Leben angefangen und die Vergangenheit endgültig hinter sich gelassen.

„Schon möglich", sagte er, und er meinte es tatsächlich ernst. Seltsam, er hätte früher nie gedacht, dass sich nach all den Jahren etwas an ihrem Verhältnis ändern würde, aber sein Vater schien wirklich bemüht, ihm wieder näherzukommen. Dann fiel ihm etwas ein, und er lächelte. „Ich habe übrigens etwas für dich."

„Eine Überraschung?" Sie strahlte. „Was ist es?"

Als das Lied endete, nahm er sie bei der Hand und führte sie von der Tanzfläche. In einer ruhigen Ecke des Gartens blieb er stehen, zog ein Blatt Papier aus der Innentasche seines Jacketts und reichte es Lisbet. „Hier."

„Was ist das? Warum ..." Sie faltete es auseinander, und ihre Augen weiteten sich, als sie Hildas Handschrift erkannte. „Nein, ist das etwa ...?"

„Ein Brief von Hilda an uns beide. Er war beim Notar hinterlegt und sollte uns auf ihren Wunsch hin erst nach einem Jahr ausgehändigt werden."

Lisbet fing an zu lesen ...

Liebe Lisbet, lieber Hannes,

wenn ihr diese Zeilen hier lest, hat der allmächtige Herrgott mich bereits zu sich gerufen, und ihr seid – wenn mein Plan funktioniert hat – ein Paar.

Es tut mir leid, Lisbet, wenn ich dir Kummer bereitet habe. Du musst sehr ärgerlich mit mir gewesen sein, weil ich Beringholm Slott einfach einem Fremden vermacht habe. Aber ich kenne Hannes, und ich weiß, dass er im Grunde seines Herzens ein guter Mensch ist.

Hannes, wir haben vielleicht nicht viel Kontakt miteinander gehabt, aber du sollst wissen, dass ich deine Entwicklung stets mit großem Interesse verfolgt habe. Besorgt stimmte mich jedoch, dass du so sehr versucht hast, deinem Vater nachzueifern.

Ich hoffe, ihr nehmt mir nicht übel, dass ich tat, was ich tun musste, um euch zwei – die beiden Menschen, die mir auf der Welt am allermeisten bedeuten – zusammenzubringen. Sollte ich mich getäuscht haben, dann tut es mir wirklich sehr leid – doch irgendwie spüre ich, während ich diese Zeilen verfasse, dass es funktionieren wird.

Ich glaube fest daran, dass ihr gemeinsam euer Glück finden werdet.

Vergesst niemals: Ich werde stets meine schützende Hand über euch halten, wo immer ich jetzt auch sein mag.

In Liebe, Hilda

Lisbet kämpfte mit den Tränen. Jetzt – endlich! – verstand sie die Beweggründe ihrer besten Freundin. Und Hilda hatte recht behalten, dachte sie glücklich. *Hannes und ich, wir gehören einfach zusammen.*

Still ergriff sie seine Hand und drückte sie.

„Sie war eine ganz erstaunliche Person", sagte er nach einer Weile. „Schade, dass ich sie nie richtig kennengelernt habe. Ich verdanke ihr so viel …"

Lächelnd fuhr sie mit den Fingerspitzen die Konturen seines Gesichts nach. Und auf einmal war er da, der Text zu der Melodie, die sie komponiert hatte, so, als hätte es ihn schon immer gegeben. Und Lisbet fing an zu singen, zuerst ganz leise und zaghaft, dann immer lauter und kräftiger: „Du bist mein Leben, bist mein Herz, ich kann an nichts andres mehr denken, als dir jeden Tag aufs Neue meine Liebe zu schenken. Jede Minute mit dir ist wie ein Wunder für mich – lass mich niemals mehr los, nur darum bitte ich dich …"

Und als er sie zärtlich küsste, wandte sie den Blick zum Himmel und schickte Hilda einen stillen Gruß.

Danke, liebe Freundin, wo immer du auch bist. Du hast die Liebe in mein Leben gebracht – das werde ich dir niemals vergessen ...

– ENDE –

Pia Engström

Hand aufs Glück

Roman

*V*on oben betrachtet sah die Landschaft mit ihren tief-grünen Wäldern, Wiesen und Feldern wie ein Flickenteppich aus. Und dazwischen blaue Tupfen, die im strahlenden Sonnenschein glitzerten: die zahllosen Seen Dalarnas.

Sofort erschienen Bilder von früher vor Sabrinas innerem Auge. Bilder von endlosen Weiden, lichten Birkenwäldern und hübschen, in leuchtendem *Falunröd* getünchten Holzhäusern. Von Bädern in sprudelnden Bächen, herrlichen Nachmittagen beim Beerensammeln im Wald und …

Sabrina seufzte. Unter gewöhnlichen Umständen hätte sie gerne in diesen Erinnerungen an ihre Kindheit und Jugend in Schweden geschwelgt. Doch dies waren keine gewöhnlichen Umstände, denn sie saß zusammen mit fünf weiteren Passagieren in einer kleinen zweimotorigen Propellermaschine, mehrere Tausend Meter über dem Erdboden. Und es war eindeutig ein Fehler gewesen, aus dem Seitenfenster zu blicken – jedenfalls für einen Menschen, der sich schon in hohen Gebäuden unwohl fühlte.

Ihre Finger klammerten sich um die Armstützen des Sitzplatzes. Das Herz klopfte ihr bis zum Hals, und sie konnte kaum atmen. *Um Himmels willen!* Sie schloss die Augen. *Drei … Zwei … Eins …*

Diesen Trick, sich selbst zu beruhigen, hatte sie von ihrem Adoptivvater gelernt, und für gewöhnlich half er ihr, in Stresssituationen einen klaren Kopf zu behalten. Heute jedoch nicht. Nur mit Mühe unterdrückte sie einen Aufschrei, als die kleine Maschine in ein Luftloch absackte. Noch heute Morgen hatte sie es für eine gute Idee gehalten, durch den Flug nach Falun ihre Anreise zu verkürzen. Sie konnte gar nicht mehr zählen, wie oft sie diese Entscheidung seitdem bereut hatte.

Die Stimme des Piloten drang aus den Lautsprechern im Passagierraum, und Sabrina zuckte unwillkürlich zusammen.

„Meine Damen und Herren, wir durchfliegen augenblicklich

einen Luftraum mit leichten Turbulenzen. Wir möchten uns im Voraus bei Ihnen entschuldigen, sollte es …"

Weiter hörte Sabrina gar nicht mehr zu. *Bitte, nicht auch das noch!*

„Wie viele Menschen kennen Sie, die bei einem Flugzeugabsturz ums Leben gekommen sind?"

Die etwas merkwürdige Frage ihres Sitznachbarn ließ Sabrina stutzen. „Was?"

„Sie haben mich schon verstanden." Er lächelte. „Nun?"

Zum ersten Mal fiel ihr auf, wie attraktiv er war. Die ganze Zeit über hatte sie ihn kaum eines Blickes gewürdigt, weil sie viel zu sehr mit sich selbst und ihrer Angst beschäftigt gewesen war. Jetzt aber musste sie doch zweimal hinschauen. Sie schätzte ihn auf Anfang dreißig. Er hatte die Statur eines Mannes, der regelmäßig Sport trieb, und trug legere, aber elegante Kleidung: Kakihosen, dazu ein hellblaues Hemd, dessen oberster Knopf offen stand. Sein glattes schwarzes Haar wirkte sehr gepflegt, sein Gesicht war kantig und ausdrucksvoll. Und dass ihr Herz wieder anfing, schneller zu klopfen, lag diesmal ganz eindeutig nicht an den Turbulenzen. Nein, daran waren einzig und allein die grünen Augen dieses unverschämt gut aussehenden Fremden schuld!

Sie räusperte sich. „Keinen einzigen, nehme ich an", beantwortete sie seine Frage.

„Aber Sie kennen doch sicher Leute, die schon einmal in einen Verkehrsunfall verwickelt waren? Vielleicht hatten Sie selbst auch schon mal das Pech?"

Sie hob die Schultern. „Sicher, aber …"

„Sehen Sie? Es ist heutzutage viel gefährlicher, sich im Straßenverkehr einer Großstadt zu bewegen, als in ein Flugzeug zu steigen." Er lächelte wissend. „Aber ich gestehe, dass es mir früher genauso gegangen ist. In Flugzeugen fühlte ich mich hilflos und ausgeliefert, und mir trat schon der kalte Schweiß auf die Stirn, wenn ich nur daran dachte, eins zu betreten."

„Und wie haben Sie es geschafft, Ihre Angst in den Griff zu be…?", begann Sabrina, doch da ging plötzlich ein Ruck durch die Maschine. Dieses Mal konnte sie einen leisen Aufschrei nicht mehr unterdrücken. Doch als sich plötzlich eine Hand in ihre schob und sie sanft drückte, gelang es ihr, die Panik zurückzudrängen.

Sobald die Maschine wieder ruhig durch die Luft glitt, atmete Sabrina tief durch. Es war ihr ein wenig peinlich, dass sie so die Kontrolle verloren hatte. Verlegen zog sie ihre Hand zurück. „Danke ..."

Lächelnd winkte er ab. „Keine Ursache. Es ist mir stets eine Freude, hübschen jungen Damen in Not behilflich zu sein."

Sabrina lächelte ebenfalls. „Das klingt, als käme es häufiger vor."

„Nicht so häufig, wie ich es mir wünschen würde", erwiderte er schlagfertig. „Mein Name ist übrigens Jonas."

„Ich heiße Sabrina. Sie sind Schwede?"

Er nickte. „Ich war geschäftlich für ein paar Tage in Deutschland und bin nun auf dem Weg zu einem neuen Auftrag in Dalarna."

Zum ersten Mal seit dem Start vergaß Sabrina, dass sie sich weit über dem Erdboden befand. Sie lächelte. „Dorthin bin ich auch unterwegs. Ich bin zwar gebürtige Deutsche, aber in Dalarna aufgewachsen, im Haus meines Adoptivvaters. Dann bin ich nach Deutschland zurückgekehrt, um zu studieren."

„Und nun wollen Sie Ihrem Adoptivvater einen Besuch abstatten?"

Ein Schatten legte sich auf ihr Gesicht. „Nicht ganz. Er ist vor Kurzem schwer erkrankt, deshalb habe ich mein Studium unterbrochen, um für ihn zu sorgen, bis es ihm wieder besser geht."

„Er kann wirklich froh sein, Sie zu haben. Ich kenne nicht viele Menschen, die kurzerhand alles stehen und liegen lassen würden, um jemand anderem zu Hilfe zu eilen."

„Für mich ist das ganz selbstverständlich. Er war immer da, wenn ich Hilfe brauchte. Da ist es nur recht und billig, dass ich mich jetzt um ihn kümmere."

Das Flugzeug schüttelte sich leicht, doch diesmal war es für Sabrina nicht halb so schlimm. Zu ihrer Überraschung musste sie feststellen, dass die Unterhaltung mit Jonas ihre Furcht vollkommen in den Hintergrund hatte rücken lassen. Fast wünschte sie sich, ihn ein wenig besser kennenzulernen, doch dann rief sie sich zur Ordnung. Sie war hier, um sich um Sigmund und seine Firma zu kümmern, und damit würde sie vermutlich mehr als genug zu tun haben.

Davon abgesehen, hielt sie sich seit der Katastrophe mit Daniel von Männern lieber fern …

Sabrina verzog das Gesicht. Vielleicht war es tatsächlich besser, wenn sich Jonas' und ihre Wege gleich wieder trennten. Dennoch verspürte sie einen Hauch von Bedauern, als das Anschnallzeichen aufleuchtete und der Pilot verkündete, dass sie in wenigen Minuten landen würden.

Sanft setzte der Flieger auf der Landebahn auf und rollte weiter zum endgültigen Haltepunkt. Sobald das Anschnallzeichen erlosch, kam Bewegung in die wenigen Passagiere. Niemand schien es abwarten zu können, der Enge der kleinen Propellermaschine zu entkommen.

Auch Jonas erhob sich von seinem Platz und zog seinen Aktenkoffer aus dem Gepäckfach über den Sitzen. Dabei betrachtete er noch einmal verstohlen die junge Deutsche, die während des Fluges neben ihm gesessen hatte. Sie war ausgesprochen hübsch, keine Frage. Selbst in den schlichten dunkelblauen Jeans und dem Rollkragenpullover sahen ihre weiblichen Rundungen aufregend aus. Schulterlanges rotblondes Haar umrahmte ein herzförmiges Gesicht mit verführerisch geschwungenen Lippen und den herrlichsten blauen Augen, die Jonas je gesehen hatte.

Die männlichen Passagiere betrachteten sie mit unverhohlener Bewunderung, doch sie schien sich ihrer umwerfenden Wirkung auf das andere Geschlecht gar nicht bewusst zu sein.

Vielleicht versteht sie es auch nur besonders gut, sich zu verstellen …

Jonas schüttelte den Kopf. Es spielte keine Rolle, denn er würde sie ohnehin nicht wiedersehen – und das war auch besser so. Irgendwie wurde er nämlich das Gefühl nicht los, dass er nicht so leicht wieder von ihr loskommen würde, wenn er sie erst einmal näher kennenlernte. Und eine Frau, die sein Leben zusätzlich verkomplizierte, konnte er im Augenblick wirklich nicht gebrauchen. Eigentlich hatte er sie ja nicht einmal ansprechen wollen, doch als er ihre Furcht bemerkte, waren ihm die Worte einfach so herausgerutscht.

„Ich hoffe, dass es Ihrem Adoptivvater bald wieder besser geht", sagte er zum Abschied.

„Ja, das hoffe ich ebenfalls – und haben Sie vielen Dank."

„Wofür?"

Eine leichte Röte überzog ihre Wangen. „Für Ihren Beistand. Ich glaube, ohne Sie wäre ich verrückt geworden vor Angst."

„Keine Ursache." Er zwinkerte ihr zu. „Wann fliegen Sie zurück? Ich frage nur, damit ich rechtzeitig den Platz gleich neben Ihnen reservieren kann."

Zum ersten Mal hörte er sie lachen, und es war, als würde nach einer Nacht voller Dunkelheit die Sonne aufgehen. Ihre Augen blitzten vor Vergnügen, und Jonas widerstand mit knapper Not der Versuchung, sie einfach so, gleich hier an Ort und Stelle, in seine Arme zu ziehen.

Nichts wie weg!

Er nickte ihr noch einmal kurz zu, dann verließ er beinahe fluchtartig die Maschine. Selbst als er als erster Passagier an der Gepäckausgabe stand, glaubte er noch immer, ihr leicht kehliges Lachen zu hören. Er war froh, dass seine Reisetasche eine der ersten war, die über das Band rollten, denn so konnte er verschwinden, bevor er Sabrina noch einmal über den Weg lief.

Ob es ihm noch einmal gelingen würde, sich zurückzuhalten, konnte er nämlich nicht mit Sicherheit sagen.

Da sie nicht gleich einen Mietwagen bekam, musste Sabrina die Nacht im Flughafenhotel verbringen. Doch Schlaf fand sie nur wenig. Die ganze Zeit musste sie immer wieder an Jonas denken, und als es ihr schließlich doch gelang, einzuschlummern, schlich er sich sogar in ihre Träume. Es irritierte sie, dass eine flüchtige Begegnung gereicht hatte, sie derart zu beeindrucken.

Am Morgen stand dann endlich ein Wagen für sie bereit, und

sie fuhr die knapp einhundert Kilometer nach Mora, um ihren Adoptivvater im Krankenhaus zu besuchen.

Als sie schließlich nach etwa zweistündiger Fahrt den Gang zu seinem Zimmer hinaufging, empfand sie ein leichtes Ziehen in der Magengegend, Zeichen ihrer inneren Anspannung. Sie hatte den ganzen Weg auf sich genommen, um Sigmund zu sehen, doch jetzt verspürte sie einen Anflug von Furcht. Der Moment der Wahrheit nahte. Sie erreichte sein Zimmer, blieb einen Moment vor der Tür stehen und atmete noch einmal tief durch. Dann klopfte sie an und trat ein.

Sigmunds Anblick versetzte ihr einen Stich. Der Mann, der für sie immer ein Fels in der Brandung gewesen war, lag mit geschlossenen Augen in seinem Krankenbett. Seine Haut war aschfahl, das Gesicht eingefallen. Als er ihre Anwesenheit bemerkte, öffnete er die Augen. Ein schwaches Lächeln huschte über seine Lippen.

„Sabrina, was tust du denn hier?"

Sie schluchzte leise auf, als sie zu seinem Bett eilte, um ihn vorsichtig – er wirkte so zerbrechlich – in die Arme zu schließen. „Das fragst du noch, *Pappa*? Hast du wirklich geglaubt, ich könnte einfach zu Hause rumsitzen und die Hände in den Schoß legen, nach so einer schrecklichen Nachricht?" Sie warf ihm einen leicht vorwurfsvollen Blick zu. „Dass ich von deinem Zusammenbruch erst von Tante Pernilla erfahren musste, nehme ich dir übrigens übel, *Pappa*. Warum hast du mir nicht gesagt, dass du Hilfe brauchst?"

Sanft strich er ihr übers Haar. „Ach, *min älskling*, ich wollte nicht, dass du dir meinetwegen Sorgen machst. Mein altes Herz spielt manchmal ein wenig verrückt. Aber du kennst mich doch, ich komme schon wieder auf die Beine. Unkraut vergeht nicht."

Sabrina rang sich ein Lächeln ab, während sie mit den Tränen kämpfte. Typisch Sigmund Ahlström! Sein Optimismus war einfach unerschütterlich. In den vergangenen zwanzig Jahren war er für sie zum besten Freund und engsten Vertrauten geworden. Ihre Mutter hatte Sigmund nach dem frühen Tod ihres ersten Ehemannes, Sabrinas leiblichem Vater, geheiratet, und nachdem sie einfach fortgegangen war, hatte er sich um seine Adoptivtochter, die achtjährige Sabrina, wie ein Vater gekümmert, hatte ihr bei allen Höhen und Tiefen des Erwachsenwerdens zur Seite gestanden.

Außer ihm hatte Sabrina niemanden mehr auf der Welt. Auch nach der Sache mit Daniel hatte er ihr geholfen und sie wieder aufgerichtet. Was sollte sie nur tun, wenn er …

Nein! Sie blinzelte die Tränen fort und rang sich ein Lächeln ab. Sie war nicht nach Dalarna gereist, um sich von Sigmund zu verabschieden, sondern um ihm zu helfen! Sie verdankte ihm so viel, da war dies das Mindeste, das sie für ihn tun konnte. Am besten fing sie gleich damit an.

Entschlossen sah sie ihn an. „Hast du schon darüber nachgedacht, wer die Firma leiten soll, bis du wieder gesund bist, *Pappa*?"

Zwei Tage später legte Sabrina seufzend den Stapel mit den überfälligen Rechnungen zur Seite und nahm sich die Mahnschreiben vor. Dann schüttelte sie den Kopf, stützte die Ellbogen auf die Schreibtischplatte und barg das Gesicht in den Händen.

Nach dem Besuch im Krankenhaus war Sabrina gleich zum Anwesen ihres Vaters gefahren, das ein wenig außerhalb der kleinen Ortschaft Storfjället am Waldrand lag. Der ehemalige Bauernhof war Wohn- und Arbeitsstätte zugleich, Stallungen und Scheunen hatte Sigmund schon vor vielen Jahren zu Lager- und Fertigungshallen umbauen lassen. Außerdem wurde ein Seitenflügel des Haupthauses als Werkstatt genutzt.

Doch seit ihrer Ankunft hatte Sabrina bislang kaum etwas anderes gesehen als Sigmunds Arbeitszimmer, wo sie die Papiere und Unterlagen der Firma durchgegangen war.

Sigmund hatte wahrlich nicht übertrieben, als er die finanzielle Situation seines Betriebs als katastrophal bezeichnete. Und dabei hatte Sabrina all die Jahre in dem Glauben gelebt, dass es sich bei *Ahlström Hemslöjdforening* um ein gut laufendes und gewinnbringendes Unternehmen handelte! Ein Irrtum, wie sich nun herausstellte. Sigmunds Kunsthandwerksbetrieb, der vornehmlich die berühmten *Dalahästen* herstellte – leuchtend rote, mit farbenfrohen Dekorationen bemalte Holzpferdchen –, stand vor dem Aus. Und der Grund hierfür lag, soweit Sabrina das feststellen konnte, nicht an Sigmunds kaufmännischen Fähigkeiten – er hatte in der letzten Zeit einfach sehr viel Pech gehabt.

Traditionell produzierte *Ahlström Hemslöjdforening* die Dala-Pferdchen aus dem Holz der dichten Wälder rund um das Firmengelände. In den vergangenen zwei Jahren war jedoch ein großer Teil der Baumbestände von einem heimtückischen Pilz befallen worden, sodass der Nachschub teuer von außerhalb bezogen werden musste. Hinzu kam, dass kostspielige Modernisierungsmaßnahmen notwendig gewesen waren. Um diese zu finanzieren, hatte Sigmund Kredite aufgenommen, die er nun nicht mehr abzahlen konnte – ein wahrer Teufelskreis also.

Sabrina hatte das Gefühl, dass auch sie selbst an den finanziellen Problemen von *Ahlström Hemslöjdforening* mitschuldig war. Sigmund lag im Krankenhaus, weil er sich bei dem Versuch, seine Firma vor dem Ruin zu bewahren, körperlich zu viel zugemutet hatte. Sein behandelnder Arzt hatte von einem leichten Herzanfall gesprochen – ein Warnsignal, das unbedingt ernst genommen werden musste.

Während Sigmund also um die Existenz von *Ahlström Hemslöjdforening* kämpfte, hatte sie Monat für Monat seinen Scheck eingelöst – nicht ahnend, dass er es sich gar nicht mehr leisten konnte, sie während ihres Studiums finanziell zu unterstützen. Der Gedanke machte sie ganz krank. Und dann … Betroffen senkte sie den Blick. Womöglich war er überhaupt erst ihretwegen in diese missliche Situation geraten.

Ihretwegen und wegen Daniel, ihrem ehemaligen Verlobten. Er hatte ihr die große Liebe vorgespielt, sie ausgenutzt und dann, als ihm das Wasser bis zum Hals stand, mit einem Berg von Schulden zurückgelassen.

Als sich herausstellte, dass von ihm nichts mehr zu holen war, wendete sich die Bank an Sabrina, die für ihn gebürgt hatte. Doch das Erbe ihrer Mutter, mit dem sie ihre Verpflichtungen hätte erfüllen können, existierte nicht mehr.

Daniel hatte vor seinem Verschwinden sämtliche Konten leer geräumt.

Doch trotz aller Verzweiflung hätte Sabrina ihren Adoptivvater niemals um Hilfe gebeten, wäre sie sich über die finanzielle Lage seiner Firma im Klaren gewesen!

Vorgestern hatte sie zumindest noch die Hoffnung gehabt, einen Ausweg aus dieser katastrophalen Situation zu finden, doch diese Hoffnung schwand mit jeder Minute. Wie es aussah, blieb Sigmund tatsächlich nichts anderes übrig, als *Ahlström Hemslöjdforening* zu verkaufen. Zu diesem Schluss schien er ebenfalls gekommen zu sein, denn er hatte einem Verhandlungstermin mit dem Anwalt seines schärfsten Konkurrenten, der Firma *Dalahästen Fabriket*, zugestimmt, die typisch schwedisches Kunsthandwerk maschinell in einer großen Fabrik herstellte.

In knapp einer Stunde sollte der Anwalt, ein gewisser J. Lavander, eintreffen. Sabrina hatte Sigmund versprechen müssen, sich das Angebot unvoreingenommen anzuhören und erst danach zu entscheiden. Darüber hinaus hatte er ihr aber freie Hand gelassen. Die Vorstellung, die Firma zu verkaufen, gefiel ihr gar nicht. Auch wenn Sigmund ihr weismachen wollte, dass *Ahlström Hemslöjdforening* ihm nichts mehr bedeutete, so wusste sie doch, dass es ihm das Herz brechen würde, die Firma zu verlieren.

Ein Klopfen an der Tür riss sie aus ihren Überlegungen. Es war Inga, die Haushälterin, Bürohilfe und Köchin, so etwas wie die gute Seele von *Ahlström Hemslöjdforening*. „*Förlåt*, Sabrina, aber dein Besuch ist gerade eingetroffen. Soll ich den Herrn hereinschicken?"

„Der Anwalt ist schon da?" Sabrina warf einen Blick auf die Uhr und runzelte missbilligend die Stirn. „Er ist viel zu früh dran – aber sei's drum. Je eher ich dieses Gespräch hinter mir habe, desto besser!"

Obwohl es Sabrina im Grunde gleichgültig war, ob sie jetzt oder in einer Stunde mit dem Anwalt sprach, ärgerte sie sich doch über seine überfallartige Taktik. Damit wollte er sie vermutlich aus dem Konzept bringen. Diese berechnende Vorgehensweise machte ihr diesen Lavander schon unsympathisch, ehe sie ihn überhaupt kennengelernt hatte. Sie beschloss, seiner Unhöflichkeit mit Desinteresse zu begegnen. Als sie hörte, wie Inga sich mit dem Anwalt näherte, nahm sie hastig eine Akte zur Hand und gab vor, diese aufmerksam zu studieren.

Sie brauchte den Blick nicht von dem Dokument zu heben, um zu merken, dass sie nicht mehr allein im Raum war. „Sabrina Ahlström", sagte sie. „Setzen Sie sich, ich brauche noch einen Moment. So früh habe ich Sie nicht erwartet."

„*Hej*, Sabrina, was für eine Überraschung!", erklang plötzlich eine entsetzlich vertraut klingende Stimme.

Sabrina fiel vor Schreck die Akte aus der Hand. *Oh nein, bitte nicht. Alles, nur das nicht!*

Langsam blickte sie auf, und ihre Augen weiteten sich, als sie den Mann sah, den sie zwei Tage zuvor auf dem Flug nach Falun kennengelernt hatte.

„Jonas?"

2. KAPITEL

förståeligt – unbegreiflich!

Jonas war sprachlos. In den vergangenen beiden Tagen hatte er immer wieder an Sabrina denken müssen, während er die Dokumente für den Kauf von *Ahlström Hemslöjdforening* vorbereiten sollte – aber er hatte nicht damit gerechnet, sie jemals wiederzusehen. Und so traute er seinen Augen kaum, als sie anstelle von Sigmund Ahlström plötzlich vor ihm saß. Unwillkürlich beschleunigte sich sein Puls, aber er zwang sich, wenigstens nach außen hin Ruhe und Gelassenheit zur Schau zu stellen.

„Ich glaube, ich habe mich neulich im Flugzeug gar nicht richtig vorgestellt", sagte er. „Mein Name ist Jonas Lavander, und ich hatte eigentlich einen Termin mit Sigmund Ahlström. Ich nehme an, er kommt gleich?"

Sabrina wirkte ebenfalls kurz überrascht, doch sie hatte sich schnell wieder im Griff und schüttelte den Kopf. „Tut mir leid, aber Sie werden mit mir vorliebnehmen müssen."

Jonas runzelte die Stirn. Diese Entwicklung war sowohl unerwartet als auch unerfreulich. „Um ehrlich zu sein, ich halte das für keine besonders gute Idee", sagte er. „Herr Ahlström und ich hatten uns bereits bei einem früheren Termin über die Eckpunkte des Vertrags mit meinem Auftraggeber geeinigt, daher wäre es sicher besser, wenn …"

Sabrina schüttelte den Kopf. „Sie haben mich offenbar nicht richtig verstanden: Ein Gespräch mit meinem Vater steht augenblicklich nicht zur Debatte. Wie ich Ihnen bereits im Flugzeug erklärt habe, ist er schwer krank. Darum hat er mich gebeten, die Verhandlungen in seinem Namen zu führen. Und genau das gedenke ich zu tun. Wenn Sie damit ein Problem haben, steht es Ihnen jederzeit frei zu gehen."

„Sigmund Ahlström ist Ihr Vater?"

„Mein Adoptivvater, um genau zu sein, ja."

Jonas fühlte sich wie vor den Kopf geschlagen. Das waren alles andere als gute Nachrichten. Nicht allein deswegen, weil er bereits wichtige Vorabsprachen mit Sigmund Ahlström getroffen hatte, die Sabrina jetzt vermutlich neu verhandeln wollte. *Nej*, Sabrina selbst war das Problem. Er fühlte sich weit stärker zu der attraktiven Deutschen hingezogen, als für eine geschäftliche Beziehung angemessen war. Bereits im Flugzeug hatte er der Anziehungskraft, die sie auf ihn ausübte, kaum widerstehen können. Doch da war sie eine Fremde für ihn gewesen, bezaubernd und verlockend zwar, aber er hatte geglaubt, er würde sie niemals wiedersehen. Nun aber sah die Sache vollkommen anders aus, und Sabrina sollte seine neue Verhandlungspartnerin sein.

Dass sie es beinahe mühelos schaffte, ihn aus dem Konzept zu bringen, würde es ihm nicht gerade leicht machen, die Interessen seines Klienten zu vertreten. Jonas wusste nur zu gut, was geschehen konnte, wenn man Geschäftliches und Privates nicht strikt voneinander trennte. Um ein Haar hätte er auf diese Weise die Kanzlei Lavander – das Lebenswerk seines Vaters – in den Ruin getrieben.

„Was soll nur aus dir werden, Junge?", hatte Vilmar Lavander einmal zu ihm gesagt. „Das Leben besteht doch nicht nur aus Frauen und Feiern!"

Vielleicht hätte Jonas damals auf ihn hören sollen. Heute wünschte er sich, er wäre nicht so verbohrt und engstirnig gewesen. Doch was geschehen war, war geschehen – und die Fehler der Vergangenheit konnten nicht mehr rückgängig gemacht werden.

Das Einzige, das er noch tun konnte, war, die Kanzlei im Sinne seines Vaters weiterzuführen. Doch ausgerechnet deren Zukunft stand nun auf Messers Schneide. Schon allein deshalb würde er den Fehler, den er mit Johanna begangen hatte, nicht wiederholen …

Er atmete tief durch. Am liebsten wäre er einfach aufgestanden und gegangen, aber das kam natürlich nicht infrage. Er hatte einen Auftrag, und den würde er auch ausführen – nichts und niemand konnte ihn davon abhalten. Schon gar nicht Sabrina Ahlström!

„Also gut, wenn Sie unbedingt darauf bestehen", entgegnete

er kühl und setzte sich unaufgefordert auf einen der beiden Besucherstühle.

„Schön, können wir dann endlich beginnen?" Sabrina wirkte ungeduldig. „Sie werden verstehen, dass ich nicht den ganzen Tag Zeit habe, mich mit Ihnen zu beschäftigen."

Sie behandelt mich wie einen Bittsteller. Ärgerlich runzelte Jonas die Stirn. Er hatte seine Hausaufgaben gemacht und wusste, dass die Firma finanziell am Abgrund stand. Nur noch ein Wunder konnte *Ahlström Hemslöjdforening* vor dem Ruin bewahren – oder ein Käufer, der in der Lage war, umfangreiche Investitionen zu tätigen.

Er räusperte sich. „Ich bin hier, um Ihnen im Namen meines Klienten ein Angebot zu unterbreiten."

„Und dieses Angebot sieht wie aus?"

„Als Gegenleistung für eine Übernahme von *Ahlström Hemslöjdforening* ist Osvald Kron gewillt, die Schulden Ihres Vaters bei Banken und anderen Gläubigern zu übernehmen und ihm zusätzlich noch einen angemessenen Geldbetrag zu zahlen. Ich halte dies, angesichts der Umstände, für ein äußerst großzügiges Angebot."

Jonas hatte solche Situationen schon unzählige Male erlebt. Seine Kanzlei war auf Wirtschaftsrecht spezialisiert, doch nicht wenige Klienten nahmen seine Dienste für solche Vermittlungen in Anspruch – zumindest früher, vor der leidigen Geschichte mit Johanna.

Die Inhaber von maroden Unternehmen schienen oft nicht zu begreifen, dass sie kaum eine andere Wahl hatten, als zu verkaufen. Sie beharrten darauf, ein geniales Geschäftskonzept zu haben, und wollten nicht einsehen, dass sie längst gescheitert waren. Es war Jonas' Aufgabe, diesen Leuten ihre Situation vor Augen zu führen – im Interesse seiner Auftraggeber.

„Wie viel?", fragte Sabrina einsilbig.

Er nannte ihr eine Summe, und für einen Moment schwieg sie. Angespannt wartete Jonas auf eine Reaktion, doch Sabrinas Miene war wie versteinert.

Schließlich erhob sie sich.

Unschlüssig, was er tun sollte, stand Jonas ebenfalls auf. „Sabrina?"

Sie maß ihn mit einem forschenden Blick. „Das soll wohl ein schlechter Scherz sein!" Ihre Stimme bebte vor Wut. „Versuchen Sie gar nicht erst, mir zu erzählen, dass Sie dies für ein angemessenes Angebot halten. Wir wissen beide sehr gut, dass *Ahlström Hemslöjdforening* gut das Fünffache wert ist!"

Auch das kannte Jonas aus Erfahrung. Er zuckte mit den Achseln. „Vor ein paar Jahren, als die Geschäfte gut liefen, sicherlich. Aber die Dinge haben sich geändert, und leider nicht zum Positiven. Das Angebot meines Klienten trägt dieser Veränderung Rechnung."

Energisch schüttelte sie den Kopf. „Kommt gar nicht infrage!"

„Wie bitte?"

„Richten Sie Osvald Kron aus, dass ich sein Angebot im Namen meines Vaters ablehne."

„Ich muss doch sehr bitten!", protestierte Jonas scharf. „Sigmund Ahlström und ich haben uns im Vorfeld bereits über die grundlegenden Konditionen einer Übernahme geeinigt, daher …"

Sie fiel ihm ins Wort. „Hat Sigmund einen Vertrag unterzeichnet?"

„Nein, bisher nicht", musste Jonas eingestehen. „Das war für das heutige Treffen geplant. Die Vertragsunterlagen wurden auf der Basis unserer bisher geführten Gespräche aufgesetzt. Ich habe die Papiere bei mir, es ist alles vorbereitet."

„Nun, dann müssen Sie Ihre Unterlagen eben wieder mitnehmen. Guten Tag." Sabrina setzte sich wieder und griff nach der Akte, in der sie geblättert hatte, als Jonas ins Büro getreten war. Da er keine Anstalten machte zu gehen, blickte sie noch einmal auf. „Finden Sie selbst hinaus, oder soll ich Inga bitten, Sie zur Tür zu begleiten?"

„Das wird nicht nötig sein", erwiderte Jonas mit einem schiefen Lächeln. „Ich werde nämlich nicht gehen."

„Wie bitte?" Verärgert runzelte Sabrina die Stirn. Was bildete dieser unverschämte Kerl sich eigentlich ein? „Was soll das heißen, Sie werden nicht gehen?"

Gelassen zuckte er mit den Achseln. „Nun, genau das, was ich gesagt habe. Ihr Vater war so gastfreundlich, mir für die Dauer der Verhandlungen ein Zimmer in seinem Haus anzubieten. Und da diese Verhandlungen sich nun doch länger als erwartet hinziehen werden, nehme ich dieses Angebot sehr gerne an."

Sabrina riss die Augen auf. „Sigmund hat – was?" Nein, das konnte – durfte! – nicht wahr sein! Sie schluckte. „Mein Vater hat Ihnen angeboten, hier zu wohnen?", vergewisserte sie sich. „Hier in diesem Haus?"

„Allerdings." Jonas nickte, und sein Grinsen wurde breiter. „Zurzeit findet am Siljansee eine große Bootsausstellung statt, darum habe ich in der gesamten Umgebung kein Hotelzimmer mehr bekommen. Eigentlich bin ich ja nicht davon ausgegangen, hier übernachten zu müssen. Ich hatte vor, nach der Vertragsunterzeichnung gleich wieder nach Stockholm zurückzukehren. Aber unter den gegebenen Umständen …"

Empört schüttelte Sabrina den Kopf. „Wenn Sie glauben, mich auf diese Weise unter Druck setzen zu können, täuschen Sie sich. Sie werden hier nicht unterkommen – und ich wüsste auch gar nicht, warum Sie überhaupt bleiben sollten. Ich habe Ihnen doch gesagt, dass der Preis, den Ihr Klient bietet, für mich nicht akzeptabel ist. Ich habe nicht vor, weiter mit Ihnen zu verhandeln, von daher besteht auch kein Anlass für Sie, hierzubleiben."

„Soweit ich weiß, ist Sigmund Ahlström noch immer der Inhaber dieses Unternehmens, oder bin ich da falsch informiert?"

Sabrina schüttelte irritiert den Kopf. „Nein, natürlich nicht. Ich meine – ja, mein Vater ist der Inhaber."

„Dann steht ihm ja wohl das letzte Wort zu." Jonas lächelte herausfordernd. „Und deshalb akzeptiere ich eine Absage auch ausschließlich von ihm persönlich."

Ungläubig starrte sie ihn an. Was sollte sie darauf antworten? Langsam wuchs ihr die Sache wirklich über den Kopf. Sie konnte mit Zahlen umgehen und kannte sich in geschäftlichen Dingen einigermaßen aus – aber um so schwierige Verhandlungen in Sigmunds Namen zu führen, fühlte sie sich trotz ihres Studiums noch nicht sicher genug.

Sie seufzte. „Wenn Sie darauf bestehen. Trotzdem kommt es nicht infrage, dass ich Sie hier im Haus unterbringe – einen wildfremden Mann!" Sie nahm den Hörer des Telefons ab und wählte Ingas Nummer an. „Inga? Würdest du bitte ein Hotelzimmer für Jonas Lavander organisieren? Ja, ich weiß, dass es zurzeit ein bisschen schwierig ist … Ja, sag mir bitte gleich Bescheid, wenn du Näheres weißt."

„Ihre Angestellte wird auch nicht mehr Glück haben als ich." In Jonas' Blick lag eine Mischung aus Amüsement und Ärger, die Sabrinas Blut zum Kochen brachte. „Sie sollten sich besser mit dem Gedanken anfreunden, für die nächsten Tage einen Gast im Haus zu haben. Es wäre doch mehr als unhöflich, die freundliche Einladung Ihres Adoptivvaters einfach zu widerrufen, finden Sie nicht? Zumal das Angebot meines Auftraggebers für Sigmund Ahlström vielleicht die letzte Hoffnung darstellt."

„Und wer sagt Ihnen, dass es nicht noch weitere Interessenten gibt?"

Jonas schüttelte den Kopf. „Machen wir uns nichts vor – es gibt sie nun mal nicht, so einfach ist das."

Sie warf ihm einen verärgerten Blick zu und trommelte nervös mit den Fingerkuppen auf der Tischplatte. Verflixt, sie wollte ihn nicht bei sich im Haus haben. Wenn sie die Firma für Sigmund retten wollte, dann musste sie unter allen Umständen einen kühlen Kopf bewahren. Und das ging einfach nicht, wenn dieser unverschämte Mensch sich bei ihr einquartierte!

Ingas Rückmeldung ließ nicht lange auf sich warten. Und sie fiel niederschmetternd aus: Tatsächlich war zurzeit nicht einmal ein Zimmer in irgendeiner heruntergekommenen Absteige zu bekommen. Natürlich stand es Sabrina frei, Jonas trotzdem einfach vor die Tür zu setzen. Sie konnte ja nicht einmal sicher sein, dass Sigmund ihm tatsächlich ein Zimmer angeboten hatte, wie er behauptete. Doch ihr war auch klar, dass ihr Adoptivvater ein solches Verhalten niemals gutgeheißen hätte. Er legte größten Wert auf Verbindlichkeit und Gastfreundschaft. Und außerdem hatte er ja recht: Osvald Kron war bisher der einzige Interessent für *Ahlström Hemslöjdforening*. Wenn sie verkaufen wollte, würde sie mit Jonas verhandeln müssen, daran führte kein Weg vorbei. Aber wollte sie das überhaupt? Gab es wirklich keine Alternative?

Sie nickte knapp. „Also gut, Inga wird Ihnen einen Raum im Gästehaus fertig machen." Sie musterte ihn. „Gibt es sonst noch etwas? Wenn nicht, würde ich mich nämlich gern wieder an die Arbeit machen."

„*Tack så mycket.* Vielen Dank für Ihre Gastfreundschaft", erwiderte Jonas ironisch, nahm seine Tasche und trat hinaus ins Vorzimmer, wo er bereits von Inga erwartet wurde.

Sabrina atmete erleichtert auf, als er endlich fort war. Lieber Himmel, was für ein Desaster! Zugegeben, sie hatte im Verlauf der vergangenen Tage manchmal gehofft, Jonas noch einmal über den Weg zu laufen. Doch ganz bestimmt nicht unter diesen Umständen!

Kaum zu glauben, was einem das Leben manchmal für Streiche spielte: Ausgerechnet der Mann, an den sie in den letzten Tagen immer wieder hatte denken müssen, war gekommen, um Sigmund ein Angebot für seine Firma zu machen. Und wenn Sabrina daran dachte, wie unverschämt niedrig dieses Angebot gewesen war, stieg ihr noch immer die Zornesröte ins Gesicht.

Unglaublich! Und sie war tatsächlich so dumm gewesen, ihn für einen anständigen Kerl zu halten. Doch wahrscheinlich konnte ein Mann, der so gut aussah, nur ein schrecklicher Egozentriker sein. Dummerweise änderte das nichts an der Anziehungskraft, die er auf sie ausübte.

Du bist verrückt! Hast du aus der Geschichte mit Daniel denn gar nichts gelernt?

Offenbar nicht. Wie ließ sich sonst erklären, dass Jonas sie so aus dem Konzept brachte?

3. KAPITEL

Am Abend spazierte Sabrina gedankenverloren über den kopfsteingepflasterten Hof von *Ahlström Hemslöjdforening*. Um diese Zeit, wenn die Arbeiter gegangen waren und wieder Ruhe eingekehrt war, glich das Anwesen eher einem alten Bauernhof als einem Handwerksbetrieb.

Im ehemaligen Heuschober befand sich die Lagerhalle des Unternehmens, und in den Stallungen standen die langen Werkbänke, an denen die Mitarbeiter mit viel Geschick aus unförmigen Holzklötzen Holzpferde in den verschiedensten Größen schufen, die anschließend in rote Farbe getaucht wurden.

Das eigentliche Herzstück des Unternehmens aber war im Seitenflügel des Wohnhauses untergebracht, den Sabrina nun betrat.

Der Geruch von Farbe und Holz schlug ihr entgegen, und sie schloss die Augen. Wie oft hatte sie als kleines Mädchen hier gestanden und die Arbeiter dabei beobachtet, wie sie die traditionellen Muster auf die Dala-Pferdchen auftrugen? Damals waren die Männer so etwas wie Helden für sie gewesen, und sie hatte sich keinen schöneren Beruf vorstellen können.

Jetzt schlich sie durch die Gänge zwischen den Tischen, auf denen Farbtöpfe, Lacke und Pinsel standen, und hing ihren Gedanken nach. Sie war überrascht, als sie über einem der Arbeitsplätze im hinteren Bereich der Halle noch Licht brennen sah.

„*God afton*, Kettil", begrüßte sie den alten Mann, den sie schon von Kindesbeinen an kannte. Er war gerade dabei, eines der Dala-Pferdchen mit einer stilisierten Blüte in strahlendem Gelb zu bemalen. Als er sie hörte, setzte er den Pinsel ab, blickte auf und schenkte ihr ein breites Lächeln.

„*Hej*, Sabrina. Hab schon gehört, dass du zu Besuch bist. Wie geht es dir, Mädchen? Das Leben in Deutschland scheint dir gut zu bekommen."

Seufzend zog Sabrina sich einen Schemel vom Nebenplatz heran und setzte sich. „Darf ich dich etwas fragen, Kettil?"

Der alte Mann lachte leise. „Als ob ich dich davon abhalten könnte! Also?"

„Du hast doch bestimmt mitbekommen, dass *Ahlström Hemslöjdforening* Geldprobleme hat." Als er nickte, fuhr sie fort: „Mir wurde heute ein Kaufangebot für die Firma gemacht, das Sigmund vor seinem Zusammenbruch im Grunde bereits abgesegnet hatte."

„Aber du hast abgelehnt, es in seinem Namen zu unterzeichnen", sagte Kettil und schmunzelte, als er ihre Überraschung bemerkte. „Du siehst, die Gerüchteküche brodelt bereits. Dann stimmt es also? Du hast nicht verkauft?"

Sie schüttelte den Kopf. „Ich habe es einfach nicht über mich gebracht. Glaubst du, das war richtig? Ist es klug, dass ich mit allen Mitteln versuchen will, *Ahlström Hemslöjdforening* für meinen Vater zu retten?"

Kettil lachte. „Da fragst du ausgerechnet mich, Kind? Ich habe von kaufmännischen Dingen ungefähr so viel Ahnung wie eine Kuh vom Eierlegen."

„Ich brauche doch keine Marketinganalyse – nur deine ganz persönliche Meinung."

Er legte den Pinsel beiseite und stellte das halb fertige Holzpferdchen auf der Arbeitsplatte ab. Es war etwa zwanzig Zentimeter hoch und gehörte somit zu den kleineren Exemplaren. „Du willst wissen, wie ich dazu stehe? Nun, ich denke, dass du tun solltest, was dein Herz dir sagt, Mädchen. Das ist der einzige Ratschlag, den ich dir geben kann."

Sabrina spürte, wie ihr die Tränen kamen bei diesen warmherzigen Worten ihres alten Freundes. Sie blinzelte heftig. „Danke", sagte sie leise und legte ihm eine Hand auf die Schulter. „*Tack så mycket*. Arbeite nicht mehr so lange, hörst du? Morgen ist auch noch ein Tag …"

Sie verließ die Malerwerkstatt und ging um das Haus herum in den Garten. Dort setzte sie sich auf die grob geschnitzte Holzbank, die unter einer großen, knorrigen Eiche stand. Hier dachte sie über Kettils Worte nach.

Tu, was dein Herz dir sagt.

Ihre Gedanken schweiften ab in die Vergangenheit. Sie erinnerte sich, wie sie als Kind zwischen den Ästen des Baumes herumgeklettert war und Sigmund damit fast verrückt gemacht hatte. Und an Lennart Gunnarsson, von dem sie sich hinter dem Gästehaus hatte küssen lassen …

Sie wollte nicht, dass Sigmund das Anwesen mit all seinen Erinnerungen verkaufen musste. Es gab bestimmt einen Weg, *Ahlström Hemslöjdforening* zu erhalten, und sie würde nicht ruhen, ehe sie ihn gefunden hatte.

Entschlossen ballte sie die Hände zu Fäusten. Auf keinen Fall wollte sie auf das Angebot eingehen, das Jonas ihr im Namen seines Auftraggebers unterbreitet hatte. Nicht, ehe sie nicht alle Möglichkeiten ausgeschöpft hatte.

Hier, an diesem Ort, hatte sie die glücklichste Zeit ihres Lebens verbracht, zusammen mit Sigmund, der ihr Vater und Mutter gewesen war, nachdem ihre richtige Mutter die Familie im Stich gelassen hatte.

Sabrina war damals acht Jahre alt gewesen, und natürlich hatte sie gefragt, warum ihre *Mamma* fortgegangen war, ohne sich von ihr zu verabschieden. Sigmund hatte daraufhin versucht, ihr zu erklären, dass ihre Mutter nicht ihretwegen gegangen war und sie trotzdem liebte.

Eine wohlwollende Lüge, wie Sabrina inzwischen wusste. Hätte Doreen Ahlström-Lindemann tatsächlich etwas für ihre Tochter empfunden, wäre sie nicht einfach von einem Tag auf den anderen aus ihrem Leben verschwunden. Vermutlich war ihr das Leben mit Mann und Kind in einem kleinen mittelschwedischen Ort einfach zu eng geworden. Außerdem hatte sich Sabrina damals in einer schwierigen Phase befunden, war trotzig und aufmüpfig gewesen. Aber war das ein Grund, sein einziges Kind zu verlassen?

Als Sabrina ein Dreivierteljahr später vom Tod ihrer Mutter erfuhr, hatte sie nicht einmal richtig traurig sein können …

Seufzend schob sie den Gedanken an ihre Vergangenheit beiseite und blickte zum Himmel. Ein schwarzer Baldachin aus Samt, in dem Millionen winziger Diamanten funkelten. Der fast volle Mond tauchte die Welt in seinen silbrigen Schein, und der würzige Duft von frisch geschlagenem Holz erfüllte die Luft. Es war eine Nacht voller Romantik, und im Grunde ihres Herzens war Sabrina, allen schlechten Erfahrungen zum Trotz, stets eine Romantikerin gewesen.

Doch im Augenblick konnte sie die Schönheit ihrer Umgebung einfach nicht genießen – und Schuld daran trug allein Jonas.

Aber das stimmte ja auch nicht. Er war jedenfalls nicht verantwortlich für die Misere, in der sich *Ahlström Hemslöjdforening* befand. Doch dass er im Namen seines Auftraggebers versuchte, Profit aus Sigmunds Unglück zu schlagen, fand Sabrina einfach unmöglich. Warum also konnte sie trotzdem nicht aufhören, ständig an ihn zu denken?

„*God afton*, Sabrina.“

Sie schrak zusammen, als sie Jonas' Stimme hinter sich vernahm. Wie hatte sie nur vergessen können, dass er zurzeit im Gästehaus wohnte?

„Was wollen Sie?“, fragte sie kühl.

„Nun, ich habe Sie von meinem Fenster aus gesehen und mir gedacht, ich könnte vielleicht noch einmal in Ruhe mit Ihnen sprechen.“

„Wenn es um den Verkauf von *Ahlström Hemslöjdforening* geht, können Sie es ebenso gut sein lassen.“

„Sie sind verärgert“, stellte Jonas fest und setzte sich unaufgefordert neben sie. „Hören Sie, Sabrina: Ich mache hier nur meinen Job. Ihnen muss doch klar sein, dass es kaum eine andere Möglichkeit für Ihren Adoptivvater gibt, als einem Verkauf von *Ahlström Hemslöjdforening* zuzustimmen.“

Sabrina musste sich förmlich zwingen, ihm zuzuhören. Sie war sich seiner Nähe mehr als deutlich bewusst. Unwillkürlich beschleunigte sich ihr Puls, und trotz des kühlen Winds, der von den Bergen her blies, war ihr mit einem Mal so warm, dass sie am liebsten ihre Jacke abgelegt hätte.

Das alles machte sie nur noch ärgerlicher.

„Ein schöner Job“, entgegnete sie ungnädig. „Ich an Ihrer

Stelle würde mich schämen, die Zwangslage eines kranken alten Mannes zu meinem Vorteil auszunutzen! Haben Sie denn überhaupt keine Skrupel?"

Jonas' Miene verfinsterte sich schlagartig. Offenbar hatte sie mit ihren Worten einen wunden Punkt berührt. „Was wissen Sie schon über mich? Sie kennen mich doch überhaupt nicht!"

Sie stand auf. „Das hat keinen Sinn. Zwischen uns gibt es nichts mehr zu besprechen. *God natt.*"

Als sie sich zum Gehen wandte, sprang er ebenfalls auf und hielt sie am Arm zurück. Die Berührung hatte eine völlig unerwartete Wirkung auf Sabrina. Ihre Knie wurden weich, und ihr Herz machte einen überraschten Satz. Plötzlich sehnte sie sich so sehr nach Jonas' Nähe, dass es beinahe körperlich schmerzte. Er sah sie an, und in seinen Augen spiegelte sich dieselbe Verwirrung wieder, die auch sie empfand.

Abrupt ließ er sie los, wandte sich ab und ging davon.

Sabrina war froh darüber. Was wäre geschehen, wenn er versucht hätte, sie zu küssen? Wäre sie stark genug gewesen, ihn abzuweisen?

Tief durchatmen …

Sie fühlte sich zu aufgewühlt, um sofort zum Haus zurückzukehren, deshalb setzte sie sich noch einmal und schloss die Augen. *Was um Himmels willen ist eigentlich mit mir los?* Nicht einmal Daniel hatte sie je in ein solches Gefühlschaos zu stürzen vermocht, und ihn hatte sie immerhin heiraten wollen! Jonas hingegen war einfach nur ein Mann, den sie zufällig im Flugzeug kennengelernt hatte. Und er hatte recht: Sie wusste so gut wie nichts über ihn – und so sollte es auch bleiben.

Es gab wichtigere Dinge, auf die sie sich konzentrieren musste. Sie durfte ihre Aufmerksamkeit nicht an Jonas verschwenden, der ohnehin nur daran interessiert war, dass *Ahlström Hemslöjdforening* endgültig bankrottging, damit sie gezwungen war, auf das Angebot seines Klienten einzugehen.

Sie stand auf und kehrte zum Haus zurück. Kurz überlegte sie, ob sie gleich zu Bett gehen sollte. Doch sie glaubte nicht, dass sie jetzt Schlaf finden würde. Deshalb beschloss sie, sich noch einmal die Bilanzen von *Ahlström Hemslöjdforening* vorzunehmen.

Auch wenn sie nicht sicher war, was das noch bringen sollte.

„Ach, ich beneide dich." Sabrinas beste Freundin Tanja, ihre Mitbewohnerin in Berlin, seufzte, als sie am nächsten Morgen miteinander telefonierten. „Weite Wiesen und Felder, glitzernde Seen und helle Sommernächte. Wenn ich nur daran denke, bekomme ich Fernweh …"

„Ich bin nicht zu meinem Vergnügen hier", stellte Sabrina klar. „Sondern weil Sigmund jemanden braucht, der sich um die Firma kümmert, solange er im Krankenhaus bleiben muss."

„Ich weiß, entschuldige bitte", erwiderte Tanja ernst. „Und? Wie läuft es?"

„Nicht so besonders", gestand Sabrina. „Wie es aussieht, steht *Ahlström Hemslöjdforening* kurz vor dem Bankrott. Gestern war ein Anwalt hier, um im Namen eines Konkurrenten ein Kaufangebot zu machen."

„Und? Sah er gut aus, dieser Anwalt?"

Manchmal fragte Sabrina sich, ob ihre Freundin Gedanken lesen konnte. „Ich wüsste nicht, was das zur Sache tut", erwiderte sie gereizt, spürte aber, wie ihr die Schamesröte ins Gesicht stieg. „Das hier ist ernst, Tanja. Mein Vater steht im Begriff, seine Firma zu verlieren!"

„Ich verstehe – er war also umwerfend attraktiv."

„Tanja!"

„Ach, komm schon, mir kannst du doch nichts vormachen. Er hat dir gefallen, gib es zu."

Sabrina seufzte. Inzwischen war sie wahrscheinlich knallrot angelaufen. „Also gut, er sieht ganz passabel aus, aber ich sehe trotzdem nicht, was …"

„Wusste ich's doch!"

„Können wir endlich das Thema wechseln? Du weißt ganz genau, dass mich seit der Sache mit Daniel Männer nicht im Geringsten interessieren."

„Ach komm, das denkst du vielleicht. Aber dir muss nur der

Richtige über den Weg laufen. Ich kann schon gar nicht mehr zählen, wie oft ich versucht hab, dich zu verkuppeln. Aber du lässt ja alle Kandidaten eiskalt abblitzen."

„Weil ich nicht an einer Beziehung interessiert bin", erwiderte Sabrina. „Aber selbst wenn – ein Mann wie Jonas Lavander käme für mich nicht infrage! Stell dir vor, er hat die Dreistigkeit besessen, sich einfach im Gästehaus einzuquartieren!"

„Jonas Lavander … Allein der Name klingt wie Musik." Tanja hatte ihr anscheinend gar nicht zugehört. „Ich wette, eine Nacht mit ihm würde dir guttun."

„Tanja!" Jetzt platzte Sabrina endgültig der Kragen. „An so etwas denke ich nicht einmal! Das ist das Schreckliche an euch Psychologiestudenten: Ihr versucht ständig, alles und jeden zu analysieren! Jonas ist der Anwalt der Gegenseite – er will Sigmund über den Tisch ziehen!"

Für einen kurzen Moment herrschte Stille am anderen Ende der Leitung. „Entschuldige, ich wollte dich nicht ärgern", erwiderte Tanja schließlich zerknirscht. „Du denkst wahrscheinlich, dass ich den Ernst der Lage nicht begriffen habe. Dabei weiß ich doch, wie du an Sigmund hängst. Du willst nicht, dass er seine Firma verliert, und das verstehe ich. Was können wir also unternehmen, um das zu verhindern?"

Sabrina zuckte mit den Achseln. „Ich fürchte, da kann man nicht mehr viel tun. Ich zerbreche mir jetzt schon seit Tagen den Kopf darüber, wie ich ihm helfen kann. Vielleicht sollte ich tatsächlich einfach der Realität ins Auge sehen: *Ahlström Hemslöjdforening* ist schlicht und ergreifend nicht mehr zu retten."

„So etwas will ich von dir nie wieder hören, verstanden?", schimpfte Tanja. „Wo bleibt dein Einfallsreichtum und dein Selbstvertrauen? Wenn alle immer so schnell aufgegeben hätten, würden die Menschen heute noch in Höhlen leben und mit Keulen auf die Jagd gehen, statt in modernen Einbauküchen Fertiggerichte in die Mikrowelle zu schieben."

Damit brachte sie Sabrina trotz ihrer gedrückten Stimmung zum Lachen. „Du hast ja recht, aber es scheint alles so hoffnungslos. Die monatlichen Zahlungen übersteigen die Einkünfte bei Weitem. Ich habe es immer und immer wieder durchgerechnet: Wenn sich nicht bald ein solventer Geschäftspartner findet, der *Ahlström Hemslöjdforening* einen großen Auftrag erteilt, wird die Firma nicht mal den nächsten Monat überstehen."

„Ist es wirklich so schlimm?"

„Ein finanzielles Desaster."

„Und das Angebot von diesem Lavander war so schlecht?"

„Vollkommen indiskutabel – außerdem will ich nicht, dass Sigmund die Firma verliert!"

Für einen Moment war es still in der Leitung. Schließlich räusperte Tanja sich. „Ich will dir ja nicht zu nahe treten, aber … Kann es vielleicht sein, dass es an *ihm* liegt?"

Sabrina runzelte die Stirn. „Wird das schon wieder eine Psychoanalyse?"

„Na ja, vielleicht bist du ja unbewusst nur deshalb so gegen den Verkauf, weil du Jonas Lavander in deiner Nähe halten willst. So was kommt vor, weißt du? Mein Professor hat letztens von einem Fall erzählt, bei dem …"

„Hör endlich auf damit", unterbrach Sabrina gereizt. „Ich bin kein *Fall*, verstanden? Und ich fühle mich keineswegs von Jonas angezogen!"

„Nein, natürlich nicht", entgegnete Tanja kein bisschen beleidigt. „Du vergisst wohl, mit wem du sprichst. Was zwischenmenschliche Katastrophen betrifft, bin ich Expertin – behaupte also hinterher nicht, ich hätte dich nicht gewarnt."

Jonas war früh aufgestanden, hatte seine Sportsachen angezogen und war noch vor dem Frühstück zu einem Waldlauf aufgebrochen. Er hatte die Erfahrung gemacht, dass ihm körperliche Anstrengung am besten half, einen klaren Kopf zu bekommen.

Und genau den brauchte er jetzt auch angesichts der verzwickten Situation, in der er sich befand. Irgendwie musste er Sabrina dazu bewegen, dem Verkauf von *Ahlström Hemslöjdforening* zuzustimmen, das war jetzt dringlicher denn je.

Er hatte gestern Abend mit seiner Sekretärin Annelie in Stockholm telefoniert. Sie war die einzige Angestellte, die zumindest noch halbtags für ihn arbeitete – auch wenn er sie sich im Grunde genommen gar nicht mehr leisten konnte. Doch er brauchte jemanden, der die Kanzlei während seiner Abwesenheit in Gang hielt, wenn man davon überhaupt noch sprechen konnte. Mehr als ein, zwei Anrufe am Tag gingen schon lange nicht mehr ein, und die tägliche Post bestand fast nur noch aus Mahnungen. Aber war das ein Wunder? Die Geschichte mit Johanna hatte seinem Ruf empfindlichen Schaden zugefügt. Wer wollte schon einen Anwalt engagieren, dem man nachsagte, dass er die Geheimnisse seiner Klienten im Zuge seiner Schäferstündchen ausplauderte?

Ganz so war es natürlich nicht abgelaufen, aber danach fragte im Nachhinein doch niemand mehr.

Eines war sicher: Lange konnte es so nicht mehr weitergehen. Wenn sich an seiner Auftragslage nicht sehr bald etwas änderte, würde er mit viel Glück vielleicht noch ein oder zwei Monate durchhalten, länger nicht.

Alles hing also davon ab, dass er die Chance nutzte, die Osvald Kron ihm gewährt hatte. Er hatte dem Unternehmer wochenlang zugeredet, ihm endlich einen wichtigen Auftrag zu erteilen. Es ging ihm dabei weniger um das Honorar, das er im Erfolgsfall erhalten sollte, sondern vielmehr um den symbolischen Wert. Indem Kron ihn mit einem Auftrag betraute, indem er ihm diese Chance gab, zeigte er, dass er Jonas zutraute, ihn in dieser Sache erfolgreich zu vertreten. Und wenn sich das herumsprach, würden auch andere Klienten neues Vertrauen zu ihm fassen – zumindest hoffte Jonas das.

Wenn er aber versagte, dann war alles aus. Er würde die Kanzlei verlieren, und der Traum seines verstorbenen Vaters, dass Jonas einmal in seine Fußstapfen trat, wäre endgültig geplatzt.

Rasch schüttelte er den Gedanken an seinen Vater ab. Wenn er erfolgreich sein wollte, musste er sich voll auf seine Aufgabe konzentrieren. Und das bedeutete, dass er sich zunächst einmal einen genauen Überblick über die tatsächliche finanzielle Situation von *Ahlström Hemslöjdforening* verschaffen musste. Er glaubte nicht daran, dass Sabrina es sich wirklich leisten konnte, das Angebot seines Klienten abzulehnen. Doch um sicherzugehen, hatte er einen Gesprächstermin mit Ahlströms Bank ausgemacht. Er würde mit viel Fingerspitzengefühl vorgehen müssen, doch darin war er gut. Was er wissen wollte, würde er auch in Erfahrung bringen – Bankgeheimnis hin oder her.

Jonas atmete tief durch. Die Luft war herrlich kühl und duftete nach Holz und Moos. Grüngoldenes Sonnenlicht sickerte durch die Kronen der Bäume und verlieh allem einen unwirklichen, traumhaften Schimmer. Ein kleiner Bach wand sich leise plätschernd entlang des Weges. Ansonsten waren nur das Zwitschern der Vögel und das leise Summen der Bienen zu hören.

Umso misstönender erschien ihm das Klingeln seines Handys, das plötzlich die Stille zerriss. Er blieb stehen und holte es hervor.

Beim Blick auf das Display unterdrückte er ein Seufzen. Osvald Kron – ausgerechnet!

Jonas atmete tief durch, dann nahm er das Gespräch an. „God dag", sagte er. „Was kann ich für Sie tun?"

„Was ist los mit Ihnen?" Kron hielt sich gar nicht erst mit Begrüßungsfloskeln auf. „Sie haben vielleicht Nerven, Mann! Ich warte seit gestern Abend auf Ihren Anruf. Sie wollten sich doch melden, sobald Sie das Geschäft unter Dach und Fach gebracht haben!"

Jonas räusperte sich mühsam. „Nun, es …"

„Ja?"

„Es sind gewisse Komplikationen aufgetreten."

„Also gibt es noch gar keinen Abschluss", folgerte Kron. „Warum wundert mich das bloß nicht? Hören Sie: Wenn Sie sich nicht befähigt fühlen, den Auftrag erfolgreich auszuführen, muss ich eben jemand anderen schicken. Sie sind ja anscheinend schon mit dieser einfachen Aufgabe überfordert!"

Jonas schluckte seinen Ärger herunter. Osvald Kron war nicht der großmütige Gönner, als der er sich gern darstellte. Seine Entscheidung, Jonas' Dienste in Anspruch zu nehmen, anstatt eine angesehene, alteingesessene Kanzlei zu beauftragen, war rein wirtschaftlicher Natur: Jonas' Honorar war bei Weitem geringer.

„Es gibt einige unvorhersehbare Entwicklungen, und ich bin gezwungen, ihnen Rechnung zu tragen", entgegnete er schließlich, ohne auf Krons Worte einzugehen.

„Von was für Entwicklungen sprechen wir genau?"

„Sigmund Ahlström ist erkrankt und hat seiner Adoptivtochter die Geschäftsleitung übertragen. Sie trifft sämtliche Entscheidungen – und sie wehrt sich im Augenblick noch gegen einen möglichen Verkauf."

„*Förbannat!* Sie werden ja wohl in der Lage sein, sich diese Frau gefügig zu machen!"

Jonas atmete tief durch. „Selbstverständlich", versicherte er kühl. Er konnte es nicht ausstehen, so unter Druck gesetzt zu werden. Kron behandelte ihn wie einen blutigen Anfänger und nicht wie einen Anwalt, der schon viele Erfolge zu verzeichnen hatte.

Warum sollte er auch? In seinen Augen bist du ein Niemand. Er interessiert sich nicht für deine vergangenen Verdienste – du musst ihm jetzt beweisen, was in dir steckt. Also fang endlich an, in einer Sprache mit ihm zu sprechen, die er versteht!

Er atmete tief durch und sagte: „Ich werde Sie nicht enttäuschen. Es ist nur eine Frage der Zeit, bis Sabrina Ahlström mir aus der Hand frisst."

„Also gut, Sie sollen noch eine Chance bekommen, Lavander. Aber ich warne Sie, enttäuschen Sie mich nicht. Ich erwarte eine Erfolgsnachricht von Ihnen – in spätestens einer Woche."

Ohne ein weiteres Wort unterbrach er die Verbindung.

Mit einem unterdrückten Fluch steckte Jonas das Telefon zurück in die Tasche. Als er wieder aufblickte, stand Sabrina vor ihm, und ihre Augen loderten wie Feuer.

„Sie … Mistkerl!"

4. KAPITEL

*E*s ist nur eine Frage der Zeit, bis Sabrina Ahlström mir aus der Hand frisst ...

Sabrina war empört. Nein, mehr als das – sie kochte vor Wut! Nach dem Gespräch mit Tanja war sie viel zu aufgewühlt gewesen, um einfach zum Tagesgeschäft überzugehen. Deshalb hatte sie sich das Waldstück anschauen wollen, das zum Grundbesitz von *Ahlström Hemslöjdforening* gehörte. Sie wollte wissen, in welchem Zustand es sich befand und ob die durch den Pilzbefall verursachten Schäden tatsächlich so gravierend waren, dass sie das Holz nicht für die Produktion verwenden konnten. Doch das war nur der vorgeschobene Grund gewesen – in Wahrheit wollte sie sich ablenken und auf andere Gedanken kommen. Sie fürchtete nämlich, dass die Worte ihrer Freundin durchaus ein Körnchen Wahrheit enthielten ...

Jetzt allerdings konnte sie nicht mehr verstehen, was sie überhaupt je an Jonas gefunden hatte. Dieser Mann war so unverschämt! Glaubte er wirklich, dass er mit seinem aufgesetzten Charme und dem einstudierten Lächeln bei ihr punkten konnte? Für wie dumm hielt er sie eigentlich?

„Sabrina!", stieß er erschrocken hervor. „Ich kann Ihnen alles erklären, wenn Sie mir nur fünf Minuten zuhören!"

„Ihnen zuhören?" Energisch schüttelte sie den Kopf. „Wozu? Was ich gerade gehört habe, hat mir durchaus gereicht. Und wenn Sie tatsächlich denken, dass ich meine Meinung ändere, nur weil Sie versuchen, mich um den Finger zu wickeln, haben Sie sich getäuscht." Wütend funkelte sie ihn an. „Das war doch gerade Ihr Auftraggeber, oder etwa nicht?"

„Sie verstehen da etwas vollkommen falsch!"

„Was gibt es da falsch zu verstehen? Ich habe doch alles mit angehört!"

„Ja – aber was Sie gehört haben, war vollkommen aus dem Zusammenhang gerissen!" Er trat auf sie zu – die Luft zwischen ihnen schien plötzlich zu knistern wie elektrisch aufgeladen.

Sabrina trat einen Schritt zurück, stolperte – und wurde von

Jonas aufgefangen, der sie festhielt und in seine Arme zog.

Überrascht riss Sabrina die Augen auf, und ihr stockte der Atem. Und dann fing ihr Herz an, heftig zu klopfen. Sie wusste, sie sollte sich von ihm losmachen. Nein, mehr noch: Sie sollte ihn von sich stoßen und auf der Stelle verschwinden!

Doch sie tat nichts dergleichen – auch nicht, als Jonas sich auf einmal zu ihr herunterbeugte und ihren Mund mit seinen Lippen verschloss.

Es war ein fordernder, ja, ein grober Kuss – und er erschütterte Sabrina bis ins Mark. Noch nie in den fünfundzwanzig Jahren, die sie lebte, hatte ein Mann sie auf diese Weise geküsst. Die Welt um sie herum versank in einem Nebel aus Bedeutungslosigkeit, es gab nur noch Jonas und sie, und alles, was zwischen ihnen stand, war für den Augenblick vergessen.

Sie schmiegte sich an ihn. Flüssiges Feuer pulsierte durch ihre Adern, und sie wünschte sich, dass dieser Moment niemals enden möge. Doch dann wurde ihr wieder klar, mit wem sie es zu tun hatte. Jonas war der Mann, der Sigmund die Firma wegnehmen wollte!

Der Gedanke an Sigmund hatte dieselbe Wirkung wie ein Schwall Eiswasser. Hatte sie vollkommen den Verstand verloren? Was tat sie hier?

Abrupt stieß sie Jonas von sich. „Lassen Sie das gefälligst! Glauben Sie ernsthaft, dass Sie mich auf diese Weise umstimmen können?"

Mit diesen Worten wirbelte sie herum und lief wutentbrannt zum Wohnhaus zurück. Noch immer brannte ihr Gesicht vor Scham, und das Herz hämmerte wie wild gegen ihre Rippen. Was war bloß in sie gefahren, sich von Jonas küssen zu lassen?

Wenn sie aus dem Reinfall mit ihrem verräterischen Exverlobten eines gelernt hatte, dann, dass sie ganz offenbar ein Talent dafür besaß, sich auf die falschen Männer einzulassen. Tanja hatte ihr einmal von einer Theorie erzählt, nach der es jedem Menschen bereits angeboren war, welche Eigenschaften er bei einem potenziellen Partner bevorzugte. Sabrina fand diese Vorstellung äußerst deprimierend, bedeutete sie doch, dass es ihr praktisch genetisch vorbestimmt war, immer wieder auf dieselbe Sorte Mann hereinzufallen.

Das war einer der Gründe, warum sie sich seit der Enttäuschung mit Daniel lieber vom anderen Geschlecht fernhielt. Auf keinen Fall wollte sie das Risiko eingehen, noch einmal so betrogen zu werden. Ihr Exverlobter hatte ihr das Herz gebrochen und sie am Boden zerstört zurückgelassen. Es war ein langer, mühseliger Prozess gewesen, doch schließlich war sie wieder auf die Beine gekommen. Allerdings bezweifelte sie stark, dass ihr das so schnell noch einmal gelingen würde.

Sie spürte, wie Inga ihr besorgt nachblickte, als sie kurze Zeit später wortlos an ihr vorbeiging. Zweifellos konnte man ihr deutlich ansehen, wie sehr sie sich aufregte. Sie war noch nie besonders gut darin gewesen, ihre Gefühle zu verbergen.

Wütend knallte sie die Bürotür hinter sich zu und ließ sich auf Sigmunds ledernen Chefsessel fallen. Dann stützte sie die Ellbogen auf die Schreibtischplatte und barg das Gesicht in den Händen.

Nach ein paar Minuten beruhigte sich ihr Puls, und der Zorn verrauchte. Zurück blieb ein schaler Nachgeschmack. Dieser Kuss war ein Fehler gewesen, keine Frage. Ein Fehler, aber kein Weltuntergang. Sie musste nur darauf achten, sich künftig besser im Griff zu haben. Auf keinen Fall durfte sie zulassen, dass so etwas noch einmal geschah – ganz gleich, wie sehr sie sich auch zu Jonas hingezogen fühlen mochte.

Außerdem hatte sie für solche Spielereien im Augenblick auch einfach keine Zeit. Sie musste sich voll und ganz darauf konzentrieren, *Ahlström Hemslöjdforening* zu retten. Das allein zählte.

Und wenn sie sich doch tatsächlich eines Tages wieder auf eine Beziehung einlassen würde, dann ganz gewiss nicht mit einem Mann wie Jonas Lavander, der meinte, er könne sie mit einem Kuss dazu bringen, ihm „aus der Hand zu fressen".

„Wenn du mich nicht mehr brauchst, ich würde jetzt gern zu Bett gehen." Inga streckte ihren Kopf ins Arbeitszimmer.

Sabrina nickte abwesend. Sie hatte mehr oder weniger den

ganzen Tag am Telefon zugebracht. Es war ihr gelungen, bei einigen der großen Gläubiger ihres Vaters eine kurzzeitige Stundung zu erwirken. Doch das brachte ihr kaum mehr als eine Atempause. Aufgeschoben war schließlich nicht aufgehoben …

Ein paar Minuten nachdem sich die Tür zum Vorzimmer geschlossen hatte, warf Sabrina mit einem unterdrückten Fluch den Stift auf den Tisch. Sie hatte alles noch einmal durchgerechnet und die monatlichen Einnahmen den Ausgaben gegenübergestellt – das Ergebnis war niederschmetternd.

Aufstöhnend fuhr sie sich durchs Haar. Seit Monaten erwirtschaftete *Ahlström Hemslöjdforening* nur noch Verluste. Dabei war die Auftragslage des kleinen Handwerksbetriebs gar nicht einmal so schlecht. Dennoch reichten die Verkaufserträge gerade mal aus, um einen Teil der laufenden Kosten zu decken. Die Gehälter der Arbeiter und die Zahlungen für Wasser und Elektrizität hatte Sigmund bisher noch jeden Monat aufbringen können. Alle übrigen Rechnungen waren zum Teil schon seit einem Vierteljahr offengeblieben, und mit den Kreditraten befand er sich ebenfalls im Rückstand.

War es womöglich doch voreilig gewesen, das Kaufangebot von Jonas' Auftraggeber so kategorisch abzulehnen? Immerhin hatte dieser Kron angeboten, sämtliche Verbindlichkeiten zu übernehmen und Sigmund sogar noch eine Summe zu zahlen, die durchaus genügen würde, um ihn für eine Weile über Wasser zu halten.

Die Pleite von *Ahlström Hemslöjdforening* war im Grunde bereits absehbar. Und wenn die Firma erst einmal vollständig zahlungsunfähig war, dann würde Osvald Krons Angebot noch schlechter werden, so viel stand fest.

Doch nach ihrer Auseinandersetzung vom Vormittag konnte sie nicht einfach einlenken, ohne dabei vollends das Gesicht zu verlieren. Außerdem fand sie das Angebot von *Dalahästen Fabriket* trotz allem viel zu niedrig. Allein der Wert der Rohstoffe und der fertigen Dala-Pferdchen, die im ehemaligen Heuschober lagerten, überstieg den Preis, den Osvald Kron für *Ahlström Hemslöjdforening* zu zahlen bereit war. Und auch wenn Sigmund dann schuldenfrei wäre, wovon sollte er auf Dauer leben? Hinzu kam, dass ihr Adoptivvater sehr an der Firma hing. Sabrina war längst nicht davon überzeugt, dass er den Verlust von *Ahlström Hemslöjdforening* so einfach verkraften würde.

Sie schüttelte den Kopf. Es musste einfach eine andere Lösung geben, eine Möglichkeit, das Unternehmen zu sanieren und die Arbeitsplätze der Mitarbeiter zu bewahren.

Aufgeben kam für sie jedenfalls nicht infrage. Dafür verdankte sie Sigmund einfach zu viel. Und ja, nicht zuletzt hatte auch sie ihren Anteil an der katastrophalen Finanzlage der Firma. Jeden Monat hatte Sigmund ihr Geld überwiesen, weil ihr kleines Einkommen aus ihrem Wochenendjob niemals ausgereicht hätte, ihr Studium zu finanzieren. Es waren zwar keine hohen Summen gewesen – nichtsdestotrotz hatten sie zu dem Fiasko beigetragen. Und als sie wegen Daniel in Schwierigkeiten steckte, hatte Sigmund ihr ebenfalls bereitwillig aus der Klemme geholfen. Ohne ihn wäre ihr damals wohl keine andere Wahl geblieben, als in die Privatinsolvenz zu gehen.

Sigmund hatte sie gerettet – und sich dabei selbst so tief in die Schuldenfalle manövriert, dass es nun kaum einen Ausweg zu geben schien.

Sabrina atmete tief durch, dann beschloss sie, eine Pause einzulegen. Im Moment war sie einfach nicht in der Lage, klar zu denken. Und solange ihr Kopf nicht frei war, machte es wenig Sinn, sich weiter mit so komplizierten Dingen wie einer Bilanzprüfung zu befassen. Sie nahm ihre Jacke vom Garderobenhaken. Ein Spaziergang würde ihr hoffentlich dabei helfen, auf andere Gedanken zu kommen. Doch als sie zur Tür hinaustrat, musste sie erkennen, dass das Schicksal offensichtlich andere Pläne für sie hatte.

Stirnrunzelnd musterte sie den Mann, der draußen auf dem Treppenabsatz stand und auf jemanden zu warten schien. Er war ungefähr im Alter ihres Vaters, doch während Sigmund schlank und sportlich wirkte, spannte sich das Hemd dieses Mannes über einem voluminösen Bauch. Er trug einen altmodischen Filzhut, und eine Wolke kalten Zigarettenrauchs umschwebte ihn.

Jetzt lächelte er scheu. „*God afton, Fröken*", sagte er. „Mein Name ist Jensson, Anton Jensson. Sie sind die kleine Sabrina, *rätt*? Mensch, Sie haben sich ganz schön verändert, seit ich Sie zum letzten Mal gesehen habe!"

Sabrina konnte sich nicht daran erinnern, Jensson je zuvor begegnet zu sein, doch sie zwang sich zu einem Lächeln. „Nun, es ist nett, dass Sie mich besuchen, aber ich wollte gerade gehen. Tut mir wirklich sehr leid ..."

„Oh, ich will Sie auch gar nicht lange belästigen. Es geht bloß um das Geld, das Sigmund mir schuldet." Er nahm seinen Hut ab und knetete ihn verlegen mit beiden Händen. „Ich weiß, es ist ein denkbar ungünstiger Zeitpunkt, jetzt, wo Sigmund im Krankenhaus liegt, aber ... Nun, Sie müssen mich auch verstehen. Ich habe eine Frau und zwei kleine Kinder, und ..." Er seufzte. „Ich kann es mir einfach nicht leisten, noch länger auf das Geld für meine letzte Lieferung Lacke und Farben zu warten."

Sabrina schluckte. Das hatte ihr gerade noch gefehlt. Was sollte sie dem Mann jetzt sagen? Das Barvermögen von *Ahlström Hemslöjdforening* war kaum der Rede wert. In den nächsten zwei Tagen erwartete sie den Ausgleich einiger offener Forderungen, doch davon mussten zunächst die Löhne der Angestellten gezahlt werden. Wie sie es auch drehte und wendete, es war im Moment nicht eine Krone übrig, um laufende Verbindlichkeiten auszugleichen.

„Natürlich verstehe ich Sie", sagte sie mit erzwungener Ruhe. „Und ich hoffe, dass Sie auch ein wenig Verständnis für mich aufbringen können. Ich bin gerade erst aus Deutschland zurückgekommen und konnte mir noch keinen genauen Überblick über die Finanzen der Firma verschaffen. Darf ich Sie daher vielleicht noch um ein kleines bisschen Geduld bitten?"

Jensson schien hin- und hergerissen, man konnte förmlich sehen, wie es hinter seiner Stirn arbeitete. Schließlich jedoch nickte er. „Hol mich der Teufel", stieß er hervor. „Meine Frau reißt mir wahrscheinlich den Kopf ab, wenn ich ohne das Geld heimkomme, aber wenn es nicht anders geht, dann geht es nun mal nicht anders." Er lächelte. „Ich komme einfach gegen Ende der Woche noch einmal vorbei, einverstanden?"

„Natürlich. Ich danke Ihnen für Ihr Verständnis."

Sabrina sah ihm nach, als er den Weg zur Ortschaft einschlug. Einerseits war sie erleichtert, auf der anderen Seite meldete sich ihr schlechtes Gewissen. Sie wusste, dass sie Jensson auch Ende der Woche nicht würde bezahlen können. Und im Gegensatz zu den Großlieferanten, mit deren Vertretern sie heute telefoniert hatte, war es für kleine Unternehmer wie Jensson eine Frage der Existenz, dass ihre Rechnungen pünktlich bezahlt wurden.

Wieder hatte sie nur etwas Zeit gewonnen. Retten konnte sie *Ahlström Hemslöjdforening* auf diesem Wege sicherlich nicht. Was sie wirklich benötigte, war eine Idee, um endlich wieder Geld in die leeren Kassen des Unternehmens zu bringen.

Aber wie sollte sie das bloß anstellen?

Nach einem herzhaften Frühstück am Morgen verbrachte Sabrina den nächsten Tag damit, einem Gedanken nachzugehen, der ihr in der vergangenen Nacht gekommen war: Wenn die Händler für original schwedisches Kunsthandwerk nicht von sich aus auf *Ahlström Hemslöjdforening* zukamen, musste sie eben zu ihnen gehen. So hatte sie es sich wenigstens vorgestellt, als sie mit einem Musterkoffer aufgebrochen war, um den umliegenden Souvenir- und Kunsthandwerksläden einen Besuch abzustatten.

Entgegen ihrer Hoffnungen blieb der große Erfolg jedoch aus. Ein paar kleinere Aufträge waren zwar zustande gekommen, aber diese bedeuteten kaum mehr als einen Tropfen auf den heißen Stein. Ernüchtert musste Sabrina einsehen, dass die Produktionskapazität von *Ahlström Hemslöjdforening* für eine Kooperation mit den meisten wirklich großen Abnehmern einfach zu gering war. Darüber hinaus erwarteten solche Kunden spezielle Preisnachlässe, die für einen kleinen Betrieb kaum zu realisieren waren. Alles Dinge, die Sabrina nicht bedacht hatte und die sie nun entmutigten.

Enttäuscht kehrte sie am frühen Nachmittag ins Büro zurück. Inga war, wie sie wusste, im Krankenhaus, um Sigmund zu besuchen, und so war niemand da, der sie mit aufmunternden Worten über ihren Misserfolg hinwegtrösten konnte.

Deprimiert setzte sie sich hinter Sigmunds Schreibtisch, auf dem sich schon wieder ein neuer Stapel mit Rechnungen und Mahnungen angesammelt hatte. Sie lehnte sich zurück und schloss die Augen. Was nun?

Ein Klopfen an der Bürotür riss sie aus ihren Gedanken. War Inga schon zurück?

„Ja?"

Doch es war nicht Inga, sondern Jonas. Sofort wurde Sabrinas Laune noch schlechter. Der attraktive Anwalt war ein typisches Beispiel dafür, wie wenig sie sich auf ihre Menschenkenntnis verlassen konnte. Zu ihrem Ärger musste sie nämlich feststellen, dass sie sich, obwohl sie ihn nicht einmal leiden konnte, noch immer stark zu ihm hingezogen fühlte. Ein kurzer Blickkontakt reichte aus, um dieses verräterische Flattern in ihrem Bauch auszulösen.

„Haben Sie einen Moment für mich Zeit?", fragte Jonas und trat auf den Schreibtisch zu.

Abwehrend verschränkte Sabrina die Arme vor der Brust. „Ich sagte Ihnen bereits, dass es zwischen uns nichts mehr zu besprechen gibt. Ich frage mich wirklich, warum Sie überhaupt noch hier sind. Habe ich nicht eindeutig klargestellt, dass es unter keinen Umständen zu einem Verkauf an Ihren Auftraggeber kommen wird?"

Sie wusste selbst nicht, woher sie die Zuversicht nahm, dass sie eine andere Lösung finden würde – vermutlich *wollte* sie einfach daran glauben. Jonas jedenfalls konnte sie damit nicht täuschen. Er wusste, dass ihr, wenn nicht bald ein Wunder geschah, gar keine andere Wahl bleiben würde, als an Kron zu verkaufen.

Doch zu ihrer Überraschung ging es ihm um etwas vollkommen anderes: „Ich bin nicht hier, um mit Ihnen über den Verkauf zu diskutieren, sondern um mich zu entschuldigen."

Erstaunt und argwöhnisch zugleich hob Sabrina eine Braue. „Wofür?"

„Für mein Verhalten von gestern Abend. Ich bin zu weit gegangen, und das tut mir leid. Deshalb möchte ich Sie zu einem gemeinsamen Abendessen einladen. Nun, was sagen Sie?"

„Sie wollen mich einladen?" Sofort erschienen Bilder vor ihrem inneren Auge. Sie und Jonas in einem romantischen Restaurant ... bei flackerndem Kerzenschein mit Wein und ... Sie schüttelte den Kopf. „Nein, auf gar keinen Fall!"

„Kein Dinner also." Er runzelte die Stirn. „Wie wäre es dann mit einem Drink? Ein Kaffee vielleicht? Ein Wasser? Kommen Sie schon, geben Sie sich einen Ruck. Was spricht denn dagegen?"

Eine ganze Menge, soweit es Sabrina betraf. Allem voran die Tatsache, dass sie sich weit mehr von ihm angezogen fühlte, als ihr lieb war. Doch das würde sie ihm gegenüber niemals zugeben.

Er wertete ihr Zögern offenbar als Zustimmung. „Wunderbar, ich wusste, dass Sie es sich noch einmal überlegen würden", sagte er. „Unten im Ort gibt es ein hübsches kleines Café. Ich hole Sie in einer halben Stunde ab."

Ohne eine Antwort abzuwarten, wandte er sich um und verließ das Büro. Sabrina konnte nichts anderes tun, als ihm fassungslos hinterherzuschauen. Worauf hatte sie sich da bloß wieder eingelassen?

*I*mmer wenn sie nach Storfjället kam, beschlich Sabrina das Gefühl, dass in dem kleinen Dorf die Zeit stehen geblieben war. So gut wie nichts hatte sich hier verändert, seit sie vor vielen Jahren mit ihrer Mutter hierher gezogen war. Die Häuser erstrahlten nach wie vor in hübschen Pastellfarben, und in den Vorgärten blühten Sonnenblumen und Stauden in verschwenderischer Pracht. Selbst der Mischlingshund, der schon in ihrer Jugend vor *Sönderbergs Apotek* im Schatten gelegen hatte, war noch da – sicherlich handelte es sich nicht mehr um dasselbe Tier, doch es ähnelte seinem Vorgänger geradezu erstaunlich.

Sabrina liebte den kleinen Ort, mit ihm verband sie einige der glücklichsten Erinnerungen ihres Lebens. Irgendwie hatte Sigmund es geschafft, ihr eine wunderbare Kindheit zu bereiten. Manchmal war es ihr beinahe gelungen zu vergessen, dass *Mamma* sie einfach im Stich gelassen hatte.

Wirklich darüber hinweggekommen war sie jedoch nie. Wie sollte ein Kind auch verwinden, dass die eigene Mutter es nicht mehr haben wollte?

Jahrelang hatte Sabrina sich mit Schuldgefühlen gequält. Hatte sie ihre Mutter mit ihrem Verhalten vertrieben? War sie nicht brav, nicht folgsam genug gewesen? Wäre Sigmund nicht gewesen, der sie mit seiner Liebe geradezu überschüttete …

Sie bedauerte, dass es ein so trauriger Anlass gewesen war, der sie hierher zurückgeführt hatte. Vielleicht wäre es besser gewesen, wenn sie Schweden niemals verlassen hätte. Doch Sigmund war so stolz auf sie gewesen, als sie die Zusage von der Universität in Deutschland bekam. Er hatte darauf bestanden, dass sie sich diese Chance nicht entgehen lassen durfte.

„Wir sind bereits an dem Café vorbeigelaufen", bemerkte Jonas nach einer Weile und riss Sabrina damit aus ihren Gedanken. „Sie sind ganz offensichtlich mit dem Kopf ganz woanders. Wollen Sie mir nicht verraten, was Sie beschäftigt?"

Sie drehten um. „Entschuldigen Sie bitte", sagte Sabrina. „Ich dachte gerade an meine Kindheit zurück – obwohl ich mich wohl besser mit der Gegenwart beschäftigen sollte." Sie hatten das Café wieder erreicht, und Sabrina deutete auf einen freien Tisch im hinteren Bereich der Terrasse. „Was meinen Sie, wollen wir uns dort hinsetzen?"

Sie ging einfach los, ohne auf Jonas' Zustimmung zu warten. Reiß dich zusammen, rief sie sich selbst zur Ordnung. Sie bereute jetzt schon, dass sie seiner Einladung überhaupt gefolgt war. Mit ihm in einem romantischen kleinen Straßencafé zu sitzen bedeutete, mit dem Feuer zu spielen – und Sabrina hatte sich schon einmal an den Flammen verbrannt. Sie sollte einfach wieder aufstehen und gehen. Doch sie tat nichts dergleichen.

„Sie sind so still", sagte Jonas, nachdem die Bedienung ihre Bestellung – einen schwarzen Kaffee für Jonas und für Sabrina einen Cappuccino – aufgenommen hatte. „Habe ich was Falsches gesagt?"

Sabrina runzelte missbilligend die Stirn. „Sie gehen wohl immer automatisch davon aus, dass sich alles um Sie dreht, wie? Glauben Sie nur nicht, dass ich Ihre Absichten nicht durchschaue. Ihnen geht es nicht darum, sich mit mir zu versöhnen, Sie wollen nur Ihren Auftrag zu einem positiven Abschluss bringen!"

„Ob Sie es nun glauben oder nicht, dies sollte ein Friedensangebot sein." Er lächelte. „Wechseln wir also lieber das Thema. Vielleicht erzählen Sie mir ein wenig über Ihr Leben in Deutschland. Sie studieren Betriebswirtschaft, wie ich gehört habe?"

Sabrina war überrascht, dass er davon wusste. „Sie sind gut informiert", sagte sie anerkennend.

„Nun, ich habe mich natürlich ein bisschen schlaugemacht, nachdem wir nun Verhandlungspartner sind. Aber bevor wir uns doch nur wieder streiten: Wo genau in Deutschland studieren Sie denn? Ich habe einmal ein paar Monate in München gelebt und fand die Stadt einfach herrlich …"

Bald war ein reges Gespräch im Gange. Sabrina hätte niemals geglaubt, dass sie sich mit einem Mann wie Jonas überhaupt so angeregt unterhalten könnte. Und zu ihrer Überraschung musste sie feststellen, dass der Anwalt längst nicht so arrogant und unsympathisch war, wie sie angenommen hatte – ganz im Gegenteil! Es schien sogar eine Menge Gemeinsamkeiten zwischen ihnen zu geben. Beide liebten sie romantische Hollywoodkomödien und Musik mit viel Gefühl.

Sabrina begann, das Gespräch regelrecht zu genießen, ja, sie fing sogar an, ein wenig mit Jonas zu flirten – und als er ihr vertraulich eine Hand auf den Arm legte, ging ein Kribbeln durch ihren ganzen Körper.

Sie schaute ihn an. Seine Augen waren so grün wie die Wälder Dalarnas, und Sabrina hatte das Gefühl, sich in ihren unergründlichen Tiefen zu verlieren. Ihr Herz hämmerte jetzt wie verrückt, und das Atmen fiel ihr zunehmend schwerer. Was stellte dieser Mann bloß mit ihr an?

Und dann stieß jemand im Vorbeigehen gegen ihren Stuhl, und Sabrina kehrte wieder in die Realität zurück. Was sie hier machte, war unvernünftig – nein, schlimmer noch: Es war grundlegend falsch. Jonas vertrat die Interessen von Osvald Kron. Und der wollte Sigmund die Firma wegnehmen!

Auf einmal hielt sie es nicht mehr aus. Sie musste den Verstand verloren haben, als sie auf seine Einladung eingegangen war! Abrupt stand sie auf. „Tut mir leid, aber ich kann das nicht …"

Fragend schaute Jonas sie an. „*Was* können Sie nicht?"

„Mit Ihnen hier sitzen und …" Sabrina, deren Gefühle jetzt vollkommen verrücktspielten, schüttelte den Kopf. „Ich … Ich möchte nur einfach nach Hause, das ist alles."

Er zuckte mit den Schultern. „In Ordnung, wenn Sie unbedingt wollen. Ich zahle nur rasch die Rechnung, dann gehen wir."

„Ich kann für mich selbst bezahlen", schnappte Sabrina und kramte ihre Geldbörse aus der Handtasche hervor. Sie legte einen Schein auf den Tisch. „Und jetzt möchte ich mich verabschieden."

„Kommt überhaupt nicht infrage!" Jonas war ebenfalls aufgestanden und drückte ihr den Schein wieder in die Hand. „Ich zahle – und selbstverständlich werde ich Sie auch nach Hause begleiten. Immerhin habe ich Sie zu diesem Cafébesuch überredet, da werde ich Sie bestimmt nicht einfach allein zurückgehen lassen."

Da er sich von seinem Entschluss nicht abbringen ließ, lenkte Sabrina schließlich widerwillig ein. Um möglichst schnell nach Hause zu kommen, nahm sie eine Abkürzung. Der Weg, der sich mitten durch ein dichtes Waldstück schlängelte, war im Grunde nur ein Trampelpfad, der von Arbeitern benutzt wurde. Doch Sabrina, die ihre Jugend in der Gegend verbracht hatte, kannte jeden Quadratzentimeter wie ihre Westentasche.

Der harzige Duft der Bäume lag in der Luft, und sie spürte das weiche, federnde Erdreich unter ihren Füßen. Das Licht der tief stehenden Sonne fiel schräg durch die Bäume und tauchte den Wald in ein unwirkliches goldenes Licht. Sabrina fühlte sich fast wie in einem Traum. Sie blieb stehen und schloss die Augen.

„Ist alles in Ordnung?", hörte sie Jonas fragen. Sie spürte, dass er jetzt ganz dicht neben ihr stand, und der Klang seiner Stimme ließ ihr einen wohligen Schauer den Rücken hinunterrieseln. Wie konnte es sein, dass er ihre Sinne so verwirrte? Dass er in ihr den unbändigen Wunsch auslöste, ihn zu berühren?

Sie öffnete die Lider. Jonas stand unmittelbar vor ihr, so nah, dass ihr der markante Duft seines Aftershaves in die Nase stieg. Plötzlich schien die Welt um sie herum zu verblassen. Es gab nur noch ihn und sie, umfangen vom goldenen Leuchten des Waldes. Ihre Blicke begegneten sich, und Sabrina schluckte. Nur mit Mühe gelang es ihr, die Augen von Jonas abzuwenden.

Unwillkürlich beschleunigte sie ihre Schritte, um den Abstand zwischen ihnen zu vergrößern. Dabei übersah sie eine Baumwurzel, die ein paar Zentimeter aus der Erde ragte, und stolperte prompt.

Sie schrie auf – und fand sich in Jonas' Armen wieder. Er hatte sie aufgefangen. Als sie zu ihm aufblickte, sah sie das Verlangen in seinen Augen aufflammen. Sabrina vergaß all ihre guten Vorsätze, als er den Kopf senkte und sie zärtlich küsste.

Es war wie Magie. Schon sein erster Kuss hatte sie die Welt um sich herum vergessen lassen, doch jetzt erlebte Sabrina noch eine Steigerung.

Ihr Herz schlug Purzelbäume, und ihre Beine wurden so schwach, dass sie zu Boden gefallen wäre, hätte er sie nicht gehalten. Etwas Derartiges hatte sie noch nie erlebt – ja, sie hätte nicht einmal für möglich gehalten, dass es so etwas überhaupt geben konnte!

Jonas' Kuss war so süß wie Honig und zugleich sanft und fordernd. Diese köstliche Mischung brachte Sabrina schier um den Verstand. Ihre Gedanken drehten sich nur noch um ihn. In diesem Augenblick hätte sie ihre Seele verkauft, nur um bei ihm bleiben zu können.

Doch Jonas wollte nicht ihre Seele – ja, er wollte nicht einmal ihr Herz. Ihm ging es nur darum, dass sie endlich ihre Unterschrift unter Krons Kaufvertrag setzte.

Abrupt machte Sabrina sich von Jonas los und trat einen Schritt zurück.

„*Nej!*", stieß sie erschrocken hervor und schüttelte den Kopf. „*Nej!*"

Dann wandte sie sich brüsk ab und lief in Richtung *Ahlström Hemslöjdforening* davon, ohne noch einmal zurückzublicken.

Eine Gruppe von Arbeitern stand auf dem gepflasterten Innenhof von *Ahlström Hemslöjdforening*, als sie das Firmengelände erreichte. Sie spürte ihre neugierigen Blicke und hielt die Tränen zurück. Hastig stürzte sie an den Männern vorbei ins Haus. Erst als sie auf dem Bett ihres ehemaligen Mädchenzimmers lag, dessen Wände noch immer mit Pferdepostern dekoriert waren, und das Gesicht schluchzend in ihr Kissen vergraben konnte, ließ sie ihren Gefühlen freien Lauf.

Sie fühlte sich einfach schrecklich. Natürlich wusste sie, dass Jonas sie nur aus einem einzigen Grund geküsst hatte: Er versuchte, seine Chancen bei den Verkaufsverhandlungen um *Ahlstrom Hemslojdforening* zu erhöhen. Das wirklich Erschreckende daran war jedoch, dass es ihr tatsächlich gefallen hatte. Ja, sie war unter seinen Zärtlichkeiten förmlich dahingeschmolzen! Und genau dafür hätte Sabrina sich nun ohrfeigen können.

Hatte sie denn gar nichts aus der Vergangenheit gelernt? War sie durch die Erfahrung mit Daniel kein bisschen schlauer geworden?

Daniel Bonnert war für sie ein echter Traummann gewesen: Er sah gut aus und besaß vollendete Manieren. Als Sabrina ihm zum ersten Mal begegnete, hatte er sein Jurastudium gerade beendet, und vier Monate später waren sie bereits miteinander verlobt.

Als Daniel sie bat, ihm beim Aufbau seiner eigenen Kanzlei zu helfen, empfand sie das als einen Vertrauensbeweis, daher zögerte sie nicht lange. Wie auch Sigmund hatte sie nach dem Tod ihrer Mutter ein kleines Vermögen geerbt. Während Sigmund das Geld in *Ahlström Hemslöjdforening* investiert hatte, erschien es ihr nur natürlich, ihren Verlobten finanziell und mit einer Bürgschaft bei der Bank zu unterstützen.

Sie verstand heute selbst nicht mehr, wie sie sich zu einer solchen Dummheit hatte hinreißen lassen können. Doch Daniel schien ihr mehr als nur ihr Herz gestohlen zu haben – zeitweilig hatte wohl auch ihr Verstand ausgesetzt.

Viel zu spät erkannte sie, dass Daniel von Anfang an nicht an ihr als Person interessiert gewesen war. Einzig ihr Vermögen, von dem er durch einen gemeinsamen Bekannten erfahren hatte, hatte ihn gelockt. Er wollte Karriere machen, doch er stammte aus einem eher ärmlichen Elternhaus. Außerdem hatte er die Angewohnheit, das wenige Geld, das ihm zur Verfügung stand, mit vollen Händen auszugeben. Also fehlte es ihm am notwendigen Startkapital für eine eigene Kanzlei. Hier kam Sabrina ins Spiel. Sie durfte für die Erfüllung seines Traumes zahlen. Doch dieser Traum platzte schon nach knapp einem halben Jahr wie eine Seifenblase: Daniel wurde von früheren Mandanten einiger Fahrlässigkeiten überführt, die größere Schadenersatzforderungen nach sich zogen. Und plötzlich stand Sabrina allein da – mit gebrochenem Herzen und einem beachtlichen Berg Schulden, weil Daniel sich einfach aus dem Staub gemacht hatte und die Bank deswegen sie als Bürgen für Daniels Kredite in Anspruch nahm.

Sie war auf ihn hereingefallen, hatte ihm blindlings vertraut und das Lehrgeld für ihre Dummheit bezahlt.

Noch einmal würde sie sich nicht von einem Mann hinters Licht führen lassen.

Im ersten Moment hatte Jonas den Drang verspürt, Sabrina nachzulaufen, doch ihm war klar, dass sie das nicht gewollt hätte – und er ebenso wenig. So hatte er ihr nur nachgeschaut, bis sie schließlich aus seinem Blickfeld verschwunden war.

Besser fühlte er sich jedoch immer noch nicht. Eine ganze Weile stand er nun schon hier im Wald, den Blick starr nach vorn gerichtet, ohne auch nur den kleinen Finger zu rühren. Noch immer fühlte er sich wie betäubt. Nicht einmal sein Kopf schien mehr seinem Willen zu gehorchen. All seine Gedanken kreisten um Sabrina. Er wusste nicht, was in ihn gefahren war, sie zu küssen. Es widersprach seinem Vorsatz, sich nie wieder auf eine Frau einzulassen, mit der er geschäftlich zu tun hatte. Dennoch konnte er kaum an etwas anderes denken als daran, wie weich und sanft sich ihre Lippen auf den seinen angefühlt hatten.

Langsam setzte er sich in Bewegung und machte sich auf den Weg zurück zu Sigmund Ahlströms Haus. Er musste wahnsinnig geworden sein – anders konnte er sich sein Verhalten nicht erklären. Seinen ursprünglichen Plan, Sabrina bei einer Tasse Kaffee davon zu überzeugen, auf ein geringfügig höheres Kaufangebot einzugehen, hatte er jedenfalls gründlich vermasselt.

Es war schon eine Ironie des Schicksals, dass ausgerechnet ihm ein solcher Fehltritt unterlief. Ihm, der es eigentlich besser wissen sollte. Hatte Johanna ihm nicht deutlich gezeigt, wohin es führte, wenn man Privates und Geschäftliches miteinander vermischte? Und jetzt war er drauf und dran, denselben Fehler zu wiederholen und damit der Kanzlei seines Vaters den endgultigen Todesstoß zu versetzen!

Als er das Gästehaus erreichte, ging er direkt ins Schlafzimmer und nahm sein Mobiltelefon zur Hand. Unschlüssig drehte er es in den Händen. Sollte er Osvald Kron anrufen und ihm mitteilen, dass er sich nicht länger in der Lage sah, dessen

Interessen zu vertreten?

Doch wenn er das tatsächlich tat, dann war seine Karriere endgültig zu Ende. Seit der Katastrophe mit Johanna arbeitete er mit vollem Einsatz daran, die Kanzlei seines Vaters wieder auf die Beine zu bringen. Bisher war es ihm aufgrund seines lädierten Rufes nicht gelungen, zahlungskräftiges Klientel anzulocken. Durch Osvald Krons Auftrag sollte sich das Blatt nun endlich wenden. Jonas brauchte diesen Erfolg. Er benötigte ihn so dringend, dass er bereit war, fast alles dafür zu tun.

Aber auch, sich selbst dem Risiko auszusetzen, die schmerzlichste Erfahrung seines Lebens zu wiederholen?

Diese Frage konnte er sich selbst nicht beantworten. All die Monate war er besessen von dem Gedanken gewesen, das Vermächtnis seines Vaters zu bewahren und Johanna ihren Verrat eines Tages heimzuzahlen. Nun aber befand er sich in einer verfahrenen Situation. Was würde passieren, wenn er es nicht schaffte, diesen Auftrag erfolgreich zu Ende zu bringen? Kron war kein Mann, der darüber mit einem Schulterzucken hinwegging. Er würde sein Versagen mit Sicherheit öffentlich anprangern, und an die Folgen mochte Jonas nicht einmal denken.

Nein, er hatte keine Wahl: Er *musste* einfach erfolgreich sein! Und dieses Mal würde er nicht zulassen, dass sich ihm eine Frau in den Weg stellte …

Wann hast du dich eigentlich in einen dieser skrupellosen Winkeladvokaten verwandelt, denen jedes Mittel recht ist, um am Ende als Gewinner dazustehen? glaubte er plötzlich seinen Vater zu hören. *Hast du vergessen, worum es in unserem Beruf geht?*

Energisch schüttelte er den Kopf. Nein, das hatte er nicht vergessen. Es behagte ihm auch nicht, für einen Mann wie Kron zu arbeiten, dessen Motive mitunter recht zweifelhaft waren. Doch es blieb ihm einfach nichts anderes übrig, als seine Prinzipien ein wenig zu dehnen – nur so hatte er noch eine Chance, die Kanzlei Lavander zu retten.

Ganz gleich, was er für Sabrina empfand – er durfte sich davon nicht länger beeinflussen lassen. Es war an der Zeit, dass er wieder Herr über sein eigenes Handeln wurde. Die Vergangenheit durfte sich nicht wiederholen. Das würde er schlicht und einfach nicht zulassen.

Er schaltete das Telefon ein und wählte die Nummer seiner Kanzlei in Stockholm. Er hatte Glück, seine Sekretärin war noch da.

„Hören Sie", sagte er, „Sie müssen mir unbedingt einen Gefallen tun, Annelie. Ich brauche dringend eine Aufstellung sämtlicher Gläubiger von *Ahlström Hemslöjdforening* ... Ja, wenn es geht, heute noch. Würden Sie das bitte erledigen? Morgen können Sie dafür gerne früher gehen, ja? Vielen Dank, Sie sind ein Engel, Annelie. Schicken Sie mir die Liste einfach per E-Mail. Ja, bis dann."

Wenn er die Namen hatte, würde er gleich morgen früh die einzelnen Firmen anrufen und eine Abtretung der Forderungen gegenüber *Ahlström Hemslöjdforening* mit ihnen aushandeln.

Osvald Kron hatte ihm einen gewissen finanziellen Handlungsspielraum eingeräumt, den er nun zu nutzen gedachte. Wenn es ihm gelang, zumindest einige der Gläubiger zu überzeugen, ihm ihre Ansprüche gegen eine Zahlung von fünfundsiebzig Prozent der fälligen Summe zu überlassen, dann hatte er endlich etwas in der Hand, um Sabrina unter Druck zu setzen.

Er durchschaute ihre Pläne nämlich längst: Sie versuchte, ihn mit den Waffen einer Frau dazu zu bringen, ihr ein besseres Angebot für *Ahlström Hemslöjdforening* zu unterbreiten. Jonas kannte diese Vorgehensweise nur zu gut. Doch Sabrina hatte Pech, denn Johanna war ihr zuvorgekommen. Dank seiner Verflossenen wusste er, zu welchen Mitteln Frauen zu greifen bereit waren, wenn sie ein bestimmtes Ziel erreichen wollten. Nein, er würde sich gewiss nicht für ihre Zwecke einspannen lassen. Dazu hatte er zu viel Arbeit und Zeit in die Rettung der Kanzlei gesteckt. Auf keinen Fall würde er sie wegen einer Frau aufs Spiel setzen.

Auch nicht für Sabrina.

Denn Liebe, das hatte er auf die harte Tour gelernt, war nichts weiter als eine schöne Illusion.

„Du solltest wirklich Feierabend machen, Sabrina", sagte Inga einige Tage später. „Seit deiner Ankunft hast du dieses Büro kaum einmal verlassen. Du bist ja schon ganz bleich und hast Ringe unter den Augen."

Sabrina lachte leise. „Vielen Dank für das Kompliment."

„Das war nicht als Kompliment gemeint", erwiderte Inga streng. „Leg eine Pause ein. Ewig macht der Körper einen solchen Stress nicht mit – dasselbe habe ich versucht, deinem Vater zu erklären, aber er wollte ja nicht auf mich hören ..."

Seufzend fuhr Sabrina sich durchs Haar. Sie wusste ja, dass Inga recht hatte, doch sie konnte es sich einfach nicht erlauben, ausgerechnet jetzt kürzerzutreten. Ausruhen konnte sie immer noch, wenn sie eine Lösung für *Ahlström Hemslöjdforening* gefunden hatte.

„Ist der für mich?", fragte Sabrina, um abzulenken, und deutete auf den Briefumschlag, den Inga in der Hand hielt.

„Ach, den hätte ich ja beinahe vergessen!" Sie reichte ihn an Sabrina weiter, die ihn achtlos auf den Schreibtisch legte. „Und jetzt nimm endlich Vernunft an und mach Schluss für heute."

„Ich verspreche, dass ich heute nicht mehr lange arbeite. Nur noch ein paar Unterlagen, dann bin ich fertig."

Damit gab sich Inga zwangsweise zufrieden. Nachdem sie in die Küche gegangen war, um dort das Abendessen vorzubereiten, seufzte Sabrina. Von Sigmund, dem es schon etwas besser ging, hatte sie etwas Ähnliches zu hören bekommen, als sie ihn gestern im Krankenhaus besuchte hatte. Vielleicht nicht mit denselben Worten, doch die Botschaft war die Gleiche: Sie sollte sich eine Auszeit gönnen, nicht so viel arbeiten und sich vor allen Dingen nicht so viele Gedanken über die Zukunft der Firma machen.

„Du kannst nicht die ganze Welt retten", hatte Sigmund zu ihr gesagt. „Wenn du das versuchst, bist du schon von vorneherein zum Scheitern verurteilt."

Vielleicht stimmte das. Doch woher sollte sie es wissen, wenn sie es nicht zumindest versuchte? Außerdem ging es längst nicht mehr nur um die Firma.

Zwei Tage waren inzwischen vergangen, seit Jonas sie im Wald geküsst hatte. Zwei Tage, in denen kaum eine Sekunde vergangen war, ohne dass sie an ihn hatte denken müssen. Sie sehnte sich so sehr nach seiner Nähe, dass es schon beinahe körperlich schmerzte. Zugleich schrak sie aber auch jedes Mal zusammen, wenn sie aus dem Fenster blickte und ihn zum Gästehaus hinübergehen sah.

Absurd. Jonas verkörperte alles, was Sabrina auf dieser Welt verabscheute. Er war ein Anwalt, wie Daniel. Also hatte er gelernt, Menschen zu benutzen und zu manipulieren. Dass er sie, Sabrina, geküsst hatte, bedeutete nicht etwa, dass er irgendetwas für sie empfand. Nein, für ihn war der Kuss nur Mittel zum Zweck gewesen! Und in Sabrinas Fall war dieser Zweck nicht schwierig zu ermitteln: Er wollte sie dazu bringen, *Ahlström Hemslöjdforening* an seinen Mandanten zu verkaufen, und zwar zu dessen Konditionen.

Sie wusste das alles – zumindest so viel hatte sie aus dem Reinfall mit ihrem Exverlobten gelernt. Dennoch weigerte sich ein Teil von ihr noch immer, es zu akzeptieren, wollte nicht wahrhaben, dass Jonas jedes Mittel recht war, um einen Vertragsabschluss zu erreichen.

Seufzend barg sie das Gesicht in den Händen. Es musste ihr irgendwie gelingen, Jonas' leidenschaftliche Küsse aus ihrer Erinnerung zu verbannen. Vielleicht hatte er ja den Charmanten und Verständnisvollen gespielt, doch Sabrina wusste es besser. Sie würde nicht zulassen, dass etwas Derartiges noch einmal geschah, ganz gleich, wie gut es sich auch angefühlt hatte.

Sie wollte gerade aufstehen und Feierabend machen, wie sie es Inga versprochen hatte, als ihr Blick auf den Umschlag fiel, den Inga ihr gegeben hatte und der nun oben auf dem großen Stapel Mahnungen lag. Erst jetzt entdeckte sie das kleine Emblem, das ganz oben rechts auf das Kuvert gedruckt war.

„Oh Gott, die Bank!", stieß sie erschrocken hervor, riss den Umschlag auf und zog ein einseitiges Schreiben heraus. Sie wurde bleich, als sie den Text überflog. Ihre schlimmste Befürchtung erfüllte sich: Die Bank drohte, die laufenden Kredite aufzukündigen, wenn die fälligen Raten nicht schleunigst beglichen wurden.

Ein paar Minuten saß Sabrina einfach nur da, unfähig, einen klaren Gedanken zu fassen. Ihr Herz hämmerte wie verrückt, und ihre Gliedmaßen fühlten sich kalt und taub an. Tränen der Verzweiflung stiegen ihr in die Augen. Was sollte sie jetzt bloß tun? Wenn die Bank ihre Drohung tatsächlich wahr machte, dann bedeutete dies für *Ahlström Hemslöjdforening* das endgültige Aus. Die ausstehenden Beträge waren einfach zu hoch, als dass sie es schaffen konnte, sie rechtzeitig aufzubringen. Und am Ende drohte die Zwangsversteigerung …

Die Aussichtslosigkeit der Situation lastete wie ein Felsbrocken auf Sabrinas Seele. Jedes Mal, wenn sie glaubte, einen Schritt nach vorn gemacht zu haben, gab es kurz darauf ein Rückschlag. Wozu hatte sie die vergangenen Tage damit verschwendet, neue Vertriebspartner und Direktabnehmer zu suchen, wenn nun ohnehin alles in sich zusammenbrach? Die Handvoll kleiner Geschäfte, die sie eingefädelt hatte, würde bei Weitem nicht reichen, um die ausstehenden Verbindlichkeiten zu begleichen.

Was *Ahlström Hemslöjdforening* jetzt brauchte, war ein Wunder – oder ein richtig großes Geschäft, das realistische und kurzfristige Gewinne versprach, von denen sich sowohl die Bank als auch alle übrigen Gläubiger überzeugen ließen. Aber woher nehmen?

Und wenn sie nun doch an *Dalahästen Fabriket* verkaufte?

Kurz dachte sie darüber nach, dann schüttelte sie den Kopf. *Nej!* Noch immer regte sich ein letztes Fünkchen Widerstand in ihr. Sabrina wollte die Firma retten – und trotz aller Widrigkeiten war sie nicht bereit, aufzugeben. Wer wusste, was aus Sigmunds Lebenswerk wurde, wenn sie einem Verkauf zustimmte?

Es war schier aussichtslos, das wusste sie selbst, doch sie war wild entschlossen, weiterzukämpfen. Für Sigmund, aber nicht zuletzt auch für sich selbst. Sabrina wollte sich beweisen, dass sie aus einem anderen Holz geschnitzt war als ihre Mutter. Sie würde nicht aufgeben, nur weil nicht alles so lief, wie sie es sich vorstellte – auf gar keinen Fall!

Sie wollte gerade Schluss machen für heute, als ihr Handy klingelte. Es war Tanja, wie ein kurzer Blick aufs Display verriet.

Seufzend fuhr Sabrina sich durchs Haar. Ihr war überhaupt nicht nach Plaudern zumute – doch vielleicht war es ja wichtig.

„Sabrina?" Tanja klang ganz außer Atem vor Aufregung. „Hör zu, ich hab Neuigkeiten für dich. Du bist doch auf der Suche nach einem großen Auftrag für den Betrieb deines Vaters, nicht wahr?"

„Ja, sicher", erwiderte Sabrina irritiert. „Aber ..."

„Halt dich fest, Liebes – ich habe dir soeben nicht nur einen großen, sondern einen *riesigen* Auftrag an Land gezogen!"

6. KAPITEL

*E*in Wunder ...

Sabrina wusste nicht, wie ihr geschah. Sollte jetzt tatsächlich alles gut werden? Doch sie zwang sich zur Ruhe. Bloß nicht den Tag vor dem Abend loben! lautete Sigmunds Devise. Es war besser, sich erst einmal anzuhören, was Tanja zu sagen hatte.

„Was für einen Auftrag?", fragte sie deshalb skeptisch.

„Mensch, das ist alles so wahnsinnig aufregend!" Tanja konnte sich gar nicht beruhigen. „Also gut, ich fang am besten ganz vorne an. Ich hab doch diesen Nebenjob als Schreibkraft bei *Wohn(t)raum*, du weißt schon, die verkaufen Geschenk- und Dekoartikel. Durch Zufall habe ich also mitbekommen, wie Herr Krämer, das ist der Chef, sich mit dem Einkäufer gestritten hat. Es ging irgendwie um typisch schwedische Artikel. Da bin ich natürlich hellhörig geworden." Tanja lachte leise. „Ich bin ganz frech hin und hab gefragt, was denn los ist. Die beiden haben mich zuerst ziemlich schief angeguckt, sind aber schließlich doch mit der Sprache rausgerückt. Jedenfalls will Herr Krämer den Medienrummel um den bevorstehenden Nachwuchs im schwedischen Königshaus dazu nutzen, eine ganz große Kampagne mit Artikeln aus Schweden auf den Weg zu bringen. Nur hat sein Chefeinkäufer bisher kein vernünftiges Angebot gefunden, das auch zum Sortiment der Firma passt. Na ja, und da hab ich natürlich sofort an dich gedacht und *Ahlström Hemslöjdforening* vorgeschlagen."

„Du hast ..." Sabrina umklammerte das Handy so fest, dass ihre Fingerknöchel weiß hervortraten. Sie wagte kaum zu atmen. „Und was haben sie gesagt?"

„Stell dir vor, sie wollen es probieren! Ich soll kurzfristig einen Termin mit dir abstimmen, damit sie rüberkommen und sich das Unternehmen mal ansehen können. Tja, und wenn du es schaffst, sie zu überzeugen, dass eure Dala-Pferde und all die anderen hübschen Artikel genau das sind, wonach sie gesucht haben, winkt dir ein lukrativer Großauftrag. Na? Wie findest du das?"

Sabrina wusste nicht, ob sie lachen oder weinen sollte. War dies das Wunder, an das sie vorhin noch gedacht hatte? „Wie ich das finde?", fragte sie lachend. „Wenn du jetzt hier wärst, würde ich dir glatt um den Hals fallen! Das ist einfach fantastisch! Ich ..."

In diesem Moment fing ihr Handy an zu piepen, und das Gespräch wurde unterbrochen. Der Akku war leer. Mit einem leisen Fluch griff Sabrina nach dem Hörer des Festnetztelefons, um ihre Freundin zurückzurufen.

Sie konnte nicht glauben, was sie da gerade gehört hatte. Ein Auftrag von *Wohn(t)raum* könnte vielleicht wirklich die Rettung für *Ahlström Hemslöjdforening* bedeuten.

Sabrina würde alles dafür tun, Herrn Krämer und seinen Chefeinkäufer zu überzeugen. Wenn ihr das nicht gelang, konnte sie immer noch mit Jonas sprechen. Doch solange auch nur die geringste Hoffnung bestand, die Firma zu retten, würde sie nicht verkaufen.

Das war sie Sigmund einfach schuldig.

Nervös lief Sabrina im Vorzimmer des Bankdirektors auf und ab. „*God dag*, mein Name ist Sabrina Ahlström, und im Namen von Sigmund Ahlström möchte ich Sie bitten ...", murmelte sie konzentriert, unterbrach sich dann aber und schüttelte den Kopf. „*Nej*. Viel zu unterwürfig. Aber wie wäre es mit: Ich heiße Sabrina Ahlström, und ich habe einen interessanten Vorschlag mitgebracht, der Sie sicher überzeugen wird?"

Obwohl seit ihrem Telefonat mit Tanja nicht einmal zwei Tage vergangen waren, hatten sich doch in der kurzen Zeit einige sehr bedeutende Dinge ereignet.

Sie hatte Tanja auf der Stelle zurückgerufen und ein Treffen mit den Verantwortlichen bei *Wohn(t)raum* vereinbart, und zwar gleich für den folgenden Tag. Herr Krämer und sein Einkäufer Norbert Beier waren überaus interessiert gewesen. Und es schien ihnen tatsächlich sehr eilig damit zu sein, ihre schwedische Artikelserie auf den Markt zu bringen, denn Sabrinas doch ziemlich kurzfristiger Terminvorschlag war auf große Zustimmung gestoßen.

Gemeinsam hatte man sich nach einer kurzen Führung durch die Firma für eine Auswahl an Dala-Pferdchen entschieden, die nun erst einmal in kleiner Stückzahl hergestellt werden sollten, um zu sehen, wie sie auf dem deutschen Markt ankamen. Wenn alles gut lief, winkte *Ahlström Hemslöjdforening* ein Vertrag mit garantierten Abnahmemengen, der die Firma schon bald wieder in die schwarzen Zahlen bringen würde.

Sabrina konnte es immer noch nicht fassen. Jetzt galt es nur noch, ihre Zuversicht auch Bankdirektor Göransson zu vermitteln. Zu diesem Zweck hatte sie praktisch über Nacht ein Konzept zu Papier gebracht, das die aktuelle und zukünftige Entwicklung von *Ahlström Hemslöjdforening* anschaulich darstellte. Damit *musste* es ihr einfach gelingen, Göransson zu überzeugen!

Als sich endlich die Tür zum Büro des Direktors der Bank öffnete, atmete Sabrina erleichtert auf – bis sie Jonas ins Vorzimmer hinaustreten sah. Er stutzte, als er sie erblickte.

„Was machen Sie denn hier?", fragte sie und musterte ihn argwöhnisch. In den letzten Tagen war es ihr gelungen, ihm so weit wie möglich aus dem Weg zu gehen. Doch als er jetzt vor ihr stand, spürte sie gleich wieder das altbekannte Kribbeln im Bauch, und sie ärgerte sich, dass ihr Körper so auf ihn reagierte.

Jonas lächelte. „Tut mir leid, Sabrina, aber Ihnen das zu verraten würde gegen meine anwaltliche Schweigepflicht verstoßen."

Ehe Sabrina sich über seine Worte aufregen konnte, wurde sie von der Vorzimmerdame ins Büro des Bankdirektors gebeten. Bevor sie eintrat, wandte sie sich noch einmal an Jonas. „*Tack så mycket*, das ist mir bereits Auskunft genug", sagte sie knapp.

Er hatte also im Auftrag seines Klienten mit Direktor Göransson gesprochen – das bedeutete, dass er über ihr Ultimatum bei der Bank informiert war. Sie seufzte. Wie hatte er das nur geschafft? Gab es nicht auch so etwas wie ein Bankgeheimnis?

Nun, diese Frage war rein theoretisch – um Göransson beschuldigen zu können, müsste sie zunächst einmal stichhaltige

Beweise haben. Und selbst dann könnte sie es sich nicht erlauben, den Bankdirektor vor den Kopf zu stoßen. Dazu war sie viel zu abhängig von seiner Unterstützung. Innerlich brodelte es in ihr, doch nach außen hin gelang es ihr, eine kühle, beherrschte Fassade zu bewahren, als sie das Büro betrat.

„Bitte nehmen Sie doch Platz", wurde sie von Göransson begrüßt. „Sie haben um ein persönliches Gespräch mit mir gebeten – was kann ich also für Sie tun?"

Sabrina atmete tief durch. Dank Jonas hatte sie die ganze Einleitung vergessen, die sie sich im Vorzimmer des Direktors zurechtgelegt hatte. Schließlich beschloss sie, keine Zeit mit langen Vorreden zu verschwenden. „Ihnen ist sicherlich bereits bekannt, dass ich zurzeit die Geschäfte für meinen erkrankten Adoptivvater führe." Als Göransson nickte, fuhr sie fort. „Ich muss zugeben, dass ich zunächst über die finanzielle Lage von *Ahlström Hemslöjdforening* etwas erschrocken war. Mittlerweile sehe ich die Situation jedoch deutlich entspannter – und das nicht ohne guten Grund."

„Tatsächlich?" Ein Anflug von Interesse blitzte in den Augen des Bankdirektors auf. „Und was für ein Grund wäre das?"

„Nun, um Ihnen das genauer zu erklären, habe ich um diesen Termin gebeten", erwiderte Sabrina mit neu gefasstem Mut. Lächelnd öffnete sie die lederne Aktentasche, die sie bei sich trug, und reichte Göransson das Konzept, das sie in der vergangenen Nacht ausgearbeitet hatte. „Sie können den Unterlagen entnehmen, dass es mir gelungen ist, einen neuen Kunden für *Ahlström Hemslöjdforening* zu gewinnen, der Bestellungen in großer Stückzahl in Aussicht gestellt hat."

Der Bankier überflog die Unterlagen und nickte. „Ihr Einsatz für die Firma Ihres Adoptivvaters ist wirklich beeindruckend. Ich werde mir das einmal in Ruhe ansehen."

„Vielen Dank, aber …", nervös fuhr sie sich durchs Haar. „Entschuldigen Sie, ich will nicht unverschämt erscheinen, aber … Nun ja, wäre es möglich, dass Sie uns aufgrund dieser neuen Informationen noch einen Aufschub von acht Wochen gewähren, ehe über die Kredite von *Ahlström Hemslöjdforening* entschieden wird? Bis dahin bin ich wahrscheinlich in der Lage, Ihnen unterzeichnete Verträge vorzulegen."

Göransson runzelte die Stirn, und Sabrinas Mut sank. „Acht Wochen? Verstehen Sie mich nicht falsch, Frau Ahlström, ich finde Ihren Einsatz wirklich bewundernswert, und Ihre Pläne erscheinen mir auf den ersten Blick durchaus vielversprechend, aber acht Wochen sind eine lange Zeit. Ohne konkrete Sicherheiten kann ich eine so lange Frist nicht einräumen." Er schüttelte den Kopf. „Es tut mir wirklich leid, aber mehr als zwei Wochen kann ich Ihnen derzeit nicht geben. Wenn Sie uns bis dahin allerdings einen Vertrag vorlegen können, steht einer neuen Verhandlung von meiner Seite aus nichts im Wege."

Auf dem Rückweg zu *Ahlström Hemslöjdforening* fühlte Sabrina sich hin- und hergerissen zwischen Hoffnung und Besorgnis. Im Grunde konnte sie sich über das Ergebnis des Gesprächs mit dem Bankdirektor nicht beklagen. Es war zwar nicht ganz so gelaufen, wie sie es sich erhofft hatte, doch nichtsdestotrotz konnte sie mehr als zufrieden mit sich selbst sein. Immerhin hatte sie zwei Wochen Aufschub rausgehandelt. Und wenn alles so lief wie geplant und *Wohn(t)raum* mit *Ahlström Hemslöjdforening* einen Zuliefervertrag abschloss, dann konnte eigentlich gar nichts mehr schiefgehen. Jetzt musste sie nur noch die übrigen Gläubiger von ihrem Konzept überzeugen, aber auch das würde ihr noch gelingen, davon war sie überzeugt – bis sie ihren Mietwagen die Auffahrt von *Ahlström Hemslöjdforening* hinauflenkte.

Mehrere Lieferwagen waren am Rande der Einfahrt geparkt. Sabrina erkannte die Firmenaufschriften – es waren allesamt Zulieferer, die auf eine größere Summe warteten. Die Fahrer der Lieferwagen standen vor der Eingangstür und diskutierten aufgeregt mit Inga. Zu ihrem Ärger entdeckte Sabrina auch Jonas, der sich zwar diskret im Hintergrund hielt, jedoch äußerst interessiert zuhörte.

„Es tut mir leid, meine Herren", sagte Inga gerade. „Ich bin nicht befugt, irgendwelche Zahlungen an Sie zu tätigen. Bitte verstehen Sie, dass …"

„Wir warten schon eine halbe Ewigkeit auf unser Geld",
fiel ihr ein glatzköpfiger Mann in Arbeitshosen und kariertem
Hemd ins Wort. „Ich habe eine Familie zu ernähren und kann es
mir nicht leisten, Ihrem feinen Herrn Chef noch länger Kredit
zu gewähren!"

„Genau!", meldete sich ein anderer Mann zu Wort. „Wir
haben schließlich auch Rechnungen zu bezahlen!"

Sabrina straffte die Schultern und trat auf die Gruppe zu. „Um
was geht es hier bitte?"

Inga atmete erleichtert auf, als sie Sabrina erblickte. „Diese
Herren fordern Geld ein, das dein Vater ihnen angeblich schuldet. Ich habe keinen Überblick über die Firmenkonten. Kannst
du das bitte klären?"

„Sind Sie Sabrina Ahlström, die Adoptivtochter vom alten
Sigmund?", fragte einer der Männer. „Wir haben schon eine
Menge von Ihnen gehört."

Sabrina nickte knapp. „Ich hoffe, nur Gutes. Aber darf ich
fragen, was dieser Ansturm zu bedeuten hat? Hat sich Dalarna
in den vergangenen Jahren so sehr verändert, dass man geschäftliche Angelegenheiten hier nicht mehr wie zivilisierte Menschen
regelt?"

„Wir wollen unser Geld!", rief ein bärtiger, grob aussehender
Kerl aus der hinteren Reihe. „Wir lassen uns nicht mehr mit
faulen Ausreden vertrösten! Es ist Zahltag!"

Sie spürte, wie alle Anwesenden sie teils forschend, teils argwöhnisch musterten. Offensichtlich versuchten die Männer, sie
einzuschätzen, um herauszufinden, wie sie vorgehen würde.
Aber sie schienen wild entschlossen, nicht ohne ihr Geld – oder
wenigstens einen Teil davon – nach Hause zu gehen.

Sabrina räusperte sich. „Meine Herren, wie Sie sicher bereits
wissen, liegt mein Vater zurzeit im Krankenhaus. Die Ärzte erlauben es ihm nicht, sich mit geschäftlichen Angelegenheiten zu
befassen, deshalb habe ich in der Zwischenzeit die Leitung des
Unternehmens übernommen."

„Dann geben Sie uns eben unser Geld!"

„So einfach ist es leider nicht", erwiderte sie. „Ich habe die Buchhaltung in einem ziemlichen Durcheinander vorgefunden." Aufgeregtes Gemurmel wurde laut, als die Männer begriffen, worauf Sabrinas Rede hinauslaufen würde. „Bitte, ich kann Sie ja verstehen, meine Herren. Aber geben Sie mir doch die Chance, mir zuerst einen groben Überblick zu verschaffen."

„Aber wir warten schon so lange!", protestierte einer der Männer. Ein anderer, ein Kerl mit rundem Bauch und einem gezwirbelten Schnurrbart, legte ihm beruhigend eine Hand auf die Schulter.

„Reg dich nicht auf, Petter, es hat ja doch keinen Zweck. Komm, lass uns verschwinden. Du siehst ja, dass hier im Moment nichts zu holen ist!"

Zu Sabrinas Überraschung schaltete sich nun auch Jonas ein. „Die meisten von Ihnen arbeiten doch schon lange mit *Ahlström Hemslöjdforening* zusammen", wandte er sich an die Männer. „Gab es in all der Zeit niemals eine Situation, in der Sigmund Ahlström Ihnen einen Gefallen getan hat? Für Lieferschwierigkeiten Verständnis hatte zum Beispiel, oder vielleicht hat er einen großzügigen Vorschuss gezahlt? Können Sie da nicht seiner Tochter gegenüber heute auch ein wenig nachsichtig sein?" Die Männer senkten, einer nach dem anderen, den Blick. „Auf ein paar Tage mehr oder weniger kommt es doch nun auch nicht an, oder, meine Herren?"

„Das sagen Sie so einfach", erwiderte Petter hitzig. „Aber Ihnen reißt Ihre Frau auch nicht den Kopf ab, wenn Sie ohne Geld nach Hause kommen. Meine Krista kennt da keine Gnade!"

Allgemeines Gelächter erklang, und Sabrina atmete erleichtert auf. Sie hatte bereits befürchtet, die Situation könnte eskalieren, doch zum Glück war es so weit nicht gekommen. Und das hatte sie nicht zuletzt Jonas zu verdanken. Doch darüber wollte sie lieber nicht nachdenken.

Begeistert waren die Männer natürlich nicht, dass sie unverrichteter Dinge wieder gehen mussten, dennoch blieben sie, abgesehen von leisem Murren und Knurren, verhältnismäßig ruhig.

Als sie weg waren, drehte Sabrina sich zu Jonas um. „Warum

mischen Sie sich in Dinge ein, die Sie nichts angehen?"

Er blinzelte überrascht. „Wie bitte? Ich wollte nur helfen – und das ist der Dank?"

„Dank erwarten Sie, ja?" Sie trat einen Schritt näher auf ihn zu. „Die Gläubiger meines Vaters tauchen völlig unangekündigt hier auf und verlangen auf der Stelle ihr Geld – und Sie waren einfach nur *rein zufällig* in der Nähe?"

Jonas maß sie mit einem kühlen Blick. „Wollen Sie damit andeuten, ich hätte etwas mit diesem Menschenauflauf zu tun?"

„Stellen Sie sich nicht so dumm, das kaufe ich Ihnen nicht ab. Sie haben mich vor dem Büro des Bankdirektors gesehen und konnten sich denken, dass ich ihn um einen Zahlungsaufschub bitten wollte. Und nur für den Fall, dass mir das gelingt, haben Sie diese Männer aus dem Dorf zusammengetrommelt, um sie gegen mich aufzuhetzen." Sie sah, wie er erbleichte. „Na? Wie nahe komme ich der Wahrheit? Oder habe ich sogar ins Schwarze getroffen?"

„Und warum hätte ich dann für Sie Partei ergreifen sollen?"

„Damit ich Ihnen nicht auf die Schliche komme. Aber bilden Sie sich nicht ein, dass ich mich so leicht hinters Licht führen lasse!"

„Sie glauben doch nicht im Ernst, dass ich zu solchen Methoden greifen würde!"

„Ach nein? Und was ist mit dem Kuss im Wald? Wollten Sie mich damit nicht auch beeinflussen? ‚Die Ahlström frisst mir bald aus der Hand', das waren doch Ihre Worte, nicht wahr?"

Kaum hatte Sabrina sie ausgesprochen, bereute sie ihre harschen Worte auch schon wieder. Sie sah, wie seine Miene sich schlagartig verfinsterte. War sie zu weit gegangen?

„So denken Sie also über mich?" Als sie nichts erwiderte, nickte er. „Also schön. Nun, ich kann Ihnen versichern, dass so etwas nicht wieder vorkommen wird. Aber Sie sollten nicht vergessen: Zu einem Kuss gehören immer noch zwei."

Mit diesen Worten wandte er sich ab und ging zum Gästehaus zurück. Sabrina blickte ihm lange hinterher, selbst als er längst im Gebäude verschwunden war. Er hatte schon recht: Sie war ebenso an diesem verfluchten Kuss beteiligt gewesen wie er. Der Unterschied war allerdings, dass Jonas von Habgier und Berechnung angetrieben wurde, sie hingegen ... Nun, vielleicht ließ es sich am besten als vorübergehender Anfall von charakterlicher Schwäche bezeichnen.

Ob Jonas tatsächlich dafür verantwortlich war, dass die Gläubiger ihres Vaters hier aufgetaucht waren? Sabrina wusste es nicht. Im ersten Augenblick war ihr dieser Verdacht äußerst logisch und sehr naheliegend erschienen. Aber wirklich sicher sein konnte sie sich nicht.

Sie kehrte ins Haus zurück, doch das leise Gefühl von Enthusiasmus, das sie nach dem Gespräch mit dem Bankdirektor verspürt hatte, war verflogen.

Die steile Falte, die sich nach seinem Streit mit Sabrina auf Jonas' Stirn gebildet hatte, wollte einfach nicht mehr verschwinden. Er ging ins Badezimmer, ließ kaltes Wasser ins Waschbecken laufen und tauchte sein Gesicht hinein. Doch als er kurz darauf prustend wieder auftauchte und einen Blick in den Spiegel warf, war sie noch immer da.

Förbannat, Sabrina ...

Verdammt! Er konnte es einfach nicht fassen. Diese Frau unterstellte ihm die miesesten Praktiken, dabei wusste sie doch so gut wie gar nichts über ihn!

Jonas liebte seinen Beruf. Er hatte allerdings eine Weile gebraucht, um das zu begreifen und sein Studium zum Leidwesen seines Vaters nicht immer ernst genommen. Sein alter Herr und er waren deshalb oft in Streit geraten. Jonas hatte nicht einsehen wollen, dass der Beruf des Anwalts Ernsthaftigkeit, Disziplin und absolute Prinzipientreue voraussetzte. Erst der Tod seines Vaters hatte ihm die Augen geöffnet. Von jenem Tag an war er nicht mehr derselbe gewesen wie zuvor. Er stürzte sich mit Feuereifer in sein Studium; Partys und Frauengeschichten, wie sie vorher für ihn an der Tagesordnung gewesen waren, interessierten ihn nicht mehr.

Heute konnte Jonas von sich behaupten, dass er den Maximen

seines Vaters stets treu geblieben war. Er war nicht die Sorte Anwalt, die den Verlockungen des schnellen Geldes erlagen, und es gehörte zu seinen ehernen Grundsätzen, sich niemals auf irgendwelche dubiosen Machenschaften einzulassen. Und nun setzte ausgerechnet Sabrina – eine Frau, die er erst so kurze Zeit kannte – ihn mit all den Rechtsverdrehern und Winkeladvokaten gleich, die er sein ganzes Leben lang verachtet hatte.

Vielleicht hätte ihn der Vorwurf nicht einmal so sehr getroffen, wäre in den letzten Tagen die Versuchung nicht tatsächlich immer größer geworden, gegen seine eigenen ungeschriebenen Gesetze zu verstoßen. Es musste ihm irgendwie gelingen, seinen Auftrag zu einem positiven Abschluss zu bringen, die Zukunft seiner Kanzlei hing davon ab.

War das Grund genug, ein einziges Mal seinen eigenen strengen Ehrenkodex ein wenig zu beugen?

Er verließ das Badezimmer. Sein Blick fiel auf den Schreibtisch, auf dem gut ein halbes Dutzend Schuldscheine lagen, die er in den vergangenen Tagen einigen Gläubigern von *Ahlström Hemslöjdforening* abgekauft hatte.

Es war ihm als eine gute Idee erschienen, die Forderungen zu übernehmen, um Sabrina damit unter Druck setzen zu können. Umso mehr lösten ihre Vorwürfe nun ein vollkommen irrationales Schuldgefühl in ihm aus.

Er fühlte sich von ihr ertappt, obwohl er bislang nicht mehr getan hatte, als über die Möglichkeit nachzudenken, die Schuldscheine als Druckmittel einzusetzen. Dabei konnte es ihm eigentlich vollkommen egal sein, was sie von ihm hielt – doch das war es nicht.

Es ließ sich kaum länger verleugnen, dass er sich weit stärker zu ihr hingezogen fühlte, als gut für ihn war. Er wollte Sabrina nicht begehren, sträubte sich mit aller Kraft gegen derartige Gefühle, sobald sie aufkeimten. Doch zu seinem eigenen Ärger musste er feststellen, dass er sich manchmal mehr für Sabrinas Wohlergehen interessierte als für den Erfolg seines Auftrags. Wenn es ihm nicht bald gelang, wieder zur Vernunft zu kommen, dann riskierte er alles, was er sich im Laufe der vergangenen Monate erarbeitet hatte.

Es erschien ihm wie eine Ironie des Schicksals, dass im selben Moment eine SMS seines Auftraggebers auf seinem Handy einging.

„Ihre Zeit läuft ab, Lavander", stand dort geschrieben. „Ein guter Rat: Enttäuschen Sie mich nicht!"

*S*abrina schreckte hoch, als es am nächsten Morgen in aller Herrgottsfrühe an ihrer Tür klopfte. „Sabrina, komm schnell! Das musst du dir ansehen." Schon Ingas aufgeregter Tonfall ließ vermuten, dass etwas Schlimmes passiert sein musste.

„Das darf einfach nicht wahr sein!", stöhnte Sabrina, als sie das Chaos erblickte. In dem umgebauten Viehstall, in dem die Farben und Lacke gelagert wurden, waren große Eimer mit der roten Grundfarbe umgestoßen worden, ihr Inhalt hatte sich über den Fußboden ergossen. Kleine Lackdosen lagen palettenweise überall verstreut, die meisten hatten sich geöffnet und waren ausgelaufen. Auch vor den großen Kanistern mit Lösungsmittel, das für die Reinigung der Pinsel benutzt wurde, waren die Randalierer nicht zurückgeschreckt. Der beißende Geruch von Terpentin erfüllte die Luft, obwohl die breiten Torflügel des Depots weit aufgerissen waren.

„Ich verstehe das auch nicht", sagte Inga traurig. „In all den Jahren, die ich nun schon für deinen Vater arbeite, ist so etwas noch nie passiert!"

Zutiefst erschüttert barg Sabrina das Gesicht in den Händen und kämpfte die aufsteigenden Tränen zurück. Ausgerechnet jetzt, wo sie alles Material so dringend für den Probeauftrag von *Wohn(t)raum* benötigten, drang jemand ins Lagerhaus ein, um ein Bild der Zerstörung zu hinterlassen. Das kam Sabrina mehr als verdächtig vor.

Doch ob Zufall oder nicht, der Vandalismus traf die Firma zu diesen schweren Zeiten besonders empfindlich, denn Sigmund war seit Monaten nicht mehr in der Lage gewesen, Versicherungsprämien zu zahlen. Sabrina würde es natürlich trotzdem versuchen, aber sie glaubte nicht, dass die Versicherung auch nur eine Krone zahlen würde, um den Schaden zu begleichen.

Entmutigt ließ sie die Schultern hängen. Ohne die Farben gab es keine Chance, den Auftrag von *Wohn(t)raum* zu erfüllen. Die benötigten Mengen nachzukaufen erlaubte die derzeitige finanzielle Situation des Unternehmens einfach nicht. Ohne Geld keine Farben, ohne Farben kein Auftrag, und ohne Auftrag kein Geld. Es war ein Teufelskreis, und Sabrina wusste nicht, wie sie ihn durchbrechen konnte. Sie vermochte zurzeit gerade einmal genug Geld aufzubringen, um die Löhne und Gehälter der Mitarbeiter am Ende des Monats auszuzahlen. Und schon dafür hatte sie hart kämpfen müssen. Mehr Kapital stand beim besten Willen nicht zur Verfügung.

Das Geräusch von Schritten, die sich näherten, riss sie aus ihren Gedanken.

Es war Jonas.

„Was wollen Sie?", fragte sie barsch. Inga flüchtete zurück ins Haus – wahrscheinlich ahnte sie, dass es zwischen dem Anwalt und Sabrina bald zum Streit kommen würde. „Sind Sie hier, um sich an meinem Unglück zu weiden?"

Er runzelte die Stirn. „Auf jeden Fall bin ich nicht gekommen, um mir Ihre haltlosen Anschuldigungen anzuhören."

„Jetzt tun Sie doch nicht so scheinheilig!", entgegnete sie bitter. „Hinter dieser Sache steckt jemand, der um jeden Preis verhindern will, dass ich mit der Rettung von *Ahlström Hemslöjdforening* Erfolg habe. Und mir fällt nur eine Person ein, die sich davon einen Vorteil versprechen könnte!"

Sabrina glaubte, Wut in seinen Augen sehen zu können. Wut und noch etwas anderes. Enttäuschung? „Moment mal – jemand ist hier im Lagerhaus eingedrungen, und schon verdächtigen Sie mich?"

„Nun hören Sie doch endlich auf, sich zu verstellen. Sie haben irgendwie erfahren, dass ich für *Ahlström Hemslöjdforening* einen großen Auftrag an Land gezogen habe. Ihnen war natürlich klar, dass ein Verkauf für mich nicht infrage kommt, solange auch nur der Hauch einer Chance besteht, das Ruder noch einmal herumzureißen. Deshalb haben Sie ein paar zwielichtige Gestalten engagiert, um mich zu sabotieren." Sie schaute ihm direkt in die Augen. „Sie haben sich bestimmt nicht selbst die Finger schmutzig gemacht, sondern die Drecksarbeit von jemand anderem erledigen lassen."

„Das ist wirklich Ihr Ernst? Sie glauben, dieser Einbruch in Ihr Lagerhaus geht auf mein Konto?" Fassungslos schüttelte er den Kopf. „Das ist doch absurd!"

„Ganz im Gegenteil – es ist vollkommen logisch: Niemand außer Ihnen hat ein Interesse daran, meinen Plan zu behindern. Sigmunds Gläubiger können sich jedenfalls an einer Hand ausrechnen, dass sie auf diese Weise ihr Geld erst recht nicht bekommen. Nein, mir fällt nur eine Person ein, die etwas davon hat, dass ich mit meinem Versuch, *Ahlström Hemslöjdforening* zu retten, scheitere. Und diese Person sind Sie!" Sie wies auf die offene Scheunentür. „Und jetzt gehen Sie bitte. Ich wäre Ihnen sehr verbunden, wenn Sie das Gästehaus bis heute Abend räumen. Sagen Sie Inga Bescheid, wenn Sie Hilfe mit Ihrem Gepäck benötigen. Sie wird einen Arbeiter schicken, der Ihnen zur Hand geht."

Für einen Moment sah es so aus, als wolle Jonas protestieren, aber dann wandte er sich einfach ab und verließ das Lager. Sabrina blickte ihm nach, Tränen brannten ihr in den Augen, doch sie vergoss keine einzige davon.

Jonas war es nicht wert, dass sie um ihn weinte.

„Was ist mit dir, *min älskling*?", fragte Sigmund, als Sabrina ihn am nächsten Tag im Krankenhaus besuchte. Jonas hatte am vergangenen Abend in aller Stille das Gästehaus verlassen und war in eine Frühstückspension im Ort gezogen, die, da die Messe zu Ende war, wieder Zimmer frei hatte. Seltsamerweise fühlte sie sich deswegen kein bisschen erleichtert.

Ganz im Gegenteil sogar.

Sigmund richtete sich mühsam in seinem Bett auf und maß seine Adoptivtochter mit einem forschenden Blick. Er hatte ihr schon immer gleich angesehen, wenn ihr etwas auf der Seele lag – ob es nun eine schlechte Note in Chemie war oder Liebeskummer. Sigmund konnte sie nichts vormachen.

„Versuch gar nicht erst, mich zu täuschen, ich kenne dich zu gut. Dich bedrückt etwas."

Seufzend ergriff Sabrina seine linke Hand, die sich klamm

und kühl anfühlte. Es ging ihm besser, aber er war noch längst nicht wieder gesund. Der Arzt hatte ihr erklärt, dass Sigmunds Allgemeinzustand ihn noch immer besorgt stimmte. Obwohl sein Herz keine Probleme mehr machte, war er sehr schwach und ermüdete schnell. Sabrina wollte ihn nicht aufregen, deshalb winkte sie ab, obwohl sie doch wusste, dass es keinen Sinn hatte, ihn anzulügen. „Es ist nichts von Bedeutung, *Pappa*. Das Wichtigste ist jetzt, dass du wieder auf die Beine kommst."

Sigmund schüttelte den Kopf. „Du hast schlechte Nachrichten wegen der Firma, nicht wahr?"

„Der Arzt hat gesagt …"

„Wen interessiert schon, was dieser Quacksalber redet? *Min älskling*, ich weiß, dass *Ahlström Hemslöjdforening* kurz vor dem Konkurs steht. Ich habe weiß Gott lange darum gekämpft, die Katastrophe aufzuhalten, doch am Ende ist es mir nicht gelungen. Inzwischen habe ich mich mit dem Gedanken abgefunden, dass ich die Firma nicht mehr länger halten kann. Und das solltest du auch tun."

Sabrina spürte, wie sich in ihrer Kehle ein Kloß bildete. Nicht ein einziges Mal hatte Sigmund ihr aus der Sache mit Daniel einen Vorwurf gemacht. Aber jetzt, da er seine geliebte Firma verlieren würde, hätte sie erwartet, dass er sie zumindest mitverantwortlich machen würde. Tränen verschleierten ihr den Blick. „Aber ich … ich wollte doch …"

„Quäl dich nicht so, mein Kind. Ich weiß, dass du alles versucht hast, um *Ahlström Hemslöjdforening* vor dem Verkauf zu retten." Ein Lächeln huschte über sein Gesicht. „Wahrscheinlich hast du dem guten Lavander das Leben ganz schön schwer gemacht. Aber man muss auch einsehen können, wenn man verloren hat. Verkauf die Firma, Sabrina. Nimm Lavanders Angebot an, und der Kampf ist vorüber."

Energisch schüttelte Sabrina den Kopf. „Auf gar keinen Fall! Ich werde nicht an Kron verkaufen. Nach all den miesen Tricks, mit denen dieser sogenannte *Anwalt* mich weichklopfen wollte, werde ich nicht vor ihm zu Kreuze kriechen!"

„Um Himmels willen, was ist denn passiert, *min älskling*?"

Sigmund musterte sie forschend. „Hat dieser Lavander dir was angetan?"

„*Nej!*", beeilte sie sich, ihn zu beruhigen. „Aber die Art und Weise, wie er seine Verhandlungen führt, gefällt mir einfach nicht. Ich habe es dir bisher nicht erzählt, aber vorgestern Nacht ist jemand ins Lager eingedrungen und hat es vollkommen verwüstet. Alle Farben sind unbrauchbar geworden. Ich verdächtige Jonas, dass er etwas damit zu tun hatte. Oder vielleicht war Kron es selbst – ich weiß es nicht …"

„Genau deshalb bitte ich dich, hör auf mich und verkaufe endlich. Ich kenne Jonas Lavander nicht besonders gut, seinen Auftraggeber dafür umso besser. Osvald Kron ist gewohnt, mit harten Bandagen zu kämpfen."

„Damit wird er bei mir nicht weiterkommen", entgegnete Sabrina mit mehr Zuversicht, als sie empfand. „Wenn jeder ihm diese Methoden durchgehen lässt, dann wird er niemals damit aufhören."

„Glaubst du im Ernst, dass du ihn aufhalten kannst?"

Sabrina seufzte. „Ich weiß es nicht – aber ich muss es wenigstens versuchen. Ich bin einfach noch nicht bereit, mich geschlagen zu geben. Ich habe eine Idee, wie ich genug Geld aufbringen könnte, um neue Farben zu beschaffen."

„Ach ja? Und wie?"

„Nun, ich dachte, ich könnte an deine Mitarbeiter appellieren, auf einen Teil ihres Lohns zu verzichten, um ihre Arbeitsplätze zu retten."

Sigmund schüttelte den Kopf. „Das wird niemals funktionieren."

„Es muss einfach", erwiderte Sabrina. „Es muss."

„Aber seht ihr denn nicht, was der Verkauf der Firma für euch bedeuten würde?" Einige Stunden nach ihrem Besuch bei Sigmund musste Sabrina sich eingestehen, dass er recht behalten hatte.

Die Betriebsversammlung, die sie kurzfristig einberufen hatte, verlief ganz und gar nicht so, wie sie es sich vorgestellt hatte. Abgesehen von wenigen Ausnahmen war kein Mitarbeiter dazu bereit, auch nur auf den geringsten Anteil seines Gehalts zu verzichten. Natürlich konnte Sabrina das verstehen, trotzdem hatte sie auf ein wenig mehr Entgegenkommen gehofft.

„Schon möglich, dass Sie recht haben", meldete sich Bengt Söderdal, einer der Schnitzer, zu Wort. Er hatte schon seit Beginn der Versammlung Stimmung gegen Sabrina und ihren Plan gemacht. Und mit viel Lärm und aggressivem Auftreten war es ihm gelungen, die meisten seiner Kollegen auf seine Seite zu ziehen. „Aber wer ist denn schuld an den Problemen, in denen die Firma steckt?", sprach er weiter. „Wir etwa?"

Zustimmendes Gemurmel wurde laut, und Sabrinas letzte Hoffnungen schwanden. Dabei spürte sie deutlich, dass die Leute Angst um ihre Jobs hatten. Und das keineswegs ohne Grund, denn niemand konnte sagen, was passieren würde, wenn Osvald Kron oder ein anderer Käufer die Leitung übernahm. Doch das bedeutete leider nicht, dass Sigmunds Mitarbeiter auch bereit waren, sich finanziell an der Rettung des Unternehmens zu beteiligen.

Allen war klar, dass die Firma kurz vor der Pleite stand, und insgeheim gingen die meisten wohl davon aus, dass Sigmund einfach falsch gewirtschaftet hatte. Das war nachvollziehbar, da sie nicht wissen konnten, wie es tatsächlich zu der verfahrenen Situation gekommen war. Entsprechend war die Stimmung unter den Arbeitern nicht gerade friedlich.

„Ihnen und Ihrem feinen Herrn Vater geht es doch nur darum, Ihre eigene Haut zu retten. Was aus uns kleinen Leuten wird, ist Ihnen doch vollkommen egal. Aber für die Fehler, die Sigmund Ahlström gemacht hat, sollen wir geradestehen!"

Sabrina sah ein, dass sie verloren hatte, als die Männer unter der Führung von Bengt Söderdal die Halle verließen. Kettil und ein paar weitere altgediente Mitarbeiter blieben zurück, um Sabrina ihre Loyalität zu versichern. Darüber freute sie sich natürlich, doch geholfen war ihr damit auch nicht.

Sie brauchte Geld, um die Farben und Lacke zu ersetzen, die bei der Verwüstung des Lagers vernichtet worden waren. Wenn ihr das nicht gelang, dann konnte sie den Auftrag von

Wohn(t)raum nicht erfüllen – und dann war alles aus.

Enttäuscht zog sie sich in Sigmunds Arbeitszimmer zurück. Wozu mache ich das eigentlich alles? fragte sie sich. *Für wen gebe ich mir all diese Mühe, wenn ohnehin von vorneherein alles zum Scheitern verurteilt ist?*

Schließlich nahm sie den Stapel Rechnungen, der vor ihr auf der Tischplatte lag, und beförderte ihn kurz entschlossen in eine leere Schublade. Danach fühlte sie sich seltsamerweise wie befreit. Selbstverständlich half dieses Vorgehen nicht dabei, die Schwierigkeiten der Firma zu lösen, doch wenigstens war – zum ersten Mal seit ihrer Anreise – der Schreibtisch frei.

Als Sabrina hörte, dass Inga hereinkam, blickte sie auf und zwang sich zu einem Lächeln. „Es ist nicht ganz so gelaufen, wie ich gehofft habe. Aber vielleicht habe ich auch einfach zu viel erwartet."

„Nimm es den Leuten nicht übel", entgegnete Inga tröstend. „Im Grunde wissen sie, dass Sigmund kein kapitalistischer Ausbeuter ist, egal, was Bengt Söderdal sagt. Aber viele der Männer haben Familien. Da können sie nun mal nicht so einfach auf einen Teil ihres Lohns verzichten, auch nicht vorübergehend."

Seufzend barg Sabrina das Gesicht in den Händen. „Glaubst du, das weiß ich nicht? Aber ich sehe nun mal keine andere Möglichkeit, das Geld zusammenzubekommen, um den Auftrag von *Wohn(t)raum* zu erfüllen und die Firma zu retten." Sie schüttelte den Kopf. „Es ist alles so sinnlos …"

„Weißt du was?", sagte Inga plötzlich. „Du kommst jetzt mit mir zur Geburtstagsfeier meines Neffen." Als Sabrina protestieren wollte, hob sie die Hand. „*Nej*, keine Widerrede. Ein wenig Abwechslung ist genau das, was du im Moment brauchst."

Sabrina gab sich geschlagen. Sie kannte diesen Tonfall von Inga nur zu gut und wusste, dass sie sich jeden Protest sparen konnte.

Die Geburtstagsfeier fand auf einem Bauernhof bei Mora statt. Als Inga und sie in Sigmunds klapprigem Volvo vorfuhren, war das Fest schon in vollem Gange. Auf einer kleinen Bühne spielte eine Band – nicht ganz perfekt, dafür aber mit großem Enthusiasmus – Songs aus den 60er- und 70er-Jahren.

Sofort hob sich Sabrinas Stimmung ein wenig. Vielleicht hatte Inga recht gehabt, und sie brauchte einfach ein wenig Ablenkung, um wieder einen klaren Kopf zu bekommen.

Nachdem sie dem Geburtstagskind gratuliert hatten, ging Sabrina weiter zum Buffet, während Inga ein Schwätzchen mit der Frau ihres Neffen hielt. Jemand drückte ihr ein Glas Sekt in die Hand, und sie wollte gerade einen Schluck nehmen, als sie Jonas in der Menge der Feiernden erblickte.

Ihre Stimmung sank augenblicklich in den Keller. Jonas, der mit einer hübschen Brünetten über die Tanzfläche wirbelte, schien sich dafür umso besser zu amüsieren.

Das kurze Kleid betonte die üppigen Rundungen von Jonas' Tanzpartnerin beinahe schon ein wenig zu auffällig. Der Rock schwang bei jeder Drehung hoch, sodass viel Bein hervorblitzte. Und immer wenn Jonas etwas zu ihr sagte, lachte die junge Frau übertrieben herzlich.

Sabrina fand die Art, wie sie sich an Jonas heranmachte, ziemlich plump – aber ihn schien das nicht sonderlich zu stören. Typisch Mann!

Nanu? Du bist doch nicht etwa eifersüchtig?

Unfug! Eifersüchtig ist man nur wegen jemandem, den man mag – und davon kann bei Jonas ja wohl kaum die Rede sein!

Doch so ganz konnte Sabrina das nagende Gefühl, das sie beim Anblick von Jonas mit der hübschen Brünetten beschlich, nicht abstellen. Und dass sie sich durchaus zu Jonas hingezogen fühlte, ließ sich auch nicht leugnen. War da am Ende doch mehr, als sie sich selbst eingestehen wollte?

Da schaute er plötzlich in ihre Richtung, und die Zeit schien stillzustehen. Ein Blick seiner atemberaubend grünen Augen reichte aus, damit ihr Herz schneller schlug und ihre Knie weich wurden.

Hastig wandte sie sich ab, doch Jonas hatte sie natürlich gesehen. Er kam zu ihr herüber – allein, wie Sabrina nicht ohne Erleichterung feststellte. „*Hej*", sagte er. „Was für ein Zufall, dass wir uns hier begegnen! Der Großmutter des Gastgebers gehört die Pension, in der ich untergekommen bin. Sie hat mich zu dieser Feier eingeladen." Lächelnd streckte er die Hand nach ihr aus. „Möchten Sie tanzen?"

Einen Augenblick lang war Sabrina versucht, seiner Aufforderung zu folgen, doch natürlich würde sie nichts dergleichen tun. Es wäre unvernünftig, ja, sogar gefährlich. Umso erschrockener war sie über sich selbst, als sie das Sektglas abstellte, ihre Hand in Jonas' legte und ihm auf die Tanzfläche folgte.

Als sie angekommen waren, ging gerade ein Rocksong zu Ende, und die Band stimmte eine langsame Ballade an.

Sabrina schluckte hart, als Jonas sie in seine Arme zog. Ihr Herz klopfte so heftig, als wollte es zerspringen. Jonas' Nähe ließ sie schwindlig werden. Sein männlicher Duft raubte ihr schier den Verstand. Wie Wachs fühlte sie sich in seinen Armen, als er sich mit ihr sanft im Rhythmus der Melodie wiegte.

Es kam ihr vor wie ein wunderschöner Traum. Eng aneinandergeschmiegt standen sie inmitten der anderen Partygäste, doch Sabrina fühlte sich, als wären sie vollkommen allein auf der Welt.

Sie schaute in Jonas' Augen und hatte das Gefühl, darin versinken zu müssen. Sein Blick nahm sie gefangen, und sein warmer Atem raubte ihr den Verstand.

Sei vernünftig! warnte eine innere Stimme. *Lass dich nicht zu etwas hinreißen, das du hinterher nur bereuen kannst!*

Doch als er sanft mit dem Handrücken über ihre Wange strich, zerstoben auch die letzten Zweifel in einem Funkenregen purer Leidenschaft. Ihr Körper reagierte wie von selbst, als sie sich noch näher an ihn schmiegte.

Dies war nicht einfach nur ein Tanz. Irgendwo tief in ihr hatte sich ein Feuer entzündet, das sich jetzt in ihrem ganzen Körper ausbreitete. Sie spürte, wie seine Hitze sie verzehrte. Sosehr sie sich auch dagegen sträubte, sie war willenlos in Jonas' Armen. Er führte, ja, er dominierte sie. Es war eine außergewöhnliche Erfahrung, wie Sabrina sie noch nie gemacht hatte. Verlockend und wunderbar, gleichzeitig aber auch zutiefst beängstigend.

„Ich habe gehört, dass Sie eine Mitarbeiterversammlung einberufen haben", sagte er so leise, dass es sonst niemand hören konnte. „Und auch, dass es nicht besonders gut gelaufen ist. Ich hoffe, Sie glauben mir, dass es mir wirklich leid für Sie tut."

Um ein Haar wäre Sabrina aus dem Takt geraten. Seine Worte hatten sie abrupt wieder auf den Boden der Tatsachen zurückgeholt. Was war bloß in sie gefahren, sich so von ihm einlullen zu lassen? Rasch machte sie sich von Jonas los und verließ die Tanzfläche. Sie lief an den Feiernden vorbei und verschwand hinter dem Zelt, in dem das Buffet aufgebaut war. Niemand sollte sehen, wie aufgewühlt sie war. Außerdem hoffte sie, Jonas auf diese Weise abschütteln zu können.

Doch er kam ihr nach.

„Ich habe es vollkommen ernst gemeint", sagte er. „Es tut mir leid, dass Sie die Mitarbeiter nicht von Ihren Plänen überzeugen konnten. Und ich möchte noch einmal klarstellen, dass ich mit dem Einbruch in das Lager nichts das Geringste zu tun habe."

Er schaute ihr direkt in die Augen, und Sabrina konnte beim besten Willen keine Verschlagenheit, keine Lüge in seinem Blick erkennen.

Aber du bist nicht gerade Expertin auf dem Gebiet, wie du schon einmal bewiesen hast, nicht wahr, Sabrina?

Trotzdem spürte sie, wie ihr Herzschlag sich unwillkürlich wieder beschleunigte. Sie wollte ihm glauben, wollte in seine Arme sinken und sich von ihm trösten lassen. Aber wenn sie es geschehen ließ – was würde dann passieren?

Sie schüttelte den Kopf. „Erwarten Sie wirklich, dass ich Ihnen vertraue?"

„Ich würde niemals zu solchen Mitteln greifen, Sabrina. Es gibt durchaus schwarze Schafe in meiner Branche, aber …"

„Oh ja, die gibt es allerdings", fiel Sabrina ihm ins Wort. „Das weiß ich nur zu gut!"

Jonas stutzte. „Sie haben schlechte Erfahrungen mit einem Kollegen gemacht? Was ist geschehen? Sind Sie falsch beraten worden? Hat er Sie über den Tisch gezogen?"

„So könnte man es auch nennen." Sie lachte bitter auf. „Wenn ich eines aus der Vergangenheit gelernt habe, dann, niemals einem Anwalt zu vertrauen."

„Was ist passiert?", fragte Jonas noch einmal leise. Er trat näher und legte ihr tröstend eine Hand auf die Schulter. „Manchmal hilft es, darüber zu sprechen …"

Sabrina schaute ihn an. Ihr war, als könnte sie bis auf den Grund seiner Seele blicken. Und plötzlich glaubte sie ihm. Sie wusste, dass er für den Einbruch ins Lagerhaus ebenso wenig verantwortlich war wie für den Besuch von Sigmunds Gläubigern ein paar Tage zuvor.

„Ich weiß gar nicht, warum ich damit überhaupt angefangen habe", flüsterte sie. „Ich …"

Er küsste sie. Sabrina hatte das Gefühl, im siebten Himmel zu sein, so wunderbar fühlten sich seine warmen weichen Lippen auf den ihren an. Sein Kuss war leidenschaftlich, fordernd und ungestüm, er raubte ihr fast den Atem.

Sie dachte nicht mehr an ihre Sorgen um Sigmund oder seine Firma. Sie vergaß sogar die Pleite mit der Mitarbeiterversammlung. Es gab nur noch Jonas und sie, und das genügte vollkommen.

Langsam ließ er die Hände über ihren Rücken wandern und umfasste ihren Po, was ein erwartungsvolles Kribbeln zwischen ihren Oberschenkeln auslöste. Sie presste sich an ihn. Ihr Atem ging stoßweise. Die Konsequenzen interessierten sie nicht. Morgen würde sie sich vielleicht an ihren Schwur erinnern, dass so etwas zwischen Jonas und ihr nie wieder vorkommen würde, doch jetzt zählte nur der Augenblick. Auch wenn sie es vielleicht schon in ein paar Stunden bitter bereute, sie wollte ihm ganz nahe sein, seine Wärme spüren. Ihre Haut brannte regelrecht unter seinen Liebkosungen, wie sie es bei keinem Mann vor ihm erlebt hatte.

Und dann hörte sie, wie jemand ganz in der Nähe laut auflachte, und landete mit voller Wucht wieder auf dem Boden der Realität. Abrupt machte sie sich von Jonas los und stolperte einen Schritt zurück. Er wirkte zunächst überrascht, dann schien er zu begreifen, was in ihr vorging. Er wollte auf sie zukommen, doch Sabrina hob abwehrend eine Hand. „*Nej!*", stieß sie atemlos hervor. „Komm mir nicht zu nahe. Denn wenn du es doch tust, kann ich für nichts mehr garantieren."

Jonas stand da und schaute Sabrina einfach nur an. Wie schön sie war. Es fiel ihm schwer, seine Erregung zu verbergen. Sie zu küssen, ihren berauschenden Duft einzuatmen und die Hitze ihres Körpers zu spüren konnte keinen Mann kaltlassen. Nur mit Mühe widerstand er der Versuchung, sie einfach wieder an sich zu ziehen und zu akzeptieren, was dann unweigerlich geschehen würde.

Doch natürlich tat er nichts dergleichen.

Stattdessen nickte er.

„Du hast recht, wir sollten das nicht tun. Es tut mir leid, ich hätte dich nicht in eine solche Lage bringen dürfen. Aber ich will, dass du weißt, dass ich es nicht getan habe, um dich zu irgendetwas zu drängen."

Das stimmte sogar. Er hatte wieder einmal vollkommen die Kontrolle über sich selbst verloren – dabei wusste er doch, wohin so etwas führte.

Nervös fuhr Sabrina sich mit der Hand durchs Haar. Sie wirkte plötzlich sehr verunsichert. „Ich denke, es ist besser, wenn ich jetzt zu Inga zurückgehe", entgegnete sie heiser. „Ich …" Sie schüttelte den Kopf.

„Gut." Er nickte. „Dann komme ich morgen zu dir in die Firma."

Er sah, wie sie unmerklich erschauerte – ob aus Widerwillen oder weil sie die Begegnung mit ihm herbeisehnte, konnte er nicht erkennen. Die leidenschaftliche Reaktion, die ihr Körper gerade auf seine Berührung gezeigt hatte, war ihm jedenfalls nicht entgangen. Jetzt aber gab sie sich wieder kühl und reserviert.

„Du wirst dich kaum davon abhalten lassen." Sie verschränkte die Arme vor der Brust. „Vielleicht hast du ja recht, und wir sind tatsächlich in der Lage, uns wie zwei vernünftige Menschen zu unterhalten, ohne uns gleich die Augen auszukratzen oder übereinander herzufallen."

Ein leichtes Lächeln huschte über seine Lippen. „Ich denke,

Ersteres sollten wir ohne Probleme hinbekommen – das andere könnte da, soweit es mich betrifft, etwas schwieriger werden."

Sabrina erwiderte sein Lächeln nicht. Sie nickte ihm knapp zu, dann ließ sie ihn einfach stehen und verschwand in der Menge der Feiernden.

Eine Weile lang stand Jonas noch da und blickte ihr nach. Zum dritten Mal hatten sie einander nun schon geküsst, und mit jedem Mal kam es ihm natürlicher, richtiger vor. Doch spätestens seit Johanna wusste er, dass er sich auf sein Bauchgefühl besser nicht verließ. Und sein Verstand sagte ihm, dass es ein schwerwiegender Fehler wäre, zuzulassen, dass Sabrina sich zwischen ihn und die Erfüllung seines Auftrags stellte.

Er durfte nicht vergessen, dass Kron seine letzte Chance war, die Kanzlei Lavander zu retten. Wenn es ihm gelang, den Unternehmer zufriedenzustellen, würden vielleicht weitere Aufträge folgen. Ein Misserfolg hingegen würde das endgültige Aus bedeuten.

Dazu durfte es nicht kommen.

Die Kanzlei war das Vermächtnis von Vilmar Lavander. Schlimm genug, dass er nicht mehr erlebt hatte, wie sich sein größter Wunsch erfüllte und Jonas in seine Fußstapfen trat. Er musste es irgendwie schaffen, das Ruder noch einmal herumzureißen.

Um jeden Preis?

Wieder glaubte er die Worte seines Vaters in seinen Ohren nachhallen zu hören: Ein guter Anwalt handelt stets nach seinem Gewissen – und er wird niemals seine eigenen Prinzipien verraten.

Doch was sagte es ihm, sein Gewissen? War er nicht in erster Linie seinem Klienten und dessen Interessen verpflichtet?

Jonas wusste natürlich längst, dass sich die finanzielle Lage von *Ahlström Hemslöjdforening* noch weiter verschärft hatte. Zudem befanden sich die Schuldscheine einiger Gläubiger der Firma in seinem Besitz. Selbstverständlich war ihm klar, dass dies ein geradezu idealer Zeitpunkt war, um das Kaufangebot seines Klienten mit Nachdruck zu erneuern.

Sollte er also nicht endlich reagieren?

Er verabschiedete sich vom Gastgeber und ging zu seinem Wagen. Die Lust auf ein fröhliches Beisammensein war ihm wirklich vergangen. Die Fahrt nach Storfjället legte er dumpf vor sich hin brütend zurück. Als er den Ortseingang passierte, kam ihm ein schwarzer Mercedes entgegen. Für den Bruchteil einer Sekunde begegnete er dem Blick der Fahrerin. Jonas blinzelte irritiert. War das nicht …?

Nein, vollkommen unmöglich. Sie konnte es nicht sein, auch wenn die junge Frau am Steuer ihr wirklich verblüffend ähnlich sah.

Und doch …

„Johanna?", murmelte er ungläubig.

Schließlich schüttelte er den Kopf. Vollkommener Unfug! Er wusste doch, dass Johanna in diesem Augenblick in ihrer mit sündhaft teuren Designermöbeln eingerichteten Kanzlei saß, die im höchsten Bürogebäude des noblen Stockholmer Stadtteils Södermalm gelegen war.

Ein kleines Kaff in Dalarna war sicher nicht der Ort, an den es eine erfolgreiche Anwältin wie sie verschlug. Vielleicht hatte die Frau in dem Mercedes Johanna ja tatsächlich ein bisschen ähnlich gesehen, aber wahrscheinlich hatte er sich das auch nur eingebildet.

Eine andere Erklärung gab es nicht.

Sabrina stand am Fenster ihres Schlafzimmers und beobachtete die Arbeiter, die zum Feierabend aus der Fertigungshalle strömten.

Sie hatte den Raum den ganzen Tag über noch nicht verlassen und Inga informiert, dass sie heute nicht ins Büro kommen würde. Was für einen Sinn hatte es schließlich noch, sich für die Firma ins Zeug zu legen, wenn von ihrer Mühe nur der nächste Besitzer von *Ahlström Hemslöjdforening* profitieren würde?

Doch der wahre Grund, warum sie sich so elend fühlte und sich vor der ganzen Welt verstecken wollte, war Jonas. Immer wenn sie die Augen schloss, sah sie ihn vor sich. Verflixt, so konnte das doch nicht weitergehen!

In ihrem Kopf herrschte ein heilloses Chaos. Warum fühlte sie sich bloß immer wieder zu den falschen Männern hingezogen? Zuerst zu Daniel und nun auch noch zu Jonas.

Nach der Sache mit ihrem Exverlobten hatte sie eigentlich gedacht, sie wäre endgültig geheilt. Jetzt jedoch sah es so aus, als würde sie mit Jonas noch einmal auf denselben Typ Mann hereinfallen.

Daniel war es nie um sie, Sabrina, als Person gegangen. Es war lediglich ihr Vermögen gewesen, das ihn gereizt hatte. Und obwohl Sabrina es sich einzureden versuchte, in Wahrheit hatte sie sich von dem Tiefschlag, den er ihr versetzt hatte, nie wirklich erholt. Sie war nicht mehr die Frau, die sie vor der Begegnung mit ihm gewesen war. Aber immerhin hatte sie aus dieser Erfahrung eine Lehre gezogen. Zumindest hatte sie das bislang immer geglaubt. Was für eine Ironie des Schicksals, dass sie auf dem besten Weg war, den größten Fehler ihres Lebens noch einmal zu begehen. Dazu durfte es nicht kommen.

Niemals.

Der Hof leerte sich, doch Sabrina blieb weiter am Fenster stehen. Sie zwang sich, nicht an Jonas oder Daniel zu denken, doch was brachte das? Stattdessen grübelte sie über die ungewisse Zukunft von *Ahlström Hemslöjdforening* nach.

Seufzend schüttelte sie den Kopf. Das Schicksal schien sich wirklich gegen sie verschworen zu haben. Nichts, was sie derzeit anfasste, funktionierte. Jonas hatte ihr gegen ihren Willen den Kopf verdreht, und *Ahlström Hemslöjdforening* stand trotz all ihrer Anstrengungen vor dem Bankrott.

Als sie plötzlich Jonas auf dem Hof erblickte, blinzelte sie irritiert – doch dann fiel ihr wieder ein, dass er ja angekündigt hatte, heute noch einmal vorbeizukommen.

Sabrina kniff die Augen zusammen, als eine weitere Person den Hof betrat: Bengt Söderdal, der Unruhestifter von der Mitarbeiterversammlung. Was hatten die beiden Männer miteinander zu schaffen? Jedenfalls konnte kein Zweifel daran bestehen, dass sie einander kannten. Das war mehr als offensichtlich, so wie Jonas nun wild gestikulierend auf Söderdal einredete. Sie wünschte, sie könnte verstehen, worüber die beiden redeten.

Natürlich!

Mit einem Mal fiel es ihr wie Schuppen von den Augen. Jonas hatte Söderdal engagiert, ihr, Sabrina, Schwierigkeiten zu machen.

Sie fühlte sich wie vor den Kopf gestoßen. Konnte das wirklich sein? Immerhin hatte er gestern noch so vertrauenerweckend gewirkt. Wieder einmal war es ihm gelungen, sie zu täuschen. *Na warte!* Sie ballte die Hände zu Fäusten, wirbelte herum und lief die Treppe ins Erdgeschoss hinunter. Als sie die Haustür aufriss und ins Freie stürmte, zuckten die beiden Männer wie ertappt zusammen.

„Sabrina, ich ...", fing Jonas an, doch sie ließ ihn gar nicht erst aussprechen.

„Du Schuft!", fauchte sie. „Glaubst du im Ernst, mit diesem billigen Trick kommst du durch?" Sie warf Söderdal einen vernichtenden Blick zu. „Und was Sie betrifft, so hoffe ich, dass er Ihnen genug bezahlt hat! Sie können sich morgen früh im Büro Ihre Papiere abholen!"

„Aber ..."

„Kein Aber – Sie sind entlassen, Bengt. Was soll ich mit Leuten anfangen, die sich von der Konkurrenz kaufen lassen? Ich muss meinen Mitarbeitern vertrauen können – und dieses Vertrauen haben Sie mit Ihrem Verhalten verspielt. Es tut mir leid, aber das ist mein letztes Wort!"

Mit hängenden Schultern schlurfte der Arbeiter davon. Sabrina konnte kein Mitleid für ihn empfinden. Er hatte Sigmund und die Firma verraten.

„Können wir uns wie zwei zivilisierte Menschen darüber unterhalten?", fragte Jonas und schüttelte den Kopf. „Ich kann dir alles erklären, Sabrina, wenn du ..."

„Nenn mir einen Grund, warum ich dir zuhören sollte. Du hast einen meiner Mitarbeiter gekauft, damit er auf der Mitarbeiterversammlung meine Versuche, die Firma zu retten, blockiert."

„*Nej*", erwiderte Jonas ernst. „Das habe ich nicht getan."

Sabrina konnte nicht glauben, dass er selbst jetzt noch die Frechheit besaß, seine Intrige zu leugnen. „Ach nein? Und was hattest du dann gerade mit Söderdal zu schaffen? Du willst mir doch nicht etwa erzählen, dass ihr euch rein zufällig nach Feierabend hier über den Weg gelaufen seid. Was war es also? Wollte er den Lohn abholen, den du ihm für seine Dienste versprochen hast?", fauchte sie. „Du solltest ihm einen Bonus zahlen, denn er hat seinen Job wirklich gut gemacht!"

Er schüttelte den Kopf. „Was immer du Söderdal vorwirfst, ich habe damit nichts zu tun", versicherte er vehement. „Natürlich erkläre ich dir gerne, warum ich ihn mir vorgeknöpft habe – aber nicht hier. Ich kenne ein hübsches Restaurant im Ort. Lass uns dorthin fahren, etwas essen und uns in Ruhe unterhalten."

„Ich soll mit dir essen gehen?" Sabrina war fassungslos. „Du bist ja verrückt! Ganz sicher nicht. Wenn du mir etwas zu sagen hast, dann hier und jetzt!"

Er hob eine Braue. „Du kennst meine Bedingungen. Also?"

Sabrina zögerte. Warum sollte sie ihm die Gelegenheit geben, alles zu erklären? Würde er sie nicht doch wieder nur um den Finger wickeln? Und was für einen Unterschied machte es schon, ob sie ihm glaubte oder nicht? Es änderte doch nichts an der Tatsache, dass sie Gegner waren. Und sie tat gut daran, das nie wieder zu vergessen.

„Bitte, Sabrina, hör mich an. Ich denke, ich kann dir sagen, auf wessen Gehaltsliste Söderdal steht."

Seine Worte machten sie neugierig. Selbst wenn er nicht die Wahrheit sagte, so wollte sie doch hören, was er zu sagen hatte. Sie nickte.

„Glaub mir, du triffst die richtige Entscheidung", sagte Jonas ernst.

„Warum habe ich dann das Gefühl, einen großen Fehler zu machen?"

Er schwieg.

Von der Terrasse des kleinen Restaurants in Orsa aus hatte man einen wunderbaren Blick auf den Orsasee. Das Wasser schimmerte im klaren nordischen Licht des Sommerabends, und die Luft war mild und frisch.

Sabrina, die Jonas gegenüber an einem der mit rot-weiß karierten Tüchern gedeckten Tische saß, atmete tief durch. Sie konnte nicht umhin, die Schönheit der Natur und die friedliche Stille zu genießen. Nach all dem Ärger und den Problemen der vergangenen Tage war dies eine willkommene Abwechslung. Dass sie diese Abwechslung ausgerechnet Jonas verdankte, versetzte ihrer Euphorie allerdings einen Dämpfer.

„Sagtest du nicht etwas von einem Restaurant im Ort?"

„Nun, ich sagte nicht, welchen Ort ich meine, oder?"

Seufzend schüttelte Sabrina den Kopf. „Spar dir deinen Charme. Ich bin mitgekommen, weil ich neugierig auf deine Version der Geschichte bin. Ob ich dir glaube, entscheide ich dann später."

„Das ändert nichts daran, dass es die Wahrheit ist", erwiderte Jonas.

Der Kellner brachte den bestellten Wein. Jonas probierte ihn, und als er nickte, wurden ihre Gläser gefüllt.

„Also gut, was hast du mir zu sagen?"

Er atmete tief durch. „Zuallererst möchte ich dir noch einmal versichern, dass ich weder die Gläubiger noch die Mitarbeiter von *Ahlström Hemslöjdforening* gegen dich aufgehetzt habe – aber ich bin mir ziemlich sicher, zu wissen, wer dafür verantwortlich ist."

„Das sagtest du bereits."

„Ich habe Bengt Söderdal vorhin auf dem Hof zusammen mit einer weiteren Person gesehen. Sie haben sich unterhalten, und Söderdal erhielt einen Umschlag, in dem sich vermutlich eine größere Summe Bargeld befand."

Ungeduldig trommelte Sabrina mit den Fingerspitzen auf dem Tisch. „Würdest du vielleicht mal zum Wesentlichen kommen? Wer soll diese ominöse weitere Person gewesen sein?"

„Es handelt sich um eine Anwältin", erwiderte Jonas. „Ihr Name ist Johanna Ingvarsson."

Sabrina war fast ein wenig enttäuscht. „Ich habe noch nie von ihr gehört. Was sollte sie gegen mich haben?"

„Die Frage kann ich dir leider nicht beantworten. Ich war selbst überrascht, sie hier zu sehen. Aber eins weiß ich genau: Ihr Treffen mit Bengt Söderdal kann nichts Gutes für dich bedeuten. Im Gegensatz zu mir hat Johanna nämlich keine Skrupel, zur Erreichung ihrer Ziele auch unlautere Methoden anzuwenden."

„Du scheinst diese Frau ja wirklich sehr gut zu kennen", stellte Sabrina fest, und zu ihrer eigenen Überraschung versetzte ihr diese Erkenntnis einen eifersüchtigen Stich. Unwillkürlich fragte sie sich, was Jonas mit dieser Johanna Ingvarsson zu tun haben mochte. Dabei ging sein Privatleben sie nun wirklich nichts an.

Er nahm einen Schluck von seinem Wein. „Ja, das stimmt", erwiderte er ausweichend. „Ich kenne Johanna wahrscheinlich besser als die meisten anderen Menschen. Weit besser jedenfalls, als gut für mich war."

Sabrina schüttelte den Kopf. „Und das ist jetzt die Wahrheit? Woher soll ich wissen, dass du diese Anwältin nicht nur erfunden hast, um den Verdacht von dir abzulenken?"

Er runzelte die Stirn. „Du bist wirklich sehr misstrauisch."

„Dazu habe ich auch allen Grund."

Der Kellner kam, um ihre Bestellungen aufzunehmen. Jonas bestellte *Älgstek med sås och stekt potatis* – Elchbraten mit Soße und Bratkartoffeln –, Sabrina, die kaum noch Appetit verspürte, lediglich einen gemischten Salat. Sie wartete, bis der Ober gegangen war, dann nahm sie sofort den Gesprächsfaden wieder auf. „Du behauptest also, diese Frau spielt mit unsauberen Mitteln gegen mich. Nun, selbst wenn das stimmt: Warum erzählst du mir das?" Sie schüttelte den Kopf. „Eigentlich sollte es dir doch gelegen kommen, dass diese Johanna dir die Drecksarbeit abnimmt. Wenn es ihr gelingt, mich in die Knie zu zwingen, profitierst du doch am Ende davon."

„Johanna wird ihre eigenen Gründe haben, warum sie gegen dich intrigiert. Ich kenne sie gut genug, um zu wissen, dass sie niemals etwas ohne Hintergedanken tut. Also muss ich davon ausgehen, dass es eine weitere Partei gibt, die sich für die Firma deines Vaters interessiert. Und das wären schlechte Nachrichten für mich."

„*Okej*. Aber glaubst du denn wirklich, ich würde an jemanden wie sie verkaufen?"

Jonas zuckte mit den Schultern. „Woher soll ich das wissen? An mich willst du schließlich nicht verkaufen. Vielleicht ist Johanna ja in der Lage, dir ein besseres Angebot zu machen."

„Ein besseres Angebot …" Sabrina lächelte, aber es war ein trauriges Lächeln, das Jonas fast das Herz brach. Der Wunsch, sie in die Arme zu schließen und zu beschützen, wurde fast übermächtig, doch er durfte ihm nicht nachgeben. Sabrina und er waren geschäftlich nach wie vor Gegenspieler, und daher war sie für ihn tabu – er sollte endlich anfangen, sich auch entsprechend zu verhalten!

Trotzdem berührte es ihn, als sie schließlich sagte: „Ich weiß, dass mir am Ende kaum etwas anderes übrig bleiben wird, als *Ahlström Hemslöjdforening* zu verkaufen. Und wenn es tatsächlich so weit ist, dann wird meine Wahl ganz sicher nicht auf jemanden fallen, der versucht hat, mich auszubooten. Aber das letzte Wort hat auf jeden Fall Sigmund."

„Du hängst sehr an ihm, nicht wahr?"

„Er ist wie mein Vater und mein bester Freund in einer Person. Meinen richtigen – leiblichen – Vater habe ich kaum gekannt. Er starb, als ich vier war, und in den Jahren davor war er fast ständig auf Geschäftsreise."

„Das muss schwer für dich gewesen sein."

„Viel schwerer war es, als *Mamma* uns verlassen hat. Sie ist einfach fortgegangen, ohne ein Wort des Abschieds und …" Sie atmete tief durch und schüttelte den Kopf, als könnte sie so die unangenehmen Erinnerungen verscheuchen. „Sigmund hat mir geholfen. Er war immer für mich da, ersetzte mir Mutter und Vater zugleich. Und das, obwohl wir nicht einmal blutsverwandt sind. Ich habe Sigmund mehr zu verdanken, als ich jemals in Worte fassen kann. Deshalb kämpfe ich ja so darum, dass er seine Firma nicht verliert."

Gegen seinen Willen empfand Jonas Bewunderung für diese

starke Frau, die sich so für ihren Adoptivvater einsetzte. Er verstand sehr gut, was Sabrina antrieb: Liebe und Dankbarkeit. Doch im Gegensatz zu den meisten Menschen, die nur davon sprachen, handelte Sabrina auch danach.

„Ich bin sicher, dass es nicht so schlimm kommen wird, wie du jetzt vielleicht glaubst", versuchte er, sie zu trösten. „Am Anfang wird es für deinen Vater sicherlich eine Umstellung sein, aber so geht es doch den meisten Menschen, wenn sie in den Ruhestand treten. Wie alt ist er eigentlich? Sechzig? Fünfundsechzig?"

Sabrina lächelte. „Er wird im nächsten Februar achtundsechzig."

„Und glaubst du nicht, dass er es sich in diesem Alter verdient hat, einen geruhsamen Lebensabend zu verbringen, anstatt sich immer noch mit irgendwelchen geschäftlichen Angelegenheiten herumzuärgern?"

„Wenn es um jemand anderen ginge, würde ich dir sicherlich zustimmen, aber *Pappa* ist anders als die meisten Menschen. Er lebt für die Firma. Ich fürchte, dass er zugrunde geht, wenn man sie ihm wegnimmt."

Für einen Moment herrschte betroffenes Schweigen, dann kam der Kellner mit dem Essen. Das *Älgstek* war köstlich, doch Jonas hatte keinen Appetit mehr. Sabrina schien es ganz ähnlich zu gehen, denn sie schob die Salatblätter lediglich mit der Gabel auf dem Teller herum.

„Schmeckt es dir?", fragte Jonas trotzdem.

Sabrina rang sich ein eindeutig gequält wirkendes Lächeln ab. „Ja, schon, es ist nur … Nun ja, die Sorge um meinen Vater schlägt mir auf den Magen. Er hat so viel für mich getan, und jetzt, wo er mich braucht, bin ich nicht in der Lage, ihm zu helfen." Zu seinem Entsetzen glaubte Jonas Tränen in ihren wunderschönen Augen glitzern zu sehen. „Immer wenn ich denke, ich habe es geschafft, kommt der nächste Rückschlag. Ich stand so kurz davor, *Ahlström Hemslöjdforening* vor dem Ruin zu retten, aber jetzt …" Sie straffte die Schultern. „Warum erzähle ich dir das eigentlich? Meine persönlichen Probleme dürften dich herzlich wenig interessieren."

Jonas wusste, dass sie recht hatte – theoretisch. Zu seinem eigenen Verdruss interessierte er sich aber ganz im Gegenteil sehr für Sabrinas Sorgen. Und das passte so überhaupt nicht zum Bild des kompetenten Anwalts, das er gern an seine Klienten vermitteln wollte. Osvald Kron wäre entsetzt, wenn er wüsste, was sein Rechtsberater gerade trieb.

Dennoch konnte er den Wunsch, Sabrina zu helfen, nicht unterdrücken. Es widersprach all seinen Prinzipien, doch das änderte nichts daran. Er hatte sich doch nicht etwa in die junge Deutsche verliebt? *Nein, Unsinn, dazu kenne ich sie doch gar nicht lang genug. Es gehört mehr dazu als ein paar flüchtige Küsse.* Außerdem war da auch noch die Sache mit Johanna. Daraus hatte er doch wohl ein für alle Mal gelernt, sich nicht noch einmal mit einer Frau einzulassen, mit der er geschäftlich zu tun hatte. Und von diesem Auftrag hing immerhin die Zukunft der Kanzlei Lavander ab.

Aber verflixt, warum konnte er dann kaum den Blick von ihr abwenden? Warum zerriss es ihm fast das Herz, sie so unglücklich und verzweifelt zu sehen? Warum wollte er sie am liebsten an sich ziehen, wenn nicht, weil er mehr für sie empfand, als er sich selbst gegenüber eingestehen wollte?

„Tut mir leid, ich glaube, ich bin heute Abend keine besonders gute Gesellschafterin", sagte Sabrina nach einer Weile und riss ihn damit aus seinen Gedanken. „Es ist wirklich nett von dir, dass du versuchst, mich aufzumuntern. Und ich bin dir sehr dankbar dafür, dass du mich vor dieser Frau gewarnt hast. Aber wir sollten trotzdem nicht zusammen hier sitzen. Es ist einfach nicht richtig, wenn du verstehst, was ich meine. Zwischen uns hat sich nichts geändert. Wir stehen immer noch auf verschiedenen Seiten. Ich will nicht … Ich kann nicht …"

Jonas lächelte. „Schon gut, ich verstehe, was du meinst." Doch obwohl ihm auch selbst klar war, dass alles, was zwischen Sabrina und ihm entstand, von vornherein zum Scheitern verurteilt war, bedauerte er, dass dieser Abend so endete. „Warte, ich bezahle eben, dann fahre ich dich nach Hause."

Nachdem er gezahlt hatte, wollte er Sabrina zu seinem Wagen

führen, doch sie zögerte. „Ich würde gern noch einen kurzen Spaziergang am See entlang machen, wenn du nichts dagegen hast. Wer weiß, wann ich das nächste Mal Gelegenheit haben werde, barfuß durch den Sand zu laufen."

„Bleibst du denn nicht hier in Dalarna?", fragte Jonas überrascht.

Sabrina antwortete nicht. Sie gingen schweigend ein Stück am Ufer entlang, bis sie die Lichter der Ortschaft hinter sich gelassen hatten. An einer einsamen Stelle zog Sabrina ihre Schuhe aus, ließ sie achtlos in den Sand fallen und lief zum Wasser.

Sanfte Wellen umspülten ihre schlanken Fesseln, und für einen Moment stand sie einfach nur da, den Blick auf den glitzernden See gerichtet, ihr Gesicht so schön wie das einer Elfenprinzessin.

Als er seine Frage wiederholte, hob sie die Schultern. „Warum sollte ich bleiben?" Jonas hatte den Eindruck, dass sie mehr zu sich selbst als zu ihm sprach. „Wenn *Ahlström Hemslöjdforening* erst einmal verkauft ist, werde ich hier nicht länger gebraucht. Ich werde mich um Sigmund kümmern, solange er meine Hilfe benötigt. Außerdem muss ich mich nach einer neuen Bleibe für ihn umschauen, denn das Haus wird er dann ja verlassen müssen."

Darüber hatte Jonas noch gar nicht nachgedacht. Es erschien ihm grausam, einen Menschen aus seiner gewohnten Umgebung zu reißen, doch so etwas geschah nun einmal Tag für Tag, und es gab nichts, was er dagegen unternehmen konnte. Er zwang sich, die Situation objektiv zu betrachten.

Trotzdem fiel es ihm schwer, diese Objektivität aufrechtzuerhalten, als er sah, dass Sabrina Tränen in den Augen standen. Der Wunsch, ihr einen Arm um die Schultern zu legen und sie an sich zu ziehen, wurde fast übermächtig. Er wusste, dass er es nicht tun durfte. Beim ersten und zweiten Mal war es schon schwer gewesen, die Sache zu beenden, beim dritten Mal fast unmöglich. Es wäre ein Fehler, dessen Folgen sich im Voraus noch gar nicht abschätzen ließen. Er konnte nicht …

Während seine innere Stimme ihm noch immer warnende Worte zuflüsterte, reagierte sein Körper bereits auf seine Weise.

Wie von selbst legte sich seine rechte Hand unter Sabrinas

Kinn und hob ihr Gesicht. Diese eigentlich harmlose Berührung ließ seinen Puls rasen und das Blut in seinen Ohren rauschen.

„Was tust du da?"

„Ich weiß es nicht", erwiderte Jonas wahrheitsgemäß. Was geschah hier bloß mit ihm? Er sollte überhaupt nicht hier sein – geschweige denn, mit dieser Frau, mit der er beruflich zu tun hatte, Zärtlichkeiten austauschen. Er wusste, dass er sich auf ein gefährliches Spiel einließ – doch das, was hier passierte, hatte nichts mit rationalen Entscheidungen zu tun.

Langsam näherte sich sein Mund ihren verheißungsvoll schimmernden, rosenholzfarbenen Lippen. Er spürte, dass sich das Verhängnis nun nicht mehr aufhalten ließ, und tief in seinem Inneren wusste Jonas, dass er es auch gar nicht *wollte*.

Er sehnte sich danach, Sabrina zu küssen, sich von ihr küssen zu lassen – und mehr als das …

9. KAPITEL

*S*abrina wich zurück.

Zumindest wollte sie es, doch ihre Beine schienen ihr plötzlich nicht mehr zu gehorchen. Jedenfalls war sie nicht in der Lage, auch nur einen Schritt zu machen. Und wenn sie ganz ehrlich zu sich selbst war, genoss sie das Gefühl, Jonas' Lippen auf ihren zu spüren.

Sie konnte ihn nicht aufhalten, weil sie sich insgeheim schon so lange nach ihm sehnte. Jonas jetzt von sich zu stoßen überstieg ihre Kräfte – wenngleich sie wusste, dass es die einzig richtige Reaktion auf seine Annäherung gewesen wäre.

Doch es tat viel zu gut, sich in seine starken Arme sinken zu lassen und die Welt um sich herum vergessen zu können – und sei es auch nur für ein paar wunderbare Minuten.

Seufzend drängte sie sich ihm entgegen, und er reagierte, indem er sie noch leidenschaftlicher küsste. Das Spiel seiner Zunge raubte ihr fast den Verstand. Köstliche Hitze pulsierte durch ihren Körper, breitete sich in jedem Winkel aus und setzte ihre Nervenenden scheinbar in Flammen.

Als Jonas' Hand langsam von ihrem Kinn den Hals hinunterwanderte und er mit den Fingerspitzen über die zarte Haut ihrer Kehle strich, hatte Sabrina das Gefühl, vergehen zu müssen vor Lust. Nie zuvor hatte sie etwas Vergleichbares erlebt. Diese süße Qual, die er mit spielerischer Leichtigkeit in ihr auslöste, hatte eine völlig neue Dimension. Dagegen war Daniels Liebesspiel regelrecht plump und unbeholfen gewesen.

Sämtliche Gedanken zerstoben in einem Funkenregen aus purer Leidenschaft, als Jonas sie mit sich zu Boden zog, ohne dabei aufzuhören, sie zu küssen. Schließlich löste er sich von ihr, und Sabrina stieß ein protestierendes Seufzen aus. Doch Jonas hatte nur kurz unterbrochen, um sich das Hemd über den Kopf zu streifen. Sabrina atmete scharf ein, als sie zum ersten Mal seinen nackten Oberkörper erblickte.

Perfekt.

Begierig ließ sie ihre Hände über seinen breiten Brustkorb

wandern, den muskulösen Bauch hinunter bis zu jener Stelle, an der ein breiter werdender Streifen Härchen unter dem Bund seiner Jeans verschwand.

Sie begehrte ihn, und an seinem Blick erkannte sie, dass er ebenso empfand. Er ließ die Hände unter ihre Bluse gleiten und umfasste ihre Brüste. Sabrina, die sich so sehr nach seinen Berührungen gesehnt hatte, stöhnte leise auf.

Sie schloss die Augen und ließ sich fallen. Sie hatte das Gefühl, einfach nur dahinzutreiben. Die Zeit existierte nicht mehr. Die Welt existierte nicht mehr. Alles, was zählte, waren Jonas und sie. Der Rest war bedeutungslos geworden.

Er knöpfte ihre Bluse auf und streifte sie ihr über die Schultern. Er öffnete ihren BH und ließ auch ihn achtlos zu Boden fallen. Dann beugte er sich vor und umschloss ihre Knospen mit den Lippen. Sabrina stöhnte vor Lust. Das Pulsieren zwischen ihren Oberschenkeln wurde immer stärker, bis sie glaubte, eine Berührung von Jonas würde bereits ausreichen, um sie zum Höhepunkt zu bringen.

Doch Jonas dachte ganz offensichtlich nicht daran, sie so bald zu erlösen. Er trieb sein verlockendes Spiel mit ihr immer weiter, bis sie unkontrolliert stöhnte und seufzte und sich dabei unter ihm wand. Erst dann drang er mit einem einzigen kraftvollen Stoß in sie ein.

Das Feuer der Leidenschaft riss Sabrina mit sich, und sie konnte nichts tun, als sich an Jonas zu klammern und sich von ihm davontragen zu lassen, bis zum Gipfel der Lust. Mit einem heiseren Aufschrei erreichten sie im selben Augenblick die ersehnte Erfüllung.

Langsam, ganz langsam kehrte Sabrina in die Wirklichkeit zurück, und ihr Herzschlag beruhigte sich. Sie lag in Jonas' Armbeuge geschmiegt im warmen Sand und fühlte sich noch immer ein wenig atemlos.

Nur selten zuvor hatte sie solch einen inneren Frieden empfunden wie in diesem Augenblick, und sie wünschte sich, den Moment ewig festhalten zu können. Aber da war er auch schon vorüber.

Jonas löste sich von ihr, stand auf und begann, sich anzuziehen. „Wir hätten das nicht tun sollen", sagte er, ohne Sabrina anzuschauen. „Es war ein Fehler."

Obwohl sie wusste, dass er recht hatte, versetzten seine Worte Sabrina einen Stich. Hastig sprang sie auf und sammelte ihre Kleidungsstücke vom Boden auf. Sie konnte sich kaum noch daran erinnern, sich ausgezogen zu haben, doch jetzt war sie sich ihrer Nacktheit deutlich bewusst – und sie fühlte sich befangen und ausgeliefert.

„Es ist schon spät", sagte sie, während sie sich eilig ankleidete. Sie versuchte, ihrer Stimme einen gleichgültigen Klang zu verleihen, was ihr allerdings nicht besonders gut gelang. „Ich sollte jetzt wirklich nach Hause fahren."

„Ich bringe dich natürlich."

„Bemüh dich nicht", wehrte Sabrina ab. „Ich werde mir einfach ein Taxi nehmen. Mach dir meinetwegen keine Umstände."

Sie nickte ihm noch einmal knapp zu und wandte sich zum Gehen. Aber Jonas war schneller. Er lief ihr nach, vertrat ihr den Weg. „Warum hast du es plötzlich so eilig? Sollten wir nicht darüber sprechen, was ... Nun ja, über das, was hier gerade vorgefallen ist?"

Sabrina schüttelte den Kopf. „Da gibt es nichts zu reden, Jonas. Wie du schon sagtest – es war ein Fehler. Wir sollten es dabei bewenden lassen."

„Aber ..."

„*Nej*, es hat keinen Sinn. Das hätte niemals passieren dürfen. Ich ..." Sie trat einen Schritt zurück und zwang sich zu einem Lächeln. Dann lief sie davon und ließ Jonas einfach zurück. Während sie barfuß durch den Sand lief, versuchte sie, sich selbst klarzumachen, dass sie sich richtig verhielt. Sie konnte – sie durfte! – sich nicht von dem, was zwischen Jonas und ihr passiert war, beeinflussen lassen. Auch wenn sie inzwischen längst nicht mehr sicher war, dass er sie nur ausnutzen wollte – es würde einfach nicht funktionieren. Sie war schon einmal gescheitert, als sie sich auf einen Anwalt eingelassen hatte. Diese schmerzhafte Erfahrung wollte sie nicht noch einmal machen.

Und doch … Die Wogen der Leidenschaft waren gerade erst verebbt, doch schon fühlte sie wieder die altbekannte Sehnsucht aufsteigen. Sie wollte ihn, mehr von ihm als nur diese eine Nacht. Sie wollte alles – doch das war ein Traum, der sich niemals erfüllen konnte.

Als Sabrina ein paar Minuten später in ein Taxi stieg, hatte sie einen Entschluss gefasst. Sosehr sie sich auch wünschte, noch einmal mit Jonas zu schlafen, sie durfte ihrem Verlangen auf keinen Fall nachgeben.

Als der Wagen sie einige Zeit später vor Sigmunds Haus absetzte, parkte dort ein schickes schwarzes Mercedes-Cabriolet mit geschlossenem Verdeck. Sabrina runzelte die Stirn. Besuch? Zu dieser späten Stunde? Wer mochte das sein?

Sie bezahlte den Fahrer und stieg aus dem Wagen, fest entschlossen, den unangekündigten Besucher einfach abzuwimmeln und dann direkt auf ihr Zimmer zu gehen. Doch sie war kaum zwei Schritte gegangen, als auch schon eine hübsche schwarzhaarige Frau aus dem Cabrio stieg und direkt auf sie zukam.

„Sabrina Ahlström, nehme ich an?"

Sabrina rang sich ein gequältes Lächeln ab. „Die bin ich, aber wenn Sie mich sprechen möchten, muss ich Sie bitten, morgen noch einmal wiederzukommen."

„Das kann ich natürlich tun – aber ich versichere Ihnen, dass Sie das, was ich Ihnen zu sagen habe, brennend interessieren wird."

„Tatsächlich?", entgegnete Sabrina reserviert, doch die Schwarzhaarige ließ sich nicht entmutigen.

„Ganz gewiss sogar", sagte sie. „Ich bin sozusagen die Lösung für all Ihre Probleme."

Misstrauisch runzelte Sabrina die Stirn. „Was wissen Sie denn von meinen Problemen? Wer sind Sie eigentlich?"

Die andere Frau lächelte gewinnend. „Wollen wir nicht erst einmal ins Haus gehen und dort alles in Ruhe miteinander besprechen?"

„Ich sagte Ihnen bereits, dass ich heute Abend keinen Besuch mehr empfange", antwortete Sabrina gereizt. „Rufen Sie einfach morgen in der Firma an, dann können wir einen Termin ausmachen."

Das Lächeln der Schwarzhaarigen verblasste. „Sind Sie sicher, dass Sie sich eine solche Arroganz in Ihrer Situation wirklich erlauben können?"

Sabrinas Augen wurden schmal. „Was wollen Sie damit sagen?"

„Ich rede von den Schulden Ihres Vaters und Ihren jämmerlichen Versuchen, die Firma zu retten."

Ärger stieg in Sabrina auf. Was bildete diese unverschämte Frau sich eigentlich ein, so mit ihr zu sprechen? „Wissen Sie was?", sagte sie feindselig. „Bemühen Sie sich gar nicht erst wegen eines Termins – ich habe ohnehin kein Interesse an einem Gespräch mit Ihnen." Sie nickte der anderen knapp zu. „Und nun – *God natt!*"

Sie wollte sich abwenden und zur Tür gehen, doch die andere Frau vertrat ihr den Weg. „Das würde ich an Ihrer Stelle nicht tun", sagte sie leise, doch in ihrer Stimme schwang etwas Drohendes mit.

„Ach nein?" Sabrina hob eine Braue. „Was glauben Sie eigentlich, wer Sie sind?"

„Mein Name ist Johanna Ingvarsson", erwiderte sie. „Und ich rate Ihnen dringend, mich anzuhören. Es ist zu Ihrem eigenen Besten – und zu dem Ihres Vaters natürlich."

Sabrina starrte sie fassungslos an. Das war also Johanna Ingvarsson? Die Frau, vor der Jonas sie gewarnt hatte?

„Was wollen Sie?", fragte Sabrina argwöhnisch. „Sind Sie gekommen, um *Ahlström Hemslöjdforening* endgültig zu vernichten?"

„Wie bitte?" Entweder war Johanna Ingvarsson eine äußerst gute Schauspielerin, oder sie wusste tatsächlich nicht, wovon Sabrina sprach.

„Nun tun Sie doch nicht so scheinheilig! Jonas Lavander hat mich bereits vor Ihnen gewarnt."

Für einen Moment wirkte Johanna überrascht, dann lachte

sie leise. „Ach, der gute alte Jonas. Was hat er nun schon wieder für schreckliche Geschichten über mich erzählt? Ich kann kaum glauben, dass er diesen Trick noch immer versucht."

„Trick? Was für einen Trick?"

Sie schüttelte den Kopf. „Ach, das ist im Grunde nicht besonders aufregend. Jedes Mal, wenn Jonas befürchtet, ich könnte ihm in die Quere kommen, versucht er, mich bei der Gegenseite schlechtzumachen. Albern, finden Sie nicht? Und meistens kommt er mit dieser Masche sogar durch. Anscheinend ist er dabei deutlich überzeugender als bei tatsächlichen Geschäftsverhandlungen." Sie lächelte. „Ich bin nur neugierig – was hat er *Ihnen* über mich erzählt?"

Sabrina war verunsichert. Was sollte sie davon halten? Sagte diese Frau die Wahrheit? Und wenn dem so war, wer steckte dann hinter der Sabotage an *Ahlström Hemslöjdforening*?

Etwa doch Jonas selbst?

„Ich weiß nicht", erwiderte Sabrina ausweichend. „Ich sollte nicht ..."

„Natürlich, Sie glauben mir nicht." Johanna Ingvarsson seufzte. „Das kenne ich bereits. Dennoch bitte ich Sie, sich zumindest einmal anzuhören, was ich Ihnen zu sagen habe. Das Angebot, das ich Ihnen im Namen meines Klienten unterbreiten kann, dürfte das von Jonas Lavander um Längen schlagen."

„Über was für einen Betrag sprechen wir hier?", wollte Sabrina wissen.

Als die Anwältin ihr eine Summe nannte, nickte sie. Es war tatsächlich deutlich mehr Geld, als Jonas ihr angeboten hatte. Aber was, wenn er recht hatte und diese Frau wirklich schon seit Längerem gegen sie intrigierte? Wenn sie für die Rückschläge der letzten Tage verantwortlich war?

„Nun, was sagen Sie?", fragte Johanna. „Nehmen Sie das Angebot an?"

Sabrina zögerte. Im Grunde hatte sie sich schon beinahe mit dem Gedanken abgefunden, dass sie das Unternehmen verkaufen musste. Das Angebot von Johanna Ingvarsson konnte man zwar nicht als sensationell bezeichnen, doch es würde Sig-

225

mund zu einem geruhsamen Lebensabend verhelfen. Und das war immer noch besser als nichts.

Dennoch schüttelte sie schließlich den Kopf. „Ich kann das nicht einfach zwischen Tür und Angel entscheiden. Ich brauche ein wenig Bedenkzeit."

Kurz glaubte Sabrina Ärger in den Augen der Frau aufblitzen zu sehen, doch sie hatte sich so schnell wieder im Griff, dass sie nicht sicher sein konnte. „ *Okej* ", sagte Johanna Ingvarsson. „Wie Sie wünschen. Hier ist meine Karte, melden Sie sich, wenn Sie zu einer Entscheidung gekommen sind. Allerdings muss ich Sie warnen: Meine Offerte hat ein Verfallsdatum. In spätestens drei Tagen muss ich meinem Auftraggeber Bericht erstatten. Wenn ich ihm bis dahin keine Ergebnisse liefere, ist es möglich, dass er sein Angebot zurückzieht."

Sabrina nickte knapp, dann ging sie zum Haus. Auf halbem Wege drehte sie sich noch einmal um. „Darf ich fragen, wer Ihr Auftraggeber ist?"

„Sie dürfen natürlich – nur eine Antwort werden Sie von mir nicht erhalten." Mit einem geheimnisvollen Lächeln wandte Johanna Ingvarsson sich ab und ließ sie mit ihren Gedanken allein.

Was für ein Tag!

Zuerst die Sache mit Jonas, und nun trat auch noch diese Frau auf den Plan. War sie wirklich so berechnend und skrupellos, wie Jonas sie beschrieben hatte? Oder sagte sie die Wahrheit, und er versuchte lediglich, sie schlechtzumachen?

Seufzend rieb Sabrina sich die schmerzenden Schläfen. Das war alles zu viel auf einmal. Am besten, sie ging jetzt erst einmal schlafen. Mit Johanna Ingvarsson und ihrem Kaufangebot konnte sie sich auch morgen noch befassen.

Doch sie bezweifelte, dass es ihr gelingen würde, Jonas aus ihren Gedanken zu verbannen – ganz gleich, wie sehr sie es auch versuchte.

Jonas erwachte am nächsten Morgen mit bohrendem Kopfschmerz und tauben Gliedern. Er hatte eine unruhige Nacht hinter sich – abwechselnd waren Sabrina, Johanna und sein Vater ihm in seinen Träumen erschienen. Er konnte nicht sagen, wessen Anblick ihm am meisten zugesetzt hatte.

Aus dem Badezimmerspiegel starrte ihm ein bleiches Gesicht mit blutunterlaufenen Augen und stoppeligem Kinn entgegen. Er sah also kaum besser aus, als er sich fühlte.

Aufstöhnend presste er sich die Handballen auf die Augen, als er sich plötzlich an gestern Abend erinnerte. Er sah Sabrina beinahe vor sich, wie sie sich verlangend unter ihm wand und ihn anflehte, ihr endlich die Erfüllung zu bringen. Und das Schlimmste war, dass allein der Gedanke ausreichte, um das Feuer der Leidenschaft erneut in ihm zu entfachen.

Darn! Hatte er sich denn wirklich so wenig im Griff? Gab es keinen Weg, Sabrinas Anziehungskraft zu entgehen?

Mit einem Mal klingelte das Handy auf seinem Nachttisch. Es war Osvald Kron – wer auch sonst?

„Lavander", meldete Jonas sich förmlich.

„Da Sie es ja bisher nicht für nötig gehalten haben, sich bei mir zu melden, nehme ich an, dass Sie immer noch keine Ergebnisse liefern können?"

Jonas dachte an die Schuldscheine in der Schreibtischschublade. Warum zögerte er, Kron davon zu berichten? Es wäre *die* Chance, seinem Klienten zu zeigen, dass er nicht einfach nur tatenlos herumsaß. Doch stattdessen sagte er nur: „Leider nicht, aber ich arbeite nach wie vor mit Hochdruck daran."

„Ach, erzählen Sie mir doch keine Märchen! Ich bin wirklich enttäuscht von Ihnen, Lavander. Da gebe ich Ihnen eine einmalige Gelegenheit, sich zu profilieren, und wie danken Sie es mir?"

„Tut mir leid, wenn ich Ihre Erwartungen nicht erfüllt habe. Allerdings kann ich Ihnen versichern, dass …"

„Machen wir doch mal Nägel mit Köpfen: Ich gebe Ihnen noch ganz genau vier Tage Zeit. Wenn Sie mir *Ahlström Hemslöjdforening* bis dahin nicht auf dem Silbertablett serviert haben …"

Die Drohung hing unausgesprochen in der Luft. Jonas runzelte die Stirn. Wie sehr er diese kleinen Machtdemonstrationen verabscheute. Aber Kron hatte ja recht, er, Jonas, brauchte einen

Erfolg, um die Kanzlei zu retten. Und wenn er so weitermachte wie bisher, würde daraus ganz bestimmt nichts werden.

Er schluckte also seinen Ärger herunter und sagte: „Ich verstehe. Sie werden bald wieder von mir hören."

Nachdem Kron das Gespräch beendet hatte, trat Jonas ans Fenster und öffnete es weit. Er schloss die Augen und atmete tief durch. Inzwischen gab es für ihn sogar einen weiteren Grund, diesen Auftrag so schnell wie möglich zu einem positiven Abschluss zu bringen. Neben der Hoffnung auf gute Reputation und lukrative Folgeaufträge war er, seit Johanna Ingvarsson auf den Plan getreten war und Interesse an *Ahlström Hemslöjdforening* bekundet hatte, wie besessen von dem Gedanken, ihr zuvorzukommen.

Johanna.

Knapp ein Jahr lag die Begegnung mit ihr, die sein Leben für immer verändert hatte, nun schon zurück. Mit einer überdurchschnittlich hohen Erfolgsquote hatte Jonas sich mit der Kanzlei seines Vaters in Stockholm einen Namen gemacht. Den Preis für diesen Erfolg – dass er praktisch all seine Kraft in die Arbeit steckte und kein nennenswertes Privatleben mehr besaß – zahlte er gern.

Dass er an jenem verhängnisvollen Abend nicht in der Kanzlei über seinen Akten gesessen hatte, lag einzig und allein an August Menlund, einem seiner wichtigsten Klienten, der auf Jonas' Anwesenheit bei seiner Cocktailparty bestanden hatte. Jonas konnte sich noch gut daran erinnern, wie fehl am Platz er sich vorgekommen war, mit einem Glas Champagner in der Hand zwischen all den ausgelassen feiernden Leuten.

Und dann tauchte plötzlich *sie* auf.

Jonas war vom ersten Augenblick an von ihr verzaubert gewesen. Das wallende schwarze Haar, die sinnlichen, kirschroten Lippen – alles an ihr erschien ihm wie pure Magie. Und so erging es nicht nur ihm allein. Mit einem Stich von Eifersucht bemerkte er, dass sich die Blicke aller Männer im Raum auf Johanna richteten. Doch zu seinem Erstaunen beachtete sie die anderen gar nicht, sondern kam geradewegs auf ihn zu.

Sie wollte sich nur mit ihm unterhalten, und Jonas hielt sich für den größten Glückspilz unter der Sonne. In diesem Moment wurde die langweilige Jetsetparty für ihn zu einem echten Vergnügen. Johanna war amüsant und sprühte vor Witz. Heute fragte Jonas sich manchmal, wie er damals so naiv hatte sein können, zu glauben, eine Frau wie sie würde sich tatsächlich für ihn interessieren.

Johanna und er verließen die Party gemeinsam. Sie gingen erst noch in einen Klub und dann zu ihm nach Hause. Die Nacht mit ihr erschien ihm wie ein Wunder. Sie brachte eine ganz neue, leidenschaftliche Seite in ihm zum Vorschein. Er war ihr vom ersten Augenblick an vollkommen verfallen.

In den darauf folgenden Wochen traf er sich mit Johanna, so oft er es irgendwie einrichten konnte. Zum ersten Mal seit dem Tod seines Vaters stellte er sein Privatleben vor das Geschäftliche – und das, obwohl man ihm gerade erst einen großen Auftrag übertragen hatte.

Jonas konnte es nicht anders ausdrücken: Er war blind vor Liebe zu Johanna gewesen. Ihm fiel nicht auf, dass sie sich immer nur heimlich, unter Ausschluss der Öffentlichkeit, zu verschwiegenen Tête-à-Têtes treffen wollte. Ja, er bemerkte nicht einmal, dass Johanna nachts, nachdem sie sich geliebt hatten, aus dem Bett kroch und sich in sein Arbeitszimmer schlich.

Erst als er Johanna am Verhandlungstisch gegenübersaß, gingen ihm die Augen auf. Er hatte nicht gewusst, dass sie ebenfalls Anwältin war. Ja, er musste sich eingestehen, dass er sich für ihren Beruf überhaupt nicht interessiert hatte.

Doch nun begriff er, dass sie bei den Übernahmeverhandlungen, in denen er August Menlund vertrat, für die Gegenseite tätig war, und eine Welt brach für ihn zusammen.

Die Katastrophe ließ sich nicht mehr aufhalten. Johanna kannte seine Verhandlungsstrategie bis ins letzte Detail. In den vielen Nächten, die sie in Jonas' Arbeitszimmer verbracht hatte, war es ihr nicht schwergefallen, alles herauszufinden, was für sie von Interesse war.

Am Ende des Nachmittags stand Jonas vor einem Scherbenhaufen. Als bekannt wurde, dass er bei dieser wichtigen Verhandlung versagt hatte, teilte August Menlund ihm mit, dass er nicht länger an einer Zusammenarbeit mit ihm interessiert war.

Jonas verlor an jenem Tag alles, was ihm je wichtig gewesen war: Sein guter Ruf, der Ruf seiner Kanzlei, alles war dahin. Die Angelegenheit sprach sich schnell herum, sodass ihn schon bald niemand mehr konsultieren wollte.

Johanna indes stand als große Gewinnerin im Rampenlicht. Niemand interessierte sich dafür, mit welchen Methoden sie diesen Erfolg erzielt hatte.

Die Liebe, die Jonas einst für sie empfunden hatte, schlug um in grenzenlose Enttäuschung, dann in kalte Wut. Noch heute stieg ihm die Zornesröte ins Gesicht, wenn er an Johanna dachte.

Doch genau diese Wut spornte Jonas nur umso mehr an. Die Kanzlei, das Lebenswerk seines Vaters, durfte nicht auf diese Weise zugrunde gehen. Er war nicht bereit aufzugeben – nicht, solange diese Rechnung zwischen Johanna und ihm nicht beglichen war.

Und genau deshalb würde er auch diesmal nicht klein beigeben, ohne den Kauf von *Ahlström Hemslöjdforening* für Osvald Kron unter Dach und Fach gebracht zu haben. Dabei ging es nicht um Sabrina und schon gar nicht um seinen Auftraggeber. Nein, für Jonas bedeutete es die einmalige Chance, Johanna zu beweisen, dass mit ihm noch zu rechnen war.

Sie würde sich noch wundern.

*E*s ist ein gutes Angebot, *min älskling*", sagte Sigmund am anderen Ende der Leitung. „Ich weiß, dass du alles getan hast, um die Firma zu retten. Aber man muss auch einsehen können, wann man verloren hat."

Sabrina seufzte. „Ich weiß nicht, *Pappa*. Der Gedanke, *Ahlström Hemslöjdforening* an einen anonymen Käufer zu verkaufen, gefällt mir noch weniger als die Vorstellung, dass es Osvald Kron in die Hände fällt. Um ehrlich zu sein, ich hoffe immer noch darauf, dass die Mitarbeiter den Ernst der Lage begreifen und sich doch noch entschließen, meinem Plan zuzustimmen."

„Du jagst einem Phantom hinterher, Sabrina. Glaub mir, ich weiß, wie meine Leute denken. Sie sind davon überzeugt, dass ich ganz allein verantwortlich bin für die Misere. Ich kann es ihnen nicht einmal verübeln. Ich habe in der Vergangenheit sicherlich einige falsche Entscheidungen getroffen. Warum sollten sie für meine Fehler bluten?"

„Aber du bist nicht schuld!", protestierte sie. Tränen stiegen ihr in die Augen. „Wenn überhaupt jemand dafür verantwortlich ist, dass die Firma vor dem Bankrott steht, dann bin ich es. Du hast mir geholfen, als ich am Boden war. Mit dem Geld, das du mir gegeben hast, hättest du *Ahlström Hemslöjdforening* sanieren können! Es ist meine Schuld, dass …"

„Rede nicht so einen Unsinn, Sabrina", fiel Sigmund ihr scharf ins Wort. Dann wurde seine Stimme sanft. „Ich habe es nicht eine Sekunde bereut, dir damals geholfen zu haben. Glaubst du wirklich, die Firma ist mir wichtiger als du?"

Sabrina schluckte schwer. Ihr war, als würde ihr eine zentnerschwere Last vom Herzen fallen. Doch auch wenn Sigmund ihr keine Schuld gab, war sie fest entschlossen, weiterzukämpfen. „Es muss doch irgendwie möglich sein, den Mitarbeitern klarzumachen, dass es hier auch um ihr Schicksal geht. *Pappa*, wir wissen doch beide, dass es zu Entlassungen kommen wird, egal, wer die Firma am Ende übernimmt."

„Wahrscheinlich, aber das können wir nun mal nicht ver-

hindern. Ich denke, es ist langsam an der Zeit, sich damit abzu-
finden, dass wir verkaufen müssen. Vielleicht hätte uns dieses
Geschäft mit dieser deutschen Firma noch retten können, aber
daraus wird ja wohl nichts mehr …"

„Ich weiß, *Pappa*", flüsterte Sabrina. „Ich habe Herrn Krämer
angerufen, um ihm die schlechten Nachrichten mitzuteilen. Er
war natürlich enttäuscht, hat mich aber gebeten, ihn sofort zu
informieren, falls sich doch noch etwas ändert. Aber im Moment sieht es nicht danach aus. Es tut mir leid, dass ich versagt
habe. Ich wollte dir beweisen, dass ich anders bin als *Mamma*.
Dass ich nicht gleich davonlaufe, sobald die ersten Schwierigkeiten auftreten."

Einen Moment lang herrschte Schweigen am anderen Ende
der Leitung, dann räusperte Sigmund sich angestrengt. „Das
denkst du? Dass deine Mutter uns verlassen hat, weil ihr das Fa-
milienleben zu schwierig war?"

„Warum sonst?" Sabrina konnte die Bitterkeit nicht gänzlich
aus ihrer Stimme verbannen. „Sag mir, welchen Grund könnte
eine Mutter haben, ihr eigenes Kind im Stich zu lassen?"

Sigmund seufzte schwer. „Um Himmels willen, *min älskling*,
warum hast du nie mit mir darüber gesprochen? Ich hätte dir erklären können, warum deine Mutter es für besser hielt, uns zu
verlassen. Dass sie ging, hatte nichts mit dir zu tun – oder vielleicht doch, aber nicht so, wie du denkst. Doreen war krank.
Sehr, sehr krank."

Sabrina schluckte hart. „Das … das habe ich nicht gewusst."
Ihr war, als hätte man ihr den Boden unter den Füßen weggezogen. „Aber bloß weil sie krank war, musste sie doch nicht
weggehen?"

„Sie wollte nicht, dass du sie leiden siehst, *min älskling*. Doreen dachte, dass es so leichter für dich sein würde. Ich sage nicht,
dass ich mit ihrer Entscheidung einverstanden war – doch ich
habe sie respektiert. Ebenso, wie ich respektiert habe, dass du
mit mir nicht darüber sprechen wolltest."

Fassungslos schüttelte Sabrina den Kopf. Sie konnte kaum
glauben, was sie da hörte. All die Selbstvorwürfe, die Wut und

Enttäuschung waren völlig unnötig gewesen.

„Ist alles in Ordnung, Liebes? Wie geht es dir jetzt?"

„Wie es mir geht?" Sabrina horchte tief in sich hinein. „Nun, angesichts der Umstände recht gut …"

Es stimmte: Die Neuigkeit, dass ihre Mutter sie nicht aus niederen Beweggründen verlassen hatte, nahm eine große Last von Sabrinas Schultern.

„Und was ist mit dir und diesem Anwalt? Jonas Lavander?"

Manchmal hatte Sabrina das Gefühl, dass Sigmund in ihr lesen konnte wie in einem offenen Buch. „Mach dir um mich keine Sorgen, ich komme schon zurecht", antwortete sie. „Jonas und ich hatten unsere Differenzen, aber die haben wir inzwischen zum größten Teil beigelegt."

„Aber dich bedrückt doch etwas?"

„Ich sagte doch schon, es geht mir gut."

„Wie du meinst", erwiderte Sigmund sanft. „Du sollst nur wissen, dass du mit all deinen Sorgen und Problemen zu mir kommen kannst – vergiss das bitte nicht."

Sabrina stiegen Tränen in die Augen, aber sie schaffte es noch, das Gespräch zu beenden, ehe sie zu weinen begann. Eine große Last war von ihr genommen, doch ansonsten schien alles komplizierter denn je. Jonas. Die Firma. Jonas. Johanna Ingvarsson. Jonas …

Sosehr sie sich auch bemühte, sie bekam ihn einfach nicht aus dem Kopf. Wenn sie nachts im Bett lag, sah sie ihn vor sich und wünschte, er würde sie noch einmal küssen. Sie noch einmal halten. Ein einziges Mal nur.

Aber es durfte nicht sein. Es hieß doch immer, die Zeit heilt alle Wunden. Und auch wenn es Sabrina im Moment vor Sehnsucht innerlich zerriss, würde auch dieser Schmerz eines Tages vergehen.

Vielleicht hatte Sigmund ja auch recht, und sie sollte sich endlich mit dem Verkauf von *Ahlström Hemslöjdforening* abfinden. Sie brauchte niemandem etwas beweisen – und wenn sie Jonas nicht mehr sehen musste, würde es ihr sicher leichter fallen, ihn zu vergessen.

Ihre Gedanken wanderten weiter zu Johanna Ingvarsson, und sie fragte sich, wer von beiden nun die Wahrheit sagte, Johanna oder Jonas. Zunächst war sie geneigt gewesen, Jonas zu glauben. Doch aus welchem Grund? Nur weil sie ihn attraktiv fand und sich von ihm angezogen fühlte? Das war nicht genug.

Zugegeben, etwas an Johanna Ingvarssons Art behagte Sabrina nicht. Sie wurde das Gefühl nicht los, dass die Anwältin etwas vor ihr verbarg. Aber es ging hier doch nicht um Sympathie oder Antipathie, sondern um Sigmunds Schicksal. Wenn sie die Angelegenheit von dieser Seite betrachtete, fühlte sie sich verpflichtet, auf das höhere Angebot einzugehen. Da sie schon nicht in der Lage war, die Firma für ihn zu retten, sollte er wenigstens seinen Lebensabend ohne finanzielle Sorgen verbringen dürfen. Aber was, wenn Johanna Ingvarsson doch für die Sabotage an ihren Rettungsversuchen verantwortlich war? Wollte sie unter diesen Umständen tatsächlich an sie verkaufen?

Sabrina war hin- und hergerissen. Die Entscheidung lag allein bei ihr. Sigmund hatte ihr seine Meinung gesagt, ihr aber ansonsten völlig freie Hand gelassen. Eine klare Anweisung wäre Sabrina allerdings wesentlich lieber gewesen.

Johanna Ingvarsson oder Jonas? Die Frage lautete nicht mehr, ob einer von ihnen den Zuschlag bekam, sondern wer. Noch immer konnte sich Sabrina nicht zu einer endgültigen Entscheidung durchringen. Johannas Angebot war zweifellos das bessere, aber Sabrina gefiel die Vorstellung einfach nicht, dass jemand die Firma kaufte, dessen Namen sie nicht mal kannte. Also Jonas? Er bot weniger, außerdem arbeitete er im Auftrag von Osvald Kron, was nicht gerade für ihn sprach. Doch war ein bekanntes Übel vielleicht besser als ein unbekanntes?

Seufzend barg Sabrina das Gesicht in den Händen. Wie sie es auch drehte und wendete – es schien einfach keine richtige Entscheidung zu geben.

Jonas befand sich auf dem Weg zu seinem Wagen, als er Johanna erblickte, die gerade an seiner Pension vorüberging. Im ersten Moment traf ihr Anblick ihn wie ein Schock. Dann aber fällte er eine Entscheidung. Er lief ihr nach.

„Johanna? Warte, ich muss mit dir reden!"

Sie blieb tatsächlich stehen und drehte sich langsam zu ihm um. Sie war noch genauso schön wie früher. Nur das verschlagene Funkeln in ihren Augen war damals noch nicht da gewesen, oder er war einfach zu verblendet gewesen, um es zu bemerken.

„Jonas, was für ein Zufall!", sagte sie, wirkte allerdings nicht wirklich überrascht. Ihr Lächeln war nicht echt, das sah er sofort. „Ich hätte nicht erwartet, dich hier zu treffen. Machst du auch gerade Urlaub?"

Jonas kämpfte die aufsteigende Wut nieder. Für wie dumm hielt sie ihn?

„Spar dir deine Geschichten. Du weißt ganz genau, dass ich nicht zum Vergnügen hier bin – ebenso wenig wie du."

„Ich habe keine Ahnung, wovon du redest", behauptete sie. Sie war immer noch eine verdammt gute Lügnerin, stellte Jonas fest. Er wusste mit hundertprozentiger Sicherheit, dass sie log, und doch gelang es ihr fast, ihn zu überzeugen.

Aber nur fast.

„Gib es auf, Johanna. Ich kenne dich zu gut, du kannst mir nichts mehr vormachen. Du bist hier, um dir *Ahlström Hemslöjdforening* zu schnappen. Ich habe gesehen, wie du dich vor ein paar Tagen mit einem der Arbeiter getroffen hast."

„Und? Ist das etwa verboten?"

„Du hast ihm Geld zugesteckt, weil er die Mitarbeiterversammlung für dich boykottiert hat, stimmt's?"

Sie hob die Schultern. „Und wenn es so wäre – was geht es dich an?"

„Ich möchte dich lediglich informieren, dass ich nicht vorhabe, dir *Ahlström Hemslöjdforening* kampflos zu überlassen. Ich habe Sabrina Ahlström bereits über deine hinterhältigen Machenschaften informiert. Sollte sie sich tatsächlich zum Verkauf der Firma entschließen, wird sie ganz sicher nicht mit dir verhandeln."

Ein spöttisches Lächeln umspielte Johannas Lippen. „Bist du dir da so sicher? Weißt du, ich habe ihr bereits ein Angebot gemacht. Sie schien nicht abgeneigt."

„Das glaube ich dir nicht", stieß Jonas wütend hervor. „Sabrina würde nie an die Frau verkaufen, die von Anfang an all ihre Pläne zur Rettung von *Ahlström Hemslöjdforening* durchkreuzt hat!"

„Hast du wirklich geglaubt, dass ich mich so leicht von dir aus dem Rennen werfen lasse? Ich habe deiner Sabrina erzählt, dass du schon öfter versucht hast, mich mit unfairen Methoden auszubooten."

„Aber das ist eine Lüge!"

Sie schüttelte den Kopf. „Ich habe es dir schon einmal gesagt, Jonas: Du bist zu weich für diesen Job. Wenn du auch nur ein bisschen mehr Mumm in den Knochen hättest, wäre Kron …" Sie verstummte abrupt. „Ach, vergiss es einfach. Ich weiß gar nicht, warum ich mich überhaupt noch mit dir unterhalte."

Jonas runzelte die Stirn. „Was wolltest du da gerade sagen?"

„Nichts, was irgendwie von Interesse für dich wäre."

Doch sein Argwohn war nun endgültig geweckt. „Wer ist dein Auftraggeber?"

„Was geht dich das an?"

„Sag es mir einfach. Ich will es wissen!"

„Du bist doch verrückt."

„Es ist Osvald Kron, nicht wahr?"

„Und wenn?"

Jonas fluchte. „Dieser verdammte Mistkerl! Ich kann nicht glauben, dass er dich geschickt hat, damit du mir den Auftrag vor der Nase wegschnappst."

„Wundert dich das wirklich?" Grinsend zuckte Johanna mit den Achseln. „Du bist jetzt fast zwei Wochen hier und hast nicht den geringsten Erfolg zu vermelden. Kron ist ein cleverer Geschäftsmann. Er weiß, dass ein bisschen Konkurrenz oft Wunder wirkt."

„Dann hast du also in seinem Auftrag erst die Gläubiger und dann die Mitarbeiter gegen Sabrina aufgehetzt? Und der Einbruch? Geht der auch auf dein Konto?"

„Zu dieser Frage äußere ich mich nur in Gegenwart meines

Anwalts. Wenn du diese Rolle übernehmen willst …"

Jonas spürte, wie Übelkeit in ihm aufstieg. Er wusste ja schon lange, was für ein fieser Charakter sich hinter Johannas engelsgleichem Äußeren verbarg. Doch solche illegalen Aktivitäten hätte er selbst ihr nicht zugetraut.

„Diesmal bist du zu weit gegangen. Damit kommst du nicht durch."

„Wer will mich aufhalten?" Sie lachte. „Du vielleicht? Mit welchen Beweisen denn, Jonas? Denkst du, dir würde irgendjemand glauben, wenn du mit solch einer haarsträubenden Geschichte anrückst? Du hast wohl vergessen, dass dein Ruf nicht gerade der beste ist."

Jonas' Augen wurden schmal. „Warte nur", sagte er. „Ich werde dafür sorgen, dass du *Ahlström Hemslöjdforening* nicht in die Finger bekommst, und Osvald Kron erst recht nicht. Du kannst unserem feinen Auftraggeber mitteilen, dass er seine Drecksarbeit alleine machen kann."

„Das werde ich selbstverständlich gern für dich ausrichten", erwiderte Johanna ungerührt. „Aber ich an deiner Stelle würde es mir noch einmal überlegen. Du bist – wie soll ich sagen? – nicht gerade in der Position, besonders wählerisch zu sein, was deine Klienten betrifft."

„So schlecht geht es mir noch lange nicht, dass ich mich mit Menschen wie dir und Kron einlassen müsste." Er lächelte kühl. „Und jetzt entschuldige mich bitte. Ich habe noch etwas zu erledigen."

Jonas empfand eine Mischung aus Triumph und Ernüchterung, als er ein paar Minuten später in seinen Wagen stieg. Osvald Kron hatte den guten Ruf seiner Kanzlei wiederherstellen sollen. Dass daraus nun nichts wurde, war ein herber Rückschlag. Aber zugleich verspürte Jonas auch eine geradezu unbändige Freude. Es war ihm gelungen, der Versuchung zu widerstehen. Selbst im Augenblick der größten Verzweiflung hatte er sich nicht dazu hinreißen lassen, seine Prinzipien zu verraten.

Und auf einmal wusste er, dass sein Vater genau das von ihm erwartet hätte.

Für Vilmar Lavander waren andere Werte wichtiger gewesen als Erfolg um jeden Preis. Er stand für Aufrichtigkeit, Rechtschaffenheit und Charakterstärke. An Jonas' Stelle, das war ihm bei dem Gespräch mit Johanna klar geworden, hätte er genauso gehandelt.

Womöglich war Jonas doch mehr der Sohn seines Vaters, als er bisher gedacht hatte.

Unwillkürlich musste Jonas an Sabrina denken, bei der es sich ganz ähnlich verhielt. Überhaupt waren sie sich in vielen Dingen sehr ähnlich. Obwohl Sabrina oft schrecklich stur war, besaß sie eine Integrität, die Jonas bewunderte. Vielleicht fühlte er sich auch deshalb so zu ihr hingezogen. Sie war genau so, wie er sich seine Traumfrau schon immer vorgestellt hatte. Warum bemerkte er das eigentlich erst jetzt?

Die Begegnung mit Johanna hatte ihm endlich die Augen geöffnet. Er hatte erkannt, dass sein Auftraggeber sich ganz offensichtlich nicht im Geringsten dafür interessierte, mit welchen Mitteln er sein Ziel erreichte. Wollte er mit solchen Menschen in einem Atemzug genannt werden? Konnte ihm seine Karriere wirklich so wichtig sein?

Plötzlich sah Jonas es ganz deutlich vor sich. Ihm wurde klar, dass weder eine große Karriere noch Rache an Johanna ihm wirklich Befriedigung verschaffen würden. Er musste sich auf die Dinge besinnen, die im Leben tatsächlich zählten. Warum war er eigentlich Anwalt geworden? Welche Werte hatte sein Vater ihm zu vermitteln versucht?

Ab heute würde er wieder zu diesen Werten zurückkehren. Fast musste er Johanna und Osvald Kron dankbar sein, dass sie ihm endlich die Augen geöffnet hatten.

„Sabrina, draußen wartet eine Dame, die gern mit dir sprechen möchte."

Müde blickte Sabrina von ihren Unterlagen auf. Sie hatte in der vergangenen Nacht kaum ein Auge zugetan, und als sie schließlich doch eingeschlafen war, hatte sie von Jonas geträumt. Warum konnte sie ihn nicht einfach vergessen? Sie passten nicht zusammen, da war sie sich vollkommen sicher.

„Wer ist es denn?"

„Sie sagte, ihr Name sei Ingvarsson. Johanna Ingvarsson."

Sabrina seufzte. Die hatte ihr gerade noch gefehlt! Sie konnte sich schon denken, weswegen sie gekommen war. Doch sie fühlte sich einfach noch nicht bereit dazu, eine endgültige Entscheidung zu treffen. Wenn sie ganz ehrlich war, hatte sie sich immer noch nicht mit der Vorstellung abgefunden, *Ahlström Hemslöjdforening* zu verkaufen. Tief in ihr regte sich noch ein Fünkchen Hoffnung, so aussichtslos die Lage im Augenblick auch wirkte.

„Im Moment passt es mir schlecht. Sag ihr bitte, sie soll später wiederkommen. Gib ihr meinetwegen einen Termin für heute Nachmittag." Sabrina wandte sich wieder ihren Akten zu. Sie war sich natürlich bewusst, wie unhöflich ihr Verhalten war, doch was blieb ihr anderes übrig? Diese Johanna war schließlich einfach so ohne Anmeldung bei ihr hereingeplatzt. Sabrina wollte im Augenblick weder mit ihr noch mit Jonas sprechen. Zuerst musste sie sich darüber klar werden, wie sie weiter verfahren sollte.

Inga nickte und kehrte ins Vorzimmer zurück. Kurz darauf hörte Sabrina lautstarken Protest. Im nächsten Moment wurde die Tür zum Büro aufgerissen, und Johanna Ingvarsson stürmte hinein.

Sabrina runzelte die Stirn. „Darf ich fragen, was das soll? Hat Inga Ihnen nicht mitgeteilt, dass ich zurzeit nicht zu sprechen bin?"

Johanna lächelte provokant. „Ach, kommen Sie, Sabrina, wir wissen doch beide, dass Sie in Wahrheit gar nicht beschäftigt sind."

„Seit wann sprechen wir uns mit dem Vornamen an?", fragte Sabrina eisig und erhob sich. „Ich finde Ihr Verhalten einfach nur unverschämt. Aber wenn Sie jetzt auf der Stelle mein Büro verlassen, könnte ich mich unter Umständen dazu durchringen, diesen Vorfall zu vergessen."

Ungerührt nahm Johanna Ingvarsson auf einem der Besucherstühle Platz. Sabrina spürte, dass sie kurz davor stand, ihre gute Kinderstube zu vergessen. Was bildete sich diese arrogante Person eigentlich ein?

„Bitte setzen Sie sich doch wieder hin, Sabrina." Johanna lächelte. „Es ist nur zu Ihrer eigenen Sicherheit, denn was ich Ihnen zu sagen habe, dürfte eine ziemliche Überraschung für Sie sein."

Sabrinas Blick war eisig. „Vielen Dank für die Warnung", sagte sie ironisch. „Ich stehe lieber."

„Also gut", sagte Johanna achselzuckend. „Ich bin nur gekommen, um Ihnen mitzuteilen, dass Jonas Lavander aus dem Rennen ausgeschieden ist."

Sabrina riss die Augen auf. „Wie bitte? Was soll das heißen?"

„Sie haben richtig gehört. Ich habe gerade mit Jonas gesprochen. Er arbeitet nicht mehr für Osvald Kron. Vermutlich wird er irgendwann im Laufe des Tages abreisen."

„Das kann nicht sein." Ungläubig schüttelte Sabrina den Kopf. „Ich glaube Ihnen kein Wort!"

„Sie können glauben, was Sie wollen. Allerdings ändert sich damit natürlich auch das Angebot meines Auftraggebers."

Sabrina runzelte die Stirn. „Worauf wollen Sie hinaus?"

„Es ist doch klar, dass jetzt, da es nur noch einen Kaufinteressenten gibt, der Preis automatisch sinkt. Angebot und Nachfrage, Sie verstehen?"

„Natürlich." Sabrina nickte resigniert. „Und von welcher Summe sprechen wir nun?" Als Johanna Ingvarsson ihr den Betrag nannte, schnappte Sabrina empört nach Luft. „Das ist doch wohl nicht Ihr Ernst! Das ist ja nicht mal die Hälfte von dem, was Sie mir gestern geboten haben!"

Ungerührt zuckte Johanna mit den Schultern. „Wie gesagt, die Nachfrage regelt den Markt. Aber das wissen Sie ja wohl, als Studentin der Betriebswirtschaft."

„Raus!", fauchte Sabrina. „Machen Sie, dass Sie fortkommen! Und wagen Sie es ja nicht, sich noch einmal hier blicken zu lassen!"

„Aber, aber, Sabrina, was ist denn das für ein Benehmen? Ich muss Ihnen wohl zugutehalten, dass Sie im Moment ein wenig aufgeregt sind, daher nehme ich Ihnen Ihren Ton nicht übel."

Johanna erhob sich ruhig. „Ich werde Sie heute Abend noch einmal anrufen. Bis dahin sollten Sie gut über meinen Vorschlag nachdenken. Wenn Sie bis zu meinem Anruf noch keine Entscheidung getroffen haben, sehe ich mich leider gezwungen, den Kaufpreis weiter nach unten zu korrigieren – so lange, bis Sie endlich Vernunft annehmen."

Mit diesen Worten verließ sie das Büro, und Sabrina sah ihr fassungslos nach. Wie betäubt saß sie da und konnte es einfach nicht glauben. Hatte Jonas tatsächlich aufgegeben? Das passte überhaupt nicht zu ihm.

Doch warum machte sie sich über ihn Gedanken? Sie hatte genug andere Sorgen. Sie ballte die Hände zu Fäusten, als sie an Johanna Ingvarsson dachte. Diese Frau kannte wirklich keine Skrupel. Während ihr erstes Angebot noch einigermaßen akzeptabel gewesen war, war der neueste Vorschlag nur noch ein schlechter Scherz.

Das Problem bestand darin, dass mit Jonas ihr einziger Gegner aus dem Rennen ausgestiegen war. Johanna wusste, dass Sabrina früher oder später gezwungen sein würde, die Firma zu verkaufen. Und ohne einen Konkurrenten befand sich Johanna in der glücklichen Lage, den Preis immer weiter nach unten drücken zu können, denn sie brauchte sich keine Sorgen zu machen, dass ihr jemand in die Quere kam.

Sabrina fühlte sich von der neuesten Entwicklung regelrecht überfahren. Was blieb ihr jetzt noch? Das Angebot der Anwältin anzunehmen, solange es sich in einem halbwegs erträglichen Rahmen bewegte. Oder konnte sie es sich erlauben, noch abzuwarten und auf einen weiteren Interessenten zu hoffen?

Seltsam, dass ihr bei all dem ein Gedanke nicht aus dem Kopf ging: Jonas. Was war mit ihm geschehen? Warum hatte er sich so plötzlich entschlossen, die Verhandlungen nicht weiterzuführen? Und was ihr noch viel wichtiger erschien: Würde sie ihn jemals wiedersehen?

Die Vorstellung, dass er einfach spurlos aus ihrem Leben verschwand, war unerträglich. Kurz entschlossen sprang Sabrina auf, ging zur Garderobe und streifte ihre Jacke über. Zum

Glück wusste sie, in welcher Pension Jonas wohnte. Blieb nur zu hoffen, dass er noch nicht abgereist war. Sie musste unbedingt noch einmal mit ihm sprechen – warum, das wusste sie selbst nicht so genau. Doch sie spürte, dass sie verrückt werden würde, wenn sie ihn nicht wenigstens noch einmal sah.

Als sie in ihr Auto stieg, fühlte Sabrina sich fast ein bisschen erleichtert. Es tat gut, endlich etwas zu unternehmen. Auch wenn sie die Rückschläge der letzten Zeit nicht mehr ungeschehen machen konnte, war es immer noch besser, aktiv zu werden, als tatenlos herumzusitzen und auf das Ende zu warten. Vielleicht würde ein Gespräch mit Jonas ihr auch helfen, ihn aus dem Kopf zu bekommen, damit sie anfangen konnte, sich um die wirklich wichtigen Dinge zu kümmern.

Sie erreichte den Ort und stellte den Wagen vor der Pension ab. Am Empfang erkundigte sie sich nach Jonas. Die ältere Dame hinter der Theke wirkte empört. „Also, das geht wirklich zu weit. Herr Lavander kennt unsere Hausregeln, ich habe sie ihm am Tag seiner Anreise erklärt. Ich dulde unter normalen Umständen keinen Damenbesuch, doch als vorhin seine Frau eintraf, habe ich mal eine Ausnahme gemacht. Aber jetzt …"

„Sagten Sie gerade seine Frau?"

Die Empfangsdame nickte. „Ja, sie ist vor etwa zehn Minuten eingetroffen. Eine sehr elegante Frau. Sie ist oben auf Zimmer 17 und wartet auf ihn. Ich …"

Sabrina hatte genug gehört. Ohne auf den Protest der Dame zu achten, lief sie am Empfangstresen vorbei zur Treppe und ins erste Stockwerk hinauf. Auf dem Gang suchte sie die Türen nach Nummer 17 ab. Doch als sie schließlich davorstand, wusste sie nicht, was sie tun sollte. Anklopfen?

Die Entscheidung wurde ihr abgenommen, denn im selben Augenblick wurde die Tür geöffnet. Sabrina atmete scharf ein.

„Sie?"

*S*abrinas Hände zitterten noch immer leicht, während sie zur Firma zurückfuhr. Noch nie in ihrem Leben hatte sie sich so erniedrigt und gedemütigt gefühlt. Johanna Ingvarsson in Jonas' Pensionszimmer anzutreffen war wirklich die Krönung gewesen.

„Dieser Schuft!", stieß sie leise hervor und schüttelte den Kopf. Jonas hatte sie die ganze Zeit über an der Nase herumgeführt. Das alles war nur ein abgekartetes Spiel gewesen, um Sigmunds Firma in die Finger zu bekommen. Doch jetzt konnte er ihr nichts mehr vormachen. Sie hatte ihn durchschaut. Ihn und seine feine Komplizin!

Es fiel ihr immer noch schwer zu begreifen, doch die Beweise sprachen für sich. Unglaublich. Jonas Lavander und Johanna Ingvarsson hatten diesen teuflischen Plan gemeinsam ausgeheckt. Ob sie tatsächlich miteinander verheiratet waren oder nicht, wusste sie nicht, doch es war im Grunde auch vollkommen egal. Wenn man von der Tatsache absah, dass Jonas mit ihr geschlafen hatte.

Wie hatte sie darauf bloß hereinfallen können? Dabei war es so simpel! Während Jonas versuchte, sich in ihr Vertrauen zu schleichen, bereitete Johanna ihr immer neue Schwierigkeiten, um sie mürbe zu machen. Und dann präsentierte Jonas ihr seine Komplizin als Bösewicht, damit sie sich schließlich bereit erklärte zu verkaufen – an seinen Auftraggeber.

Wütend schlug sie mit der Hand aufs Lenkrad. Warum hatte sie bloß nicht auf ihre innere Stimme gehört? Dass sie nach ihrer Erfahrung mit Daniel noch einmal auf einen solchen Schwindler hereingefallen war – einen Anwalt noch dazu! –, wollte ihr einfach nicht in den Kopf. Sie hatte doch von Anfang an gewusst, dass er ihr nur Schwierigkeiten machen würde!

Und was nun? Wie sollte es weitergehen?

Mehr denn je widerstrebte es ihr, sich auf ein Geschäft mit Jonas und seiner Komplizin einzulassen. Doch was blieb ihr anderes übrig? Weder die Bank noch die anderen Gläubiger würden ihr auch nur einen Tag Aufschub gewähren, wenn bekannt wurde, dass das Geschäft mit *Wohn(t)raum* geplatzt war. Und sie konnte die Leute ja verstehen. *Ahlström Hemslöjdforening* stand am Abgrund – und sie sah keine Möglichkeit mehr, die Katastrophe abzuwenden.

Trotzdem beschloss sie, noch einmal mit *Wohn(t)raum* Kontakt aufzunehmen. Vielleicht war Herr Krämer ja bereit, eine größere Anzahlung zu leisten, mit der sie dann die notwendigen Rohstoffe beschaffen konnte. Sie machte sich zwar nur wenig Hoffnung, dass der Inhaber von *Wohn(t)raum* sich darauf einlassen würde, aber ein Versuch konnte nicht schaden. Was hatte sie schon zu verlieren?

Seltsamerweise fühlte Jonas sich, nachdem die Fronten geklärt waren, besser denn je. Vor einer Stunde hatte er ein letztes Gespräch mit Osvald Kron geführt und ihm dabei kräftig die Meinung gesagt. Das Telefonat hatte eine befreiende Wirkung gehabt.

Und nun wusste er auch, was er wirklich wollte: Sabrina helfen, den Verkauf von *Ahlström Hemslöjdforening* abzuwenden. Es war ihm von Anfang an ein Bedürfnis gewesen, diese tapfere junge Frau zu unterstützen, doch das wäre seinem Auftrag, die Firma ihres Vaters für Osvald Kron zu übernehmen, zuwidergelaufen. Jetzt aber war er von diesem Zwang befreit. Er war frei und konnte tun und lassen, was er wollte. Endlich.

Dass er es damit zugleich Osvald Kron und Johanna Ingvarsson heimzahlte, spielte für ihn nur noch eine untergeordnete Rolle.

Es ging um Sabrina. Einzig und allein um Sabrina.

Die Frau, die ihm sein Herz gestohlen hatte. Die Frau, die er liebte.

Ja, er liebte sie, daran gab es keinen Zweifel mehr. Und die Frage, wie er ihr helfen konnte, beschäftigte ihn nun schon den ganzen Tag. Endlich glaubte er, einen Weg gefunden zu haben, und er wollte ihn so schnell wie möglich in die Tat umsetzen. Doch dazu brauchte er Unterstützung, und er wusste auch schon genau, wo er diese bekommen würde.

Die Empfangsdame der Pension musterte ihn finster, als er an ihr vorüberging. Kurz spielte er mit dem Gedanken, sie zu fragen, womit er sie verstimmt hatte, doch dann entschied er sich dagegen. Es gab genug andere Dinge, um die er sich zu kümmern hatte.

Als er die Tür zu seinem Zimmer aufschloss, traf ihn beinahe der Schlag. „Was zum Teufel willst du hier?", knurrte er, als er Johanna erblickte. „Ich kann mich nicht erinnern, dich eingeladen zu haben."

„Das hast du auch nicht." Sie schnurrte wie ein zufriedenes Kätzchen. „Ich wollte dir lediglich eine Nachricht von Osvald Kron überbringen."

„Dann hättest du dir den Weg sparen können. Ich habe vorhin mit ihm telefoniert. Wenn das also alles war, würde ich dich jetzt bitten, mein Zimmer zu verlassen."

Sie setzte sich auf den Rand seines Bettes und musterte ihn spöttisch. „Sei doch nicht so unhöflich. Du und ich, wir standen uns einmal ziemlich nah, hast du das etwa schon vergessen? Ich verstehe nicht, warum du mir gegenüber so feindselig eingestellt bist."

Jonas lachte bitter auf. „Ach, wirklich nicht? Dann bist du sogar noch skrupelloser, als ich bisher geglaubt habe. Hast du wirklich gedacht, dass ich nach allem, was du getan hast, noch etwas für dich empfinde?"

Sie zuckte mit den Schultern. „Wenn ich gewusst hätte, dass du so nachtragend bist, wäre ich gar nicht erst gekommen. Ich wollte dir eigentlich anbieten, zukünftig mit mir zusammenzuarbeiten. Ich bin eine viel beschäftigte Frau und könnte jemanden brauchen, der mir ein bisschen Arbeit abnimmt."

„Du benötigst also einen Laufburschen und jemanden für die schmutzigen Jobs, ja? Da bist du bei mir an der falschen Adresse. So tief bin ich nicht gesunken, dass ich mich auf deine Methoden einlasse."

Johanna erhob sich. „Wenn du das so siehst." Sie streifte ihren schicken Armani-Blazer über und wandte sich zum Gehen. Kurz vor der Tür blieb sie noch einmal stehen. „Ach übrigens, deine kleine Freundin hat vorhin mal kurz reingeschaut. Ich glaube, sie könnte meine Anwesenheit ein wenig missverstanden haben."

„Sabrina war hier?" Jonas' Augen wurden groß, dann verfinsterte sich sein Gesichtsausdruck. „Was hast du zu ihr gesagt?"

„Ich? Überhaupt nichts. Das war auch gar nicht möglich. Sie ist sofort davongelaufen, als sie mich gesehen hat." Sie winkte ihm noch einmal kokett zu, dann war sie fort.

Jonas konnte es kaum fassen. Diese Frau kannte tatsächlich keinerlei Skrupel. Dass sie sich in sein Pensionszimmer eingeschlichen hatte, um ihm angeblich einen Job anzubieten, war einfach lächerlich. Sie wollte ihn demütigen und ihm zeigen, wo ihrer Meinung nach seine Position war: ganz unten auf der Karriereleiter.

Sicherlich hatte sie nicht damit gerechnet, dass ausgerechnet Sabrina hereinplatzen und sie in seinem Zimmer entdecken würde. Doch wie er Johanna kannte, betrachtete sie das höchstens als zusätzliches Bonbon. Johanna hatte ein feines Gespür für zwischenmenschliche Beziehungen. Wie immer nutzte sie auch diese Fähigkeit hauptsächlich, um für sich selbst einen Vorteil zu gewinnen.

Sabrina musste nun also glauben, dass er und Johanna unter einer Decke steckten. Warum sonst war sie einfach so, ohne ein Wort zu sagen, wieder verschwunden? Nein, keine Frage: Sie hielt seine Ex und ihn für Komplizen, wenn nicht gar für ein Liebespaar. Die Vorstellung, was sie jetzt von ihm denken mochte, versetzte Jonas einen schmerzhaften Stich.

Er musste unbedingt mit ihr sprechen, doch er wusste, es würde nichts bringen, gleich zur Firma zu fahren. Sabrina war eine stolze Frau, sie würde ihn nun, da sie glaubte, dass er sie hintergangen hatte, nicht hereinlassen. Aber was sollte er stattdessen tun?

Höchste Zeit, seine Idee von vorhin in die Tat umzusetzen.

Keine Chance.

Erschöpft lehnte Sabrina sich in ihrem Stuhl zurück und

schloss für einen Moment die Augen. Nun konnte nicht mehr der geringste Zweifel bestehen, dass *Ahlström Hemslöjdforening* am Ende war. Herr Krämer hatte ihr am Telefon sein Bedauern darüber zum Ausdruck gebracht, dass es ihm leider nicht möglich war, in ein Unternehmen zu investieren, das vielleicht die nächste Woche nicht erleben würde.

Das bedeutete, dass die Bank einem weiteren Zahlungsaufschub ganz bestimmt nicht zustimmen würde. Somit kam es gewiss zu einer Zwangsversteigerung, falls Sabrina nicht zuvor einen Käufer fand, der ihr ein anständiges Angebot unterbreitete.

Aber woher? Osvald Kron war in der Region ein berüchtigter Mann. Niemand würde es wagen, ihm in die Quere zu kommen. Und er hatte mehr als deutlich gemacht, dass er Sigmunds Firma für sich haben wollte.

Nein, es war zwecklos, sich nach einem weiteren Interessenten umzusehen.

Wahrscheinlich sollte sie einfach Sigmunds Rat befolgen und sich mit den Gegebenheiten abfinden. Eines stand allerdings fest: Wenn sie mit jemandem verhandeln musste, dann ganz bestimmt nicht mit Jonas.

Sein Verrat war für sie das Schlimmste an der ganzen Angelegenheit. Wider besseres Wissen hatte Sabrina ihm ihr Vertrauen geschenkt. Und was hatte es ihr eingebracht?

Sie schüttelte den Kopf. Es hatte keinen Sinn, noch länger darüber nachzugrübeln. Sie öffnete die Schreibtischschublade und zog Johannas Visitenkarte daraus hervor.

Sabrinas Hände zitterten leicht, als sie nach dem Telefonhörer griff und die Nummer wählte. Es dauerte nicht lange, bis jemand das Gespräch annahm, und doch erschien es ihr wie eine Ewigkeit.

„Kommen Sie in einer halben Stunde vorbei, wenn Sie noch immer am Kauf von *Ahlström Hemslöjdforening* interessiert sind", sagte Sabrina ohne weitere Einleitung. Dann unterbrach sie die Verbindung. Obwohl sie inzwischen wusste, dass Johanna Ingvarsson lediglich als Jonas' Handlangerin fungierte, war es Sabrina immer noch lieber, sich mit ihr an den Verhandlungstisch zu setzen als mit Jonas. Sein Anblick war mehr, als sie ertragen konnte. Obwohl ein Teil von ihr sich noch immer nach ihm sehnte, wollte sie ihn doch niemals wiedersehen.

Schwer atmend blieb sie noch eine Weile auf ihrem Stuhl sitzen, dann sprang sie auf und trat ans Fenster. Ein letztes Mal ließ sie ihren Blick über die Heimat ihrer Kindheit und Jugend schweifen. Das alles würde schon in ein paar Stunden einem Fremden gehören.

Tränen liefen ihr über die Wangen, als sie begriff, dass sie das alles hier verlieren würde. Wenn die Vorstellung für sie schon so schrecklich war, wie mochte es dann erst Sigmund gehen? Der Gedanke, dass es ohne sie vielleicht niemals so weit gekommen wäre, schmerzte. Hätte Sigmund, anstatt für die Folgen ihrer Dummheit aufzukommen, sein Geld in *Ahlström Hemslöjdforening* investieren können …

Sie schüttelte den Kopf. Nein, sie hatte alles unternommen, was in ihrer Macht stand. Dass es letztlich so weit gekommen war, war allein Jonas' Schuld. Sabrina zweifelte nicht daran, dass er der Kopf hinter der ganzen Angelegenheit war, während Johanna Ingvarsson für ihn nur die schmutzigen Arbeiten erledigte.

Sabrinas Fehler bestand einzig und allein darin, ihm ihr Vertrauen geschenkt zu haben. Ihr wurde ganz übel bei dem Gedanken, wie sie sich von ihm immer wieder hatte trösten lassen. Ausgerechnet vom Drahtzieher dieses ganzen Schwindels! Wie dumm sie doch gewesen war. Und dann hatte sie auch noch mit Jonas geschlafen. Das Schlimmste daran war, dass sie immer noch mehr für ihn empfand, als sie sich selbst gegenüber eingestehen wollte. Sie hatte sich Hals über Kopf in Jonas verliebt. Sie konnte ja selbst jetzt, nach allem, was er ihr angetan hatte, an nichts anderes denken als daran, wie sehr sie seine Nähe und seine Zärtlichkeiten vermisste.

Aber damit war bald Schluss. Sobald der Verkauf von *Ahlström Hemslöjdforening* abgewickelt war, würde sie nach Deutschland zurückkehren und ihr Studium wieder aufnehmen. Und Sigmund sollte sie, sobald sein Gesundheitszustand eine solche

Reise erlaubte, begleiten. Ihn hier in Schweden allein und ohne ein Zuhause zurückzulassen brachte sie nicht übers Herz. Nein, er musste mit ihr kommen. Er brauchte sie – und sie ihn.

Noch ein letzter Blick, dann trat sie vom Fenster zurück und ging in die Küche, wo Inga mit den Vorbereitungen für das Abendessen beschäftigt war. „Ich habe in einer halben Stunde einen Termin mit Johanna Ingvarsson", sagte sie. „Bitte führ sie zu mir, sobald sie da ist."

Skeptisch runzelte Jonas die Stirn. „Und du meinst wirklich, es könnte funktionieren?"

Erik Hanson, sein alter Zimmergenosse aus Studienzeiten, verdrehte die Augen. „Warum bist du eigentlich zu mir gekommen, wenn du nicht auf meine Fähigkeiten vertraust?"

„*Förlåt.*" Beschwichtigend hob Jonas die Hände. „Ich wollte dir nicht zu nahe treten. Selbstverständlich habe ich vollstes Vertrauen in deine berufliche Kompetenz. Ich … Na ja, ich hätte nicht gedacht, dass du so schnell einen Weg findest, das Unternehmen vor dem Bankrott zu bewahren."

„Nun, meistens geht es auch nicht ganz so schnell", erklärte Erik mit einem breiten Grinsen. „Aber bei einer kleinen Firma wie dieser hier ist die Zahl der Optionen doch recht übersichtlich. Ich wünschte, ich hätte öfter mit solchen Firmen zu tun, aber in der Regel sind meine Auftraggeber arrogante Konzernchefs, die von mir und meinen Kollegen ein Wunder erwarten."

Jonas fuhr sich durchs Haar und ging noch einmal die Unterlagen durch, die vor ihm auf dem Tisch lagen. Erik zurate zu ziehen war die beste Idee seit Langem gewesen.

Sein ehemaliger Kommilitone war darauf spezialisiert, marode Firmen wieder auf die Beine zu bringen, und darin war er mehr als gut. Trotz seines vollen Terminkalenders hatte Erik sich sofort bereit erklärt, ihm zu helfen. Glücklicherweise hielt er sich zurzeit in Falun auf, wo er an einem Kongress teilnahm.

„Und was machen wir nun?", fragte Jonas.

„Ich würde vorschlagen, wir unterhalten uns erst einmal mit deiner Freundin."

249

„Sie ist nicht meine Freundin", protestierte Jonas. „Aber du hast recht, wir sollten gleich zu ihr fahren."

„Willst du uns nicht vorher anmelden?"

Jonas schüttelte den Kopf. „Lieber nicht."

Erik musterte ihn fragend, sagte aber nichts, wofür Jonas ihm dankbar war. Gemeinsam stiegen sie in Jonas' Wagen und fuhren los. Die Straße nach *Ahlström Hemslöjdforening* wurde nicht viel befahren, doch ausgerechnet heute tauchte schon nach einigen Hundert Metern ein Traktor vor ihnen auf. Jonas unterdrückte einen Fluch. Nervös trommelte er mit den Fingern auf dem Lenkrad herum, bis der Traktor schließlich auf einen Feldweg abbog und die Straße wieder freigab.

„Du hast es aber ziemlich eilig", stellte Erik fest.

Jonas nickte nur. Er wusste selbst nicht warum, aber irgendwie wurde er das Gefühl nicht los, dass er keine Sekunde verschwenden durfte. Etwas Großes war im Gange, das er nur aufhalten konnte, wenn er *Ahlström Hemslöjdforening* rechtzeitig erreichte. Doch das versuchte er Erik gar nicht erst zu erklären. Der würde sich wahrscheinlich fragen, ob er nun endgültig den Verstand verloren hatte. Insgeheim stellte Jonas sich selbst die gleiche Frage. Es war vollkommen absurd. Und doch drückte er das Gaspedal durch, als ginge es um Leben und Tod.

Als er endlich auf das Betriebsgelände fuhr, fiel ihm sofort das schwarze Mercedes-Cabriolet ins Auge. Der Anblick entlockte ihm ein Stöhnen.

„Was ist los?", wollte Erik wissen.

„Johanna", stieß Jonas aus, als wäre allein der Name Erklärung genug. Dann trat er so abrupt auf die Bremse, dass der Wagen mit quietschenden Reifen direkt vor der Eingangstür zum Stehen kam.

12. KAPITEL

*A*lso, was ist nun? Ich habe nicht den ganzen Tag Zeit!"

Sabrina starrte regungslos auf den Vertrag, der vor ihr auf dem Schreibtisch lag. Die Summe, die darin als Zahlung für *Ahlström Hemslöjdforening* genannt wurde, hatte sich seit dem Vortag noch einmal reduziert, war aber immer noch höher als alles, was eine Zwangsversteigerung einbringen würde. Von dieser Seite aus betrachtet blieb Sabrina keine andere Wahl, als zu unterschreiben. Doch die Hand, die sich so krampfhaft um den Füllfederhalter geschlossen hatte, dass die Fingerknöchel weiß hervortraten, weigerte sich noch immer, ihren Dienst zu tun.

„Ich würde gern noch einmal mit meinem Vater darüber sprechen", sagte Sabrina in einem hilflosen Versuch, Zeit zu gewinnen. „Dies sollte seine Entscheidung sein, nicht meine."

Johanna Ingvarsson legte die Fingerspitzen beider Hände aneinander und musterte Sabrina ungeduldig. „Hören Sie, Sabrina, ich habe Sie nicht um dieses Gespräch gebeten. *Sie* haben *mich* angerufen. Ich denke gar nicht daran, mich noch länger von Ihnen hinhalten zu lassen. Entweder Sie unterschreiben jetzt diesen Vertrag, oder ich gehe und nehme ihn mit. Allerdings sollten Sie bedenken, dass der Betrag, den mein Auftraggeber zu zahlen bereit ist, beim nächsten Mal nicht mehr so großzügig sein wird."

„Großzügig?" Sabrina ächzte. „Sie wissen ebenso gut wie ich, dass die Kaufsumme im Grunde nur ein schlechter Scherz ist."

„Unter den gegebenen Umständen …"

„Für diese Umstände sind ja wohl unter anderem *Sie* verantwortlich!", fiel Sabrina ihr ärgerlich ins Wort. „Sie können es sich sparen, noch länger zu leugnen. Ich weiß ohnehin, dass Sie den Einbruch in unser Lagerhaus veranlasst haben. Und Sie haben meinen Mitarbeiter bestochen. Ohne die von Ihnen provozierten Zwischenfälle wäre es mir mit Sicherheit gelungen, *Ahlström Hemslöjdforening* vor dem Bankrott zu retten."

„Wir machen alle nur unseren Job, Sabrina", erklärte Johanna

Ingvarsson ungerührt. „Also, was ist nun? Unterschreiben Sie endlich, oder muss ich Kron mitteilen, dass Sie sich nach wie vor unkooperativ zeigen?"

„Soll das eine Drohung sein?"

Die Schwedin lächelte süffisant. „Betrachten Sie es lieber als freundlichen Hinweis."

Sabrina erzitterte vor mühsam unterdrückter Wut. Sie gönnte dieser Frau den Triumph nicht, gesiegt zu haben. Aber was konnte sie jetzt noch dagegen unternehmen? All ihre Versuche, das Unvermeidbare doch noch abzuwenden, waren in einer Katastrophe geendet. Es hatte keinen Zweck, sich noch länger dagegen zu sträuben.

Sie hob den Stift und führte ihn über den Vertrag. Die Stelle, an der sie unterzeichnen sollte, war mit einem kleinen X markiert. Zögernd hielt Sabrina die Feder über das Blatt, dann senkte sie die Hand, und ein kleiner Klecks Tinte entstand auf dem Papier.

In diesem Moment wurde die Tür zu ihrem Büro aufgerissen, und zwei Männer stürmten hinein.

„*Nej!*", hörte sie jemanden – Jonas? – rufen. „Tu's nicht!"

Er war es tatsächlich. Irritiert blickte Sabrina zwischen ihm, dem Fremden in seiner Begleitung und Johanna Ingvarsson hin und her. Dann verfinsterte sich ihre Miene. „Du hattest wohl Angst, den großen Augenblick zu verpassen, was? Aber keine Sorge, deine feine Komplizin hat alles bestens im Griff."

„Johanna ist nicht meine Komplizin!" Jonas stellte sich neben Sabrina und ergriff ihre Hand. „Du darfst das nicht unterschreiben", sagte er eindringlich. „Bitte, vertrau mir, nur noch dieses eine Mal."

„Willst du den Preis noch weiter nach unten treiben? Ist es das, was du willst?"

„Nein, ich …"

„Halt dich gefälligst da raus, Jonas", meldete sich Johanna Ingvarsson zu Wort. „Das hier geht dich nichts an."

Sabrina schüttelte den Kopf. Sie entzog Jonas ihre Hand und massierte ihre schmerzenden Schläfen. Das alles war ihr zu viel. Was ging hier eigentlich vor?

„Vielleicht kann ich ja dazu beitragen, die Situation aufzuklären", sagte der Fremde. Er war etwa in Jonas' Alter und wirkte sehr selbstsicher. Mit einem strahlenden Lächeln streckte er Sabrina die Hand entgegen. „Mein Name ist Erik Hanson, und ich bin – Sie werden mir diese kleine Übertreibung hoffentlich verzeihen – Ihr Retter in der Not."

Von diesem Moment an ging alles drunter und drüber. Mit einem wütenden Fauchen sprang Johanna Ingvarsson auf, drängte sich an Jonas und seinem Freund vorbei und rannte aus dem Büro. Sabrina konnte ihr nur vollkommen verwirrt nachschauen. Sie verstand überhaupt nichts mehr. Wer war dieser Erik Hanson? Und wieso behauptete er, ihr Retter in der Not zu sein?

Acht Stunden später gähnte Erik hinter vorgehaltener Hand. Er saß zusammen mit Sabrina und Jonas am Küchentisch, vor sich eine Tasse Kaffee, deren Inhalt schon längst ungenießbar geworden war. „Hat mal jemand auf die Uhr geschaut? Es ist schon ziemlich spät, Leute. Ich glaube, es ist langsam an der Zeit, dass ich mich verabschiede. Wenn ich die ganzen Maßnahmen, die wir gerade besprochen haben, tatsächlich alle morgen im Laufe des Tages einleiten möchte, dann werde ich ganz schön früh aus den Federn kriechen müssen."

„Natürlich", erwiderte Sabrina und erhob sich. „Ich danke Ihnen für alles, was Sie für meinen Vater und mich tun. Ohne Sie wäre *Ahlström Hemslöjdforening* verloren."

„Ich fühle mich geschmeichelt", sagte Erik strahlend. „Aber danken Sie nicht mir. Jonas ist der wahre Held der Stunde. Hätte er mich nicht um Hilfe gebeten ..."

Schüchtern blickte Jonas sie an. Das Lob seines Freundes schien ihm unangenehm zu sein. Er erhob sich. „Ich fahre dich natürlich zurück in die Stadt, Erik."

„Nicht nötig", widersprach sein Freund sofort und wandte sich an Sabrina. „Wenn ich kurz Ihr Telefon benutzen dürfte, würde ich mir einfach ein Taxi rufen." Er lächelte verschmitzt. „Ich bin sicher, Jonas und Sie haben noch eine Menge mitei-

nander zu besprechen, bei dem meine Anwesenheit nur stören
würde."

Nachdem er gegangen war, fühlte Sabrina sich merkwürdig
befangen, als sie so allein mit Jonas in der Küche saß. Du hast ihn
schon mehrmals geküsst und sogar mit ihm geschlafen, rief sie
sich ins Gedächtnis. Ist es nicht ein wenig albern, ausgerechnet
jetzt die Tugendhafte zu spielen?

Sie atmete tief durch. „*Tack*, Jonas. *Tack så mycket* – ich danke
dir sehr."

„Wofür?" Er blickte auf. „Ich habe doch gar nichts getan. Erik
ist derjenige, der sich all die Mühe gemacht hat."

„Wie er bereits sagte – ohne dich wäre er gar nicht hier." Sie
zögerte kurz, doch die Neugier siegte. „Warum, Jonas? Warum
hast du das für mich getan?"

Er schaute sie direkt an. Sie hatte das Gefühl, in den Tiefen
seiner Augen versinken zu müssen. Es schien eine Ewigkeit zu
dauern, ehe er antwortete: „Ich liebe dich, Sabrina. Ich weiß, das
kommt jetzt vielleicht ein bisschen plötzlich, aber im Grunde
habe ich es von Anfang an gewusst. Ich wollte es nur nicht wahrhaben."

Sabrinas Mund war wie ausgetrocknet. „Du ... du liebst
mich? Aber ..."

„Sag jetzt nichts, in Ordnung? Ich weiß, dass du wahrscheinlich nicht dasselbe für mich empfindest." Er lachte freudlos auf.
„Natürlich nicht, nach allem, was zwischen uns vorgefallen ist.
Aber als ich endlich begriff, was ich für dich fühle, konnte ich
einfach nicht so weitermachen wie bisher."

„Und ich dachte, du und Johanna Ingvarsson ..."

Er schüttelte den Kopf. „Ich kann mir schon vorstellen, was
du geglaubt hast, als du sie in meinem Zimmer in der Pension
angetroffen hast."

„Du weißt davon?"

„Sie hat mir erzählt, wie sie sich dort eingeschlichen hat und
du sie überrascht hast. Ich glaube, in dem Moment, in dem mir
klar wurde, dass ich dich unwiderruflich verloren habe, wusste
ich, dass ich ohne dich nicht mehr leben will."

„Jonas …" Sabrinas Herz pochte so heftig, dass sie das Gefühl hatte, keine Luft mehr zu bekommen. „Und ich dachte, du …" Sie schluckte. „Ich war einmal mit einem Mann verlobt. Daniel. Er hat mir die große Liebe vorgespielt, aber am Ende musste ich feststellen, dass er nur an dem Vermögen interessiert war, dass ich von meiner Mutter geerbt hatte. Er hat sich von mir eine Anwaltspraxis finanzieren lassen, und als die pleiteging, hat er meine Bankkonten leer geräumt, ist mit einer anderen Frau durchgebrannt und hat mir nichts als einen feigen Abschiedsbrief und einen Berg von Schulden hinterlassen. Sigmund war damals für mich da und hat die Schulden bezahlt. Deshalb fühle ich mich mitverantwortlich dafür, dass *Ahlström Hemslöjdforening* in solchen Schwierigkeiten steckt. Hätte er nicht …" Sie räusperte sich angestrengt. „Nun, jedenfalls habe ich gedacht, dass du mich nur benutzt, wie Daniel damals. Dass es dir nur darum ging, an die Firma meines Vaters zu kommen. Kannst du mir noch einmal verzeihen?"

„Vielleicht war ich diesem Daniel früher sogar einmal ähnlicher, als ich wahrhaben wollte", gestand Jonas. „Aber irgendwie hast du es geschafft, einen anderen Menschen aus mir zu machen. Ich konnte den Gedanken, dass dein Vater und du die Firma verliert, plötzlich nicht mehr ertragen. Und da fiel mir Erik ein. Er ist eine richtige Legende in seiner Branche, weißt du? Er hat schon Firmen vor dem Konkurs gerettet, denen es viel schlechter ging als *Ahlström Hemslöjdforening*. Normalerweise sind seine Honorare kaum zu bezahlen, aber er war mir noch einen Gefallen schuldig."

„Danke", flüsterte Sabrina, den Tränen nahe. „Danke für alles."

„Keine Ursache. Ich musste es tun, schon allein, um mein Gewissen zu beruhigen. Ohne es zu wissen, habe ich die ganze Zeit über für den Mann gearbeitet, der dir solche Schwierigkeiten gemacht hat. Als Kron gemerkt hat, dass ich nicht bereit war, mich in kriminelle Machenschaften verwickeln zu lassen, hat er Johanna geschickt."

„Es war nicht deine Schuld."

„Doch, ich hätte viel eher merken müssen, was mein Klient für ein Mensch ist. Aber ich war selber in finanziellen Schwierigkeiten. Die Kanzlei, die mein Vater gegründet hat, stand kurz vor dem Ruin, und ich brauchte diesen Auftrag. Als mir klar wurde, dass ich dabei meine Prinzipien, alles, was einen Anwalt ausmacht, aus den Augen verloren hatte, war es schon zu spät."

Sabrina erhob sich von ihrem Platz und setzte sich neben ihn auf die Couch. „Zu spät wofür?", fragte sie leise.

„Für uns", erklärte Jonas bedrückt. „Ich habe die einmalige Chance verpasst, mit der Frau, die ich liebe, glücklich zu werden." Er barg das Gesicht in den Händen. „Ach, hätte ich das alles doch nur früher begriffen!"

Sabrina zog seine Hände beiseite und schaute ihm tief in die Augen. „Du bist ein solcher Dummkopf, Jonas Lavander", sagte sie. „Wie kannst du glauben, dass es für uns zu spät ist? Hast du denn immer noch nicht verstanden, dass ich dir vom ersten Moment an hoffnungslos verfallen war?"

„Willst du damit sagen …?"

Sie nickte. „Ja, Jonas, ich liebe dich ebenfalls!"

Dann küsste sie ihn so voller Leidenschaft, dass sie ihm auch die letzten Zweifel an der Wahrheit ihrer Worte nahm.

*J*ch kann immer noch nicht glauben, dass ihr es geschafft habt, Kinder!" Kopfschüttelnd schaute Sigmund sich um. Er strahlte über das ganze Gesicht. „Und ich dachte schon, ich hätte alles verloren."

„Das hätte Sabrina niemals zugelassen." Jonas half seinem zukünftigen Schwiegervater aus dem Wagen.

In knapp zwei Wochen sollte die Hochzeit von Sabrina und Jonas stattfinden. Sigmund war seinem behandelnden Arzt so lange auf die Nerven gegangen, bis dieser schließlich zustimmte, ihn vorzeitig aus dem Krankenhaus zu entlassen. Was sollte er da auch noch? Es ging ihm schon wieder viel besser, und gesund wurde man ohnehin am schnellsten zu Hause.

Dass er überhaupt noch ein Zuhause besaß, hatte er ausschließlich Sabrina, Jonas und Erik Hanson zu verdanken. Mit dem wohldurchdachten Sanierungsplan, den Hanson ausgearbeitet hatte, waren sowohl die Bank als auch die Gläubiger einverstanden gewesen. Ja, sogar die Belegschaft von *Ahlström Hemslöjdforening* spielte mit, obwohl bei den Löhnen und Gehältern gewisse Kürzungen nicht zu vermeiden gewesen waren. Die meisten der Leute waren am Ende froh, dass ihnen ihre Arbeitsplätze erhalten blieben, und waren nun doch bereit, hierfür eine kurze finanzielle Durststrecke in Kauf zu nehmen.

Kurzum, es war alles perfekt, als Sigmund an diesem schönen Freitagnachmittag aus dem Krankenhaus entlassen wurde. Er würde sein Zuhause und seine Firma behalten, und Sabrina hatte endlich den Mann gefunden, mit dem sie den Rest ihres Lebens verbringen wollte. Der einzige Wermutstropfen bestand darin, dass seine geliebte Adoptivtochter schon ein paar Tage nach der Hochzeit wieder nach Deutschland zurückkehren musste, um ihr Studium zu beenden. Sigmund fragte sich, ob ihr frischgebackener Ehemann sie wohl begleiten würde. Er stellte es sich ein wenig kompliziert vor, da Jonas sich immerhin noch um seine Kanzlei in Stockholm kümmern musste.

Die vermeintlich schlechte Publicity, die Osvald Kron über

die Kanzlei Lavander in Umlauf gebracht hatte, erwies sich im Nachhinein als regelrechter Gefallen. Es sprach sich herum, dass Jonas ein Mann mit Prinzipien war, und genau das schaffte wieder neues Vertrauen.

Inzwischen lief die Kanzlei, wie Sigmund gehört hatte, sogar wieder recht gut. Doch obwohl er sich natürlich für seinen zukünftigen Schwiegersohn freute – ein wenig wehmütig war ihm doch zumute, wenn er daran dachte, dass die beiden ihn bald wieder verlassen würden.

„Was machst du für ein Gesicht, *Pappa*? Man könnte meinen, du bläst Trübsal – und das an einem so wunderbaren Tag wie heute."

Sigmund schüttelte den Kopf. „Nein, nein, *min älskling*. Ich könnte überhaupt nicht glücklicher sein – vor allem, wenn ich an eure bevorstehende Heirat denke."

Jonas trat zu Sabrina und ergriff ihre Hand. „Darüber wollten wir übrigens noch einmal mit dir sprechen, Sigmund."

Obwohl ihn ein ungutes Gefühl beschlich, zwang er sich zu einem Lächeln. „Um was geht es? Ihr habt es euch doch hoffentlich nicht noch einmal anders überlegt?"

„Nein, natürlich nicht, aber …" Sabrina schaute zu Jonas herüber, und als dieser nickte, sagte sie: „Wir würden die Hochzeit gern noch um ein paar Wochen verschieben."

„Verschieben? Aber warum denn?"

„Na ja, der ganze Umzugsstress, verstehst du? Das möchte ich alles gern hinter mir haben, wenn ich heirate."

„Du willst jetzt schon wieder nach Deutschland zurückkehren?" Sigmund bemühte sich, seine Enttäuschung zu verbergen.

Doch zu seiner Überraschung schüttelte sie den Kopf. „*Nej*, ich werde nicht zurück nach Deutschland gehen – überhaupt nicht mehr. Jonas und ich haben beschlossen, hierher zu dir in den Ort zu ziehen. Natürlich nur, wenn du nichts dagegen hast. Seine Kanzlei kann er auch von hier aus führen, und meinen Abschluss kann ich per Fernstudium machen. Damit würden wir dich sicherlich nicht belästigen." Sie grinste verschmitzt. „Allerdings habe ich mir sagen lassen, dass Kleinkinder manchmal ziemlich laut schreien können. Wenn du damit also ein Problem hast, sagst du es uns besser sofort."

„Kleinkinder?" Sigmund blinzelte irritiert. „Bedeutet das etwa …?"

Sabrina nickte. „Ich bin schwanger, *Pappa*. Jonas und ich bekommen ein Baby – und du wirst Großvater. Na? Was sagst du?"

„Was ich dazu sage?" Lachend umarmte er zuerst seine Stieftochter, dann deren Verlobten. „Ihr macht mich zum glücklichsten Mann auf dieser Erde."

Jonas schüttelte den Kopf. „Es tut mir leid, dir widersprechen zu müssen, aber diesen Titel kann ich dir leider nicht überlassen. Der glücklichste Mann auf Erden", sagte er lächelnd, „bin nämlich schon ich."

Mit diesen Worten zog er Sabrina an sich und versiegelte ihre Lippen mit einem zärtlichen, nicht enden wollenden Kuss.

– ENDE –

Pia Engström

Traumschiff vor Stockholm

Roman

1. KAPITEL

Wie eine kostbare Perle schimmerte die *Midsommarsolen* im klaren Sonnenschein. Seit fünf Tagen lag der riesige Luxusliner bereits im Hafen von Göteborg vor Anker. Er überragte alle anderen Schiffe – Privatjachten wie große Containerschiffe – um Längen und wirkte mit seinen hohen weißen Bordwänden und den zahllosen glitzernden Bullaugen und Fenstern so imposant, dass immer wieder Schaulustige am Kai stehen blieben und die Beladearbeiten behinderten. In etwas mehr als einer Stunde würde der Check-in abgeschlossen sein. Und am späten Nachmittag dann, wenn die Sonne tief über dem Meer stand, würde es endlich heißen: „Leinen los!"

Filippa Vinterdahl, die ganz oben auf dem Aussichtsdeck der *Midsommarsolen* stand, atmete tief durch und zupfte mit zittrigen Fingern das marineblaue Halstuch zurecht, das zu ihrer Hostessenuniform gehörte. Sie war nervös, und das aus gutem Grund. Dies war nicht nur ihre erste Fahrt an Bord des Kreuzfahrtschiffes, sondern auch so etwas wie eine familiäre Bewährungsprobe. Ihr Vater, der große Gunnar Vinterdahl-Norrholm, Direktor der Norrholm Kreuzfahrtflotte, hatte ihr keine verantwortungsvolle Anstellung im Familienunternehmen geben wollen, deshalb hatte Filippa sich kurzerhand bei der Konkurrenz als Chefhostess beworben – und den Zuschlag erhalten. Und dabei hatte sie es keineswegs nötig gehabt, ihren „Familienbonus" auszuspielen! Ihr neuer Arbeitgeber hatte sie aufgrund ihrer Erfahrung eingestellt, nicht, weil sie die einzige Erbin der Reederei Norrholm war. Warum auch nicht? Immerhin konnte sie zahlreiche Einsätze als Stewardess und tadellose Referenzen vorweisen. Sie war gut in ihrem Job, und jeder Arbeitgeber konnte froh sein, eine Mitarbeiterin wie sie zu gewinnen.

Ihre Eltern jedoch begegneten ihrem Wunsch, auf eigenen Beinen stehen zu wollen, mit Unverständnis. Sie hätten es lieber gesehen, wenn sie sich endlich auf die Suche nach einem adäquaten Ehemann machte, der nach dem Abdanken von Gunnar Vinterdahl-Norrholm die Firma leiten konnte. Deshalb hatte ihr

Vater auch jeden ihrer Versuche, sich in der Reederei ihrer Familie nach oben zu arbeiten, boykottiert und Filippa damit gezwungen, sich anderweitig umzusehen.

Ihre Eltern konnten oder wollten einfach nicht begreifen, dass sie nach der Enttäuschung mit Helge von Beziehungen erst einmal genug hatte. Einer Enttäuschung, an der ihr Vater übrigens durchaus eine Mitschuld trug, hatte er das Verhalten seines Traumschwiegersohns doch zumindest billigend in Kauf genommen. Aber hatte er auch nur eine Sekunde daran gedacht, welchen Schmerz er seiner Tochter damit zufügte?

Allein der Gedanke an Helge reichte aus, um wieder dieses leere, kalte Gefühl in ihrer Brust hervorzurufen. Sie spürte, wie ihre Augen feucht wurden, und blinzelte heftig. Auf keinen Fall würde sie diesem Schuft auch nur eine weitere Träne hinterherweinen. Stattdessen konzentrierte sie sich auf den Groll, den sie für ihren Vater empfand. Gunnar Vinterdahl-Norrholm war es von Anfang an ausschließlich darum gegangen, dass Helge genau der Vorstellung entsprach, die er von seinem Nachfolger als Chefdirektor der Reederei Norrholm hatte. Für ihn war Helge nach wie vor der perfekte Schwiegersohn.

Nun, überlegte Filippa, vielleicht war es sogar ganz gut so. Indem sie gezwungen war, ihren eigenen Weg zu finden, musste sie sich später wenigstens nicht fragen, ob sie es auch aus eigener Kraft geschafft hätte und …

„Filippa? *Förlåt*, aber haben Sie vielleicht einen Augenblick Zeit? Es gibt ein Problem mit der Band …“

Mit einem stummen Seufzen wandte sich Filippa von der Reling ab und Leif Hennarsson zu. Für den Junior-Steward war es ebenfalls die erste Saison an Bord der *Midsommarsolen*.

„Natürlich, Leif.“ Sie schenkte dem nervösen jungen Mann ein aufmunterndes Lächeln und versuchte, sich ihre eigene Aufregung nicht anmerken zu lassen. Sie wusste, auch wenn man sich noch so sehr auf jede Eventualität vorbereitete, unliebsame Überraschungen ließen sich niemals ganz vermeiden. „Was ist denn passiert? Hat der Spediteur die Instrumente beim Transport beschädigt? Oder sind sie gleich ganz verloren gegangen?“

„*Nej* – viel schlimmer!", erklärte Leif, während sie nebeneinander die Treppe zum Oberdeck hinuntergingen, das direkt unter dem Aussichtsdeck lag. „Es geht um den Schlagzeuger der Band – er scheint spurlos verschwunden zu sein!"

Wie angewurzelt blieb Filippa stehen. „Verschwunden? Aber wie …"

„Er und seine Kollegen haben gestern Abend noch einen Streifzug durch die Göteborger Partyszene gemacht. Etwa gegen Mitternacht wurde Björn Västardal zum letzten Mal gesehen – danach waren die anderen Mitglieder der Band bereits zu betrunken, um sich noch an irgendetwas erinnern zu können."

Filippa unterdrückte ein Aufstöhnen, als sie einen Blick auf ihre Armbanduhr warf. Es blieben nur noch etwas mehr als zwei Stunden, um das verloren gegangene Bandmitglied ausfindig zu machen oder einen geeigneten Ersatz zu beschaffen. Sie holte tief Luft. *Du bist ein Profi, du wirst auch diese Situation in den Griff bekommen. Nur die Ruhe bewahren und nicht die Nerven verlieren!*

„Was machen wir denn jetzt, Filippa?", fragte Leif aufgeregt.

Ja – was machen wir? Jetzt ist guter Rat teuer …

Sie straffte die Schultern. „Zuallererst spreche ich mit den übrigen Musikern. Sie gehen bitte zu Majken und bitten sie, eine Liste von infrage kommenden Ersatzleuten zu erstellen. Sie hat mit dem Check-in zwar alle Hände voll zu tun, aber wenn Sie ihr erklären, worum es geht, wird sie den Ernst der Lage schon verstehen."

Irgendwie schaffte sie es, eine Ruhe und Gelassenheit auszustrahlen, die sie keineswegs empfand. Wenn sie für dieses Problem keine Lösung fand, dann würde man als Erstes sie, die Chefhostess der *Midsommarsolen*, dafür verantwortlich machen. Und das mit Recht, denn die Musiker fielen ganz eindeutig in ihren Verantwortungsbereich. Mit einem solchen Einstand wollte sie ihre neue Stelle auf keinen Fall beginnen. Wenn der vermisste Schlagzeuger also nicht bald von allein wieder auftauchte, würde sie improvisieren müssen – irgendwie …

Leif und sie durchquerten gerade die große Hauptlobby auf

dem Weg zum Crewdeck, als eine tiefe, befehlsgewohnte Stimme ihren Namen rief.

„Filippa, bitte warten Sie einen Moment!" Mit ausgreifenden Schritten eilte Jörgen Eklund, oberster Verantwortlicher für den Service auf der *Midsommarsolen* und damit Filippas direkter Vorgesetzter, auf sie zu. „Ich müsste kurz mit Ihnen sprechen."

Sie nickte Leif knapp zu. „Ich komme gleich nach – trommeln Sie die übrigen Musiker bitte schon einmal im Proberaum zusammen und gehen Sie dann zu Majken." Dann wandte sie sich Eklund zu. „Ja?"

Filippa war angespannt. Hatte ihr Vorgesetzter etwa schon von dem vermissten Schlagzeuger erfahren? Aber woher? Und würde er sie gleich als unprofessionell abstempeln, weil sie sich nicht früher versichert hatte, dass alle Bandmitglieder an Bord waren? Oder gab er ihr eine Chance, sich in dieser Krise zu bewähren?

Die große Gangway war inzwischen freigegeben worden, und die ersten Gäste strömten an Bord der *Midsommarsolen*. Der Servicechef blickte sich suchend um, nickte schließlich kaum merklich und führte Filippa in eine ruhige Ecke der Lobby.

„Die Reederei hat einen Hinweis erhalten, dass wir auf unserem Trip nach Stockholm wahrscheinlich einen ganz besonderen Gast an Bord haben werden", sagte Eklund leise, und Filippa war erleichtert. Es ging also nicht um die Band. Doch der geheimnisvolle Ton ihres Vorgesetzten ließ sie gebannt zuhören, als er weitersprach: „Es soll sich um einen einflussreichen Kritiker handeln, der unser Kreuzfahrtangebot einem Test unterziehen will. Bisher ist es nicht viel mehr als ein Gerücht, aber ..."

Filippas Herz klopfte aufgeregt. Ein Kritiker? Ausgerechnet bei ihrem ersten Einsatz auf der *Midsommarsolen*?

Du hast schon ganz andere Herausforderungen gestemmt, da wird dich doch ein dahergelaufener Hotel- und Reisekritiker nicht ins Schleudern bringen!

Sie atmete tief durch. „Weiß man, wer es ist?"

Eklund schüttelte den Kopf. „Bedauerlicherweise nicht. Aber ob es sich nun um einen Zeitungskritiker oder um den Qualitätsprüfer einer Reisegesellschaft handelt, mit der wir zusammenarbeiten – auf jeden Fall ist es für uns von allergrößter Bedeutung, positiv abzuschneiden."

„Natürlich", entgegnete Filippa. „Das ist mir sehr wohl bewusst."

„Die Marketingabteilung versucht, mehr in Erfahrung zu bringen, doch es wird wohl noch eine Weile dauern, ehe wir weitere Details erhalten. Bis dahin sind wir auf unser Gespür angewiesen." Der Servicechef bedachte Filippa mit einem eindringlichen Blick. „Ich weiß, dies ist das erste Mal, dass Sie für unsere Gesellschaft arbeiten, und ich hätte Ihnen wirklich einen ruhigeren Einstand gewünscht. Aber das können wir nun mal nicht ändern. Ich muss Sie bitten, die Augen offen zu halten. Es wird auf diesem Trip Ihre ganz spezielle Aufgabe sein, dafür Sorge zu tragen, dass es unserem Testpassagier an nichts fehlt. Ich denke, wir verstehen uns?"

Filippa nickte. „Selbstverständlich. Ich werde Sie gewiss nicht enttäuschen."

Eklund nickte ihr noch einmal zu und ging dann weiter.

Na, das kann ja heiter werden ... Filippa atmete tief durch. Sie hatte sich ihrem Vorgesetzten gegenüber zuversichtlich gezeigt, doch in Wahrheit war sie sich ihrer Sache alles andere als sicher. Wie stellte Eklund sich das überhaupt vor? Wie sollte sie eine Person mit besonderer Aufmerksamkeit bedenken, deren Identität sie nicht einmal kannte? Es könnte jeder sein, ein Mann, eine Frau, ja, sogar ein Pärchen!

Auf dem Weg zum Crewdeck maß sie die Kreuzfahrtgäste, die bereits eingecheckt hatten, mit einem forschenden Blick. Praktisch jeder von ihnen konnte der heimliche Reisekritiker sein. Im Grunde machte es für Filippa nicht einmal einen Unterschied. Aus Prinzip behandelte sie die Gäste aus den günstigsten Standardkabinen mit der gleichen ausgesuchten Höflichkeit wie diejenigen, die eine Deluxesuite auf dem Oberdeck bewohnten. Für sie gehörte es ganz einfach zum besonderen Service an Bord eines Kreuzfahrtschiffes, dass die Crew alles in ihrer Macht Stehende tat, um jedem Gast eine traumhafte und unvergessliche

Reise zu bereiten.

Doch ein Reisekritiker war nicht irgendein Gast. Er entschied mit seinem Urteil über unschätzbaren Prestigegewinn oder großen Imageschaden einer Kreuzfahrtgesellschaft. Und zwar nicht nur, wenn es sich um einen Zeitungskritiker handelte. Wenn es sich um den Prüfer einer Reisegesellschaft handelte, hing mindestens ebenso viel davon ab.

Um die gleich bleibende Qualität ihres Angebots zu überprüfen, schickten Reiseunternehmen in regelmäßigen Abständen Testreisende auf den Weg. Diese bewerteten nicht nur Komfort und Ausstattung der Unterkünfte, sondern auch den Service sowie Freundlichkeit und Hilfsbereitschaft des Personals. Schnitt ein Hotel oder eine Reederei bei einer solchen Prüfung schlecht ab, dann konnte das weitreichende Konsequenzen haben. Aufgrund einer negativen Bewertung kam es vor, dass langjährige Verträge plötzlich gekündigt wurden. Und so etwas ließ sich natürlich nicht geheim halten, sodass es zumeist auch mit einem Vertrauensverlust bei den verbleibenden Geschäftspartnern einherging.

Da jedes Unternehmen eine solche Katastrophe vermeiden wollte, war es nur allzu verständlich, dass ein Testgast nur mit Glacéhandschuhen angefasst wurde. Vor allem, da dieser in der Regel ganz besonders hohe Ansprüche stellte und meist nicht unbedingt zu den angenehmsten Passagieren zählte.

Darüber kannst du dir später Gedanken machen. Jetzt ist erst einmal das Problem mit der Band an der Reihe.

Im Gegensatz zu den Passagierdecks war auf dem Crewdeck von Komfort und Luxus nichts zu sehen. Schmale, klinisch weiß gestrichene Gänge und Neonlicht wirkten nicht besonders anheimelnd. Doch Filippa, die als Hostess schon an zahlreichen Kreuzfahrten teilgenommen hatte, machte das nichts aus. Als Crewmitglied verbrachte man ohnehin nur die Nächte in der Kabine – die Arbeit auf einem Ozeandampfer war ein Fulltime-Job.

Als sie den Proberaum erreichte, atmete sie noch einmal tief durch und reckte das Kinn, ehe sie ohne anzuklopfen eintrat. Die Mitglieder der Band, die es sich auf der ausgemusterten Klubgarnitur bequem gemacht hatten, blickten auf und musterten sie abschätzend. Filippa wusste, was den Männern gerade durch den Kopf ging: Vor ihnen stand eine ein Meter zweiundsechzig große Frau mit Sommersprossen, veilchenblauen Augen und hellblonden Locken, die sich nur mit Mühe zu einem einigermaßen ordentlichen Zopf bändigen ließen. Nicht gerade die Art von Person, von der sich junge Männer beeindrucken ließen – doch damit konnte Filippa umgehen.

„So", sagte sie energisch, um gar nicht erst Zweifel an ihrer Kompetenz aufkommen zu lassen. „Da die Herren sicherlich kaum daran interessiert sind, eine saftige Entschädigung zu zahlen, überlegen wir jetzt einmal alle zusammen, wo das verlorene Bandmitglied stecken könnte …"

„Also, ich weiß ja nicht …" Emilia Kjeldsson beschattete mit der linken Hand ihre Augen gegen die Sonne und blickte zu dem riesigen Kreuzfahrtschiff hinauf, das im strahlenden Sonnenschein funkelte. „Eindrucksvoller als die *Star of Sweden* sieht die *Midsommarsolen* auch nicht aus, oder, Carl-Erik?"

Carl-Erik Andersson, der Emilias riesige Hutschachtel trug, von der sie sich unter keinen Umständen hatte trennen wollen, unterdrückte ein Seufzen. „Zuallererst hör bitte endlich damit auf, mich Carl-Erik zu nennen. Nur meine Mutter hat mich immer so genannt. Für alle anderen bin ich Erik. Einfach nur Erik, *okej*? Und vergiss die kleine Geschichte nicht, die wir uns zurechtgelegt haben: Du bist meine jüngere Stiefschwester, und ich habe dich zu dieser Reise eingeladen, weil meine ursprüngliche Begleiterin kurzfristig abgesprungen ist. Mit einer guten Geschichte läuft man weniger Gefahr, enttarnt zu werden. Außerdem würde es nur neugierige Fragen aufwerfen, wenn du als meine Assistentin mit mir in einer Suite wohnst."

Die Tochter seines ehemaligen Geschäftspartners, die nun schon seit ein paar Monaten für ihn arbeitete, winkte gelangweilt ab. „Ja, ja, schon gut." Sie fuhr mit der Hand über ihren perfekt frisierten rotblonden Bob. „Dein Wunsch ist mir Befehl. Du bist der Boss, ich nur die kleine Angestellte – als könnte ich das jemals vergessen, wo du es mir doch ständig unter die Nase reibst."

Er ging auf ihre Sticheleien gar nicht ein. So war Emilia nun mal. Jede andere Assistentin hätte er für die Dreistigkeiten, die sie sich herausnahm, schon längst vor die Tür gesetzt. Doch in Emilias Fall lagen die Dinge ein wenig anders. So anders, dass er sie seit nunmehr sechs Monaten bei sich in seinem Penthouse in Södermalm wohnen ließ und all ihre kostspieligen kleinen Exzesse finanzierte.

„Vielleicht sollten wir erst einmal an Bord gehen – dann können wir immer noch entscheiden, wie uns die *Midsommarsolen* gefällt." Ohne Emilias Antwort abzuwarten, schulterte er seine Laptoptasche. Das übrige Gepäck war bereits von einem Angestellten des Kreuzfahrtunternehmens in Empfang genommen und auf ihre Suite gebracht worden. Ein Service, der auch auf Kreuzfahrtschiffen längst nicht alltäglich war, wie Erik in Gedanken notierte. Er musste es wissen, schließlich hatte er bereits Überfahrten auf mehr als einem Dutzend Ozeanriesen mitgemacht. Er kannte die schönsten Plätze der Erde, hatte in den exklusivsten Luxushotels und Ferienanlagen gewohnt – jedoch nicht zu seiner eigenen Erholung. Nein, diese Dinge waren ein fester Bestandteil seiner Arbeit.

Er seufzte. Wie oft musste er sich anhören, dass andere ihn um seinen Job beneideten. In den Augen seiner Bekannten bestand sein Leben nur aus einer endlosen Aneinanderreihung von Urlaubsreisen. Dass er jeden Ort, den er besuchte, mit Argusaugen unter die Lupe nahm und praktisch immerzu nach dem sprichwörtlichen Haar in der Suppe suchen musste, das sahen diese Leute nicht. Manchmal konnte Erik sich gar nicht mehr vorstellen, wie es wohl war, als *echter* Urlauber unterwegs zu sein. Es musste wunderbar sein, all die Schönheiten der Natur – traumhafte blütenweiße Sandstrände, endlose grüne Wiesen und Wälder, reißende Wasserfälle und murmelnde Bäche – einfach nur genießen zu dürfen. Doch selbstverständlich hatte er keinen Grund, sich zu beklagen. Die meisten Menschen konnten nur davon träumen, so viel von der Welt zu sehen wie er. Und er verdiente damit sogar seinen Lebensunterhalt.

Die Ansprüche der Verbraucher hatten sich in den vergangenen Jahren stark gewandelt. War früher für den Kauf einer Ware oder Dienstleistung vor allem der Preis relevant gewesen, erwartete man heute ein möglichst umfassendes Gesamtpaket aus höchster Qualität und perfektem Service.

Deswegen hatte er vor etwas mehr als zwölf Jahren zusammen mit Emilias Vater Henk Kjeldsson, eine Agentur gegründet, die unabhängige Qualitätsprüfungen aller Art anbot. Die Palette reichte von kleineren Aufträgen wie Probeeinkäufen in Supermärkten und Testanrufen bei telefonischen Kundenbetreuungen bis hin zu wirklich großen Aufträgen, zu denen auch Luxusreisen jeglicher Art gehörten.

Absolute Unbestechlichkeit war in ihrer Branche das A und O. Deshalb beschäftigte Erik bei *K & A Kvalitet och service besiktningar* auch nur Angestellte, deren Integrität er zuvor einer strengen Prüfung unterzogen hatte. Für die Ehrlichkeit und Vertrauenswürdigkeit jedes seiner Mitarbeiter würde Erik ohne zu zögern die Hand ins Feuer legen. Das wussten auch seine Auftraggeber und buchten daher die Dienstleistung von *K & A* gern, auch wenn sie dafür etwas tiefer in die Tasche greifen mussten.

Zumindest war dies mehr als elf Jahre lang der Fall gewesen. Doch dann hatte sich alles geändert. Und dafür trug kein Außenstehender die Verantwortung, sondern eine Person aus dem innersten Kreis des Unternehmens.

Bitterkeit stieg in Erik auf, als er an das letzte Gespräch mit Henk dachte. Bitterkeit und ein vollkommen irrationales Schuldgefühl, das objektiv betrachtet jeder Grundlage entbehrte.

Es hatte eine lautstarke Auseinandersetzung mit seinem Partner Henk gegeben, die trotz verschlossener Türen keinem der anwesenden Mitarbeiter entgangen war. Erik erinnerte sich noch genau an die erschrockene Miene von Henks Sekretärin, als ihr Chef schimpfend und fluchend durch das Vorzimmer und aus dem Firmengebäude gestürmt war.

Seit diesem Tag waren die früheren Freunde und Geschäftspartner geschiedene Leute gewesen. Alle weiteren Gespräche und Verhandlungen führten sie ausschließlich über ihre Anwälte. Erik sah Henk einige Monate später noch einmal ganz zufällig in einer Bar, wo er volltrunken den Barkeeper anpöbelte, der sich weigerte, ihm einen weiteren Drink einzuschenken.

Damals hatte er sich, angewidert vom Verhalten seines ehemaligen Partners, abgewandt. Hätte er geahnt, dass Henk zu diesem Zeitpunkt schon längst keinen anderen Ausweg mehr sah, als sich das Leben zu nehmen …

Rasch verdrängte er den Gedanken. Doch er wusste auch, dass er der Erinnerung nicht auf Dauer entfliehen konnte. Er brauchte bloß Emilia anzublicken und den stummen Vorwurf in ihren Augen zu lesen, und alles kehrte mit einem Schlag zurück. Sie war ein lebendes, atmendes Mahnmal seiner Schuld.

Wie von selbst drehte er sich, ehe er auf die lange Gangway trat, noch einmal nach ihr um. Er unterdrückte ein Seufzen, als er ihre mürrische Miene bemerkte. Vielleicht war es ein Fehler gewesen, sie auf diese Reise mitzunehmen. Schon zu Hause kamen sie nicht besonders gut miteinander aus. Doch in dem geräumigen, zweigeschossigen Penthouse in Stockholm konnten Emilia und er einander zumindest aus dem Weg gehen – an Bord eines Kreuzfahrtschiffes war dies selbst in den großen Luxussuiten nicht immer möglich.

Er ließ Emilia nicht für sich arbeiten und bei sich wohnen, weil er sie besonders ins Herz geschlossen hätte. Sie waren zwei grundverschiedene Charaktere, die naturgemäß immer wieder aneinandergerieten, und offen gestanden mochte er sie nicht einmal sonderlich. Er gab sich nur deswegen mit ihr ab, um zumindest einen kleinen Teil der Schuld abzutragen, die er auf sich geladen hatte. Mit Leichtigkeit hätte er sie in Stockholm zurücklassen oder zumindest eine eigene Einzelkabine für sie buchen können, aber er betrachtete es als eine Art Buße, genau dies nicht zu tun. Außerdem …

„Da sind Sie ja endlich!"

Erik blinzelte irritiert. Er war gerade von der Gangway getreten, als sich ein Mädchen mit hellblonden Locken vor ihm aufbaute und ihn ärgerlich anfunkelte. Nein, kein Mädchen, korrigierte er sich sogleich, eine junge Frau in Crewuniform. Das Namensschild am Revers wies sie als Filippa Vinterdahl, Chefhostess, aus. Und sie war ganz eindeutig wütend auf ihn – aber warum?

Er war viel zu überrumpelt, um irgendetwas zu sagen, als sie ihn am Ärmel seiner Lederjacke packte und mit sich zog. Etwas abseits der Rezeption blieb sie stehen und bedachte ihn mit einem vernichtenden Blick. „Wissen Sie eigentlich, was Sie beinahe angerichtet hätten? Um Himmels willen, wir legen in weniger als zwei Stunden ab, ist Ihnen das überhaupt klar?"

Eine Verwechslung. Anders konnte Erik es sich nicht erklären. Sie hielt ihn offenbar für jemand anderen. Er wusste, eigentlich wäre es seine Pflicht als Gentleman gewesen, die Sache aufzuklären, doch er konnte es einfach nicht. Dazu war sie in ihrer Wut einfach zu hinreißend. Und so beschloss er, das Spielchen noch eine Weile mitzuspielen.

So unauffällig wie möglich musterte er sie einen Moment lang. Ihre Augen, die von einem ungewöhnlichen Veilchenblau waren, blitzten, und ihre geröteten Wangen hoben sich deutlich von der sonst sehr hellen, fast schon durchscheinenden Haut ab. Entzückt stellte er fest, dass sie Sommersprossen hatte. Es überraschte ihn selbst, dass er sich dafür so begeisterte. Die Frauen, mit denen er beruflich oft zu tun hatte, waren sich alle ähnlich: groß, schlank und elegant, so als seien sie geradewegs einem Modekatalog entstiegen. Filippa Vinterdahl hingegen war vollkommen anders – und dadurch nur umso anziehender für ihn.

„Sagen Sie mal, hören Sie mir überhaupt zu?"

Erik hatte tatsächlich kein Wort von dem mitbekommen, was sie in den vergangenen Sekunden gesagt hatte. *„Förlåt* – aber ich kann mich einfach nicht konzentrieren, wenn mich eine so bezaubernde Frau zusammenstaucht." Er streckte ihr die Hand entgegen. „Darf ich mich vielleicht vorstellen? Mein Name ist …"

„Förbannat! Ich weiß, wer Sie sind – die Beschreibung Ihrer Bandkollegen war durchaus eindeutig! Und die Trommel, die Sie mit sich herumtragen, ist ja nicht zu übersehen!"

„Die Tromm…" Erst jetzt begriff Erik, was sie meinte. Die Hutschachtel – natürlich! „Entschuldigung, aber das ist …"

„Tut mir leid, mit einer einfachen Entschuldigung ist es nicht getan. Ihnen ist wohl nicht klar, was Sie mit Ihrer Verspätung beinahe angerichtet hätten! Eine Musikkapelle ohne Schlagzeuger, das ist doch wie …"

„Eine Suppe ohne Salz?", half er ihr schmunzelnd aus.

„Sie finden das wohl auch noch lustig, wie? Ihnen scheint der Ernst der Situation überhaupt nicht klar zu sein! Die *Midsommarsolen* hätte beinahe ohne Sie ablegen müssen, und ich wäre gezwungen gewesen, einen Ersatzmusiker zu finden oder gleich eine andere Band. Ich …"

„Was will diese … *Person* von dir, Erik?" Emilia, die mit ihren teuren Designerpumps eine kleine Ewigkeit gebraucht hatte, um die Gangway zu überqueren, war unbemerkt zu ihnen gestoßen. Sie nahm Erik die Hutschachtel ab und musterte Filippa Vinterdahl mit einem herablassenden Blick. „Willst du dir dieses unverschämte Verhalten wirklich bieten lassen? Das ist ja unerhört!"

Missbilligend runzelte Erik die Stirn. Emilia war vollkommen aus ihrer Rolle als seine Stiefschwester gefallen – er musste ihr unbedingt noch einmal einschärfen, wie wichtig es war, dass niemand seine wahre Identität erkannte. Doch noch viel mehr störte ihn, wie sie mit Filippa Vinterdahl umsprang. Er konnte förmlich mit ansehen, wie die Chefhostess der *Midsommarsolen* begriff, dass sie einer Verwechslung aufgesessen war. Ihre hinreißend veilchenfarbenen Augen wurden groß, die sinnlich geschwungenen Lippen schmal.

Sie räusperte sich angestrengt. „Ich … Sie sind gar nicht Björn Västardal?"

2. KAPITEL

Min Gud, nej!

Als Filippa ihr Fehler bewusst wurde, wäre sie am liebsten im Boden versunken. Doch der mit sanft schimmerndem Teak ausgelegte Boden des Außendecks wollte sich einfach nicht auftun und sie verschlingen, also musste sie einen anderen Weg finden, diese Situation einigermaßen mit Anstand zu meistern.

Sie räusperte sich noch einmal, um ihre Unsicherheit zu überspielen. Ganz ruhig, du bekommst das schon in den Griff! Entschuldige dich einfach, und mit ein bisschen Glück wird niemals jemand von dieser peinlichen Panne erfahren.

Doch der Blick der rotblonden Begleitung ihres „Opfers" verhieß nichts Gutes. „Natürlich ist er *nicht* dieser Björn Sowieso!", fauchte sie, ehe Filippa auch nur einen Ton herausbringen konnte. „Und jetzt sagen Sie mir gefälligst Ihren Namen, damit wir uns beim Kapitän über Ihr impertinentes Verhalten beschweren können!"

Filippa spürte, wie ihr alles Blut aus dem Gesicht wich – jedoch weniger vor Scham als vor mühsam unterdrückter Verärgerung. Sie kannte solche Leute nur allzu gut, nicht nur von ihren Erfahrungen als Stewardess. Als Tochter des großen Gunnar Vinterdahl-Norrholm verkehrte sie schon seit frühester Jugend in den gehobenen Kreisen der Gesellschaft, in der Arroganz und Snobismus praktisch zum guten Ton gehörten. Ihr selbst waren diese Eigenschaften stets zuwider gewesen. Umso allergischer reagierte sie auf das herablassende Verhalten der jungen Frau.

Ihrem Begleiter schien ihr Benehmen ebenfalls hochgradig unangenehm zu sein. Er schüttelte seufzend den Kopf. „Lass gut sein, Emilia. Es war doch nun wirklich keine große Sache …"

Zum ersten Mal kam Filippa dazu, ihn einer etwas intensiveren Betrachtung zu unterziehen, und sie stellte fest, dass er geradezu unverschämt gut aussah. Kein Wunder, dass sie ihn für den vermissten Musiker gehalten hatte! Die eng anliegenden dunklen Jeans und der graue Rollkragenpullover, über dem er eine karamellfarbene Lederjacke trug, gaben ihm einen irgendwie verwegenen Anstrich. Sein Haar war von einem tiefen Schwarzbraun, leicht gewellt und so lang, dass es sich in seinem Nacken kringelte. Auch in diesem Punkt entsprach er genau Filippas Bild von einem Künstler. Das Gesicht jedoch – streng geschnitten, mit kantigem Kinn und kühn geschwungener Nase – hatte eindeutig etwas Aristokratisches an sich.

Und dann diese Augen …

Sie wusste nicht, wie ihr geschah. Als sie seinem Blick begegnete, fühlte sie sich wie in einen Bann gezogen. Seine Augen waren von einem so hellen Grau, dass sie an den wolkenverhangenen Himmel über der Ostsee denken musste. Sekundenlang konnte sie nichts anderes tun, als ihn anzustarren – erst dann merkte sie, dass seine Begleiterin wieder das Wort ergriffen hatte.

„Ich verstehe nicht, wie du das so einfach durchgehen lassen kannst", empörte sie sich und strich den absolut tadellosen Stoff ihres lindgrünen Etuikleids glatt, das ihren ätherischen Teint unterstrich. Es war auf den ersten Blick zu erkennen, dass es von einem Designerlabel stammte und vermutlich, ebenso wie ihre eleganten High Heels, die Lederhandtasche und der farblich genau auf das Kleid abgestimmte Mantel, ein kleines Vermögen gekostet hatte.

Mit einem Anflug von Ironie kam Filippa der Gedanke, dass ihr Vater sich eine solche Frau zur Tochter gewünscht hätte. Sie entsprach viel eher seinen Vorstellungen als Filippa selbst. Vermutlich würde sie mit Freuden einen der Kandidaten heiraten, die Gunnar Vinterdahl-Norrholm für seine Tochter auswählte, sofern er ihr nur weiterhin den gewohnten Lebensstil finanzieren konnte …

Rasch schob sie diese absurden Überlegungen beiseite. Jetzt war nicht der richtige Moment, sich mit ihren privaten Problemen zu befassen.

„Es tut mir wirklich außerordentlich leid", wandte sie sich direkt an ihren Passagier und ignorierte die Begleiterin dabei geflissentlich. „Ich habe Sie für den Schlagzeuger unserer Schiffskapelle gehalten, weil Sie dieses Ding …" Sie deutete mit einem

Kopfnicken auf die riesige Hutschachtel und blickte dann wieder den Gast an. Ein Lächeln huschte über seine Lippen, das Filippa einen Moment lang aus dem Konzept brachte. Schließlich rief sie sich zur Ordnung. *„Förlåt.* Ich habe mich wie eine Furie aufgeführt – wenn es irgendetwas gibt, womit ich diesen Fauxpas wiedergutmachen kann …"

Er winkte ab. Wieder zogen seine strahlenden hellgrauen Augen sie in den Bann – doch ein wenig ärgerte sie sich auch über ihn. Es wäre ein Leichtes für ihn gewesen, das Missverständnis aufzuklären, ehe es derart peinlich für sie wurde, doch er hatte es nicht getan. Stattdessen hatte er tatenlos mit angesehen, wie sie sich mit jedem Wort immer tiefer und tiefer in den Schlamassel ritt. Von einem Gentleman konnte man wirklich etwas anderes erwarten – oder etwa nicht?

„Es ist alles in Ordnung." Als er nun wieder lächelte, verflog ihr Unmut sogleich, und sie spürte, wie ihr Herz anfing, Purzelbäume zu schlagen. Nanu? Was hatte das schon wieder zu bedeuten? „Niemandem ist ein Leid geschehen, ich finde, wir sollten die Sache einfach auf sich beruhen lassen – nicht wahr, Emilia? Das siehst du doch auch so?"

Seine Begleiterin warf ihm einen verärgerten Blick zu, zog es aber vor, zu schweigen.

„Ich … *Tack så mycket*", stieß Filippa heiser hervor. Sie war noch immer irritiert darüber, mit welcher Heftigkeit sie auf diesen fremden Mann reagierte. „Wenn es im Verlauf Ihrer Reise irgendetwas gibt, was ich für Sie tun kann, fragen Sie bitte nach mir. Mein Name ist Vinterdahl. Filippa Vinterdahl."

Er wollte gerade etwas erwidern, als seine Begleiterin, die er Emilia genannt hatte, ihn am Arm ergriff. „Komm, wir gehen!", sagte sie und zerrte ihn in Richtung Check-in-Desk.

Filippa runzelte die Stirn. Täuschte sie sich, oder zeichnete sich da ein Anflug von Bedauern in seiner Miene ab?

Ehe sie den Check-in erreichten, drehte er sich noch einmal um. „Ich hoffe, Sie finden Ihren vermissten Musiker." Er zwinkerte ihr zu.

Hastig wandte Filippa sich ab. Auf keinen Fall sollte er sehen, welchen Aufruhr er in ihr hervorrief.

Am späten Nachmittag lief die *Midsommarsolen* trotz kleinerer und größerer Katastrophen pünktlich aus dem Hafen von Göteborg aus.

Der vermisste Schlagzeuger war schlussendlich doch noch eingetroffen. Er hatte sich von Filippa eine Strafpredigt anhören können, die er wohl zeit seines Lebens nicht vergessen würde. Natürlich hatte er diese Zurechtweisung mehr als verdient, wenngleich Filippa sich auch eingestehen musste, dass ein Teil ihres Ärgers auch diesem anderen Mann galt. Sein Name war Erik Andersson, und er reiste in Begleitung seiner Stiefschwester. Das wusste sie von ihrer Kabinengenossin Majken, die am Check-in gearbeitet hatte.

Dass diese hochnäsige junge Frau seine Stiefschwester sein sollte, überraschte Filippa. So wie diese unmögliche Person ihn für sich eingenommen hatte, hatte sie sie eher für seine Ehefrau gehalten. Gleichzeitig verspürte Filippa aber auch eine gewisse Erleichterung. Aber warum? Immerhin ging dieser Erik sie doch gar nichts an. Nun ja, gut ausgesehen hatte er schon, das konnte sie nicht leugnen. Aber sie war schließlich nicht hier, um attraktive Männer zu bewundern, sondern um ihren Job zu machen – und damit ihrem Vater zu beweisen, dass sie auch als Frau durchaus in der Lage war, für sich selbst und andere Verantwortung zu übernehmen.

Filippa ärgerte sich über sich selbst. Statt mit solch sinnlosen Überlegungen kostbare Zeit zu vergeuden, sollte sie sich lieber den wirklich wichtigen Dingen widmen. Zum Beispiel der Frage nach der Identität des geheimnisvollen Reisekritikers.

Deshalb hatte sie sich mit Majken auf dem Hauptdeck der *Midsommarsolen* verabredet. Noch vor etwas mehr als einer Stunde hatten sich die Passagiere hier und auf den darunter liegenden Decks dicht an dicht gedrängt. Jeder hatte dabei sein wollen, wenn das riesige Kreuzfahrtschiff majestätisch aus dem Hafen hinaus aufs offene Meer glitt. Jetzt hingegen, kurz vor dem großen Kapitänsempfang im *Sju Havens* Restaurant, befanden sich die meisten Gäste in ihren Kabinen, um sich für das Dinner umzukleiden, und Filippa hatte das Aussichtsdeck ganz für sich.

Einen Moment lang gestattete sie es sich, einfach nur die Seele baumeln zu lassen und die Schönheit und Erhabenheit ihrer Umgebung zu genießen. Eine leichte Brise wehte und zupfte an den widerspenstigen Locken, die sich aus ihrem Zopf gelöst hatten. Als Filippa sich mit der Zunge über die Lippen fuhr, schmeckte sie einen Hauch von Salz. Die Sonne stand noch immer hoch über dem Horizont – es war die Zeit der endlos scheinenden Sommernächte, in denen es selbst weit nach Mitternacht nicht richtig dunkel wurde. Doch der Himmel begann sich bereits zu färben, und schon bald würde er in leuchtendem Purpur und feurigem Magenta erstrahlen und auch das Meer in Flammen setzen. Möwen zogen über dem Schiff ihre Kreise. Ihre schrillen Schreie vermischten sich mit dem Rauschen der Wellen, die sich am Rumpf der *Midsommarsolen* brachen.

Als Filippa Schritte hinter sich hörte, drehte sie sich um. Es war Majken.

„Filippa, *hej*! Was gibt es denn so Dringendes, dass du mich unbedingt sprechen wolltest?" Ein wissendes Lächeln umspielte die Lippen ihrer Kabinengenossin. „Geht es wieder um diesen gut aussehenden Mann? Diesen Andersson?"

Die Erwähnung dieses Namens ärgerte Filippa. Am liebsten hätte sie diese unsäglich peinliche Episode einfach vergessen. Sie hatte sich bei ihm entschuldigt, weil er Gast auf der *Midsommarsolen* war, und hier galt die Devise: „Der Kunde ist König – der Kreuzfahrtpassagier Kaiser." Niemals würde sie es sich einfallen lassen, einen Gast zu kritisieren oder sich gar zu beschweren. Trotzdem fand sie das Verhalten von Erik Andersson im Nachhinein mehr als unangemessen. Er musste doch sofort gemerkt haben, dass sie ihn ganz offenbar mit jemandem verwechselte. Wäre es da wirklich zu viel verlangt gewesen, sie direkt auf diesen Irrtum hinzuweisen? Und zwar bevor sie sich in aller Öffentlichkeit zum Narren machte?

Am allermeisten ärgerte sie jedoch, dass sie einfach nicht aufhören konnte, an ihn zu denken – und zwar nicht nur wegen der peinlichen Begegnung vorhin an der Gangway. Immer wenn sie die Augen schloss, sah sie ihn vor sich, und war dieses Bild erst einmal heraufbeschworen, ließ es sich so leicht nicht wieder vertreiben.

Schon allein deshalb war Filippa alles andere als erpicht darauf, ihn wiederzusehen. Doch da Erik Andersson, seine Stiefschwester und sie sich nun einmal auf demselben Kreuzfahrtschiff befanden, würde sich eine weitere Begegnung früher oder später nicht vermeiden lassen.

Wenn es nach ihr ging, lieber später als früher.

„*Nej*, ganz sicher nicht!", erwiderte sie kurz angebunden. „Ich habe dich hergebeten, weil ich hoffe, dass du mir helfen kannst. Hast du beim Einchecken der Passagiere irgendetwas Ungewöhnliches bemerkt? Gab es vielleicht jemanden, der besonders viele Fragen gestellt oder sich auffallend lange umgesehen hat?"

Majken runzelte die Stirn. „Worauf willst du hinaus? Haben wir etwa einen Kritiker an Bord?"

Filippa unterdrückte ein Seufzen. Eigentlich hatte sie die Angelegenheit nicht an die große Glocke hängen wollen. Jörgen Eklund hatte sie zwar nicht zur Verschwiegenheit verpflichtet, doch solange sie die Identität des Kritikers nicht kannte, wollte sie verhindern, dass die Sache die Runde machte.

„Keine Sorge", sagte Majken lächelnd, als habe sie Filippas Gedanken gelesen. „Ich kann schweigen. Also, wir haben einen Kritiker an Bord. Wer ist es?"

„Das habe ich gehofft, von dir zu erfahren."

„Puh …" Nachdenklich krauste Majken die Stirn. „Also, es war keiner der üblichen Kandidaten, denn die hätte ich erkannt. Wenn du mich fragst, kannst du die Passagiere in den Suiten auf dem Ober- oder Hauptdeck ausklammern, genauso wie die mit Standardkabinen auf dem Linköping- oder Ørebrodeck."

„Warum das?"

„Na, weil ein Kritiker normalerweise nach den Maßstäben des Durchschnittsklientels für Kreuzfahrten bewertet – und zu dem gehören in der Regel weder Millionäre noch das gemeine Volk. Ich denke, wir sollten uns daher zunächst die Passagiere mit Deluxe- und Superiorkabinen auf dem Haupt-, Ober- und Aussichtsdeck vornehmen."

Filippa war beeindruckt – und auch ein wenig beschämt, weil sie nicht selbst auf diesen Gedanken gekommen war. „Gute Idee", sagte sie. „Kannst du mir eine Liste der infrage kommenden Passagiere besorgen?"

„Nichts leichter als das", entgegnete Majken lächelnd und zückte ihren Tablet-PC, der nur etwa so groß war wie ein Taschenbuch. „Ich bin über dieses Schätzchen mit allen wichtigen Bordsystemen vernetzt", erklärte sie, während sie mit einem Stift auf dem Display herumtippte. „Dein Handy ist doch hoffentlich internetfähig?"

Filippa, die eigentlich nur ein Mobiltelefon besaß, weil sie in ihrem Job ständig erreichbar sein musste, zuckte ratlos mit den Schultern.

„Zeig mal her."

Sie holte ihr Smartphone aus der Innentasche ihres Uniformblazers und reichte es ihrer Kollegin. Die brummte zufrieden, was Filippa als Zustimmung wertete, tippte auf dem Display ein paar Befehle ein und gab ihr das Telefon schließlich zurück.

Die Anzeige war dieselbe wie immer. Filippa runzelte die Stirn. „Und jetzt?"

Majken hob eine Braue. „Du hast dich noch nie wirklich mit dem Gerät beschäftigt, oder? Na, komm her, ich zeig dir, wie es funktioniert."

Filippa staunte nicht schlecht, als ihre Kollegin ihr demonstrierte, wie sie die nach den besprochenen Suchkriterien gefilterte Passagierliste aufrufen konnte. Außerdem lernte sie, wie sie mit dem Smartphone eine Verbindung ins Internet aufbaute. Damit konnte sie nun direkt an Ort und Stelle Recherchen anstellen. So langsam fing sie an zu verstehen, warum so viele Leute ohne ihre Handys nicht mehr zurechtkommen konnten.

„*Tack så mycket*", bedankte sie sich bei Majken. „Ehrlich, damit hast du mir die Sache um einiges leichter gemacht."

„Keine Ursache", entgegnete ihre Kollegin mit einem Achselzucken. „Wenn du weitere Fragen hast, schick mir einfach eine

E-Mail, *okej*? Und ansonsten werde ich natürlich die Augen nach unserem Mr X offen halten."

Nachdem Majken sich verabschiedet hatte, überflog Filippa die Liste der „Verdächtigen". Der Name Andersson tauchte zwar zweimal auf, doch zu ihrer Erleichterung handelte es sich nicht um *ihren* Erik Andersson; der Vorname stimmte nicht überein.

Sie stutzte. *Ihren* Erik Andersson?

Nej!

Energisch schüttelte sie den Kopf. Das letzte Mal, dass sie sich auf Anhieb zu einem Mann hingezogen gefühlt hatte, war es Helge gewesen. Sie hatte ihm blind vertraut und war sogar bereit gewesen, bei ihrem großen Ziel, eines Tages selbst die Leitung der Reederei Norrholm zu übernehmen, für ihn Abstriche zu machen. Warum sollten nicht Helge und sie gemeinsam die Firma führen? Was ihr vorschwebte, war eine gleichberechtigte Partnerschaft sowohl auf privater als auch auf geschäftlicher Ebene. Und sie hatte bis zum Schluss geglaubt, dass Helge sich genau dasselbe wünschte.

Erst kurz vor der geplanten Hochzeit – Brautkleid, Torte und Strauß waren bereits bestellt – erfuhr sie durch einen Zufall von Helges wirklichen Plänen. Sie erinnerte sich noch gut an jenen Moment, in dem sie der Wahrheit ins Gesicht hatte blicken müssen. Dieses Gefühl von Ungläubigkeit, das rasch abgelöst worden war von heißer Wut und dann bitterer Enttäuschung über den Verrat, den die beiden wichtigsten Männer in ihrem Leben an ihr begangen hatten ...

Entschieden straffte sie die Schultern. Nein, sie brauchte weder Erik Andersson noch sonst einen Mann, der ihr Leben weiter verkomplizierte!

„Also, unter echtem Luxus stelle ich mir etwas anderes vor", beschwerte sich Emilia, als sie aus dem mit feinstem Marmor und edlen Armaturen ausgestatteten Badezimmer der *Strindbergsuite* trat.

Erik blickte sich noch einmal genau um, und was er sah, gefiel ihm ausgesprochen gut. Im Gegensatz zu den Suiten zahlreicher anderer Kreuzfahrtschiffe hatte man bei der Einrichtung wirklich Geschmack bewiesen. Es gab keine grellbunten Farben und auch keine Orgien in Chrom und Gold. Stattdessen viel Holz und gedeckte Brauntöne mit Akzenten in Aquamarinblau, hochwertige Polster- und Vorhangstoffe und ein Lichtarrangement, das den Gesamteindruck harmonisch abrundete. Hinzu kam, dass die beiden größten Suiten an Bord – die Strindberg- und die Lagerlöfsuite, benannt nach den großen schwedischen Autoren August Strindberg und Selma Lagerlöf – über einen großzügigen Außenbereich mit Seeblick, eigenem Pool und Sonnendeck verfügten.

Was Emilia daran auszusetzen hatte, konnte er beim besten Willen nicht nachvollziehen. „Ich finde das Interieur insgesamt sehr ansprechend", erwiderte er. „Und die Ausstattung übertrifft sogar meine Erwartungen."

Sie blinzelte überrascht. „Ist das dein Ernst? Hast du schon einmal einen Blick in die Minibar geworfen? Die Auswahl an Champagner ist ein schlechter Scherz! Und das Glasmosaik in der Dusche findet man inzwischen auch in jeder billigen Absteige. Hättest du doch einem deiner Angestellten diese Aufgabe übertragen und stattdessen den Auftrag für das Hotel auf Martha's Vineyard angenommen. Wir könnten jetzt mit Cocktails in der Sonne liegen, anstatt uns bei einer Kreuzfahrt entlang der schwedischen Küste zu Tode zu frieren!"

Nur mit Mühe konnte Erik ein unwilliges Seufzen unterdrücken. Es war Hochsommer, also waren die Temperaturen auch an der schwedischen Küste angenehm mild – davon, sich zu Tode zu frieren, konnte keineswegs die Rede sein. Er erwartete allerdings nicht, dass Emilia begriff, wie wichtig dieser Einsatz für *K & A* war. Bei der Qualitätsbewertung der Kreuzfahrt auf der *Midsommarsolen* handelte es sich um den Erstauftrag einer großen Reisegesellschaft, um deren Akquisition Erik sich schon sehr lange bemühte. Nach dem von Henk verursachten Skandal hatten zahlreiche Kunden ihre Aufträge zurückgezogen, und die Firma erholte sich nur langsam von dieser Katastrophe. Nun einen neuen, noch dazu sehr großen und zahlungskräftigen Kunden präsentieren zu können, würde das Vertrauen in *K & A* wieder herstellen – zumindest hoffte Erik das.

Doch es war absolut zwecklos, mit Emilia über solche Dinge diskutieren zu wollen. Manchmal, wenn er sie so reden hörte, fragte er sich, wie es mit ihr weitergehen sollte. Diese Frau war ein fürchterlicher Snob, und er bezweifelte ernsthaft, dass es im Zentrum ihres Universums noch für irgendjemand anderen Platz gab als für sie selbst. Nichts war ihr gut genug, ständig nörgelte und kritisierte sie an allem herum.

Andererseits – Emilia war gerade Mitte zwanzig und praktisch mit dem silbernen Löffel im Mund aufgewachsen. Dass sie nie wirklich zufrieden sein konnte, war das Ergebnis ihrer Erziehung, und dafür konnte er sie nun wirklich nicht verantwortlich machen. Er konnte außerdem nicht abstreiten, dass er zumindest zum Teil die Verantwortung dafür trug, dass sie nun ganz allein auf der Welt war.

Sie hatte niemanden mehr außer ihm. Und genau deshalb würde er auch weiterhin für sie da sein und alles tun, um ihr ein sorgloses Leben zu bereiten. Ja, er hatte sogar schon mit dem Gedanken gespielt, ihr am Ende der Kreuzfahrt einen Heiratsantrag zu machen. Wäre das nicht die ideale Lösung für all seine Probleme?

Nach diversen Enttäuschungen mit Frauen, denen weniger an ihm als an seinem Vermögen, seinem Lebensstil und seinem gesellschaftlichen Ansehen gelegen war, hatte die Erfahrung mit Renée van Dyke ihn endgültig den Glauben an das Märchen namens Liebe verlieren lassen. Trotzdem war es nicht sein Wunsch, den Rest seines Lebens allein zu verbringen. Wenn er Emilia heiratete, wäre sie auf alle Zeiten versorgt, und er hätte jemanden an seiner Seite und konnte womöglich eines Tages sogar eine Familie gründen.

Noch bis vor ein paar Stunden war ihm dieses Arrangement als die einzig logische Lösung all seiner Probleme erschienen. Warum fiel es ihm jetzt plötzlich so schwer, sich eine Zukunft mit Emilia vorzustellen?

Er nahm seine Anzugjacke vom Garderobenbügel und zog sie über. Emilia, die noch immer dabei war, ihre Kritikpunkte aufzuzählen, verstummte und musterte ihn ärgerlich. „Was tust du denn da? Du willst noch weg? Der Kapitänsempfang beginnt in weniger als einer Stunde."

Erik nickte. Er hatte sich bereits umgezogen und die dunklen Designerjeans und den schlichten grauen Kaschmirpullover gegen einen eleganten anthrazitfarbenen Abendanzug getauscht. Das wellige Haar trug er straff zurückgekämmt. „Ich werde rechtzeitig zurück sein", versicherte er und verließ ohne ein weiteres Wort der Erklärung die Suite.

Kühle Seeluft schlug ihm entgegen und ließ ihn frösteln. Er vergrub die Hände tief in den Hosentaschen und zog die Schultern hoch. Dann trat er an die Reling. Ihre Suite befand sich auf dem Oberdeck am Bug des riesigen Kreuzfahrtschiffes. Unter ihm erstreckten sich die Außenbereiche des Haupt- und des Stockholmdecks – dem Vergnügungsbereich, in dem das Restaurant, ein Kasino, diverse Bars und Boutiquen sowie die als Theater, Kino und Veranstaltungssaal nutzbare *Sverige Lounge* unterbracht waren.

Dahinter gab es, so weit das Auge reichte, endlose See.

Eine Weile stand Erik einfach nur da und ließ seine Gedanken schweifen und sich den Wind durchs Haar wehen. Dann bemerkte er unten auf dem ansonsten verlassenen Hauptdeck eine Person, die seine Aufmerksamkeit fesselte. War das nicht …?

Ja, jetzt drehte sie sich um, und er erkannte sie sofort wieder. Es war Filippa Vinterdahl, die junge Hostess, mit der es beim Check-in dieses kleine Missverständnis gegeben hatte. Sie blickte aufs Meer hinaus und wirkte dabei sehr nachdenklich. Ob sie seinetwegen Schwierigkeiten bekommen hatte?

Er wusste es nicht. Zwar hatte er Emilia davon abbringen können, sich über das Verhalten der jungen Frau zu beschweren, doch der Vorfall hatte Aufmerksamkeit erregt. Womöglich war das Ganze also trotzdem zu ihrem Vorgesetzten vorgedrungen, wer konnte das schon so genau sagen?

Seufzend schüttelte er den Kopf. Er wusste, dass er sich falsch verhalten hatte. Es wäre seine Pflicht gewesen, die Verwechslung sofort aufzuklären, um ihnen beiden eine peinliche Szene zu ersparen. Doch aus irgendeinem Grund hatte er es nicht getan, sondern die kleine Auseinandersetzung mit ihr sogar noch genossen. Und dafür verdiente sie zumindest eine persönliche Entschuldigung.

Er straffte die Schultern und ging zur Treppe, über die man hinunter aufs Hauptdeck gelangte. Erst jetzt bemerkte er, dass er doch nicht vollkommen allein war. Ein junges Pärchen stand eng umschlungen in der Nähe und tauschte Küsse und verliebte Blicke aus. Doch Erik glaubte nicht, dass sich die beiden von irgendjemandem stören lassen würden.

Filippa Vinterdahl hingegen bemerkte ihn sofort. Als sie seine Schritte auf dem glatten Teakboden hörte, drehte sie sich um. Ihre Miene verdunkelte sich kurz, nahm aber sofort wieder den Ausdruck professioneller Verbindlichkeit an, den jede Servicekraft, die etwas von ihrem Job verstand, auf Knopfdruck abrufen konnte.

Erik kannte diesen Blick genau. Er hatte sich während seines Studiums als Nachtportier in einem großen Hotel etwas dazuverdient. Das Lächeln, das Filippa jetzt zur Schau stellte, war für die weniger angenehmen Gäste reserviert, die man mit der gleichen ausgesuchten Höflichkeit behandeln musste wie alle anderen.

Er verspürte einen Anflug von Verärgerung darüber, dass sie ihn in diese Kategorie einstufte, obwohl er sich vor Emilia für sie eingesetzt hatte. Aber dann sagte er sich, dass er es wahrscheinlich nicht anders verdient hatte.

„*God afton*", grüßte sie betont freundlich. „Kann ich etwas für Sie tun?"

„*Nej*", antwortete er und fuhr sich seufzend mit der Hand durchs Haar, was seiner Frisur vermutlich endgültig den Todesstoß versetzte. „Ich bin froh, dass wir uns hier über den Weg laufen."

„Ach, tatsächlich?"

„Ja, und ich möchte die Gelegenheit nutzen, um mich bei

Ihnen zu entschuldigen. Mein Verhalten vorhin war … inakzeptabel. Ich hätte das kleine Missverständnis gleich aufklären sollen. Es tut mir leid, wenn Sie meinetwegen irgendwelche Probleme bekommen haben."

Sie winkte ab. „Das ist sehr freundlich von Ihnen, aber Sie müssen sich deswegen wirklich keine Gedanken machen."

Täuschte er sich, oder hatte sie es eilig, ihn loszuwerden? Nun, so leicht würde er es ihr nicht machen. Er wusste nicht, warum, aber es juckte ihn schon wieder in den Fingern, sie zu ärgern. Vielleicht, weil er dieses Funkeln in ihren aufregenden blauvioletten Augen noch einmal sehen wollte?

„Ich mache mir aber sehr wohl Gedanken", erwiderte er. „Und ich bestehe darauf, Sie als Zeichen meiner Reue beim ersten Zwischenstopp der *Midsommarsolen* zum Essen einzuladen."

„Einladen?" Irritiert schaute sie ihn an. „Das … ist sehr freundlich von Ihnen, aber leider muss ich Ihnen absagen. Als Mitglied der Crew ist es mir untersagt, mich privat mit Passagieren zu treffen. Außerdem – ich kenne Sie doch überhaupt nicht!"

„Ja, da haben Sie recht. Und ich finde, diesem Umstand sollten wir ganz schnell Abhilfe schaffen." Lächelnd streckte er ihr die Hand entgegen. „Mein Name ist Erik Andersson. Und Sie sind Filippa, richtig?"

Filippa unterdrückte einen Fluch. Sie war gerade dabei gewesen, ein Pärchen unter die Lupe zu nehmen, das auf Majkens Liste stand, als *er* auftauchte.

Erik Andersson … Als hätte sie keine anderen Sorgen!

Jetzt machte das Pärchen auch noch Anstalten, das Außendeck zu verlassen. Arm in Arm gingen sie auf die breite Flügeltür zu, die zum Treppenhaus führte, über das man hinauf aufs Stockholmdeck gelangte. Dort würde in wenigen Minuten das Kapitänsdinner im *Sju Havens* Restaurant beginnen.

Hannes und Lisbet Westenberg aus Dalarna waren geradezu ideale Verdächtige, denn Filippa hatte herausgefunden, dass Hannes früher einmal in der Hotelbranche tätig gewesen war.

Wenn Filippa den beiden folgen wollte, um ihr Verhalten zu beobachten, durfte sie sich keinesfalls länger mit Erik Andersson aufhalten!

„Ist alles in Ordnung mit Ihnen, Filippa?"

Erst jetzt merkte sie, dass er sie fragend anschaute. Sie blinzelte irritiert. „*Förlåt*, ich fürchte, ich habe Sie nicht ganz verstanden. Was haben Sie gesagt?"

Er lachte leise. „Nicht so wichtig. Haben Sie morgen Abend schon etwas vor?"

„Ich wollte mir in meiner freien Zeit Malmö ansehen, und …"

„Das trifft sich ja wunderbar. Ich kenne da ein hübsches kleines Restaurant in der Nähe der *St. Petri Kyrka*, und …"

Entschieden schüttelte Filippa den Kopf. Die Westenbergs waren jetzt schon fast aus ihrem Blickfeld verschwunden. „Ich halte das für keine besonders gute Idee. Wenn uns jemand zusammen sieht, verliere ich meinen Job."

„Keine Sorge, es wird niemand davon erfahren. Also? Was sagen Sie?"

Er trat näher, und Filippa stieg der maskuline Duft seines Aftershaves in die Nase. Sie spürte, wie ihre Knie weich wurden und es ihr zunehmend schwerer fiel, einen klaren Gedanken zu fassen.

„Was? Ich …"

„Sagten Sie nicht, ich solle mich an Sie wenden, wenn ich irgendeinen Wunsch habe? Nun, dies ist Ihre Chance, mir einen großen Wunsch zu erfüllen – geben Sie Ihrem Herzen einen Ruck und gehen Sie mit mir essen."

Filippa schluckte hart. Sie fühlte sich wie benebelt, und die Flügeltür war mittlerweile hinter den Westenbergs zugefallen. Wenn sie nicht bald handelte …

„Na schön", erwiderte sie hastig. „Sagen Sie mir wann und wo – und ich werde da sein."

Lächelnd strich er ihr mit einer Hand das Haar aus dem Gesicht. Die sachte Berührung seiner Fingerspitzen, zart wie das Streicheln von Schmetterlingsflügeln, ließ ihren Verstand einen Augenblick lang aussetzen. Irgendwo tief in ihrem Innersten verspürte sie mit einem Mal ein heftiges Sehnen. Ihre Lider flatterten, als sie zu ihm aufblickte, und wieder glaubte sie, in dem silbrigen Grau seiner Augen versinken zu müssen.

Langsam, ganz langsam senkte er den Kopf zu ihr herab, sodass ihre Lippen einander so nah waren, dass Filippa schon glaubte zu spüren, wie weich und sanft sein Kuss sich anfühlen würde.

Doch im letzten Augenblick zog er sich zurück. „Morgen um halb sieben vor dem *Salt och Peppar* in der Altstadt. Ich werde Sie dort erwarten."

Mit diesen Worten wandte er sich ab und ging davon.

Filippa biss sich auf die Unterlippe und unterdrückte ein Seufzen. Es war fraglos besser gewesen, dass es nicht zu einem Kuss zwischen Erik und ihr gekommen war.

Aber warum fühlte sie sich dann so einsam und unausgefüllt?

3. KAPITEL

*D*er Gedanke an den Beinahe-Kuss mit Erik Andersson beherrschte Filippa noch, als sie kurz vor Mitternacht völlig zerschlagen ins Bett fiel. Sie hatte ihr Möglichstes getan, um sich abzulenken, und jeden einzelnen Bestandteil der Show, die nach dem Kapitänsdinner stattfand, mit den Künstlern noch einmal genau durchgesprochen. Doch all ihre Bemühungen, auf andere Gedanken zu kommen, waren umsonst gewesen.

Sie konnte immerzu nur an *ihn* denken.

Nun, wenigstens war ansonsten alles reibungslos abgelaufen. Weder beim Dinner noch bei der Show hatte es irgendwelche Katastrophen gegeben. Filippa war zufrieden mit ihrer Leistung – ebenso wie Jörgen Eklund, wenn sie sein knappes Nicken beim Verlassen des Stockholmdecks richtig gedeutet hatte.

„Und?", riss Majken, die es sich im Bett bequem gemacht hatte, sie aus ihren Gedanken. Abgesehen vom Kapitän und den leitenden Offizieren teilten sich alle Mannschaftsmitglieder ihre Kabine mit mindestens einer weiteren Person. Da Filippa und Majken zwar verschiedene Positionen, aber den gleichen Rang bekleideten, hatte man ihnen eine gemeinsame Unterkunft zugewiesen. „Hast du in unserer geheimen Mission irgendetwas herausfinden können?"

Filippa brauchte einen Augenblick, um zu verstehen, wovon ihre Mitbewohnerin sprach. Dann begriff sie: Der Kritiker – natürlich! *Du solltest endlich damit aufhören, ständig an diesen Mann zu denken, und dich auf die wirklich wichtigen Dinge konzentrieren!*

„Fehlanzeige", antwortete sie seufzend. „Alles, was ich mit Sicherheit sagen kann, ist, dass die Westenbergs aus Kabine 334 definitiv nicht die sind, die wir suchen. Die beiden hatten nur Augen füreinander. Ich glaube, die *Midsommarsolen* hätte auf Grund laufen können, ohne dass sie auch nur das Geringste bemerkt hätten."

„Nimm's nicht so schwer – es war ohnehin kaum anzunehmen, dass du direkt mit den ersten Kandidaten auf deiner Liste einen Volltreffer landest."

„Tja, nur dass meine übrigen Hauptverdächtigen auch nicht wirklich infrage kommen. Der ältere Herr aus 423 und die beiden jungen Frauen aus 207 scheiden ebenfalls aus."

„Wart nur ab, du wirst den oder die Richtige schon noch ausfindig machen. Wen hast du als Nächstes im Visier?" Majken stützte sich auf ihren Ellbogen und grinste breit. „Ich meine, von diesem umwerfenden Erik Andersson mal abgesehen …"

„Ach, hör mir mit dem auf!", stöhnte Filippa und versuchte, das aufgeregte Herzklopfen, das allein sein Name schon wieder in ihr hervorrief, zu ignorieren. „Er hat mich vorhin, als ich auf Beobachtungsposten war, so überrumpelt, dass ich doch tatsächlich zugesagt habe, morgen Abend mit ihm essen zu gehen."

„Du hast – *was*?" Erschrocken fuhr Majken hoch. „Ist nicht dein Ernst! Du und Andersson?"

„Nicht so laut!", zischte Filippa und bedachte ihre Kabinengenossin mit einem tadelnden Blick. „Du weißt doch, wie dünn die Wände hier sind. Es muss ja nicht gleich jeder Bescheid wissen, oder?"

Majken, die hin- und hergerissen zwischen Begeisterung und Sorge schien, schüttelte den Kopf. „Was sagt man bloß dazu?", sprach sie deutlich leiser weiter. „Ich meine, ich hab dir doch gleich angesehen, dass du was für Andersson übrig hast, aber … dir ist schon klar, was für ein Risiko du damit eingehst, oder? Wenn Eklund von der Sache Wind bekommt, bist du die längste Zeit Chefhostess gewesen. Er wirkt vielleicht ganz umgänglich, aber in solchen Dingen ist er knallhart."

„Glaubst du, das weiß ich nicht?" Unschlüssig fuhr Filippa sich durchs Haar. „Vielleicht sollte ich besser gar nicht erst hingehen …"

„Bist du verrückt geworden? Ich hab ihn mir vorhin während des Dinners angeschaut. Du willst dir ein Date mit einem solchen Traummann doch nicht wirklich entgehen lassen, oder?"

„So toll ist er nun auch wieder nicht. Außerdem – hast du nicht gerade selbst gesagt, dass ich mich vor Eklund in Acht nehmen soll? Ich hab keine Lust, wegen einer solchen Sache meinen Job zu verlieren."

„Ich wollte damit nur sagen, dass du vorsichtig sein musst. Von Kneifen war nicht die Rede!"

„Kneifen? Ich …"

Mit einer knappen Handbewegung schnitt Majken ihr das Wort ab. „Was ziehst du an?"

„Keine Ahnung." Filippa schüttelte den Kopf. „Außer meiner Arbeitskleidung und ein paar Freizeitklamotten hab ich nichts dabei. Siehst du, ich *kann* gar nicht zu diesem Treffen, ob ich nun will oder nicht."

Doch Majkens Lächeln ließ erahnen, dass das Thema für sie damit noch längst nicht erledigt war. „Lass das ruhig meine Sorge sein", entgegnete sie geheimnisvoll. „Wenn du mein Beautyprogramm durchlaufen hast, wirst du dich selbst nicht mehr wiedererkennen!"

Verstohlen blickte Erik sich um, als er später in der Nacht den Wellnessbereich der *Midsommarsolen* betrat. Die Saunen und Whirlpools standen den Passagieren rund um die Uhr zur Verfügung. In den frühen Morgenstunden nahm allerdings kaum jemand dieses Angebot in Anspruch. Erik traf um drei Uhr morgens weder in den Umkleiden noch bei den Duschen oder im Poolbereich auf einen anderen Gast.

Zwei junge Stewards saßen in der Ruhezone an einem Tisch und spielten Karten. Erik konnte es ihnen nicht verübeln, dass sie ein wenig Zerstreuung suchten – es gab sicher aufregendere Aufgaben, als eine menschenleere Poollandschaft zu bewachen.

Als die beiden Erik bemerkten, ließen sie die Karten schnell verschwinden. Er grüßte sie mit einem Kopfnicken und ging zu einem Whirlpool. Nachdem er seinen Bademantel ausgezogen und am Beckenrand abgelegt hatte, ließ er sich mit einem Seufzen in das warme, sprudelnde Wasser gleiten.

Was für eine Wohltat nach einem ereignisreichen Tag! Er gestattete sich den Luxus, seine Gedanken für ein paar Minuten einfach nur treiben zu lassen. Doch immer, wenn er sich zu sehr entspannte, sah er das Bild einer jungen Frau mit hellblonden Locken und veilchenblauen Augen vor sich. Er sah, wie sie den Kopf in den Nacken legte. Wie ihre Lider sich senkten und ihre Lippen sich erwartungsvoll ein wenig öffneten. Und in seinem Kopfkino endete die Szene nicht damit, dass er sich abwandte und davonging.

Nej, in seinem Wachtraum küsste er Filippa Vinterdahls rosige Lippen …

Darn! fluchte er stumm. Solche Gedanken waren gefährlich. Zu gefährlich, als dass er es sich erlauben konnte, ihnen nachzuhängen.

Unwillkürlich kam Renée ihm wieder in den Sinn. Die Begegnung mit ihr lag nun schon fast fünf Jahre zurück, doch manchmal schien es ihm, als wäre das alles erst gestern geschehen.

Erik hatte sich nie für naiv oder gar leichtgläubig gehalten. Seine bisherigen Beziehungen waren vor allem daran gescheitert, dass er wie ein Besessener arbeitete.

Er hätte nie geglaubt, dass eine Frau jemals den Stellenwert einnehmen könnte, den seine Arbeit für ihn besaß – bis er Renée begegnete. Hals über Kopf verliebte er sich in die schöne Niederländerin, die als Empfangschefin in einem Hotel in Dubai arbeitete, das er bewerten sollte. Er warf all seine Vorsicht und seine Besonnenheit über Bord, nicht ahnend, dass Renée es genau darauf abgesehen hatte.

Rücksichtslos hatte sie mit seinen Gefühlen gespielt. Erst viel zu spät hatte er erkannt, dass sie sich nicht eine Sekunde lang für ihn als Menschen interessiert hatte …

Und nun schien er drauf und dran, diesen Fehler zu wiederholen, indem er sich mit Filippa Vinterdahl einließ. Sie war bei der Reederei beschäftigt, über die er ein Qualitätsgutachten erstellen sollte. Die Situation war also genau die gleiche wie damals mit Renée. Und er wusste selbst nicht, welcher Teufel ihn geritten hatte, Filippa zum Abendessen einzuladen.

Seit er zum ersten Mal in ihre veilchenfarbenen Augen geblickt hatte, verhielt er sich vollkommen entgegen seinen eigentlichen Prinzipien. Es irritierte ihn, wie sehr diese Frau ihn beeinflusste, obwohl er doch kaum mehr als ihren Namen kannte.

Wenn irgendjemand von dieser Geschichte Wind bekam, würde das weitreichende Konsequenzen für die Firma haben. Der gute Ruf von *K & A* war ohnehin bereits angeschlagen – und das ausgerechnet durch das Verschulden eines der beiden Firmengründer.

Erik hatte es zunächst gar nicht glauben wollen, als ihm die Gerüchte über Henk zu Ohren gekommen waren. Sein langjähriger Freund und Partner sollte ihre gemeinsamen Ideale verraten haben? Gutachten gegen die Zahlung eines gewissen Obolus in die eine oder andere Richtung korrigiert haben, und das nicht nur einmal?

Erik war geneigt gewesen, die Sache einfach als Unfug abzutun. Doch der Keim des Zweifels war gesät, und irgendwann konnte er Henk nicht mehr gegenübertreten, ohne sich zu fragen, ob die Vorwürfe nicht vielleicht doch stimmten. Steckte nicht in jedem Gerücht auch ein Körnchen Wahrheit?

Schließlich beauftragte er ein Detektivbüro – nur um sicherzugehen, dass die Anschuldigungen gegen Henk vollkommen aus der Luft gegriffen waren, wie er sich selbst einredete.

Das Ergebnis der Recherchen, das er nach nicht einmal einer Woche erhielt, war niederschmetternd.

Henk hatte sich nicht nur ein- oder zweimal bestechen lassen, nein, er schien ein regelrechtes Geschäft mit seinen käuflichen Qualitätsbewertungen aufgezogen zu haben. Die Strategie war einfach: Henk unterzog das Objekt – in den meisten Fällen bewertete er Edelrestaurants für Gourmetführer, das war seine besondere Spezialität – zunächst einer ganz regulären Überprüfung und verfasste einen Vorbericht. Dann ließ er wie zufällig durchblicken, wer er war und was er getan hatte, und bot dem Restaurantbesitzer einen Deal an: Im Gegenzug dafür, dass er sämtliche Mängel und Kritikpunkte in der veröffentlichten Restaurantkritik nicht erwähnte, sollten sie ihm eine gewisse Summe bezahlen.

Auf diese Weise hatte Henk sich eine erhebliche Nebeneinnahmequelle geschaffen, die selbstverständlich nirgends in den

Büchern von *K & A* auftauchte. Viele Restaurantbesitzer zahlten, denn sie standen unter Druck und konnten sich schlechte Kritiken in der Fachpresse einfach nicht erlauben.

Erik war fassungslos. Er hatte seinem Partner stets voll und ganz vertraut, und nun musste er erfahren, dass dieser ihn nach Strich und Faden hintergangen hatte. Selbstverständlich stellte er Henk sofort zur Rede. Der stritt zunächst alles ab, doch die erdrückende Last der Beweise zwang ihn schließlich zu einem Geständnis.

Er flehte Erik an, die Sache auf sich beruhen zu lassen, und beichtete ihm seine Spielsucht, die er auf anderem Wege nicht mehr zu finanzieren gewusst hatte. Doch wie sollte Erik den Auftraggebern der Firma und den Angestellten je wieder in die Augen blicken, wenn er seinem Partner einen solch schweren Betrug durchgehen ließ?

Schweren Herzens bot er Henk einen Kompromiss an: Wenn er sich bereit erklärte, *K & A Kvalitet och service besiktningar* freiwillig zu verlassen, sollte er eine großzügige Abfindung erhalten. Andernfalls würde Erik nichts anderes übrig bleiben, als ihn bei der Polizei anzuzeigen.

Erik hatte Henk noch nie so wütend erlebt. Er beschuldigte ihn, ihre Freundschaft zu verraten, und hielt ihm vor, dass er ihm damals, bei der leidigen Geschichte mit Renée, den Rücken gestärkt hatte. Doch Erik blieb hart, auch wenn es ihm nicht leichtfiel.

Henk gab sich schließlich geschlagen, nahm das Geld und ging. Durch eine undichte Stelle – manchmal fragte sich Erik, ob Henk selbst aus Rache geplaudert hatte – kam die Sache dennoch ans Licht, und der Ruf der Firma erlitt beträchtlichen Schaden.

Wenige Monate später stand Emilia vor Eriks Tür und informierte ihn über den Selbstmord ihres Vaters. Mit seinem Sportwagen war er über die Klippen gerast – hinterlassen hatte er nichts als einen Berg Schulden.

Obwohl Erik wusste, dass er kaum anders hätte handeln können, fühlte er sich mitschuldig am Tod seines Partners. Hätte es nicht doch einen Weg gegeben, Henk zu helfen, ihm den Rücken zu stärken, anstatt sich von ihm abzuwenden? Doch es war zu spät. Henk war tot, und so nahm Erik sich seiner Tochter Emilia an, um an ihr Wiedergutmachung zu leisten.

Das Zuschlagen einer Tür und das Quietschen von Gummisohlen auf den Fliesen holten Erik wieder in die Gegenwart zurück. Ein älterer Herr in gestreiften Badehosen schlurfte zur finnischen Sauna hinüber und verschwand in der kleinen Hütte aus Kiefernholz.

Erik rief sich zur Ordnung. Es wurde Zeit, dass er sich um seine eigentliche Aufgabe kümmerte.

Rasch griff er in die Taschen seines Bademantels, der am Beckenrand lag, und holte unauffällig ein paar Glasröhrchen hervor. Er entnahm eine Wasserprobe aus dem Whirlpool, betrat dann das Schwimm- und das Kaltwasserbecken und besorgte sich weitere Proben. Anschließend streifte er sich den Bademantel wieder über und ging zurück in die Umkleidekabine.

Die Proben würde er beim nächsten Zwischenstopp an ein Labor schicken, mit dem seine Firma schon oft zusammengearbeitet hatte. Das anschließende Treffen mit Filippa Vinterdahl würde er nutzen, um mehr über den Servicegedanken an Bord der *Midsommarsolen* zu erfahren.

Von nun an durfte alles, was er tat, nur noch auf ein einziges Ziel hinauslaufen: die Wünsche und Erwartungen seines Auftraggebers zu erfüllen. Nichts anderes war mehr von Bedeutung – erst recht keine attraktive, blond gelockte Frau mit veilchenblauen Augen …

Filippa war immer wieder überrascht, wie dänisch Malmö, die drittgrößte Stadt Schwedens, war – und das nicht nur, weil sie über die *Øresund*-Brücke direkt mit Dänemarks Hauptstadt Kopenhagen verbunden war. Wie sie aus dem Geschichtsunterricht wusste, hatte sich ganz Skåne bis zur Mitte des sechzehnten Jahrhunderts fest in dänischer Hand befunden. Und dieser Einfluss war auch heute, mehr als dreihundertfünfzig Jahre später, noch zu spüren.

Es war bereits spät am Nachmittag, als die *Midsommarsolen*

im Hafen anlegte. Filippa hatte den ganzen Tag wie unter Strom gestanden. Nur mit Mühe und Not hatte sie es geschafft, ihre regulären Aufgaben zu erledigen. Dazu gehörte es vor allem, sich um die Zufriedenheit und das Wohl der Passagiere der höheren Preiskategorien zu kümmern. Daran, ihre Suche nach dem Reisekritiker fortzusetzen, war nicht einmal zu denken gewesen. Und das alles nur wegen der Verabredung zum Abendessen mit Erik Andersson – einem Passagier!

Sie konnte immer noch nicht glauben, dass sie sich tatsächlich auf dieses Wagnis eingelassen hatte. Aber dies, das schwor sie sich, musste das erste und letzte Mal sein. Majken hatte nämlich ganz recht: Eklund würde kurzen Prozess mit ihr machen, wenn er sie erwischte. Und wenn sie den Job an Bord der *Midsommarsolen* verlor, würde es ihr niemals gelingen, ihrem Vater zu beweisen, aus welchem Holz sie geschnitzt war.

Sie konnte seine Worte förmlich hören: „Ich habe es dir doch gleich gesagt, *min älskling:* Such dir endlich einen Ehemann. Frauen haben sich um die Familie zu kümmern – das Geldverdienen kannst du getrost uns Männern überlassen."

Jedes Mal, wenn Gunnar Vinterdahl-Norrholm so etwas von sich gab, musste Filippa sich eisern beherrschen, um keinen Streit vom Zaun zu brechen. Sie wusste, dass es keinen Sinn hatte, mit ihm über dieses Thema zu diskutieren. Die Ansichten ihres Vaters stammten aus längst vergangenen Zeiten, aber sie waren in seinem Denken so fest verankert, dass nur ein echtes Erdbeben sie ins Wanken bringen würde.

Wie sonst ließ sich erklären, dass er sich hinter ihrem Rücken mit Helge gegen sie verbündet hatte?

Noch immer stieg Wut in ihr auf, wenn sie daran dachte, wie ihr Vater reagiert hatte, als sie ihn deswegen zur Rede stellte. „Ich verstehe dein Problem nicht, Filippa", war sein genauer Wortlaut gewesen. „Dann interessiert es dich eben nicht, dass er das Zeug zu meinem Nachfolger hat, schön. Aber ich habe doch Augen im Kopf und sehe, wie die Frauen im Büro sich die Hälse nach Helge verrenken. Was hast du nur an dem Jungen auszusetzen?"

Dass er sich nur aus Eigennutz und Karrieredenken an mich

herangemacht hat, vielleicht? Oder dass er sich mit dir gegen mich verschworen hat, um mir gleich nach der Hochzeit die Leitung der Firma aus der Hand zu reißen? Möglicherweise hatte es aber auch mit der Frau zu tun, mit der Helge sich während der ganzen Zeit, die wir miteinander verlobt waren, heimlich getroffen hat ...

Filippa atmete tief durch. Es war ihr nicht leichtgefallen, ihrem Vater seinen Verrat zu verzeihen. Allerdings glaubte sie, dass er tatsächlich davon überzeugt war, das Beste zu tun – für die Firma *und* für sie. Ganz anders als Helge, der nur seinen eigenen Vorteil im Sinn gehabt hatte.

Dass sie sich entschieden hatte, nicht mit ihrer Familie zu brechen, bedeutete jedoch nicht, dass sie bereit war, sich den Vorstellungen ihres Vaters zu beugen. Ganz im Gegenteil!

Sie hatte Gunnar Vinterdahl-Norrholm vor die Wahl gestellt: Entweder er gab ihr eine verantwortungsvolle Position in der Reederei und akzeptierte endlich, dass sie eines Tages seine Nachfolge antreten wollte, oder er fand sich damit ab, dass sie sich bei der Konkurrenz eine eigene Karriere aufbaute. Tja, und nun war sie hier, an Bord der *Midsommarsolen*.

Umso verrückter erschien es ihr jetzt, dass sie Anderssons Einladung tatsächlich folgte. Bei dem Gedanken fing ihr Herz wieder an, aufgeregt zu pochen.

Ruhig, ganz ruhig ...

Majken hatte ihr Versprechen wahr gemacht und ihr ein wunderbares Kleid aus einem schillernden Stoff besorgt, dessen blauvioletter Farbton fast genau dem ihrer Augen entsprach. Ein sparsames, aber ausdrucksvolles Make-up und eine goldene Spange, die ihr lockiges Haar bändigte, hatten einen derart erstaunlichen Effekt, dass sie sich immer wieder fragte, wer die attraktive Fremde war, deren Spiegelbild ihr aus den Schaufenstern entgegenblickte.

Sie hatte das Hafengebiet inzwischen verlassen und ging die breite *Östergatan* entlang, die von hübschen alten, in Backsteingotik errichteten Gebäuden gesäumt wurde. Dann bog sie in die *Mäster Nilsgatan* ein, bis sie schließlich die *St. Petri Kyrka* erreichte. In einer kleinen Seitenstraße nahe der mittelalterlichen Kirche fand sie das Restaurant, von dem Erik Andersson gesprochen hatte. Bei dem Gebäude handelte es sich um ein altes Fachwerkhaus. Über der leuchtend blau getünchten Eingangstür flatterten Wimpel mit der schwedischen Nationalflagge im Wind.

Das *Salt och Peppar* wirkte sehr einladend – durch die angelehnte Tür drang fröhliche Musik hinaus auf die Straße, und hinter den hübschen Butzenfenstern flackerte warmes Kerzenlicht. Trotzdem zögerte Filippa. Noch war es nicht zu spät. Erik Andersson war nirgends zu sehen. Noch konnte sie umkehren und so tun, als sei sie nie hier gewesen. Noch …

„*God afton,* Filippa. Ich war nicht sicher, ob Sie kommen würden – umso mehr freue ich mich, Sie zu sehen."

Eriks Stimme verursachte ihr eine wohlige Gänsehaut. Langsam drehte sie sich um, und als sie ihn erblickte, stockte ihr für einen Augenblick der Atem.

Wie gut er aussah. Zu einer anthrazitfarbenen Flanellhose trug er einen schwarzen Rollkragenpullover und darüber die obligatorische Lederjacke. Die Kombination ließ ihn auf eine sehr lässige Art elegant wirken. Sein welliges Haar hatte er mit Pomade zurückgekämmt, wodurch es noch dunkler aussah. Dieser Kontrast ließ seine hellgrauen Augen nur noch heller strahlen.

Als ihr bewusst wurde, dass sie ihn anstarrte, wandte sie rasch den Blick ab. „Ich …" Sie räusperte sich. „Nun, ich war mir bis gerade eben auch noch nicht sicher, ob ich wirklich kommen soll. Offen gestanden: Ich bin immer noch davon überzeugt, dass es keine besonders gute Idee ist."

„Und doch sind Sie meiner Einladung gefolgt – warum?"

„Das weiß ich selbst nicht so genau", erwiderte sie wahrheitsgemäß. „Sollen wir vielleicht hineingehen, ehe ich es mir am Ende doch noch anders überlege?"

Er lachte leise. „Aber unbedingt!"

Das Restaurant war innen tatsächlich so gemütlich, wie es von außen wirkte. Die Wände waren in warmen Farben gehalten, und die niedrigen Decken mit dunklem Eichenholz vertäfelt. Auf den Tischen lagen rot-weiß karierte Decken, dazu farblich passende Blumenarrangements.

Obwohl Filippa noch immer nervös war, fühlte sie sich im *Salt och Peppar* vom ersten Augenblick an wohl. Der Kellner, der Erik mit Namen begrüßte, führte sie zu einem Tisch im hinteren Bereich des Restaurants. Durch ein großes Fenster hatte man einen herrlichen Blick in den Garten, in dem es in geradezu verschwenderischer Pracht grünte und blühte.

Erik half ihr aus dem Mantel. Ihre Wangen glühten, als sie seinen bewundernden Blick auf sich spürte. Offenbar hatte Majken bei ihrer Stilberatung genau ins Schwarze getroffen.

Rasch setzte sie sich und nahm die Speisekarte zur Hand, um ihre Nervosität zu verbergen. Doch es half nichts, die Buchstaben verschwammen vor ihren Augen.

„Sie sehen einfach bezaubernd aus", sagte Erik leise.

Filippa spürte, wie auch der klägliche Rest ihrer Selbstbeherrschung zu schwinden begann. *Reiß dich zusammen! Er ist ein Passagier, und du bist ein Crewmitglied!*

Doch die mahnende Stimme der Vernunft wurde übertönt vom heftigen Klopfen ihres Herzens, als sie Erik anschaute. Seine Augen schienen jetzt wieder ein wenig dunkler – sie erinnerten Filippa an das Grau der Ostsee, tief, kühl und geheimnisvoll. Sie konnte den Blick nicht von ihm wenden. Das Herz pochte in ihrer Brust wie ein aufgeregter Vogel, und das Atmen fiel ihr zunehmend schwer.

So etwas hatte sie noch nie erlebt. Was stellte dieser Mann bloß mit ihr an? Sie kannte ihn doch kaum, und trotzdem löste sein bloßer Anblick ein solches Gefühlschaos in ihr aus, dass sie nicht mehr klar denken konnte.

Erst als ein kühler Luftzug ihre Schulter streifte, schaffte sie es, den Zauber zu durchbrechen, den er über sie gelegt hatte. Sie blickte zur Tür – und erstarrte.

Nej, nej, nej, nej, NEJ!

„Was ist los?", fragte Erik – offenbar stand ihr der Schreck ins Gesicht geschrieben. „Stimmt etwas nicht?"

Filippa konnte es nicht fassen. Warum hatte ausgerechnet sie so ein Pech?

„Sehen Sie die Männer, die gerade hereingekommen sind?", fragte sie, wobei sie sich, so gut es ging, hinter ihrer Speisekarte verkroch.

Er blickte sich um und runzelte die Stirn. „Kollegen von Ihnen?"

„Schlimmer. Einer von Ihnen ist mein Vorgesetzter, Jörgen Eklund. Wenn er mich hier mit Ihnen sieht, bin ich die längste Zeit Crewmitglied auf der *Midsommarsolen* gewesen …!"

*I*mmer mit der Ruhe", sagte Erik, während Filippa, vorgeblich auf der Suche nach einer zu Boden gefallenen Serviette, unter dem Tisch verschwand.

Sie konnte die Situation längst nicht so gelassen sehen wie ihr Begleiter. Ihm konnte es im Grunde egal sein, ob man sie zusammen sah, aber für sie hing ihr Job davon ab, ob sie es schaffte, sich aus dieser Zwangslage zu befreien. Ihr Job, und mehr als das …

Filippa mochte gar nicht daran denken, wie ihr Vater reagieren würde, wenn er von diesem Zwischenfall erfuhr. Sie glaubte beinahe, seine volltönende Stimme zu hören: „Ich habe es dir doch immer gesagt, *min älskling*. Frauen sind nicht dazu geschaffen, Führungspositionen zu besetzen. Sie besitzen einfach nicht die notwendige Disziplin und Ernsthaftigkeit."

Eines stand fest: Wenn sie jetzt aufflog und in Schimpf und Schande aus dem Dienst an Bord der *Midsommarsolen* entlassen wurde, dann würde sie Gunnar Vinterdahl-Norrholm kaum mehr widersprechen können. Was war nur in sie gefahren, auf Eriks Einladung einzugehen? Sie hatte sich verhalten wie eine blutige Anfängerin. Vermutlich hatte sie die Strafe, die ihr nun blühte, auch verdient – dennoch hoffte und betete sie, dass sie durch einen glücklichen Zufall unentdeckt bleiben würde. Aber wie sollte das funktionieren? Sie konnte schlecht den ganzen Abend unter dem Tisch verbringen!

„Ich muss Sie kurz allein lassen", raunte Erik ihr zu. „Aber keine Sorge, ich bin in weniger als einer Minute wieder zurück. Vertrauen Sie mir."

„Wo wollen Sie hin?" Flippa war der Panik nahe – und dass sie direkt in ihrer Nähe lautes Stuhlrücken hörte, stimmte sie nicht gerade ruhiger. Eklund und die anderen setzten sich doch hoffentlich nicht ausgerechnet an den Tisch nebenan!

„Ich sehe zu, dass ich uns irgendwie hier herausschaffe", erwiderte er und verschwand, ehe sie protestieren konnte.

Es dauerte tatsächlich nicht lange, bis er wieder zurückkehrte, doch Filippa erschien es wie eine kleine Ewigkeit.

„Und? Was machen wir jetzt?"

„Warten Sie es ab. Es dauert nicht mehr lang."

Und tatsächlich – schon kurze Zeit später sah Filippa von ihrem Versteck aus, wie zahlreiche Personen an ihrem Tisch vorübergingen. Einige davon trugen die weißen Arbeitshosen des Küchenpersonals.

„Was …?"

Ehe sie dazu kam, ihre Frage zu formulieren, stimmte ein vielstimmiger Chor plötzlich ein Geburtstagsständchen an. Filippa blinzelte verblüfft. Was hatte das nun wieder zu bedeuten?

„Los!", raunte Erik ihr zu, und als sie nicht reagierte: „Nun machen Sie schon! Der Wirt lenkt Ihre Kollegen und Ihren Vorgesetzten ab, sodass Sie unbemerkt in den Gang zu den Toiletten gelangen können. Da hinten gibt es eine Tür zum Garten hinaus. Warten Sie dort auf mich, ich komme gleich nach."

Filippa zögerte noch kurz, dann nahm sie all ihren Mut zusammen.

Tatsächlich erreichte sie den Korridor unbehelligt – ehe sie jedoch durch die Gartentür trat, siegte ihre Neugier, und sie schaute noch einmal zurück. Was sie sah, entlockte ihr ein Lächeln. Um den Tisch, an dem Eklund und einige andere Kollegen saßen, hatte sich das Personal des *Salt och Peppar* versammelt und bildete – Seite an Seite stehend – eine lebendige Sichtschutzwand.

Wie hatte Erik das bloß angestellt?

Als der Gesang verklungen war, trat sie rasch in den Garten hinaus. Es war ein herrlich warmer Tag gewesen, doch die kühle Abendluft ließ Filippa frösteln. Unwillkürlich erinnerte sie sich daran, dass ihre Wildlederjacke noch am Kleiderhaken im Restaurant hing. Doch Erik hatte auch daran gedacht. Als er ihr Minuten später in den Garten folgte, trug er ihre Garderobe über dem Arm.

„Was haben Sie dem Wirt bloß erzählt, dass er bei Ihrem kleinen Spielchen mitgemacht hat?", fragte sie, während sie sich von ihm in die Jacke helfen ließ. „Das mit dem Ständchen war doch Ihre Idee, oder?"

Er lächelte – und sofort fing ihr Herz wieder an zu flattern. „Allerdings", erwiderte er. „So konnten Sie unbemerkt verschwinden, und der Wirt hat die ganze Angelegenheit hinterher als Verwechslung abgetan. Die Sache hat nur einen Haken: Der Garten liegt in einem geschlossenen Innenhof, und der einzige Zugang führt durch das Restaurant. Ich fürchte, wir werden hier abwarten müssen, bis Ihre Kollegen gegangen sind."

Mit einem verträumten Seufzen blickte Filippa sich um. Der Garten war klein, aber zauberhaft. Im unwirklichen Licht der nordischen Sommerabende, in dem sich der silberne Schein des Mondes mit Sternenglanz mischte, eröffnete sich ihr ein kleines Paradies. Leuchtend blauer Rittersporn wetteiferte in seiner Pracht mit violettem Phlox und purpurnen Petunien. In den Ästen von Weiden und Hartriegel hingen Lichterketten, die sanftes Licht verströmten.

„Es gibt wahrlich schlimmere Orte, um einen Abend zu verbringen", sagte sie schließlich. „Nur schade, dass wir auf unser Dinner verzichten müssen."

Da war es wieder, dieses umwerfende Lächeln. „Glauben Sie?"

Wie aufs Stichwort öffnete sich die Hintertür des Restaurants, und der Wirt und eine Küchenhilfe brachten einen Bistrotisch und zwei Stühle. In Windeseile wurde der improvisierte Platz mit einem Tischtuch, Kerzen, Gläsern und Besteck gedeckt. Dann brachte der Wirt mit einem amüsierten Schmunzeln die Karte. „Ich hoffe, bisher war alles zu Ihrer Zufriedenheit?"

Erik lachte leise. „Allerdings, Malte, ich werde Ihnen diesen kleinen Zusatzservice ganz sicher nicht vergessen."

Filippa konnte es noch immer kaum glauben. „Wie haben Sie das bloß hinbekommen?", fragte sie erstaunt, als sie wieder allein waren. „Ich war sicher, mein letztes Stündlein habe geschlagen, aber Sie …" Sie schüttelte den Kopf. „Einfach unglaublich!"

„Ach", sagte er mit einer wegwerfenden Geste. „Das war gar nicht schwer. Sie wären überrascht, zu wie viel Einsatz ein Mann bereit ist, um einer schönen Frau aus der Klemme zu helfen.

Unser Wirt war jedenfalls äußerst hilfsbereit."

„Sie machen mich ganz verlegen." Filippa spürte, wie ihre Wangen zu glühen begannen.

Erik wirkte überrascht. „Hat Ihnen denn noch nie jemand gesagt, dass Sie eine wunderschöne Frau sind? Das kann ich mir überhaupt nicht vorstellen …"

Sofort musste Filippa an Helge denken. Er war ihr gegenüber stets ausgesucht höflich und zuvorkommend gewesen und hatte sie mit Komplimenten förmlich überhäuft. Doch seltsamerweise hatte ihr nicht eines davon so viel bedeutet wie jenes, das Erik Andersson ihr soeben gemacht hatte.

Plötzlich fragte sie sich, was sie an Helge eigentlich jemals gefunden hatte. Er sah gut aus, besaß vollendete Manieren und einen geschliffenen Charme, aber hatte sie je mit ihm lachen können? Sich über Gott und die Welt unterhalten oder einfach nur schweigen können?

Seltsamerweise erschienen ihr diese Dinge mit Erik durchaus möglich. Er strahlte Wärme und Freundlichkeit aus, aber auch eine gewisse Traurigkeit, die Filippa von Anfang an aufgefallen war. Was ihm wohl widerfahren sein mochte?

Ein Lächeln huschte über ihre Lippen, als es plötzlich über ihren Köpfen leise knisterte und kurz darauf aus versteckten Lautsprechern leise Musik drang. „Also, ich weiß ja nicht, was Sie dem Wirt versprochen haben – aber offenbar hat es ihn wirklich motiviert."

Er erhob sich und reichte ihr seine Hand. „Darf ich bitten?"

„Sie wollen tanzen?" Erstaunt schaute sie ihn an, dann lachte sie. „Hier? Ist das Ihr Ernst?"

„Warum nicht? Wir haben genug Platz, und die dichten Sträucher da schützen diesen Bereich des Gartens vor neugierigen Blicken aus dem Restaurant. Sie müssen also keine Angst haben, dass irgendjemand uns entdeckt."

Nach kurzem Zögern stand Filippa mit weichen Knien auf und sank in seine Arme. Es war ein Gefühl, wie sie es noch nie erlebt hatte. Sie spürte seine Körperwärme, und sein Atem streifte ihren Hals. Ihr Herz flatterte aufgeregt, und in ihrer Kehle hatte sich ein Kloß gebildet, der sich auch durch heftiges Schlucken nicht vertreiben ließ.

Und dann fing er an, sich im Rhythmus der Musik mit ihr zu bewegen, und Filippa war, als würde sie auf Wolken schweben. Sie blickte zum Himmel hinauf und sah die Sterne, die über ihnen am nachtschwarzen Himmel funkelten. Dann schloss sie die Augen und ließ sich einfach fallen.

Sie vergaß alles um sich herum. Ihre Vergangenheit, die Katastrophe mit Helge und das mangelnde Vertrauen ihres Vaters. Das alles war jetzt nicht von Bedeutung – es zählten nur noch Erik und sie.

Als sie die Augen wieder öffnete, war sein Gesicht direkt über ihrem. Sie blickte in seine Augen und hatte das Gefühl, in sturmgrauen Fluten zu versinken. Instinktiv legte sie den Kopf in den Nacken, und als er sich langsam zu ihr herunterbeugte, klopfte ihr Herz so heftig, als wollte es zerspringen.

Und dann berührte sein Mund ihre Lippen, und ihr ganzer Körper stand in Flammen. Wie von selbst legten sich ihre Arme um Eriks Nacken, und sie schmiegte sich an ihn. Er hielt sie umfangen, so fest, als wolle er sie nie wieder loslassen, und vertiefte seinen Kuss.

Es war ein wilder, ein leidenschaftlicher und zugleich ein ungemein sanfter Kuss, der Filippa den Atem raubte.

Und sie erwiderte ihn mit einem Feuer, das ihr selbst ein wenig Angst machte.

War diese zügellose, heißblütige Frau wirklich sie? Konnte das wahr sein?

Und dann löste er sich plötzlich von ihr und wandte sich ab.

Schwer atmend stand Filippa einfach nur da. Sie war nicht fähig, auch nur einen zusammenhängenden Satz hervorzubringen, so sehr erschütterte sie die Intensität ihrer eigenen Gefühle.

Jetzt, da Erik von ihr abgelassen hatte, fröstelte sie. „Was ist los?", fragte sie und schlang die Arme um ihren Oberkörper. „Stimmt etwas nicht?"

Er drehte sich wieder zu ihr um und schüttelte den Kopf. „Nein, ich … Wir sollten das lieber nicht tun."

Erik wusste nicht, was in ihn gefahren war, Filippa zu küssen. Er fühlte sich zu ihr hingezogen, keine Frage – aber war das Grund genug, alle Vernunft fahren zu lassen?

Nej!

Er wusste so gut wie nichts über sie. Und wenn er eines aus der Vergangenheit gelernt hatte, dann, dass es keine gute Idee war, sich unter solchen Bedingungen auf eine Frau einzulassen.

Nein, korrigierte er sich in Gedanken selbst. Es war falsch, sich *überhaupt* auf eine Frau einzulassen. Und erneut erinnerte ihn die Konstellation zwischen Filippa und ihm auf geradezu frappierende Art und Weise an die Geschichte mit Renée.

Ihre erste Begegnung damals hatte sich unauslöschlich in sein Gedächtnis eingebrannt. Er war zufällig dazugekommen, als sie von einer Gruppe angetrunkener männlicher Gäste bedrängt wurde, und hatte ihr spontan zur Seite gestanden. Renée revanchierte sich, indem sie ihn zum Dinner einlud. Es wurde ein herrlicher Abend, und Erik verliebte sich Hals über Kopf in die ungemein sinnliche, aufregende junge Niederländerin.

Er hatte damals nicht ahnen können, dass er auf ein abgekartetes Spiel hereingefallen war. Die betrunkenen Männer, Renées scheinbare Hilfsbedürftigkeit – alles nur für ihn inszeniert. Und als er die Wahrheit schließlich erkannte …

Auf keinen Fall wollte er eine solche Katastrophe noch einmal erleben. Schon allein deshalb sollte er sich lieber von Filippa fernhalten. Vor allem jetzt, da der Ruf der Firma ohnehin bereits angeschlagen war.

Sein Auftraggeber würde alles andere als begeistert sein, wenn er erfuhr, dass Erik sich heimlich mit einer Angestellten der Reederei traf, deren Flaggschiff er bewerten sollte. Es würde einen Aufschrei der Empörung geben – und zwar völlig zu Recht, das war das Schlimmste daran. Sein Verhalten war unprofessionell, nein, es war *unverantwortlich*. Er brachte all das, was Henk und er im Laufe der vergangenen zwölf Jahre gemeinsam aufgebaut hatten, erneut in Gefahr. Und wenn dieses Mal etwas schiefging, dann würde er alleine dafür geradestehen müssen – nicht Henk. Auch wenn der es gewesen war, der mit seinen krummen Geschäften die Firma überhaupt erst in diese schwierige Lage gebracht hatte.

Doch Henk war tot. Und in seinem Abschiedsbrief warf er Erik vor, sein Leben zerstört zu haben. Es war die letzte Abrechnung eines Mannes, der in Selbstmitleid ertrank, trotzdem nahm Erik sich die Vorwürfe zu Herzen. Vermutlich mehr, als es unter den gegebenen Umständen angebracht war. Schließlich hatte Henk die Firma gefährdet und die Konsequenzen dafür getragen. Im Grunde war Erik zum Wohle von *K & A Kvalitet och service besiktningar* keine andere Wahl geblieben.

Wäre da nur nicht die Sache mit Renée gewesen. Ein Fehler, der ebenso zum Ruin der Firma hätte führen können. Und damals, vor fünf Jahren, hatte sein Freund und Partner ihm konsequent den Rücken gestärkt.

Rasch schüttelte Erik den unbequemen Gedanken ab. Alles, was er für Henk noch tun konnte, war, sich um Emilia zu kümmern.

„Bereust du es?"

Filippas Frage riss ihn aus seinen düsteren Grübeleien. Er horchte in sich hinein und schüttelte den Kopf. „Nein, ich *kann* es nicht bereuen", erklärte er zu seiner eigenen Überraschung. „Dazu war es einfach viel zu schön. Aber es darf nicht wieder vorkommen."

Sie bedachte ihn mit einem seltsamen Blick. Vermutlich überlegte sie, warum er solche Bedenken hatte, wo sie es doch war, die ihre Karriere für dieses Treffen mit ihm aufs Spiel gesetzt hatte. Aber er durfte es ihr nicht erklären – und fühlte sich deswegen noch schlechter.

Er hätte es niemals so weit kommen lassen dürfen. Schon die Einladung war ein Fehler gewesen. Und er hatte sich eingeredet, aus diesem Treffen einen beruflichen Nutzen ziehen zu können. Was für ein Irrsinn!

„Ich leite morgen einen Tagesausflug nach Lund." Hoffnungsvoll schaute sie ihn an. „Wirst du auch dabei sein?"

Er überlegte kurz. Die Versuchung war groß, doch durfte er ihr nachgeben? Eines stand fest: Wenn er es einmal tat, würde er es immer wieder tun, und damit wäre niemandem geholfen. Außerdem war er noch immer nicht sicher, dass er ihr wirklich vertrauen konnte. Vielleicht war sie genauso verschlagen und durchtrieben wie Renée. Sein Gefühl behauptete zwar etwas anderes, aber er wagte es nicht, sich darauf zu verlassen. Er durfte nicht riskieren, die Firma durch einen weiteren Skandal endgültig zu ruinieren. Als Chef von gut einem Dutzend Angestellten sollte er wirklich etwas mehr Verantwortung zeigen.

„Ich glaube, das ist keine gute Idee", sagte er, und die Enttäuschung, die er in ihren Augen sehen konnte, traf ihn tief. Doch er konnte nichts tun, um es ihr leichter zu machen.

Es war gewiss besser so – für sie beide.

5. KAPITEL

Am nächsten Vormittag stand Filippa an der Reling und ließ sich den kühlen Seewind ins Gesicht blasen. Es versprach, ein herrlicher Tag zu werden. Die Sonne stand hoch am strahlend blauen Himmel, und es war weder zu kalt noch zu warm.

Doch zu Filippas Stimmung hätten düstere Gewitterwolken weit besser gepasst.

Sie hatte eine unruhige Nacht hinter sich und fühlte sich entsprechend gerädert. Schuld daran trug allein Erik. Was war bloß los mit ihr? Sie verstand einfach nicht, warum sie immer wieder auf dieselbe Sorte Mann hereinfiel. Entweder spekulierten sie auf den Posten ihres Vaters, oder sie waren nur auf ein flüchtiges Abenteuer aus. War sie denn wirklich so wenig liebenswert, dass sich keiner um ihrer selbst willen für sie interessierte?

„Entschuldigen Sie bitte", riss Mrs Brubaker, eine ältere amerikanische Dame, die eine der Juniorsuiten auf dem Oberdeck bewohnte, sie aus ihren Gedanken. „Ich habe gehört, dass man hier an Bord auch Bingo spielen kann – stimmt das?"

Filippa nickte lächelnd. „Sie haben Glück – in der *Sverige Lounge* beginnt gleich die nächste Runde. Soll ich Sie hinführen?"

Mrs Brubaker strahlte. „Würden Sie das tun, Kindchen? Ach, dieses Schiff ist so riesig, ich glaube nicht, dass ich mich je wirklich zurechtfinden werde."

„Alles nur eine Frage der Gewohnheit", erwiderte Filippa und reichte der Amerikanerin ihren Arm. „Wenn Sie ein Kreuzfahrtschiff kennen, kennen Sie alle. Wollen wir?"

Filippa war froh über die Ablenkung. Vielleicht war es höchste Zeit gewesen, dass jemand sie an ihre Pflichten als Chefhostess erinnerte. Jedenfalls stieß sie, gleich nachdem sie Mrs Brubaker zur *Sverige Lounge* gebracht hatte, auf zwei Norweger, die den Weg zur Bar suchten. Auf dem Rückweg vom Stockholmdeck fiel ihr dann ein Mann auf, der ihr irgendwie merkwürdig vorkam. Dabei wirkte er eigentlich völlig unscheinbar.

Doch vielleicht war ja auch gerade das der Grund, dass er ihre Aufmerksamkeit erregte.

Er trug schlichte Freizeitkleidung, doch Filippa erkannte mit geübtem Blick, dass sowohl seine Jeans als auch sein kariertes Hemd von einer Edelmarke stammten. Auch sonst wirkte er eher unauffällig, mit mittelblondem Haar und Kurzhaarschnitt. Nur seine Augen waren ungewöhnlich.

Wie elektrisiert blieb Filippa stehen und beobachtete, wie der Passagier das große Foyer auf dem Oberdeck inspizierte. Sie mochte sich täuschen, aber dies kam ihr nicht wie der Blick des typischen Gastes vor, der die Einrichtung bewunderte oder sich einfach nur ein wenig umsah. Nein, sein Blick hatte etwas Zielgerichtetes – so als würde er nach etwas ganz Bestimmtem suchen.

Filippa beschloss, ihn anzusprechen.

„Entschuldigung, kann ich Ihnen irgendwie behilflich sein?"

Der Mann wirkte kurz erschrocken, hatte sich aber schnell wieder im Griff. Er schenkte Filippa ein Lächeln, das jedoch seine Augen nicht erreichte. „Wirklich sehr freundlich von Ihnen, aber das ist nicht nötig. Ich warte hier lediglich auf meine Verlobte. Wir wollen an dem Ausflug nach Lund teilnehmen."

„Dann werden wir uns ja gleich wiedersehen", sagte Filippa. „Ich leite den Ausflug nämlich. Lund ist ein ganz reizendes Städtchen, ich bin sicher, Sie werden begeistert sein." Sie streckte ihm die Hand entgegen. „Noch einmal ein ganz persönliches *Hjärtligt välkomna* auf der *Midsommarsolen* – mein Name ist übrigens Filippa Vinterdahl."

Er ergriff ihre Hand und schüttelte sie, ohne sich jedoch, wie erhofft, ebenfalls vorzustellen. Stattdessen wirkte er plötzlich sehr nervös und schaute auf seine Armbanduhr. „Du meine Güte, so spät schon? Ich werde besser mal nachsehen, wo meine Svea bleibt."

„Nun dann – bis später."

„Wie?" Er blinzelte überrascht.

„Sie sagten doch, dass Sie an dem Ausflug nach Lund teilnehmen."

„Ach ja, natürlich … Sie entschuldigen mich?"

Erstaunt blickte Filippa ihm hinterher. Was für ein merkwürdiger Mann. Irgendwie ... verdächtig. Kurz entschlossen folgte Filippa ihm, wobei sie relativ viel Abstand ließ, damit er sie nicht bemerkte. Rasch zeichnete sich ab, dass er keineswegs zu den Kabinen wollte – stattdessen ging er in Richtung Stockholmdeck und steuerte auf die *Hajen*-Bar zu.

Filippa schüttelte den Kopf. Die Geschichte, dass er nach seiner Verlobten sehen wollte, war also gelogen gewesen. Natürlich war er ihr als Passagier keine Rechenschaft schuldig, trotzdem fand Filippa es merkwürdig, dass er sie angelogen hatte.

Ihr fiel nur ein plausibler Grund dafür ein: Sie musste ihn bei irgendetwas gestört haben, bei dem er lieber unbeobachtet geblieben wäre.

Ob er der Reisekritiker war, auf den Jörgen Eklund sie angesetzt hatte?

Er bestellte sich einen Drink an der Bar und trat mit dem Glas aufs Außendeck. Sobald er außer Sichtweite war, wagte Filippa sich aus ihrer Deckung. Sie trat an den Tresen, wo der Barkeeper sie mit einem strahlenden Lächeln begrüßte. „Ein goldener Sonnenstrahl erhellt meinen trüben Alltag. Bist du es wirklich, Filippa, oder ist es nur ein wunderbarer Tagtraum? Als ich deinen Namen auf der Crewliste entdeckte, war ich ganz schön überrascht. Sag bloß, dein alter Herr lässt dich auf seinen Kähnen nicht mehr mitfahren."

Filippa musste lächeln. Sie kannte den jungen Mann – sein Name war Bo Alufs – noch von früheren gemeinsamen Kreuzfahrten. Seufzend winkte sie ab. „Das ist eine lange Geschichte, Bo. Aber was ich dich fragen wollte: Der Mann, der gerade hier war – kennst du seinen Namen?"

„Du meinst den Typen mit dem stechenden Blick? Was willst du wissen? Namen, Kabinennummer? Von mir bekommst du alles, was du brauchst, das weißt du doch."

„*Tack*, der Name und die Kabinennummer reichen mir schon", erwiderte Filippa, ohne auf Bos Anzüglichkeiten einzugehen.

Der zuckte gleichmütig mit den Schultern. Bo flirtete mit jeder Frau, aber er nahm es auch keiner übel, wenn sie nicht darauf einging. „Du weißt ja nicht, was dir entgeht, aber wie du willst. Sein Name ist Olufsen, Nils Olufsen. Ein merkwürdiger Kerl, wenn du mich fragst. Ziemlich verschlossen, aber auch sehr neugierig. Ist dir aufgefallen, wie er sich hier umgesehen hat? Fast so, als wolle er die Lage auskundschaften."

Genauso war es Filippa auch vorgekommen. Ihre Aufregung wuchs. „Was ist mit seiner Verlobten? Kennst du sie auch?"

„Verlobte?" Bo runzelte die Stirn. „Ich habe ihn hier noch nie in Damenbegleitung gesehen. Und ist 443 nicht eine Einzelkabine?"

Sofort zückte Filippa ihr Handy und überprüfte die Liste, die Majken ihr darauf überspielt hatte. Bo hatte recht, 443 war eine Einzelkabine. Also hatte dieser Olufsen ganz offensichtlich gelogen, was seine Verlobte betraf. Schließlich verreisten Paare, die demnächst heiraten wollten, wohl kaum in getrennten Kabinen.

Die einfachste und logischste Erklärung erschien ihr, dass Nils Olufsen die Person war, nach der sie Ausschau hielt. Er war der „Maulwurf", davon war Filippa nun beinahe überzeugt. Und das bedeutete, dass sie möglichst unauffällig dafür sorgen musste, dass die Kreuzfahrt auf der *Midsommarsolen* für ihn zu einem unvergesslichen Erlebnis wurde, das er nur in den allerhöchsten Tönen loben konnte.

„Was ist los? Hat der Kerl was angestellt? Soll ich ihn mir vielleicht mal vornehmen?"

„Bloß nicht!", entgegnete Filippa entsetzt. „Wenn du mir einen Gefallen tun willst, dann behalte Olufsen im Auge und sorge dafür, dass ihm jeder Wunsch von den Augen abgelesen wird."

Bo hob eine Braue. „*Okej …*"

Filippas Handy klingelte. Sie warf dem Barmann noch einen letzten Blick zu. „Ich erkläre dir alles später, Bo – tu einfach, worum ich dich gebeten habe, ja?" Dann trat sie von der Bar weg und nahm das Gespräch an.

„Filippa, *min älskling*, wo steckst du? Ich habe dir jetzt schon fünf Mal auf den Anrufbeantworter gesprochen, und du reagierst nicht."

Sie schluckte den Fluch, der ihr auf der Zunge lag, hinunter. Ihre Eltern wussten nicht, dass sie auf der *Midsommarsolen* angeheuert hatte. Sie wollte es ihnen erst mitteilen, wenn die Kreuzfahrt erfolgreich überstanden war, daher sagte sie nur: *„Hej, Mamma*, schön, dass du anrufst. Gibt es einen besonderen Grund dafür?"

„Allerdings", entgegnete Augusta Norrholm energisch. „Dein Vater und ich geben am Wochenende eine kleine Cocktailparty. Wir gehen davon aus, dass wir dich dort erwarten dürfen?"

„Mich?" Sie schüttelte den Kopf – obwohl ihre Mutter das ohnehin nicht sehen konnte. *„Nej*, tut mir leid, *Mamma*, aber so kurzfristig kann ich es beim besten Willen nicht einrichten."

Augusta seufzte. „Ich fürchte, das wird dein Vater gar nicht gern hören, *min älskling*. Stell dir vor, wen er extra für dich eingeladen hat?"

„Doch nicht …" Filippa spürte, wie sie erbleichte. „Er hat doch nicht etwa Helge eingeladen?"

„Ach, Kindchen", seufzte ihre Mutter. „Meinst du nicht, dass es langsam Zeit ist, Frieden mit ihm zu schließen? Sieh mal, ihr habt euch doch immer so gut verstanden, und dein Vater kommt auch gut mit ihm aus und …"

„Dann soll er doch mit Helge glücklich werden!", entgegnete Filippa wütend. „Ich kann nicht glauben, dass ihr mir das antut! Nach allem, was passiert ist! Helge hat mich nie geliebt, *Mamma*! Er hatte es nur auf *Pappas* Posten abgesehen. Außerdem hatte er die ganze Zeit über eine heimliche Geliebte. Du kannst doch nicht ernsthaft glauben, dass ich mit einem Mann, der mich so hintergeht, mein Leben verbringen will!"

„Aber, Liebes, ich …"

„Nej!", fiel Filippa ihr ärgerlich ins Wort. „Ich weiß, dass du es nur gut meinst, aber akzeptiere es einfach: Das mit Helge und mir ist vorbei – endgültig! Und daran wird sich auch nichts ändern, selbst wenn mein Herr Vater sich auf den Kopf stellt!"

Damit beendete sie das Gespräch und stopfte das Handy zurück in die Tasche ihres Uniformrocks.

Ob ihre Eltern jemals begreifen würden, dass sie ein eigenständiger Mensch mit eigenen Wünschen und Bedürfnissen war? Immer häufiger hatte Filippa das Gefühl, dass sich überhaupt niemand dafür interessierte, was sie wollte. Immer ging es um das Wohl der Firma und der Familie. Dass ihr Vater ihren Exverlobten zu seiner Cocktailparty eingeladen hatte, war nur ein Beispiel von vielen. Er schien überhaupt nicht zu begreifen, wie tief er sie mit seinem Verhalten verletzte. Und das nach allem, was er sich in der Vergangenheit geleistet hatte.

Ebenso wie Helge hatte er sie hintergangen und ihr Vertrauen ausgenutzt.

„Sag mal, musst du nicht langsam los?", riss Bo sie aus ihren Gedanken. „Du leitest doch diese Ausflugsgruppe nach Lund, oder nicht?"

Filippa erschrak, als ihr Blick auf die große Uhr über der Bar fiel. „Wir sprechen uns später", sagte sie. Dann lief sie eilig zu ihrer Kabine, um sich für die Führung umzuziehen.

„Die Stadt Lund wurde um das Jahr 990 von einem dänischen Wikingerkönig namens Sven Gabelbart gegründet. Seit dem 11. Jahrhundert ist sie Bischofssitz; der Dom, den wir hinter uns sehen, stammt aus dieser Epoche. Jedoch ging die Stadt Lund im 17. Jahrhundert schließlich von Dänemark an Schweden über. Kurz darauf wurde die Universität gegründet."

Interessiert hingen die Mitglieder der Ausflugsgruppe an ihren Lippen, während Filippa die Daten und Fakten vortrug, die sie bereits vor ein paar Tagen aus dem Internet, diversen Reiseführern und der Bordbibliothek herausgesucht hatte. Vom Anleger in Malmö aus waren sie mit einem Reisebus nach Lund gefahren.

Sie war sehr überrascht, als sie Erik entdeckte, der ein wenig abseits vom Rest der Gruppe stand und sie direkt anschaute.

„… die Krypta ansehen?"

Filippa blinzelte irritiert, und es dauerte einen Moment, bis ihr klar wurde, dass ihr jemand eine Frage gestellt hatte. „*Förlåt,* ich fürchte, ich war gerade nicht ganz bei der Sache. Können Sie Ihre Frage bitte noch einmal wiederholen?"

„Ich wollte gern wissen, ob man sich den Dom und die Krypta auch von innen ansehen kann." Die ältere Dame in der ersten Reihe lächelte milde. „Ich habe gehört, dass der Altar und das Chorgestühl mit ganz besonders kunstvollen Schnitzereien geschmückt sein sollen."

„Natürlich", erwiderte Filippa, wobei sie sich bemühte, Erik, der sie noch immer fixierte, so weit wie möglich zu ignorieren. „Das ist gleich der nächste Punkt auf unserem Programm. Wenn ich bitten darf, meine Herrschaften. Ich schlage vor, Sie erkunden die Domkirche zunächst einmal auf eigene Faust. Wenn Sie noch Fragen haben, können wir diese dann mit dem Kurator klären, der sich freundlicherweise bereit erklärt hat, uns für eine halbe Stunde zur Verfügung zu stehen."

Die Mitglieder der Reisegruppe strömten durch das Eingangsportal ins Innere der Kirche. Zurück blieb nur Filippa – und Erik.

Sofort kam er auf sie zu. „*Hej!*"

„Was soll das werden?" Ärgerlich funkelte sie ihn an. „Gestern Abend warst du noch der Meinung, dass du dich lieber nicht mehr mit mir abgeben möchtest – und ich muss sagen, im Nachhinein betrachtet, hattest du damit absolut recht. Warum läufst du mir jetzt also nach? Du hast nicht mit den anderen im Bus gesessen ..."

„*Nej*", antwortete er. „Ich bin euch mit dem Taxi nachgefahren. Ich ..." Er zuckte mit den Schultern. „Das mit gestern tut mir leid. Nicht der Kuss, sondern das danach."

Seufzend fuhr Filippa sich durchs Haar. Sein Lächeln ließ ihr Herz schneller schlagen, doch sie zwang sich, Ruhe zu bewahren. Gestern Abend hatte sie die Kontrolle verloren, aber das wollte sie nicht noch einmal zulassen. Ihr Leben war auch so schon kompliziert genug. Wenn sie es endlich in den Griff bekommen wollte, dann musste sie sich auf das konzentrieren, was wirklich wichtig war.

Auf gar keinen Fall konnte es einfach so weitergehen wie

bisher. Der Anruf ihrer Mutter hatte sie wachgerüttelt. Wenn sie diese Chance nicht nutzte, würden die Kuppelversuche ihrer Eltern wohl nie aufhören. Und eines Tages würde sie womöglich doch nachgeben und tatsächlich mit irgendeinem karrierebesessenen Protegé ihres Vaters vor den Traualtar treten!

Um das zu verhindern, musste sie Gunnar Vinterdahl-Norrholm davon überzeugen, dass sie als Frau genauso gut in der Lage war, das Firmenunternehmen weiterzuführen, wie jeder potenzielle Schwiegersohn.

Da waren komplizierte Männergeschichten – zudem mit einem Passagier der *Midsommarsolen*! – wirklich das Letzte, was sie gebrauchen konnte.

„Und um mir das zu sagen, bist du uns nachgefahren?"

„Um ehrlich zu sein, ich weiß selbst nicht so genau, warum ich hier bin. Ich wollte dich einfach nur sehen. Ist das wirklich so schlimm?"

„*Nej*", lenkte sie weitaus versöhnlicher ein. „Schlimm ist es nicht. Es schmeichelt mir natürlich, aber ..." Sie schüttelte den Kopf. „Es ist einfach unvernünftig. Und genau deshalb sollten wir der Sache einen Riegel vorschieben, bevor es zu spät ist."

Erik verzog das Gesicht. „Davon war ich gestern Abend auch noch felsenfest überzeugt, aber ..." Er seufzte. „Ich kann es mir selbst nicht erklären. So etwas ist mir noch nie passiert! Ich hab die ganze Nacht nicht aufhören können, an dich zu denken. Schließlich hab ich es nicht mehr länger ausgehalten – ich musste dich wiedersehen."

Filippa stolperte erschrocken zurück, als er auf sie zukam, um sie in seine Arme zu ziehen. „Bist du verrückt?", stieß sie heiser hervor. „Jemand könnte uns sehen!" Dabei klopfte ihr Herz so heftig, dass sie kaum noch atmen konnte. Ein Teil von ihr wollte sich in seine Arme sinken lassen, doch noch war die Stimme der Vernunft stärker als die Versuchung – noch. „Ich sollte jetzt wirklich hineingehen", erklärte sie hastig. Ihr war jede Begründung recht, um endlich aus seiner irritierenden Nähe zu entkommen. „Die anderen fragen sich bestimmt schon, wo ich bleibe."

„Warte!"

Als sie auf die Eingangspforte zutrat, hielt er sie am Arm zurück. Diese kleine, eigentlich ganz harmlose Berührung reichte aus, um ihre Gefühle vollends verrücktspielen zu lassen.

Filippa atmete scharf ein.

„Spürst du es denn nicht?" Er schaute sie an, hielt ihren Blick gefangen. Die Luft zwischen ihnen schien zu vibrieren vor erotischer Spannung. Dann nickte er langsam. „Doch, du spürst es – ich sehe es in deinen Augen."

„Nein, ich … Du …" Sie schluckte hart. Wie recht er doch hatte! Sie konnte sich nicht rühren, fühlte sich wie gelähmt. Ihr Puls raste, das Atmen fiel ihr schwer. Und als Erik sie schließlich in seine Arme zog und ihren Mund mit seinen Lippen verschloss, war es, als würde sie auf Wolken schweben.

Doch nur allzu schnell wurde ihr wieder bewusst, welches Risiko sie einging, ihn in aller Öffentlichkeit zu küssen. *Bist du verrückt geworden? Was tust du da?* Brüsk stieß sie ihn von sich, fuhr sich mit beiden Händen übers Haar und richtete nervös ihr Halstuch. „Tu das nie wieder, hörst du?", fuhr sie ihn an. „Du kannst nicht einfach über mich verfügen, wann und wie es dir gerade passt! Ist dir eigentlich klar, was passiert, wenn uns jemand zusammen sieht? Willst du, dass ich deinetwegen meinen Job verliere?"

Einen Augenblick lang sah es so aus, als wollte er protestieren, doch dann schüttelte er seufzend den Kopf. „Es tut mir leid. Du hast ganz recht, ich hätte das nicht tun sollen, aber … Ich kann es nicht genau erklären, in deiner Nähe geht einfach alles mit mir durch. Ich erkenne mich selbst kaum wieder. Ich weiß, es ist vollkommen verrückt, aber ich bekomme dich einfach nicht aus meinem Kopf."

„Das musst du aber", erwiderte sie noch immer ein wenig atemlos. „Das mit uns kann nichts werden, das weißt du ebenso gut wie ich – und jetzt entschuldige mich bitte, ich habe wirklich zu arbeiten."

Sie riss sich von ihm los und ging davon. Als die Tür der Domkirche hinter ihr ins Schloss fiel, brannten Tränen in ihren Augen.

Doch sie blinzelte sie weg. Erik hatte ja keine Ahnung, was er ihr mit seinem Verhalten antat! Seit sie ihn zum ersten Mal gesehen hatte, konnte sie kaum an etwas anderes denken als an ihn. Sie sehnte sich so sehr danach, mit ihm zusammen zu sein. Und doch durfte sie es nicht zulassen.

Ihre gesamte Zukunft hing davon ab.

Sie war froh darüber, dass die Mitglieder der Ausflugsgruppe sie sogleich mit Fragen bestürmten und sie damit von ihren fruchtlosen Grübeleien ablenkten. Erik musste von nun an für sie tabu sein, so schwer es auch fallen mochte. Vermutlich lag es ohnehin nur an der Enttäuschung mit Helge, dass sie so heftig auf seine Nähe reagierte.

Aber damit musste jetzt Schluss sein – ein für alle Mal!

Als Filippa zwei Stunden später mit ihrer Ausflugsgruppe zur *Midsommarsolen* zurückkehrte, wartete Leif bereits auf sie.

„Eklund will Sie sprechen", sagte er. „Dringend."

Sie spürte, wie ihre Knie schwach wurden. Ein heftiges Schwindelgefühl ergriff sie, sodass sie für einen Augenblick fürchtete, ohnmächtig zu werden. War Eklund ihr etwa auf die Schliche gekommen? Hatte jemand Erik und sie zusammen vor dem Dom gesehen? Aber wie hatte er dann so schnell davon erfahren?

„Hat er gesagt, um was es geht?", fragte sie betont gleichmütig, obwohl sie kaum in der Lage war, einen klaren Gedanken zu fassen.

Der junge Steward schüttelte den Kopf. „Nein – er hat mich nur gebeten, Sie gleich zu ihm zu schicken, sobald Sie von Ihrem Ausflug zurückkommen. Er erwartet Sie in seinem Büro."

„*Tack så mycket*", stieß sie heiser hervor und drückte Leif die Teilnehmerliste in die Hand. „Geben Sie die bitte in die Abrechnung? Danke."

Tausend Gedanken gingen Filippa durch den Kopf, während sie den langen Korridor zu Eklunds Büro hinunterging. War es das jetzt gewesen? Würde ihre Karriere enden, noch ehe sie richtig begonnen hatte? Ihr wurde übel bei dem Gedanken, ihrem Vater diesen Misserfolg eingestehen zu müssen. Doch ein Fehltritt wie dieser würde sich auf Dauer unmöglich vor ihm verheimlichen lassen. In der Branche verbreiteten sich Klatsch und Tratsch stets wie ein Lauffeuer. Es war nur eine Frage der Zeit, bis auch Gunnar Vinterdahl-Norrholm davon erfuhr.

Wie sollte sie ihm nach dieser Demütigung je wieder unter die Augen treten?

Als sie vor Eklunds Tür stand, wollte sie am liebsten auf dem Absatz kehrtmachen und davonlaufen. Doch da sie wusste, dass ihr das auch nichts nutzen würde, nahm sie all ihren Mut zusammen, klopfte an und betrat das kleine, fensterlose Büro.

Der Servicechef saß hinter seinem Schreibtisch und blätterte gerade in einer Akte. Er schaute nicht auf, als Filippa eintrat, sondern bat sie lediglich mit einer stummen Geste, sich zu setzen. Mit klopfendem Herzen kam sie seiner Anweisung nach. Es kam ihr wie eine Ewigkeit vor, bis Eklund seine Papiere endlich zur Seite legte und ihr Beachtung schenkte.

„Jedem Crewmitglied, das auf einem Kreuzfahrtschiff wie der *Midsommarsolen* anheuert, sollte klar sein, dass von ihm absolute Zuverlässigkeit und tadelloses Betragen erwartet wird." Er bedachte Filippa mit einem stechenden Blick. „Es ist Ihnen hoffentlich klar, dass ich jedes Fehlverhalten einem Gast gegenüber mit unnachgiebiger Härte ahnden muss."

Filippa schluckte hart. „Natürlich", krächzte sie heiser. Ihre Kehle war mit einem Mal wie zugeschnürt. „Ich verstehe …" Sie schob den Stuhl zurück. Vermutlich erwartete Eklund von ihr, dass sie noch vor dem Ablegen von Bord der *Midsommarsolen* verschwand. Sie konnte es ihm nicht einmal verdenken. „Ich danke Ihnen dafür, dass Sie mir diese Chance gegeben haben", sagte sie und erhob sich steif.

Irritiert und misstrauisch zugleich schaute Eklund sie an. „Würden Sie mir wohl verraten, wovon Sie sprechen, Filippa?"

6. KAPITEL

*E*inen Moment lang starrte Filippa ihn verständnislos an, dann begriff sie: Eklund wusste überhaupt nichts von Erik und ihr! Sie hatte seine Worte automatisch auf sich bezogen und sich damit selbst in ganz schöne Erklärungsnot gebracht.

„Nun?" Eklund runzelte die Stirn. „Haben Sie mir vielleicht irgendetwas zu beichten?"

Filippas Gedanken rasten wild durcheinander. Ihr Herz hämmerte, und ihr brach der kalte Schweiß aus. Was sollte sie jetzt bloß sagen?

„Es gab da einen kleinen Zwischenfall während des Checkin", versuchte sie es schließlich mit der halben Wahrheit. „Eine peinliche Verwechslung. Ich habe einen Gast für das vermisste Mitglied unserer Bordkapelle gehalten. Das Missverständnis hat sich schnell aufgeklärt, aber ich fürchte, die Begleiterin meines Verwechslungsopfers war alles andere als entzückt." Sie hob die Schultern. „Und als Sie jetzt von Fehlverhalten sprachen, nahm ich an, sie hätte sich über mich beschwert und …"

Einen Moment lang blieb Eklunds Miene unergründlich, dann lächelte er. „Sie haben wirklich geglaubt, dass ich Sie wegen einer solchen Lappalie gleich entlassen würde? Ich bitte Sie, Filippa, wofür halten Sie mich eigentlich?"

Sie senkte den Blick – hauptsächlich, um ihre Erleichterung darüber zu verbergen, dass er ihrer Erklärung Glauben schenkte. *Jag beklagar mycket* – tut mir wirklich schrecklich leid."

„Ach was …" Eklund winkte ab. „Vergessen wir das. Eigentlich wollte ich über etwas ganz anderes mit Ihnen sprechen. Wie ich schon sagte, sollte es oberste Priorität für jedes Crewmitglied sein, den Gästen an Bord der *Midsommarsolen* zu dienen und ihnen jeden nur möglichen Wunsch von den Augen abzulesen. Dass Diskretion und die Wahrung der Privatsphäre dabei besonders wichtig sind, versteht sich von selbst. Umso mehr bedaure ich, dass wir gezwungen sein werden, bei einigen unserer Gäste – nun, wie soll ich sagen? – etwas genauer hinzusehen."

Filippa blinzelte irritiert. „Ich fürchte, ich verstehe nicht ganz …"

„Es gab seit unserem Auslaufen in Göteborg einige Zwischenfälle, über die ich bisher den Mantel des Schweigens hüllen konnte. Während Ihres Landgangs jedoch …"

„Entschuldigen Sie bitte", unterbrach Filippa. „Von was für Zwischenfällen sprechen wir hier?"

Seufzend fuhr sich der Servicechef der *Midsommarsolen* durch sein akkurat geschnittenes, bereits leicht ergrautes Haar. „Sie haben recht, es ist besser, wenn ich Sie zunächst vollständig ins Bild setze. Es geht um Diebstähle. Irgendjemand an Bord vergreift sich am Eigentum der Passagiere. Schon kurz nach unserer Abreise sind mir die ersten Beschwerden zu Ohren gekommen. Ich habe die Angelegenheit an die Kollegen aus der Sicherheit weitergegeben, muss aber gestehen, dass ich ihr keine allzu große Bedeutung beigemessen habe. Wie Sie wissen, werden auf Kreuzfahrtschiffen beinahe immer ein oder zwei Gegenstände als vermisst gemeldet. Die meisten Fälle klären sich bis zum Ende der Reise auf, weil der verschwundene Gegenstand ganz von allein wieder auftaucht."

Filippa nickte. Sie kannte dieses Phänomen gut – und wenn doch einmal wirklich jemand lange Finger machte, dann wurde er zumeist früher oder später erwischt.

In dieser Hinsicht war ein Kreuzfahrtschiff wie ein kleines Dorf: Man konnte nie etwas lange geheim halten.

„Und was ist dieses Mal anders?"

„Wie Sie sicher wissen, befindet sich unter unseren Gästen Olga Gruschenko, eine russische Society-Lady. Trotz guten Zuredens war die Dame nicht dazu zu bewegen, ihren Schmuck im Wert von mehreren Zehntausend Kronen in unserem Safe zu deponieren. Zur Mittagszeit, während sie im *Sju Havens* Restaurant zu Mittag gegessen hat, muss jemand in ihre Suite eingedrungen sein."

„Und was ist gestohlen worden?"

„Ein kostbares Collier ist spurlos verschwunden. Madam Gruschenko schwört Stein und Bein, dass das Schmuckstück noch da war, als sie gegen elf ihre Suite verließ. Sie will es noch angelegt haben, hat sich aber dann kurzfristig doch für ein anderes Stück entschieden."

„Verstehe", entgegnete Filippa ernst. „Was ist mit der Kameraüberwachung? Hat die Auswertung der Bänder irgendetwas ergeben?"

„*Nej.* Leider rein gar nichts. Wie Sie wissen, verzichten wir in vielen Bereichen des Schiffes auf Aufzeichnungen, um die Privatsphäre unserer Passagiere zu schützen. Leider haben wir deshalb auch noch keine heiße Spur, wer für den Diebstahl des Colliers verantwortlich sein könnte. Unser Sicherheitsdienst ist mit der Aufklärung der Angelegenheit betraut. Dennoch bitte ich Sie, die Augen offen zu halten und sofort an mich Bericht zu erstatten, sollte Ihnen etwas Ungewöhnliches auffallen." Er neigte den Kopf. „Apropos – was macht eigentlich unser Reisekritiker? Haben Sie bereits herausfinden können, um wen es sich handelt? Nicht auszudenken, wenn ihm diese Angelegenheit zu Ohren käme …"

Zum Glück wusste Eklund nicht, womit sie ihre Zeit verschwendet hatte, anstatt sich um diese wichtige Aufgabe zu kümmern. „Nein", antwortete sie wahrheitsgemäß. „Aber ich habe bereits eine Liste der infrage kommenden Passagiere erstellt, die ich nun nach und nach überprüfe."

„Bleiben Sie unbedingt an dieser Sache dran", sagte Eklund, schien mit den Gedanken aber schon nicht mehr bei der Sache zu sein. „Und halten Sie mich bitte auf dem Laufenden."

„Wo hast du bloß wieder den ganzen Tag gesteckt?", maulte Emilia, als Erik nach seinem Ausflug nach Lund in ihre Suite zurückkehrte. „Ich habe mich schrecklich gelangweilt. Musst du denn wirklich unbedingt immerzu arbeiten? Ich dachte, wir könnten diese Kreuzfahrt auch nutzen, um uns ein bisschen zu amüsieren!"

Erik unterdrückte ein Seufzen. Dank der automatischen SMS-Benachrichtigung, die er erhielt, sobald seine Kreditkarte eingesetzt wurde, wusste er ziemlich genau, wie Emilia seine Abwesenheit genutzt hatte: um die Edelboutiquen auf der Shoppingpromenade des Stockholmdecks leer zu kaufen. Die Beträge, die bei ihren Kaufrauschanfällen zusammenkamen, waren oft schwindelerregend. Unter normalen Umständen störten ihn diese Sonderausgaben nicht besonders. Doch jetzt, da die Auftragslage der Firma sich zunehmend verschlechterte … Trotzdem brachte er es nicht über sich, Emilia in ihre Schranken zu weisen. Die Tochter seines ehemaligen Geschäftspartners hatte niemals gelernt, was es bedeutete, für sein Geld wirklich hart arbeiten zu müssen. Doch es war nicht ihre Schuld, sie war ein Opfer von Henks falscher Erziehung. Er hatte ihr jeden noch so kostspieligen Wunsch von den Augen abgelesen; wohl, um sie über den frühen Tod ihrer Mutter hinwegzutrösten.

Und Erik war es bislang ganz recht gewesen, dass sie den größten Teil ihrer Zeit – auch ihrer *Arbeitszeit* – in den Designerläden der Stockholmer Innenstadt verbrachte. Auf diese Weise machte sie wenigstens keine Fehler bei der Arbeit. Außerdem fand er es ganz angenehm, sie nicht immerzu um sich haben zu müssen.

„Es soll an Bord einen ganz hervorragenden Wellness- und Beautybereich geben", sagte er, um sie abzulenken. „Warum legst du nicht einfach einmal einen Entspannungstag ein? Ich bin sicher, dass dir das bei all dem Stress, mit dem du täglich zu kämpfen hast, guttun würde."

Er schaffte es nicht, die Ironie vollständig aus seiner Stimme zu verbannen, und Emilia registrierte es mit einem Stirnrunzeln. „Ja", sagte sie trotzdem. „Möglicherweise werde ich das tatsächlich tun. Obwohl ich nicht weiß, für wen ich mir eigentlich solche Mühe gebe, gut auszusehen. Du hast doch ohnehin kaum einen Blick für mich übrig."

Erik konnte nicht umhin festzustellen, dass Emilia recht hatte. Obwohl sie eine wunderschöne Frau war, fühlte er sich einfach nicht zu ihr hingezogen. Ihre Schönheit ließ ihn irgendwie kalt. Wenn er dagegen an Filippa dachte …

Schlag sie dir endlich aus dem Kopf! Hat sie dir nicht ganz klar zu verstehen gegeben, dass sie nicht an einer Affäre interes-

siert ist? Zumindest einer von euch scheint also noch bei klarem Verstand zu sein – du wirst ja neuerdings anscheinend nur noch von deinen Hormonen gesteuert!

Hast du auch nur einmal ernsthaft darüber nachgedacht, was für Konsequenzen dein Handeln für K & A haben könnte? Und für deine Mitarbeiter?

„Und heute Abend?", fragte Emilia schlecht gelaunt. „Hast du da auch wieder etwas Besseres zu tun, oder gehst du mit mir zum Dinner?"

Eigentlich verspürte Erik keine große Lust, mit ihr den Abend zu verbringen. Sie hatten einfach keine gemeinsamen Interessen, sodass die Zeit, die sie miteinander verbrachten, meist nur quälend langsam verstrich. Dabei gab sich Erik wirklich größte Mühe, Emilia zu verstehen. Doch zwischen ihnen schien es einfach keine Gemeinsamkeiten zu geben. Ihr größtes Vergnügen war es, über andere Leute herzuziehen. Menschen, die es sich nicht erlauben konnten, das Geld mit vollen Händen aus dem Fenster zu werfen, machte sie besonders gerne zur Zielscheibe ihres Spotts. Andererseits sollte er sich vielleicht besser daran gewöhnen, schließlich hatte er doch vor, ihr demnächst einen Heiratsantrag zu machen – oder?

Der Gedanke daran kam ihm noch immer sehr unwirklich vor. Er und Emilia? Allein die Vorstellung besaß etwas sehr Absurdes.

Er schnappte sich seine Jacke vom Garderobenhaken. „Tut mir leid, aber ich muss noch mal weg."

„Was?" Emilia bedachte ihn mit einem vorwurfsvollen Blick. „Ich weiß gar nicht, womit ich es verdient habe, so von dir behandelt zu werden!", schmollte sie. „Ich komme mir manchmal vor wie das dritte Rad am Wagen. Immer geht deine Arbeit vor!"

Erik setzte zu einer scharfen Erwiderung an, dass genau diese Arbeit den aufwendigen Lebensstil finanzierte, den sie so schätzte, entschied sich aber im letzten Moment dagegen.

Seufzend schüttelte er den Kopf. „Ich versuche, rechtzeitig zum Dinner zurück zu sein", sagte er und verließ die Suite.

„Ein Reisekritiker *und* ein Dieb?" Aufstöhnend fuhr Majken sich durchs Haar, als Filippa ihr in der Crewkantine von den neuesten Entwicklungen berichtete. „Ich hab mir zwar eine aufregende und abwechslungsreiche Kreuzfahrt gewünscht, aber *so was* habe ich nun wirklich nicht gemeint. Und, bist du in Sachen Kritiker schon weitergekommen?"

Filippa zuckte mit den Achseln. „Schon möglich. Mir ist da jemand aufgefallen, der mir verdächtig erscheint. Sein Name ist Nils Olufsen und ..."

„Sagtest du gerade Olufsen? Nils Olufsen? So ein unauffälliger, nichtssagender Kerl mit Halbglatze?" Als Filippa nickte, schüttelte sie sich theatralisch. „Den kenne ich. Ein fieser Kerl, sag ich dir. Die meisten der Mädchen gehen ihm so weit wie möglich aus dem Weg, weil er jedem Rock nachjagt. Einer Servieren soll er sogar gedroht haben, sie bei ihrem Vorgesetzten anzuschwärzen, wenn sie nicht ein bisschen *nett* zu ihm ist ..."

Die Worte ihrer Kabinengenossin machten Filippa nachdenklich. Passte ein solches Verhalten zu einem Reisekritiker? Andererseits – die meisten Kritiker, denen sie in ihrer beruflichen Laufbahn bisher begegnet war, hielten sich für ungemein wichtig. Vielleicht zeigte sich hier nur das übersteigerte Selbstbewusstsein eines Mannes, der sich selbst für unwiderstehlich hielt und daran gewöhnt war, stets alles zu bekommen, was er sich wünschte. Es war auf alle Fälle sicherer, Olufsen im Auge zu behalten.

„Themenwechsel", sagte Majken mit gesenkter Stimme und bedachte Filippa mit einem fragenden Blick. „Als ich gestern Abend in die Kabine gekommen bin, hast du ja leider schon geschlafen, daher hatte ich keine Gelegenheit mehr, dich zu löchern. Aber du glaubst doch wohl nicht, dass du mir so leicht davonkommst, oder? Also: Wie ist dein Date mit Erik Andersson verlaufen? Ich will alles wissen – bis ins kleinste Detail!"

„Da gibt es nicht viel zu erzählen", wiegelte Filippa ab. „Es war nicht besonders aufregend – wenn man mal davon absieht, dass Eklund plötzlich in dem Restaurant aufgetaucht ist, in dem wir gegessen haben."

Sie hoffte, dass die Erwähnung des Servicechefs ihre Mitbewohnerin davon ablenken würde, sie weiter über Erik auszufragen. Je weniger sie über ihn sprach, umso eher würde er auch aus ihren Gedanken verschwinden. Zumindest hoffte sie das …

Und dieser Plan schien aufzugehen, denn Majken riss erschrocken die Augen auf. „Was?" Sie beugte sich vor. „Und hat er dich erwischt? Um Himmels willen, was hast du da bloß angestellt?"

Filippa erzählte ihr, was vorgefallen war – allerdings nur bis zu dem Moment, in dem sie gemeinsam im Garten des *Salt och Peppar* Unterschlupf fanden. Über ihr Dinner im Sternenglanz, den Tanz und den anschließenden Kuss ließ sie lieber nichts verlauten – stattdessen schloss sie betont nüchtern: „Und da der Innenhof nur einen einzigen Zugang hatte, nämlich den durchs Restaurant, mussten wir warten, bis Eklund und die anderen gegangen waren."

Doch so leicht konnte sie Majken nicht täuschen. „Ihr habt euch also die ganze Zeit in einem öden Innenhof die Beine in den Bauch gestanden?" Schmunzelnd schüttelte sie den Kopf. „Tut mir leid, aber das kannst du mir nicht weismachen. Und nun weiter, ich will die *ganze* Geschichte hören."

Ein Laut, irgendwo zwischen einem Seufzen und einem resignierenden Stöhnen, entfuhr Filippa. „Also schön, wir haben uns geküsst", entgegnete sie und brachte Majken, die in Jubel ausbrechen wollte, mit einer harschen Handbewegung zum Schweigen. „Aber als es vorbei war, ist uns beiden klar geworden, dass es ein Fehler war. Ein einmaliger Ausrutscher, der sich garantiert nicht wiederholen wird."

Sie schaffte es, eine Sicherheit in ihre Worte zu legen, die sie selbst nicht empfand. Sie brauchte ja nur daran zu denken, was beinahe in Lund geschehen wäre. Hätte nicht gerade noch rechtzeitig ihr Verstand eingesetzt …

Enttäuscht zuckte ihre Kabinengenossin mit den Schultern. „Dann gibt es auf dieser Kreuzfahrt wohl doch keine romantische Lovestory zwischen dir und deinem Erik, wie? Schade, dabei würdet ihr ein wirklich hübsches Paar abgeben …"

„Hör auf!", sagte Filippa schärfer als beabsichtigt. „Ich brauche weder Erik noch sonst irgendeinen anderen Kerl, verstanden? *Förbannat!* Warum glaubt bloß jeder, dass ich einen Mann will, der mir die Verantwortung für mein Leben aus der Hand nimmt?"

Überrascht schaute Majken sie an. „Ich … Entschuldige, so habe ich das doch gar nicht gemeint."

Seufzend fuhr Filippa sich durchs Haar. „*Nej*, mir tut es leid, ich hätte dich nicht so anfahren dürfen. Es gibt da einige … Komplikationen zwischen mir und meinen Eltern, aber das kannst du ja nicht wissen."

„Wenn du jemanden zum Reden brauchst …"

Filippa zwang sich zu einem Lächeln. „Lieb von dir, aber mit dieser Sache muss ich ganz allein zurechtkommen. So, und jetzt gehe ich besser zurück an Deck. Meine Mittagspause ist längst vorbei, und du musst doch sicher auch gleich zurück, oder?"

Am nächsten Vormittag stand Filippa am Rand des Pools auf dem Skydeck und beaufsichtigte das Halbfinale des großen *Midsommarsolen Vattenpolomatchen*. Insgesamt hatten sich über fünfzig Passagiere für das Wasserballturnier angemeldet, von denen knapp die Hälfte bereits ausgeschieden war. Nun spielten vier Teams um den Einzug ins Finale. Der absolute Liebling des Publikums war ein sympathisches junges Paar, das seine Flitterwochen an Bord der *Midsommarsolen* verbrachte. Sabrina und Jonas Lavander hatten es bis unter die Gruppe der letzten Teilnehmer geschafft, und Filippa drückte ihnen die Daumen, dass sie das Match für sich entscheiden würden.

Als Gewinn winkte dem Siegerteam eine Trophäe in Form eines springenden Delfins und außerdem ein Einkaufsgutschein für die Sportboutique auf dem Stockholmdeck.

Das Spiel war *die* Attraktion des Tages. Die Bedingungen hatten aber auch kaum besser sein können: Die Sonne stand hoch am strahlend blauen Himmel, und obwohl sie sich auf See befanden, wehte nur eine schwache Brise, und die Luft war angenehm mild. Entsprechend drängten sich die Zuschauer auf dem Skydeck so dicht an dicht, dass Filippa ihre liebe Mühe hatte zu verhindern, dass jemand versehentlich ins Becken gestoßen wurde. Trotzdem machte ihr diese Aufgabe Spaß, und – was noch viel wichtiger war – sie lenkte ihre Gedanken von Erik ab.

Wenn man vom Teufel spricht …

Filippa unterdrückte ein Aufstöhnen, als er am oberen Absatz der Treppe zum Skydeck erschien. Die *Midsommarsolen* war eines der größten Kreuzfahrtschiffe, die heutzutage auf den sieben Weltmeeren kreuzten, und besaß insgesamt die Ausmaße eines kleinen Dorfes. Es war durchaus nicht unwahrscheinlich, dass zwei Personen vierzehn Tage an Bord verbrachten, ohne sich jemals über den Weg zu laufen. Doch ausgerechnet bei Erik und ihr war es genau umgekehrt: Egal, wo sie war, früher oder später tauchte er ebenfalls dort auf. Und das, wo sie ihn doch einfach nur vergessen wollte!

Trotzdem konnte sie einfach nicht aufhören, ihn anzuschauen. Was hatte dieser Mann bloß an sich, das sie so faszinierte? War es das dunkle, gewellte Haar? Die markanten Züge oder das geheimnisvolle Grau seiner Augen? Sie wusste es nicht – fest stand nur, dass sie ihn bloß sehen musste, damit ihr Herz heftiger klopfte.

Er hatte sie noch nicht bemerkt. Anscheinend ziellos schlenderte er zwischen den Liegestühlen entlang, die im hinteren Bereich des Skydecks zum Sonnenbaden einluden. Filippa runzelte die Stirn. Irgendetwas an seinem Verhalten kam ihr merkwürdig vor. Bildete sie es sich nur ein, oder hielt er angestrengt nach etwas Ausschau? Und dann verschwand er plötzlich aus ihrem Blickfeld wie vom Boden verschluckt. Nervös stellte Filippa sich auf die Zehenspitzen, und da sah sie ihn wieder.

Irritiert kniff sie die Augen zusammen. Was tat er denn da? Erik hockte neben einer der Sonnenliegen und griff nach einer Damenhandtasche, die jemand darauf abgelegt hatte. Was zum Teufel … Entsetzt schnappte Filippa nach Luft. Nein, das konnte doch nicht wahr sein!

War Erik etwa der Dieb, der auf der *Midsommarsolen* sein Unwesen trieb?

7. KAPITEL

*D*as darf doch nicht wahr sein!" Filippa verließ ihren Posten und folgte Erik, der sich, die gestohlene Damenhandtasche unter dem Arm, einen Weg durch die Menge bahnte. „Entschuldigung, darf ich …? Vielen Dank."

Während sie sich zwischen den Zuschauern des Wasserballmatches hindurchschlängelte, ließ sie Erik die ganze Zeit nicht aus den Augen. Wie gelassen er wirkte, wie unglaublich ruhig! Man könnte beinahe glauben, dass er überhaupt nichts zu verbergen hatte. Doch Filippa wusste es besser.

Sie wartete, bis er das belebte Skydeck verlassen und einen ruhigeren Bereich des Oberdecks erreicht hatte, dann schloss sie zu ihm auf und hielt ihn am Arm zurück.

Er drehte sich um, und seine Miene hellte sich auf, als er Filippa erblickte. Doch sein Lächeln gefror gleich wieder, als er ihren Gesichtsausdruck bemerkte. Irritiert hob er eine Braue. *„Hej.* Alles in Ordnung?"

Seine Frechheit war kaum mit Worten zu beschreiben. Am liebsten hätte Filippa ihm gehörig die Meinung gesagt, doch das hätte zu viel Aufmerksamkeit erregt. Auch wenn gerade niemand in der Nähe zu sein schien, sie durfte das Risiko nicht eingehen, dass ein Passagier mitbekam, was hier ablief.

„Überhaupt nichts ist in Ordnung", erwiderte sie ernst. „Du kommst jetzt besser mit mir."

Er runzelte die Stirn. „Was ist denn los?"

„Nicht hier", entgegnete sie knapp. „Komm."

Sie führte Erik zu einer Tür mit der Aufschrift *Nur für Crewmitglieder.* Dahinter gelangte man zu den Crewkabinen und den administrativen Bereichen des Schiffs, die ein Gast für gewöhnlich nicht zu sehen bekam. Auch ihre und Majkens Kabine befand sich ganz in der Nähe.

„Was hast du vor?", fragte er, als sie ihm die schwere Stahltür aufhielt und ihm bedeutete, hindurchzugehen. „Willst du mir deine Kabine zeigen?"

„Wohl kaum!" Sie konnte nicht fassen, wie dreist er war.

Glaubte er etwa, sie auf diese Weise um den Finger wickeln zu können?

Er blieb in der offenen Tür stehen und machte keine Anstalten, sich von der Stelle zu bewegen. Er verschränkte die Arme vor der Brust. „Schön, dann eben nicht. Aber dann erklär mir bitte, was das hier zu bedeuten hat. Was wollen wir hier?"

„Ich bringe dich zu meinem Vorgesetzten", antwortete Filippa kühl.

„Was?" Er sah tatsächlich ehrlich verblüfft aus. „Aber … Wolltest du nicht genau das immer vermeiden? Dass er dich und mich zusammen sieht?"

„Nun stell dich nicht dumm!" Sie funkelte ihn zornig an. „Ich habe dich beobachtet, Erik. Ich weiß alles, du brauchst also gar nicht erst zu versuchen, mir etwas vorzumachen."

„Wovon zum Teufel sprichst du?"

„Als ob du das nicht wüsstest!"

„*Nej!* Genau das ist es ja!", entgegnete er ärgerlich. „Ich habe keine Ahnung, was das ganze Theater soll!"

Verunsichert musterte Filippa ihn. Er wirkte kein bisschen schuldbewusst, und das irritierte sie durchaus. Konnte es sein, dass er wirklich keine Ahnung hatte, was sie ihm vorwarf?

Aber sie hatte doch selbst gesehen, wie er die Tasche mitgenommen hatte. *Darn!* Er trug sie ja sogar jetzt noch bei sich! Andererseits zweifelte sie keine Sekunde daran, dass er eine absolut einleuchtende Erklärung dafür parat haben würde, warum er eine Damenhandtasche unter den Arm geklemmt hatte. Einleuchtend genug, um Jörgen Eklund zu überzeugen?

Seufzend fuhr sie sich durchs Haar. Wenn sich am Ende herausstellte, dass sie einen Passagier zu Unrecht verdächtigt hatte, würde sie ganz schöne Schwierigkeiten bekommen. Zudem wirkte Erik nicht gerade wie ein Mann, der es nötig hatte, sich seinen Lebensunterhalt als Taschendieb zu verdienen. Er und seine Stiefschwester bewohnten die Strindbergsuite – allein eine Nacht in dieser Luxuskabine kostete mehr, als ein Steward in einer Woche verdiente.

„Was ist denn nun?", fragte er ungeduldig. „Bekomme ich

endlich eine Antwort auf meine Frage? Was wirfst du mir vor?"

Filippa winkte barsch ab. „Lass mich, ich muss nachdenken!"

War es nicht geradezu absurd, ausgerechnet Erik des Taschendiebstahls zu verdächtigen?

Jetzt, wo ihr Adrenalinspiegel langsam sank und sie wieder klar denken konnte, wurde ihr klar, wie verrückt ihr Vorwurf klang. Längst war sie sich selbst ihrer Sache nicht mehr sicher. Hatte sie schlicht und einfach überreagiert und das Gesehene falsch gedeutet? Je länger sie darüber nachdachte, umso wahrscheinlicher erschien ihr diese Erklärung. Ihr Gefühl sagte ihr, dass sie Erik zu Unrecht verdächtigt hatte.

Aber durfte sie diesem Gefühl überhaupt noch vertrauen? Das letzte Mal, als sie sich auf ihren Instinkt verlassen hatte, wäre sie beinahe mit Helge vor den Traualtar getreten …

Filippa hatte ihn auf einer Abendgesellschaft kennengelernt, die Gunnar Vinterdahl-Norrholm für einige Geschäftsfreunde und Mitarbeiter in seiner Villa bei Stockholm gegeben hatte. Ihre Eltern hatten schon öfter versucht, sie zu verkuppeln, und Helge machte keinen Hehl daraus, dass er ein Protegé ihres Vaters war. Trotzdem gehörte ihm ihr Herz, noch ehe der Abend vorüber war.

Sie trafen sich wieder, und es kam, wie es kommen musste. Filippa ließ alle Vorsicht, die sie Männern gegenüber sonst walten ließ, fahren. Helge war so charmant, so einfühlsam, und er las ihr jeden Wunsch von den Augen ab. Es machte sie blind für das, was sich hinter ihrem Rücken abspielte – zunächst.

Sechs Monate lang war sie im siebten Himmel. Sie glaubte, die große Liebe, ja, den Mann fürs Leben gefunden zu haben. Und als er ihr bei einem romantischen Dinner im Kerzenschein einen formvollendeten Heiratsantrag machte, zögerte sie nicht und sagte Ja.

Sie steckte mitten in den letzten Vorbereitungen für die Hochzeit, als sie vom Nebenanschluss in seiner Wohnung aus versehentlich ein Gespräch mit anhörte, das er mit seiner Geliebten führte. Und daran, dass es sich bei der Frau um ihre Rivalin handelte, konnte bei der Art und Weise, wie sie miteinander sprachen, kein Zweifel bestehen.

Helge versicherte der anderen, dass es auch nach der Hochzeit selbstverständlich so weitergehen würde wie bisher. Dann lachten sie beide herzlich über die Naivität und Dummheit der Tochter des großen Gunnar Vinterdahl-Norrholm …

Seit dieser Geschichte hatte Filippa es vorgezogen, jeglichen Kontakt zu Männern rein aufs Geschäftliche zu reduzieren. Helge war nicht der Erste gewesen, der nur aus Berechnung mit ihr angebändelt hatte. So etwas hatte sie schon öfter erlebt – nur dass keiner seiner Vorgänger so unglaublich frech und vermessen gewesen war. Und es hatte immer eine innere Stimme gegeben, die sie davor gewarnt hatte, sich emotional zu stark in die Beziehung einzubringen.

Nicht so bei Helge.

Die Erkenntnis, dass sie ihrer eigenen Einschätzung nicht mehr hundertprozentig vertrauen konnte, war womöglich am allerschlimmsten für sie gewesen. Und deshalb vermochte sie nun auch nicht mehr mit Sicherheit zu sagen, was sie von Erik halten sollte.

Hatte er von Anfang an ein falsches Spiel mit ihr gespielt? War er ein Dieb und gemeiner Betrüger?

Nej, das konnte sich Filippa beim besten Willen nicht vorstellen. Aber warum hatte er dann diese Damenhandtasche an sich genommen? Es gab nur einen Weg, das herauszufinden: Sie musste ihn fragen.

„Sag mir ehrlich, Erik, was hat es mit dieser Tasche auf sich?"

Im ersten Augenblick schaute er sie nur verständnislos an, dann begriff er und schüttelte lächelnd den Kopf. „Du meinst diese hier?" Er hob die Handtasche hoch. „Sie gehört meiner …" Er stockte kurz. „Meiner Stiefschwester Emilia. Sie hat sie vorhin am Pool liegen lassen und bat mich, sie zu holen."

Filippa senkte den Blick. Sie zweifelte nicht daran, dass seine Geschichte der Wahrheit entsprach, und kam sich mit einem Mal schrecklich dumm vor.

„Erik, ich …" Sie erschrak, als sie plötzlich Stimmen ganz in der Nähe hörte. Rasch schob sie Erik durch die offene Tür zu den Crewunterkünften und ließ sie dann hinter sich zufallen. Erst im nächsten Augenblick wurde ihr klar, wie dumm diese Reaktion gewesen war – und wie gefährlich! Niemand hätte etwas dabei gefunden, dass sie sich an Deck mit einem Passagier unterhielt. Aber wenn man sie nun mit ebendiesem Passagier hier im Mitarbeitertrakt ertappte, würde sie das ganz schön in Schwierigkeiten bringen.

Vor allem, da die Sache mit der Handtasche sich nun doch als Missverständnis herausgestellt hatte.

Also doch wieder zurück in den Passagierbereich? Sie öffnete die Tür, schloss sie aber sofort wieder, als sie sah, wie sich einige ihrer Kollegen näherten. Filippa schluckte. Und was nun?

„Los, komm!", wies sie Erik an und scheuchte ihn den Korridor hinunter. Auf keinen Fall durfte man sie hier zusammen sehen. Doch der schmale Gang bot keinerlei Versteckmöglichkeiten, daher blieb nur die Kabine, die sie sich mit Majken teilte.

Sämtliche Alarmglocken schrillten in ihr, als sie hinter Erik durch den Gang hetzte. *Bist du verrückt geworden? Schlimm genug, dass du ihn hierher mitgenommen hast – wenn er in deiner Kabine entdeckt wird, ist endgültig alles verloren!*

Doch Filippa schob alle Zweifel und Bedenken beiseite. Ihr blieb keine andere Wahl, wenn sie ihre Position als Chefhostess behalten wollte.

Ihre Finger zitterten so stark, dass sie es nicht schaffte, die Kabinentür aufzuschließen. Erik nahm ihr den Schlüssel ab, öffnete und trat ein. Als die Tür hinter ihnen wieder ins Schloss fiel, atmete Filippa erleichtert auf.

Geschafft – vorerst.

Neugierig blickte Erik sich in der schlichten Kabine um, in die Filippa ihn geführt hatte. Er wusste sofort, dass es sich um ihre Unterkunft handelte. Ihre ganz persönliche Handschrift war unverkennbar.

Die kahlen Wände waren mit Fotos, Zeitungsausschnitten und Postern dekoriert. Die meisten zeigten blühende Landschaften oder Sonnenuntergänge über dem Meer und schufen eine Illusion von Weite und Offenheit, die darüber hinwegtäuschte, dass es in der Kabine kein Fenster gab.

„Nett hast du es hier", sagte er und meinte es ehrlich.

Die Möbel waren einfach, aber stabil, und aus Sicherheitsgründen – wie alle schweren Gegenstände – fest mit dem Boden verschraubt. Es gab ein Etagenbett, zwei winzige Schränke, eine Kommode, die Filippa sich anscheinend mit ihrer Mitbewohnerin teilte, sowie einen hohen Spiegel; wohl, damit die Crewmitglieder den tadellosen Sitz ihrer Uniform überprüfen konnten, ehe sie sich unter die Passagiere mischten.

Neben dem Eingang gab es noch eine weitere Tür, die offen stand. Dahinter befand sich eine Nasszelle, die diese Bezeichnung auch verdiente. Auf kaum mehr als zwei Quadratmetern war alles verfügbar, was man brauchte – nach Komfort oder gar Luxus suchte man hier jedoch vergeblich.

Trotzdem hatten Filippa und ihre Mitbewohnerin es mit kleinen Accessoires geschafft, ihrem vorübergehenden Zuhause eine Atmosphäre der Gemütlichkeit zu verleihen. Dazu hatten sie farbenfrohe Decken und Tücher verteilt, überall standen kleine Figuren und Souvenirs von früheren Reisen.

Das Ergebnis war so erstaunlich, dass er sich gar nicht daran sattsehen konnte. In jedem noch so kleinen Detail glaubte er Filippa zu erkennen. Ihre Wärme, ihre Lebenslust, ihre Herzlichkeit.

Er war vorhin erst wütend auf sie gewesen, dann belustigt, weil sie ihn tatsächlich für einen Handtaschendieb gehalten hatte. Doch jetzt waren all diese Gefühle wie weggeblasen. Er sehnte sich nur danach, sie in seine Arme zu schließen.

War es nicht absurd, dass er dafür alles aufs Spiel setzte? Wenn irgendjemand ihn hier ertappte, würde ihn das ganz schön in die Klemme bringen. Nicht nur Filippa hatte eine Menge zu verlieren, auch sein Ruf und der seiner Agentur standen auf dem Spiel. Aber zu seinem eigenen Erstaunen war seine Sehnsucht nach dieser herrlich verrückten Frau stärker.

Filippa fühlte sich ein wenig unbehaglich, als Erik ihre Kabine einer so genauen Musterung unterzog. Eigentlich gefiel Filippa, wie Majken und sie die Kabine mit einfachsten Mitteln wohnlich gestaltet hatten. Doch vor Erik war ihr das alles irgendwie unangenehm. Wenn sie daran dachte, dass er und seine Stiefschwester in der luxuriösen Strindbergsuite wohnten …

Um ihre Verlegenheit zu überspielen, löste sie ihren Zopf und schüttelte ihre hellblonden Locken, die ihr auf die Schultern fielen.

Als sie bemerkte, dass Erik sie anstarrte, errötete sie. „Was ist los? Warum siehst du mich so an?"

„Hat dir schon mal jemand gesagt, dass du wie eine Elfe aus dem Märchen ausschaust, wenn du dein Haar offen trägst?"

Etwas in seiner Stimme ließ Filippas Herz schneller schlagen. Als er auf sie zutrat und die Hand hob, um ihr Haar zu berühren, wich sie hastig aus. „Bitte nicht …" Sie schüttelte den Kopf. „Hör auf damit, Erik. Hör auf, mir Komplimente zu machen, *okej*? Mein Leben ist schon kompliziert genug, auch ohne einen Mann, der es noch tiefer ins Chaos stürzt."

„Wer sagt, dass ich dich ins Chaos stürze?"

„Mach die Augen auf – das ist doch schon längst passiert! Du bist hier, in meiner Kabine, und ich habe nicht den leisesten Schimmer, wie ich dich unbemerkt wieder von hier fortbringen soll. Ich weiß, es ist nicht deine Schuld, aber deinetwegen stecke ich bis zum Hals in Schwierigkeiten." Sie atmete tief durch. „Das mit uns kann einfach nicht gut gehen."

„Woher willst du das wissen, wenn du nicht einmal bereit bist, es auf einen Versuch ankommen zu lassen?"

Er schaute ihr jetzt geradewegs in die Augen, und wieder einmal verfehlte sein Blick seine Wirkung auf sie nicht. Sie standen einander so dicht gegenüber, dass sie den verlockenden Duft seines Aftershaves riechen konnte. Doch da war noch etwas anderes. Etwas, das viel tiefer ging und ihr beinahe den Verstand raubte.

Die erdrückende Enge der Kabine wurde ihr mit einem Mal überdeutlich bewusst. Es gab keine Möglichkeit, aus Eriks irritierender Nähe zu entkommen. Sie konnte lediglich versuchen, sich dagegen zu wappnen und das Beste zu hoffen.

Doch als er schließlich die Hand hob und ihr zärtlich eine Haarsträhne aus dem Gesicht strich, war es um ihre Selbstbeherrschung geschehen. Ein leises Stöhnen entrang sich ihrer Kehle, als seine Finger ihre Wangen streiften. Es war eine Berührung, so leicht wie ein Windhauch, doch sie reichte aus, um alle Schutzmauern, die Filippa um sich herum errichtet hatte, in sich zusammenbrechen zu lassen.

Wie von selbst schloss sie die Augen und legte den Kopf in den Nacken, bot ihm ihre leicht geöffneten Lippen.

Ihre Brust hob und senkte sich heftig.

Mit klopfendem Herzen stand sie da und wartete auf das Unvermeidliche.

Und dann – endlich! – küsste er sie.

Filippa konnte nicht in Worte fassen, was Eriks Kuss in ihr auslöste. Sie war Mitte zwanzig und hatte durchaus einige Erfahrungen mit Männern gemacht. Doch das, was sie mit Erik erlebte, ließ sich mit nichts vergleichen, was sie bisher erlebt hatte. Und das, obwohl es nicht einmal ihr erster Kuss war.

Der Boden unter ihren Füßen schien zu schwanken, und es lag gewiss nicht am Seegang. Sie schlang die Arme um Eriks Nacken, weil sie das Gefühl hatte, nicht mehr aus eigener Kraft stehen zu können. Flüssiges Feuer schien durch ihre Adern zu pulsieren, und sengende Hitze breitete sich in ihrem ganzen Körper aus.

Sie spürte das Spiel seiner Muskeln durch den dünnen Stoff ihrer Bluse, und es raubte ihr schier den Verstand. Sie wusste genau, dass sie sich unvernünftig, nein, dass sie sich absolut unverantwortlich verhielt. Doch das Hämmern ihres Herzens übertönte die Stimme ihrer Vernunft.

Trotzdem gelang es ihr in einem kurzen Augenblick der Klarheit, sich von Erik zu lösen. Schwer atmend stützte sie sich gegen die Kabinenwand. Sie spürte, dass ihre Wangen wie im Fieber glühten, und der Drang, sich wieder in seine Arme sinken zu lassen, war beinahe übermächtig.

„Wir sollten das nicht tun", stieß sie hervor; ihre Stimme war kaum mehr als ein heiseres Flüstern. „Wir sollten aufhören, ehe es zu spät ist, Erik. Es wäre ein schrecklicher Fehler."

Schweigend erwiderte er ihren Blick – in seinen grauen Augen loderte dasselbe Feuer, das auch sie zu verzehren drohte.

„Ich weiß", sagte er schließlich. „Und vermutlich werden wir es beide bitter bereuen …" Er kam auf sie zu. „Schick mich fort, Filippa, ich bitte dich. Wenn du das hier aufhalten willst, dann schick mich einfach fort. Du musst nur ein Wort sagen, und ich verschwinde auf der Stelle."

Doch sie brachte die Worte einfach nicht über die Lippen. Sie wollte nicht, dass er ging. Sie wollte, dass er blieb, dass er sie hielt und sie all ihre Sorgen und Probleme vergessen ließ, und sei es auch nur für einen flüchtigen Augenblick.

Mit einem Seufzen, das aus tiefster Seele kam, trat sie auf ihn zu, schlang die Arme um ihn und küsste ihn nun ihrerseits.

Es verblüffte sie, zu welcher Leidenschaft sie fähig war. Sie hatte sich immer für relativ kühl und reserviert gehalten. Stets hatten die Männer den ersten Schritt machen müssen. Dass sie einmal ein solches Bedürfnis verspüren würde, einen anderen Menschen zu berühren und ihm nah zu sein, hätte sie nicht für möglich gehalten.

Und er erwiderte ihren Kuss mit einem Feuer, das ihr fast die Sinne schwinden ließ. Ein Keuchen entrang sich ihrer Kehle, als er mit beiden Händen ihren Po umfasste und sie noch dichter an sich heranzog. Sie konnte spüren, wie erregt er war, und es raubte ihr den Atem.

Sie wollte Erik fühlen, ihn riechen und schmecken. Sie wollte eins mit ihm werden, ganz gleich, ob es gegen jede Vernunft war.

Ihr kam es vor, als hätte sie ihr ganzes Leben in einem goldenen Käfig verbracht. Doch es war nicht der Käfig, in den ihr Vater sie hatte stecken wollen, sondern ihr eigenes, ganz persönliches Gefängnis, das sie selbst um sich herum errichtet hatte, ein Käfig aus Selbstbeherrschung. Was sprach dagegen, sich ein einziges Mal einfach nur fallen zu lassen? Einmal nicht über die Konsequenzen ihres Handelns nachzudenken und das Für und Wider sorgfältig gegeneinander abzuwägen?

Ihre Gedanken wirbelten durcheinander, als Erik eine Spur brennender Küsse entlang ihrer Kehle und ihres Schlüsselbeins zog. Sie drängte sich dichter an ihn, fuhr mit den Händen durch sein Haar und knetete seine breiten Schultern. Dann ließ sie ihre Hände seinen Rücken hinunterwandern und umfasste seine Hüften. Doch das reichte ihr nicht – sie wollte endlich seine Haut unter den Fingern spüren.

Voller Ungeduld zog sie ihm das Hemd aus dem Hosenbund und knöpfte es auf. Was darunter zum Vorschein kam, war an Perfektion kaum zu überbieten.

Erik hatte die Statur eines griechischen Gottes, mit flachem Bauch und ausgeprägten Brustmuskeln. Ohne sich darüber klar zu sein, was sie tat, folgte sie einfach ihrem Instinkt und presste die Lippen auf seine glatte, haarlose Haut. Er beantwortete ihren Vorstoß mit einem heiseren Aufstöhnen. Mit beiden Händen umfasste er ihren Kopf und zwang sie, zu ihm aufzublicken.

„Weißt du eigentlich, was du mir da antust?", keuchte er rau. „Ich warne dich, Filippa – wenn du so weitermachst, gibt es kein Zurück mehr. Bist du sicher, dass du es wirklich willst?"

Sie konnte sich nicht erinnern, jemals irgendetwas so sehr gewollt zu haben. Selbst wenn sie es vermutlich schon morgen bitter bereuen würde – heute Nacht wollte sie Erik gehören.

„Ja", hauchte sie atemlos, obwohl sie tief in ihrem Inneren wusste, wie unvernünftig es war. Doch die Sehnsucht war stärker als alle Vernunft. „Ich war mir in meinem ganzen Leben noch nie so sicher …"

Er verschloss ihren Mund mit seinen Lippen. Sein Kuss war forsch und ungestüm, zugleich aber auch sanft. Irgendwann löste er den Mund von ihren Lippen, knabberte an ihren Ohrläppchen und liebkoste ihren Hals. Dabei öffnete er geschickt die Knöpfe ihrer Uniformbluse und streifte sie ihr von den Schultern. Ihr marineblauer Rock glitt nur Sekunden später zu Boden.

Im ersten Moment schämte sich Filippa ein wenig dafür, dass sie nur einen schlichten weißen BH mit Blümchen und den dazu passenden Slip trug. Er war gewiss andere Dinge gewohnt. Aufregende Korsagen, Spitzenhöschen und halterlose Seidenstrümpfe. Doch Eriks Blick war so voller Bewunderung, dass sie nicht weiter darüber nachdachte. Er gab ihr das Gefühl, eine

Königin zu sein.

„Du bist wunderschön." Er fuhr mit den Fingerspitzen durch ihr widerspenstiges Haar. Dann strich er über ihre Wangen, die wie Feuer brannten, und über ihre Lippen, die noch geschwollen waren von seinem Kuss.

Sie glaubte ihm. In diesem Moment glaubte sie ihm, obwohl sie es eigentlich besser wusste. Sie war nicht schön, war nichts Besonderes. Schon im Internat war sie immer das hässliche Entlein unter all den stolzen und schönen Schwänen gewesen. Und daran hatte sich auch bis heute nichts geändert. Wie sonst ließ es sich erklären, dass Männer sich immer nur aus einem ganz bestimmten Grund für sie interessierten: um ihr Ehemann zu werden und eines Tages die Nachfolge ihres Vaters als Chef der Reederei Norrholm anzutreten?

Sie schob die unangenehmen Gedanken beiseite. Heute Nacht wollte sie nicht an ihren Vater denken, nicht an all die Demütigungen und Kränkungen, die er ihr zugefügt hatte. Nein, heute Nacht wollte sie sich in Eriks Armen endlich einmal nur als Frau fühlen und all das genießen, was sie schon ihr ganzes Leben lang entbehrt hatte.

Filippa legte die Hände flach auf seine Brust, die sich stoßartig hob und senkte, und schob ihn rückwärts in Richtung Bett. Ihr Herz klopfte so heftig, dass sie glaubte, es müsse auf dem ganzen Schiff zu hören sein. Ansonsten war es absolut still, nur ihr keuchender Atem war zu hören.

Erik schaute ihr tief in die Augen, dann zog er sie an sich und küsste sie voller Leidenschaft.

Filippa fühlte sich fantastisch. Eng umschlungen ließ sie sich mit Erik auf die schmale Matratze des Etagenbettes sinken. Weder die Schlichtheit noch die Enge der Kabine störten sie mehr. Die ganze Welt um sie herum war bedeutungslos geworden. Alles, was zählte, waren Erik und die wunderbaren Gefühle, die er in ihr auslöste.

Seufzend ließ sie sich einfach nur fallen.

So etwas hatte sie noch nie erlebt. Kein Mann war je so auf ihre Wünsche und Bedürfnisse eingegangen wie Erik. Sie brauchte nicht einmal ein Wort zu sagen – er schien auch so zu wissen, wonach sie sich am meisten sehnte.

Er küsste ihren Hals, ihr Dekolleté, während er mit geschickten Fingern den Verschluss ihres BHs öffnete.

Filippa atmete scharf ein, als er eine ihrer Brustspitzen mit den Lippen umschloss. Sie stöhnte lustvoll auf. Atemlos vor Verlangen barg sie das Gesicht an seiner Schulter. Sie wusste nicht, wie lange sie diese süße Qual noch ertragen konnte. Doch Erik dachte ganz offensichtlich noch gar nicht daran, sie zu erlösen.

Er bedeckte ihren Bauch und ihre Oberschenkel mit heißen Küssen, bis Filippa glaubte, den Verstand zu verlieren vor Erregung. Und dann – endlich! – zog auch er sich ganz aus.

Der Anblick seines durchtrainierten, gebräunten Körpers raubte ihr den Atem. Sie konnte sich gar nicht sattsehen an ihm. Doch mehr noch als nach seinem Anblick, sehnte sie sich danach, ihn zu berühren.

Wortlos streckte sie die Hand nach ihm aus, und er zögerte nicht länger.

Als er zu ihr kam, schluchzte Filippa vor lauter Erleichterung auf. Sie schaute ihm fest in die Augen und versank in den grauen Tiefen.

Leidenschaftlich klammerte sie sich an seine Schultern. Hitzewellen pulsierten durch ihren Körper, während Erik sie immer höher und höher trug, der Erfüllung entgegen. Schon spürte sie, wie sie sich unaufhaltsam dem Gipfel der Lust näherte. Und schließlich konnte auch Erik sich nicht mehr länger zurückhalten. Seine Bewegungen wurden schneller, fordernder, fast wild.

Filippa stöhnte heiser auf, im nächsten Moment wurde sie von einem gewaltigen Höhepunkt geschüttelt, wie sie ihn nie zuvor erlebt hatte – dann stieß auch Erik ein atemloses Keuchen aus und sank völlig erschöpft neben ihr aufs Laken.

Als Filippa wenige Minuten später in Eriks Armen lag, hatte sie noch immer das Gefühl, zu träumen. Sie lauschte seinem Herzschlag und gab sich einen Moment lang der Illusion hin, dass nun alles gut werden würde.

Doch ihr war nur allzu bewusst, dass nichts weiter von der Wahrheit entfernt sein könnte.

Indem sie mit Erik ins Bett gegangen war, hatte sie die Dinge nur noch komplizierter gemacht. Wenn jemals herauskam, was zwischen ihnen geschehen war, würde es sie ihren Job kosten. Bereuen konnte sie das, was soeben passiert war, trotzdem nicht. Nicht, nachdem sie das erste Mal in ihrem Leben erlebt hatte, wie es wirklich sein konnte, mit einem Mann zusammen zu sein.

Bisher war Sex für sie immer etwas gewesen, das zu einer Beziehung einfach dazugehörte, ohne dass es einen besonders hohen Stellenwert für sie besaß. Aber jetzt …

Wie sollte es weitergehen? Sicher, sie fühlte sich zu Erik hingezogen, mehr als das. Doch er war und blieb ein Passagier. Es war eine Sache, einmal gegen die Regeln zu verstoßen und mit ihm zu schlafen. Sie hatte viel riskiert und wusste noch nicht, ob irgendjemand etwas mitbekommen hatte. Dasselbe Risiko noch einmal einzugehen bedeutete, das Schicksal herauszufordern.

Es war nicht weiter schwer, sich auszumalen, was ihr Vater sagen würde, wenn sie ihren Job als Chefhostess gleich während der ersten Kreuzfahrt wieder verlor. Es wäre für ihn die Bestätigung dafür, dass sie sich als Frau nun einmal nicht dazu eignete, eine verantwortliche Position zu übernehmen.

„Ist alles in Ordnung mit dir? Du siehst so nachdenklich aus?" Erik stützte seinen Kopf auf die Hand. Fragend schaute er sie an. „Tut es dir schon leid, dass wir uns geliebt haben?"

Sie horchte in sich hinein, konnte aber nicht den Hauch von Bedauern feststellen. Nein, es tat ihr nicht leid. Um nichts in der Welt wollte sie diese Erfahrung missen.

Sie schüttelte den Kopf. „Es war wunderschön", sagte sie. „Ich bedaure es überhaupt nicht. Trotzdem weiß ich nicht, wie es nun mit uns weitergehen soll." Seufzend warf sie einen Blick auf die Uhr, dann stand sie auf und sammelte ihre verstreuten Kleidungsstücke vom Boden auf. „Es ist wohl besser, wenn ich mich wieder an Deck sehen lasse."

Auch Erik fing an, sich anzuziehen. Er schloss gerade seinen

Gürtel, als das Geräusch eines Schlüssels erklang, der sich im Schloss drehte. Kurz darauf wurde die Kabinentür geöffnet.

„Bist du hier, Filippa? Eklund will dich unbedingt …" Als Majken eintrat und Filippa und Erik erblickte, starrte sie die beiden mit offenem Mund an. „Ach, du Schreck, was tut *er* hier?"

Oh Gott! Filippa spürte, wie ihr das Blut ins Gesicht schoss.

„Ich … Ich kann das erklären, es …"

Majken winkte ab. „Mach dir um mich um Himmels willen keine Gedanken, ich kann schweigen. Allerdings bezweifle ich, dass Eklund es ebenso locker sehen wird, wenn er einen Passagier in unserer Kabine vorfindet – Eklund ist gerade auf dem Weg hierher."

„Was?" Erschrocken riss Filippa die Augen auf. „Oh nein!"

8. KAPITEL

Verzweifelt blickte Filippa sich in der winzigen Kabine um. Hoffnungslos. Hier gab es nicht einmal genug Platz, um eine Maus zu verstecken, geschweige denn einen Mann von über einem Meter neunzig.

„Es ist wohl besser, wenn ich jetzt gehe", sagte Erik, der schon dabei war, sich anzuziehen.

„Lieber nicht!" Majken schüttelte den Kopf. „Eklund könnte Sie sehen – wir müssen uns etwas anderes einfallen lassen."

„Aber was?" Filippa war der Verzweiflung nahe.

„Ich versuche, euch etwas Zeit zu verschaffen", sagte Majken und ging zur Tür. Ehe sie auf den Korridor hinaustrat, drehte sie sich noch einmal um. „Viel Glück."

Es dauerte nicht lange, da hörte Filippa ihre Kabinengenossin draußen auf dem Korridor mit jemandem sprechen.

Eklund …

Sie ballte die rechte Hand zur Faust und kaute nervös auf ihrem Knöchel. Erik trat von hinten an sie heran und legte ihr beruhigend eine Hand auf die Schultern. Trotz der unmöglichen Situation, in der sie sich befand, löste seine Berührung wieder dieses Prickeln in ihr aus, das durch ihren ganzen Körper pulsierte.

Hastig drehte sie sich um. Dabei fiel ihr Blick auf die Badezimmertür. „Schnell", flüsterte sie. „Dort hinein!"

Sie schob Erik in den winzigen Raum, der so eng war, dass er sich darin kaum umdrehen konnte. Dann stellte sie das Wasser in der Dusche an, schnappte sich ein Handtuch vom Handtuchhalter und schloss die Tür hinter Erik.

Im nächsten Augenblick klopfte es auch schon. „Filippa? Würden Sie bitte kurz aufmachen, ich möchte mit Ihnen sprechen."

Es war Jörgen Eklund. Filippa klopfte das Herz bis zum Hals, als sie ihren Bademantel überstreifte, sodass er ihre Kleidung verdeckte. Dann schlang sie sich das Handtuch so um den Kopf, als hätte sie sich gerade die Haare gewaschen. Sie warf noch einen kurzen prüfenden Blick in den Spiegel, ehe sie Eklund, der bereits zum zweiten Mal geklopft hatte, die Tür öffnete.

„Darf ich …?“ Ohne eine Antwort abzuwarten, trat Filippas Vorgesetzter an ihr vorbei in die Kabine, wobei er die Tür offen stehen ließ. Er blickte sich aufmerksam um, als suche er etwas.

Irritiert runzelte Filippa die Stirn. „Dürfte ich wohl erfahren, was es mit diesem Überfall auf sich hat?“ Es fiel ihr nicht sonderlich schwer, verärgert zu klingen, denn sie fand Eklunds Verhalten tatsächlich sehr unangemessen. Für einen Moment vergaß sie fast, dass Erik sich in ihrem Badezimmer versteckte. „Sie poltern hier so einfach in meine Kabine – ich denke, dafür habe ich eine Erklärung verdient, oder?“

Eklund räusperte sich angestrengt. „Ein Gast hat angegeben, dass ein Crewmitglied, auf das Ihre Beschreibung passt, mit einem Passagier zu den Mannschaftsunterkünften gegangen sei. Ich …“

Obwohl Filippa schrecklich nervös war, zwang sie sich, ruhig zu bleiben. „Was?“ Sie lachte auf. „Also, da muss es sich um eine Verwechslung handeln. Ich bin nur hier, weil mir jemand versehentlich seinen Drink über die Uniform geschüttet hat. Aber wie Sie sicher bemerkt haben, bin ich vollkommen allein und …“

Als Eklund zur Badezimmertür ging und die Hand danach ausstreckte, blieb Filippa vor Schreck fast das Herz stehen. „Ich muss doch sehr bitten!“

„Es tut mir leid, aber ich sehe mich leider gezwungen, einem solchen Hinweis nachzugehen. Dafür haben Sie sicher Verständnis.“

Was sollte Filippa tun? Am liebsten wäre sie einfach davongelaufen, doch was hätte das gebracht? Nein, da musste sie jetzt durch.

„Hören Sie, ich kann das alles er…“

Sie verstummte, als ihr Blick an Eklund vorbei ins Bad fiel.

Das Wasser der Dusche prasselte noch immer gegen den zugezogenen Duschvorhang, ansonsten war weder etwas zu hören noch zu sehen.

Eklund nickte zufrieden. „Ich hoffe, Sie entschuldigen mein energisches Vorgehen, aber ich kann einen solchen Vorwurf nicht einfach unter den Tisch fallen lassen."

Filippa, die vor Überraschung noch immer wie betäubt war, nickte stumm. Als Eklund hinaus auf den Korridor getreten war und die Tür hinter ihm ins Schloss fiel, stürmte sie zurück ins Badezimmer.

„Erik?", raunte sie atemlos.

Sie erschrak, als der Duschvorhang mit einem Ruck zur Seite gezogen wurde. Dahinter kam Erik zum Vorschein – bis auf die Haut durchnässt.

Filippa starrte ihn einen Moment lang fassungslos an, während er aus der Dusche stieg. Dann trat sie auf ihn zu, stellte sich auf die Zehenspitzen und küsste ihn sanft auf den Mund.

Er blinzelte erstaunt. „Womit habe ich den verdient?"

„Dafür, dass du mich gerettet hast. Wenn Eklund dich hier entdeckt hätte, wäre mein erster Einsatz auf der *Midsommarsolen* zugleich auch mein letzter gewesen. Ich wäre am nächsten Hafen mit Schimpf und Schande davongejagt worden."

„Ich bin froh, dass es nicht dazu gekommen ist – nicht zuletzt auch um meinetwillen", entgegnete er mit einem Lächeln. „Wenn du von Bord gegangen wärst, hätte ich keine Gelegenheit mehr gehabt, dich besser kennenzulernen. Du siehst also, meine Motive waren nicht ganz uneigennützig."

Sie blickte ihn an und versuchte trotz des Durcheinanders, das in ihrem Kopf herrschte, einen klaren Gedanken zu fassen. Zwecklos. „Willst du das denn? Mich besser kennenlernen?"

Eindringlich erwiderte er ihren Blick. Wasser tropfte aus seinem nassen Haar, perlte über seine Stirn und blieb in seinen langen, dichten Wimpern hängen. Filippa schluckte mühsam. Sie sehnte sich so sehr danach, sich in seine starken Arme sinken zu lassen. Sie wusste, wenn sie jetzt nicht ging, würden sie wieder miteinander im Bett landen. Es erschien ihr geradezu unvermeidlich. Doch so weit durfte sie es nicht kommen lassen – oder?

Wäre es denn wirklich so schlimm? War es nicht wunderschön mit ihm? Schöner als mit jedem anderen Mann, mit dem du bisher zusammen gewesen bist?

Sie unterdrückte ein verzweifeltes Aufstöhnen. Diese ganze

Sache war verrückt, einfach nur verrückt! Es wäre besser, jetzt gleich und auf der Stelle die Sache zu beenden und sich in Sicherheit zu bringen, solange es noch möglich war.

Ihr Herz stockte, als er die Hand hob und mit den Fingerspitzen die Konturen ihres Gesichts nachzeichnete. Es lag eine solche Zärtlichkeit in dieser Geste, dass ihr die Tränen kommen wollten.

Konnte etwas, das so wunderbar war, wirklich falsch sein?

Zu ihrem größten Bedauern lautete die Antwort auf diese Frage eindeutig Ja. Deshalb wandte sie sich hastig ab, als er sie küssen wollte, nahm ein Badetuch aus dem Regal neben dem Waschbecken und drückte es Erik in die Hand. „Hier, damit kannst du dich abtrocknen. Leg mir deine nassen Sachen raus, ich bringe sie zur Reinigung. Du kannst den Bademantel anziehen, bis ich dir neue Kleidung aus der Bordboutique besorgt habe."

Sie wollte das Bad verlassen, doch Erik ergriff ihr Handgelenk und hielt sie zurück. „Filippa?"

„Ja?"

„Es kommt mir selbst vollkommen verrückt vor, aber ja, es ist das, was ich will."

Er brauchte nicht mehr zu sagen, Filippa verstand genau, was er meinte. Ihr Herz schlug Purzelbäume, und ihre Knie zitterten. Er wollte sie besser kennenlernen, und – *förbannat!* – genau das wünschte sie sich auch.

Sie stellte sich vor, wie es wohl wäre, mit Erik Hand in Hand durch die Gassen der *Gamla Stan* Stockholms zu flanieren. Die Vögel im *Rosendals Trädgård* Park zu füttern und bei schönem Wetter gemeinsam mit dem Boot die zerklüftete Felsenküste entlangzufahren. Ein wunderbarer Traum – aber eben nur ein Traum, der sich niemals erfüllen würde.

Wenn Erik erst einmal erfuhr, mit wem er es zu tun hatte, würde er genauso reagieren wie alle anderen Männer vor ihm. Man konnte es stets in ihren Blicken lesen, wenn sie den Namen Norrholm hörten, der immer in Verbindung gebracht wurde mit Einfluss, Macht und sehr, sehr viel Geld. Ohne Zweifel wäre ihr Vater sehr glücklich, wenn sie ihm einen Schwiegersohn wie Erik präsentierte. Was immer er auch beruflich machte, offensichtlich war er dabei sehr erfolgreich. Ein solcher Nachfolger war es doch, den Gunnar Vinterdahl-Norrholm sich für die Reederei wünschte. Vielleicht würde er über Erik sogar die Enttäuschung vergessen, dass Filippa sich geweigert hatte, Helge zu heiraten. Sie konnte die beiden förmlich vor sich sehen: ihren Vater, der Erik jovial auf die Schulter klopfte, während die beiden einträchtig die Zukunft der Firma miteinander besprachen, ohne sie, Filippa, auch nur eines Blickes zu würdigen.

Nej! Sie entrang ihre Hand aus Eriks Umklammerung, verließ das Bad und schloss eilig die Tür hinter sich.

Dann lief sie so überstürzt aus der Kabine, dass es schon fast einer Flucht gleichkam.

Ein Lächeln umspielte Eriks Lippen, während er sein Haar mit dem Handtuch frottierte, dem ein Hauch von Filippas Duft anhaftete. Seine Kleidungsstücke lagen auf dem Boden vor der Badezimmertür, um sie herum hatte sich eine kleine Wasserpfütze gebildet. Er versuchte, sich in Filippas Bademantel zu zwängen, doch er war ihm mindestens drei Nummern zu klein, sodass er sich damit begnügen musste, sich das Badelaken um die Hüften zu schlingen. Ein Blick in den Spiegel über dem winzigen Waschbecken zeigte ihm, dass er absolut lächerlich aussah, doch zu seiner eigenen Überraschung kümmerte es ihn überhaupt nicht.

Diese ganze Situation war einfach nur verrückt – aber auf eine unbeschreiblich wunderbare Art und Weise. Das Badezimmer war so klein, dass er sich den Kopf an der gegenüberliegenden Wand gestoßen hatte, als er sich die nassen Socken auszog. Auch der Rest der fensterlosen Kabine, in die er jetzt hinaustrat, bot nicht einmal genug Platz, um sich mit ausgestreckten Armen umzudrehen. Doch zu seinem eigenen Erstaunen fühlte er sich in dieser beengten Kammer wohler als in seiner geräumigen Luxussuite auf dem Oberdeck.

Aufmerksam blickte er sich um. Vielleicht lag es daran, wie lebendig hier alles war. Über dem einzigen Stuhl hingen unordentlich verschiedene Kleidungsstücke, und auf dem Nachttisch stapelten sich Schminkutensilien. Die zahlreichen Bilder und farbenfrohen Souvenirs verliehen dem Raum etwas ungemein Freundliches, Einladendes. Genau das fehlte seiner Suite, überlegte Erik. Dort war alles tadellos aufgeräumt, und jeder einzelne Gegenstand befand sich genau an seinem Platz. Irgendwie fühlte er sich jetzt an sein Leben erinnert, das in ebenso geordneten Bahnen verlief. Und wenn er sich tatsächlich dazu entschloss, Emilia einen Antrag zu machen, dann würde es auch für alle Zeiten so weitergehen.

Wollte er das wirklich? Vielleicht war ein wenig Chaos genau das, was er brauchte. Einen frischen Tupfer Farbe, der den Alltag weniger grau und trist erscheinen ließ.

Und dieser Farbtupfer soll ausgerechnet Filippa sein? Hast du dir das auch gut überlegt?

Das Schrillen seines Mobiltelefons riss Erik aus seinen Gedanken. Er ging zurück ins Bad und durchsuchte den nassen Kleiderhaufen nach dem Gerät, das die kalte Dusche erstaunlicherweise ohne Schaden überstanden hatte.

„Ja?"

„Erik, ich bin's, Torben", meldete sich eine bekannte Stimme am anderen Ende der Leitung. Torben Grönasand war einer von Eriks langjährigsten Mitarbeitern, und er vertraute ihm voll und ganz. Er konnte sich darauf verlassen, dass Torben mit den kleinen und größeren Katastrophen des täglichen Geschäftslebens selbstständig fertig wurde, ohne ständig mit Erik Rücksprache halten zu müssen. Deshalb hatte er ihn für die Dauer seiner Abwesenheit mit der Führung der Firma betraut. Es musste also tatsächlich etwas Wichtiges passiert sein, dass Torben ihn jetzt anrief.

„Was ist los?", fragte er alarmiert. „Stimmt etwas nicht?"

Torben zögerte. „So würde ich das nicht sagen, aber … Kronberg, unser Ansprechpartner von *Scandic Resor* hat vorhin angerufen, weil ihm ein Gerücht zu Ohren gekommen ist."

„Ein Gerücht?" Erik runzelte die Stirn. „Geht's auch ein bisschen genauer?"

„Es geht um den Auftrag für das Gutachten über die *Midsommarsolen*. Angeblich soll jemand der Reederei vorgeschlagen haben, gegen Zahlung einer gewissen Summe für eine positive Bewertung zu sorgen."

„Was?" Erik konnte es nicht fassen. „Das ist doch dummes Zeug! Ich selbst führe die Bewertung durch, es wäre also niemand anderem möglich, irgendeinen Einfluss darauf zu nehmen. Ich …" Plötzlich musste er an Filippa denken und verstummte. Ein ungutes Gefühl machte sich in ihm breit. „Hat Kronberg noch irgendwas dazu gesagt?"

„Allerdings – laut seinen Quellen handelte es sich bei der Person, die dieses Angebot gemacht haben soll, um eine Frau."

Wie vom Donner gerührt stand Erik da. Filippa … Unfassbar, dass er noch einmal so dumm gewesen war, sich von einer Frau hinters Licht führen zu lassen. Er wusste nicht, wie sie herausgefunden hatte, wer er war, und was genau sie vorhatte – fest stand, dass sie aus ihrem Wissen den größtmöglichen Profit schlagen wollte.

Er ballte die freie Hand zur Faust und schlug damit gegen die Stahltür der Kabine. Ein dumpfes metallisches Geräusch erklang, und Torben erkundigte sich besorgt: „Alles okay? Was …?"

„Hör zu, ich kann jetzt nicht sprechen", fiel Erik ihm ins Wort. „Ich melde mich später." Damit beendete er das Gespräch, nahm seine nasse Kleidung vom Boden auf und schlüpfte hinein. Es fühlte sich unangenehm kalt und klamm an, doch das war im Moment sein geringstes Problem.

Er öffnete die Kabinentür, trat hinaus auf den grell beleuchteten Korridor und wandte sich nach links, in die Richtung, aus der er mit Filippa gekommen war.

Auf dem Weg zurück ins Freie begegnete ihm niemand.

„Und du bist wirklich sicher, dass Nils Olufsen der gesuchte Kritiker ist?"

Filippa, die mit Majken auf dem Skydeck stand, nickte geistesabwesend. Als sie den forschenden Blick ihrer Kollegin und Freundin bemerkte, riss sie sich zusammen. „Tut mir leid", sagte sie mit einem entschuldigenden Lächeln. „Ich war einen Moment lang nicht ganz bei der Sache gewesen."

„Einen Moment lang?" Majken lachte leise. „Es tut mir leid, dir deine Illusionen rauben zu müssen, *min älskling*, aber du schleichst nun schon seit einer ganzen Weile wie ein Schatten durch die Gegend. Ist es wegen Erik? Hast du etwa immer noch nicht mit ihm gesprochen?"

Filippa unterdrückte ein Seufzen. Seit sie vor drei Tagen aus der Bordboutique zurückgekommen war und ihre Kabine verlassen vorgefunden hatte, fühlte sie sich genau so – wie ein Schatten. Dabei hatte sie doch genau das gewollt, oder etwa nicht? Erik brachte ihr ganzes Leben durcheinander. War sie nicht ohnehin fest entschlossen gewesen, ihn nicht noch einmal so nah an sich heranzulassen? Warum bekümmerte es sie dann so, dass er ohne ein Wort verschwunden war? Wieso wünschte sie sich, er würde auf sie zukommen, ihr noch einmal dieses Lächeln schenken, sie küssen und …

Hastig schüttelte sie den Kopf. „Nein, habe ich nicht. Und ich glaube auch nicht, dass ich noch mal mit ihm sprechen werde. Er geht mir aus dem Weg, Majken. Und weißt du was, das ist auch gut so. Weil es mir als Crewmitglied ohnehin verboten ist und weil ich ganz gewiss besser dran bin ohne einen Mann, der versucht, mir mein Leben aus der Hand zu nehmen."

Majken runzelte die Stirn. „Solche Sachen sagst du andauernd. Was ist passiert, dass du so eine schlechte Meinung von Männern hast? Ich meine, ich habe natürlich auch schon ein paar negative Erfahrungen gemacht, aber deshalb gleich alle Männer in einen Topf zu werfen … Willst du vielleicht darüber sprechen?"

Kurz spielte Filippa tatsächlich mit dem Gedanken, ihre Freundin ins Vertrauen zu ziehen. Wäre es nicht schön, einmal über all das reden zu können, was ihr auf der Seele lastete? Doch irgendwie spürte sie, dass Majken sie nicht verstehen würde. Verflucht, oft genug verstand sie sich ja selbst nicht mehr!

Sie schüttelte den Kopf. „Danke, aber das ist eine Sache, mit der ich allein zurechtkommen muss." Als Majken ein enttäuschtes Gesicht machte, lächelte Filippa. „Eines Tages vielleicht, wenn uns die Arbeit einmal nicht gerade über den Kopf wächst. Für den Moment sollten wir uns lieber auf die wirklich wichtigen Dinge konzentrieren." Mit einem Nicken deutete sie in Richtung Nils Olufsen, der auf einer Liege am Pool saß und einen Cocktail schlürfte. „Um auf deine Frage zurückzukommen: Nein, ich bin mir keineswegs sicher, dass er unser Mann ist – wie sollte ich auch? Aber solange die Marketingabteilung uns keine weiteren Hinweise gibt, müssen wir uns auf unser Gespür verlassen. Und das sagt mir, dass Nils Olufsen kein gewöhnlicher Passagier ist."

Sie hatte ihren „Hauptverdächtigen" in den vergangenen Tagen im Auge behalten – zum einen, um nicht immerzu an Erik denken zu müssen, zum anderen, weil es nun einmal ihre Aufgabe war.

Eine Aufgabe, die sie viel zu lange schmählich vernachlässigt hatte.

„Tu mir einen Gefallen", wandte sie sich wieder an Majken, die als Chefstewardess über einen großen Stab von Mitarbeitern verfügte, „und weise deine Leute an, ihm ihre besondere Aufmerksamkeit zu schenken. Wenn sich meine Vermutung hinterher als falsch herausstellt, dann werde ich die Verantwortung für die zusätzlichen Kosten übernehmen."

Majken nickte. „Vorsicht ist besser als Nachsicht, ich verstehe." Sie warf einen Blick auf ihre Armbanduhr und seufzte. „So spät schon? Erinnere mich bitte daran, abzusagen, wenn ich das nächste Mal eine Ausflugsgruppe leiten soll, ja? Ich sage dir, das wird eine Katastrophe!"

„Ach was, du machst das schon." Filippa klopfte ihr aufmunternd auf die Schultern. „Ich kenne keinen Menschen, der so gut im Improvisieren ist wie du. Außerdem ist Öland eine so herrliche Insel, dass die Leute auf jeden Fall begeistert sein werden, ganz egal, wie du dich als Reiseleiterin schlägst."

„Du machst mir wirklich Mut", stöhnte ihre Kabinengenossin. „Aber jetzt muss ich wirklich los. Viel Zeit bleibt mir bis morgen früh nicht mehr, um noch ein paar Zahlen und Fakten in meinen Kopf zu prügeln. *Hejda!*"

Als Filippa ihre Aufmerksamkeit wieder dem Oberdeck zuwandte, war Nils Olufsen nicht mehr zu sehen. Dafür blieb ihr

Herz beinahe stehen, als sie Erik entdeckte, der an der Reling stand und ihr den Rücken zuwandte.

So als würde er spüren, dass sie ihn ansah, drehte er sich plötzlich um und schaute zu ihr hinauf. Ihre Blicke begegneten sich, und für einen winzigen Augenblick stockte ihr der Atem. Der vollkommen irrationale Wunsch, er möge sie noch einmal anlächeln, stieg in ihr auf. Doch Eriks Mundwinkel wirkten wie erstarrt, der Ausdruck seiner silbergrauen Augen war kalt wie Eis. Dann wandte er sich brüsk ab und verließ das Außendeck.

Verwirrt und verletzt blieb Filippa zurück. Sein Blick war zornig, ja, beinahe hasserfüllt gewesen. Aber was hatte sie verbrochen? Er war es doch, der sich klammheimlich und ohne ein Wort davongeschlichen hatte und ihr seitdem aus dem Weg ging!

Lass es dabei bewenden, riet ihr die mahnende Stimme ihrer Vernunft. *Warum auch immer er sauer auf dich ist, du solltest froh und dankbar darüber sein. Auf diese Weise gerätst du wenigstens nicht in Versuchung, dich auf eine Affäre mit ihm einzulassen, die nur in einer Katastrophe enden kann.*

Sie seufzte. Im Grunde wusste sie ja, dass es stimmte. Mit Erik zu schlafen war ein Fehler gewesen. Doch sosehr sie es sich auch wünschte, sie konnte das, was geschehen war, einfach nicht bereuen. Und – viel schlimmer noch! – sie konnte nicht aufhören, sich nach mehr zu sehnen. Dieser Mann hatte sie verhext, und auch wenn er ihr jetzt auswich, seine Macht über sie war ungebrochen.

Es wurde Zeit, dass das endlich aufhörte. *Darn!*

Filippa straffte die Schultern, eilte die schmale Treppe vom Skydeck zum Oberdeck hinunter und betrat das kleine Foyer, über das man zu den Fahrstühlen und Innenkabinen gelangte. Suchend blickte sie sich um. Vermutlich war es dumm von ihr gewesen, anzunehmen, dass Erik noch hier sein würde. Er konnte inzwischen praktisch überall auf dem Schiff sein.

Frustriert ballte sie die Hände zu Fäusten, als seine Stimme hinter ihr sie zusammenfahren ließ.

„Gib es auf, Filippa, ich habe dein mieses kleines Spiel längst durchschaut. Mich kannst du nicht mehr hinters Licht führen!"

9. KAPITEL

Was?", fragte Filippa kopfschüttelnd. „Ich verstehe nicht … Wovon sprichst du eigentlich, zum Teufel?"

Ihre veilchenfarbenen Augen drückten Verwirrung aus, sie schien tatsächlich nicht zu wissen, worauf Erik hinauswollte. Eines musste man ihr lassen: Sie war eine verdammt gute Schauspielerin. Vielleicht sogar noch begabter als Renée, denn es war ihr gelungen, ihn zum zweiten Mal mit derselben Masche hinters Licht zu führen.

Wütend verschränkte er die Arme vor der Brust. „Spar dir die Mühe, ich kaufe dir die Unschuld vom Lande nicht ab. Du weißt genau, wovon ich rede."

„*Nej*, ich habe nicht die geringste Ahnung. Alles, was ich weiß, ist, dass du", sie senkte die Stimme, sodass niemand außer ihm sie hören konnte, „mit mir geschlafen hast, nur um dann klammheimlich aus meiner Kabine zu verschwinden. Und seitdem gehst du mir aus dem Weg. Wie kannst du es also wagen, mir mit irgendwelchen seltsamen Andeutungen zu kommen, nachdem *du* dich so schäbig benommen hast?"

Zum ersten Mal fragte sich Erik, ob er sich nicht vielleicht doch irrte. Filippa wirkte so verdammt ehrlich! Doch die Fakten sprachen für sich. Wer außer ihr sollte die geheimnisvolle Frau sein, die der Reederei der *Midsommarsolen* angeboten hatte, sein Qualitätsgutachten zu manipulieren? Niemand war ihm während der gesamten Kreuzfahrt so nah gekommen wie sie. Es kam überhaupt keine andere Person infrage! Aber wenn es wirklich so war – warum schwankte er dann überhaupt noch? Wieso hatte er sie nicht längst bei ihrem Vorgesetzten verraten? Es wäre ein Leichtes für ihn gewesen, sie aus dem Weg zu schaffen. Er hätte sie niemals wiedersehen müssen. Doch er hatte es nicht getan. Warum nicht?

„Wir sollten reden", sagte sie, und der raue Klang ihrer Stimme weckte unwillkürlich Erinnerungen in ihm. Bilder von Filippa, die seine Küsse voller Feuer und Leidenschaft erwiderte, die sich lustvoll keuchend an ihn klammerte und …

Sluta!

„Erik?" Sie schaute ihn fragend an. „Hast du mir überhaupt zugehört?"

„Was? Ich …" Er schüttelte den Kopf. „Ach, das hat doch alles keinen Sinn. Um ehrlich zu sein, ich weiß gar nicht, warum ich mich überhaupt noch mit dir unterhalte. Wir wussten beide von Anfang an, dass es ein Fehler war."

„Das mag schon sein", entgegnete sie ärgerlich. „Aber es ist nun einmal passiert. Und darum geht es im Augenblick auch überhaupt nicht. Ich finde, ich habe das Recht zu erfahren, was du mir eigentlich vorwirfst. Ich …" Sie verstummte, als ein junger Steward näher trat. „Ja, Leif, was gibt es?"

„Es geht um den Zauberkünstler, den Sie für das große Dinner morgen Abend engagiert haben. Seine Agentur hat angerufen und mitgeteilt, dass er krank geworden ist, und uns einen Ersatz angeboten."

Filippa nickte. Normalerweise nahmen die Künstler, die für das Unterhaltungsprogramm gebucht waren, von Anfang bis Ende an der Kreuzfahrt teil. Doch es gab Ausnahmen, wie in diesem Fall, wenn von Anfang an nur ein einziger Auftritt geplant war.

„*Tack*, Leif, ich kümmere mich sofort darum, gehen Sie ruhig schon einmal voraus." Sie wandte sich an Erik. In ihrem Blick lag etwas Flehentliches, das ihn tief in seinem Inneren berührte – doch er schüttelte diese vollkommen unpassende Regung ab. „Sehen wir uns noch?", fragte sie. „Bitte, wir müssen dringend miteinander sprechen. Morgen Vormittag? Wir legen schon ganz früh am Morgen in Borgholm auf Öland an, und bis zum Nachmittag habe ich frei."

„Ein Tête-à-Tête mit einem Passagier, Filippa?", entgegnete er so leise, dass nur sie ihn hören konnte. Der Steward war ganz in der Nähe stehen geblieben und wartete ungeduldig darauf, dass sie ihm folgte. Erik hob eine Braue. „Sei bloß vorsichtig. Nicht, dass uns am Ende noch jemand zusammen sieht."

Sie ignorierte seinen Sarkasmus. „Am Strand von Köpingsvik

gibt es ein kleines Café. Ich werde ab zehn Uhr dort auf dich warten."

Er nickte, erwiderte aber nichts.

Nervös blickte sie ihn an. „Wirst du da sein?"

Im Grunde sah er keine Veranlassung, ihrem Wunsch nachzukommen. Sie log. Verflucht noch mal, sie *musste* lügen, es gab einfach keine andere Erklärung. Sich mit ihr zu treffen, zuzulassen, dass sie ihn noch einmal mit ihren Lügen einwickeln konnte, war vollkommen verrückt. Und doch …

„Ja, zum Teufel!" Damit wandte er sich brüsk ab, ließ sie einfach stehen und stürmte durch die offen stehende Tür ins Freie. Der kühle Seewind, der ihm ins Gesicht wehte und an seinem Haar zupfte, schien auch seinen Kopf freizublasen. Verdammter Idiot! schalt er sich selbst. Doch auch wenn er wusste, dass es besser gewesen wäre, Filippa abzuweisen, konnte ein Teil von ihm es gar nicht erwarten, sie wiederzusehen.

„Nej, Pappa!" Filippa blieb mitten im *Sju Havens* Restaurant auf dem Stockholmdeck stehen. Als sie die teils neugierigen, teils verstimmten Blicke einiger Passagiere bemerkte, senkte sie die Stimme: „Ich habe es *Mamma* bereits gesagt, aber ich wiederhole es gerne noch einmal für dich: Es wird keine Versöhnung zwischen Helge und mir geben. Nie im Leben!"

Der Anruf ihres Vaters hatte sie erreicht, kurz nachdem sie das Problem mit dem erkrankten Zauberkünstler geklärt und den Ersatzmann akzeptiert hatte, den die Agentur ihr anbot. Inzwischen bereute sie, überhaupt ans Handy gegangen zu sein. Wie konnte ihr Vater nur glauben, dass sie ihrem verräterischen Exverlobten jemals eine zweite Chance einräumen würde? Nach allem, was zwischen ihnen vorgefallen war, wollte sie ihn niemals wiedersehen. Doch das schienen weder ihr Vater noch ihre Mutter akzeptieren zu können.

„Nun sei doch bitte nicht so schrecklich nachtragend, *min älskling*. Helge hat mir versichert, wie sehr er das, was geschehen ist, bedauert."

„Ach ja, und was genau?" Sie war viel zu aufgebracht, um

den beißenden Spott aus ihrer Stimme zu halten. „Das mit der heimlichen Geliebten? Oder dass er mir nur einen Antrag gemacht hat, um die Kontrolle über die Reederei zu erlangen? Mit deinem Segen, wie ich hinzufügen möchte!"

Eigentlich wusste sie genau, dass sie auf diese Weise nichts erreichen würde. Doch sie war so wütend auf ihre Familie, dass sie sich einfach nicht zurückhalten konnte. Begriff denn wirklich niemand, dass es hier nicht um verletzte Eitelkeit oder Sturheit ging? Sie hatte Helge wirklich *geliebt* – und er hatte ihr Vertrauen missbraucht.

„Ich erwarte, dass du am Wochenende auf unserer Feier erscheinst, haben wir uns verstanden, Filippa?", polterte Gunnar Vinterdahl-Norrholm, der Widerworte ganz und gar nicht ausstehen konnte. „Ich habe bereits mit Verner gesprochen. Er ist einverstanden, dass du die *Midsommarsolen* bei ihrem nächsten Zwischenstopp auf Öland verlässt."

„Du hast – was?" Filippa konnte es nicht fassen. Dabei erstaunte es sie nicht einmal, dass ihr Vater von ihrer Anstellung an Bord des Kreuzfahrtschiffes erfahren hatte, obwohl sie es weder ihm noch ihrer Mutter gegenüber je erwähnt hatte. Und auch sein mangelndes Interesse an ihren beruflichen Leistungen überraschte sie nicht. Dass er jedoch hinter ihrem Rücken seinen alten Freund und Studienkollegen Verner Ålsperg, Konzerndirektor der Ålsperg-Reederei und somit Besitzer der *Midsommarsolen*, eingeschaltet hatte, schlug wirklich dem Fass den Boden aus. „Vater, wie *konntest* du das tun?" Am liebsten hätte Filippa ihre Wut laut herausgebrüllt, doch sie beherrschte sich. „Und wenn du dich auf den Kopf stellst, ich werde ganz gewiss nicht zu dieser Party kommen!"

„Ist das dein letztes Wort?"

„Allerdings!", entgegnete sie barsch und beendete ohne eine Verabschiedung das Gespräch.

„Ist alles in Ordnung mit Ihnen, Filippa?" Gunther Sjöberg, der Restaurantleiter des *Sju Havens*, trat auf sie zu und musterte sie, als wäre sie eine Bombe, die jederzeit explodieren könnte.

Und genauso fühlte sie sich auch.

Doch sie zwang sich zur Ruhe. „Ja, danke, alles bestens, ich brauche lediglich ein bisschen frische Luft."

Plötzlich kam es ihr wirklich so vor, als würde sie keine Luft mehr bekommen. Eilig durchquerte sie den Speisesaal und stieß die breiten Flügeltüren auf. Draußen angekommen, trat sie an die Reling und sog die frische Meeresbrise tief in ihre Lungen. Die Sonne stand bereits tief über dem Horizont und tauchte den Himmel über der See in feuriges Rot. Aus irgendeinem Grund musste sie an Erik denken. Daran, wie schön es jetzt wäre, sich in seine tröstliche Umarmung sinken zu lassen.

Was bedeutet er mir eigentlich? fragte sie sich unwillkürlich. Doch sie blieb sich selbst die Antwort schuldig – nicht etwa, weil sie sie nicht kannte, sondern weil sie sich vor ihr fürchtete …

Am nächsten Vormittag war Erik mit Emilia zum Sport verabredet und sah keine Möglichkeit, sich davor zu drücken. Also nutzte er die Gelegenheit, um den Kopf freizubekommen.

Der kleine schwarze Gummiball prallte mit einem vernehmlichen Knall gegen die Seitenwand des Squashcourts und sprang in einem solch scharfen Winkel davon ab, dass Emilia kaum eine Chance hatte, ihn zu erreichen. Sie versuchte es noch nicht einmal. Stattdessen schleuderte sie Erik wütend ihren Schläger vor die Füße.

„Wenn du so spielst, macht es mir keinen Spaß", fauchte sie ihn an, öffnete die Tür in der gläsernen Rückwand des Squashcourts und rauschte davon.

Seufzend wischte Erik sich mit dem Handrücken den Schweiß von der Stirn. Es war nicht seine Absicht gewesen, Emilia zu ärgern. Er hatte einfach nur seinen Frust darüber auslassen müssen, dass er Filippa seit ihrer letzten Begegnung einfach nicht mehr aus dem Kopf bekam – und was eignete sich dafür besser als ein Ball und ein Schläger?

„Na schön, dann eben ohne dich!"

Er warf den Ball hoch in die Luft, holte mit dem Schläger aus und drosch mit aller Macht auf die kleine Hartgummikugel ein. Wieder und wieder und wieder …

Ich werde …
RÜCKHAND!
mich nicht …
VORHAND!
mit ihr …
RÜCKHAND!
treffen!

Mit dem letzten Schlag erwischte er den Ball so hart mit dem Rahmen des Schlägers, dass er zerfetzt wurde. Schwer atmend stand Erik da, zog sein Shirt aus und wischte sich damit den Schweiß ab. Dann horchte er in sich hinein, nur um festzustellen, dass all seine Mühe umsonst gewesen war: Er konnte noch immer an nichts anderes denken als an Filippa.

Um sicherzugehen, und weil ein Teil von ihm immer noch an ihre Aufrichtigkeit glauben wollte, hatte er Torben angewiesen, sie überprüfen zu lassen. Schon bald würde er alles über Filippa Vinterdahl erfahren, was es zu wissen gab. Zwar fühlte es sich falsch an, ihr auf diese Weise nachzuschnüffeln, aber blieb ihm denn eine andere Wahl?

Jemand klopfte, und als Erik sich umdrehte, stand der Steward, bei dem Emilia und er sich vorhin Schläger und Bälle geliehen hatten, in der Tür. „Entschuldigen Sie, Sir, möchten Sie den Court noch für eine weitere halbe Stunde reservieren?"

Erik schüttelte den Kopf. „Nein danke. Ich wollte ohnehin gerade Schluss machen."

Auf dem Weg zur Dusche fiel sein Blick auf die große Uhr, die über der Bar hing, in der Vitamincocktails und isotonische Drinks ausgeschenkt wurden. Es war Punkt zehn. Vermutlich saß Filippa bereits in dem Café, von dem sie gesprochen hatte, und erwartete ihn.

Was sollte er tun? Sein Herz sagte ihm, dass er zu ihr gehen sollte, doch die Stimme seiner Vernunft riet ihm, lieber abzuwarten, was Torbens Nachforschungen ergaben.

Er hatte gehofft, dass eine kalte Dusche ihm helfen würde, wieder einen klaren Kopf zu bekommen. Es funktionierte nicht. Eisiges Wasser prasselte auf ihn herab, doch er konnte trotzdem nicht aufhören, an Filippa zu denken.

Schließlich drehte er mit einem unwilligen Knurren das Wasser ab. Das hatte doch keinen Sinn. Er konnte nicht länger die Augen davor verschließen, dass er etwas für Filippa empfand. Irgendwie war es ihr gelungen, die Mauern zu durchbrechen, die er um sich herum errichtet hatte. Und das war nicht gut. Ganz und gar nicht gut. Es machte ihn verwundbar.

Als er eine Viertelstunde später den Sportbereich verließ, hatte er eine Entscheidung getroffen. Er würde sich mit ihr treffen – jedoch nur, um herauszufinden, warum sie eine solche Macht über ihn hatte. Nur so konnte er für die Zukunft verhindern, dass ihm so etwas noch einmal passierte.

Filippa hatte schon fast nicht mehr damit gerechnet, dass Erik kommen würde. Seit anderthalb Stunden saß sie nun schon auf der Terrasse des kleinen Cafés mit Blick auf den Strand. Der Kaffee, der vor ihr auf dem Tisch stand, war schon lange kalt geworden. Die meiste Zeit über hatte sie auf die Ostsee hinausgestarrt, die tiefblau im Sonnenlicht schimmerte.

Als Erik das Lokal betrat, stockte ihr für einen Moment der Atem. Sie wollte etwas sagen, doch der Kloß in ihrer Kehle, der sich auch durch heftiges Schlucken nicht vertreiben ließ, machte es unmöglich. Also war es Erik, der zuerst das Wort ergriff.

„Na schön." Er bedachte sie mit einem Blick, den sie nicht recht deuten konnte. „Da bin ich – was hast du nun Wichtiges mit mir zu besprechen?"

Sie zwang sich, tief und ruhig durchzuatmen, was alles andere als einfach war, da ihr Herz wie verrückt flatterte.

Reiß dich zusammen, um Himmels willen!

„Es ist so schönes Wetter, wollen wir nicht ein Stück zusammen gehen?", schlug sie vor.

„Meinetwegen", entgegnete Erik gereizt.

Filippa winkte den Kellner heran und zahlte ihren Kaffee, den sie kaum angerührt hatte. Über eine schmale Treppe gelangten sie von der Terrasse aus direkt ans Meer.

Der Wind hatte aufgefrischt. Schäumend rollten die graublauen Wellen den Strand hinauf. Doch die Sonne strahlte vom wolkenlosen Himmel herab, sodass die Luft angenehm warm war.

Sie gingen bis zur Wassergrenze hinunter. Einem spontanen Impuls folgend zog Filippa sich die Schuhe aus, krempelte ihre Hosenbeine bis zu den Knien hoch und ging ein Stück ins Wasser. Es fühlte sich seltsam tröstlich an, wie die Wellen ihre Knöchel und Waden umspielten. Sie spürte die Strömung, die den Sand unter ihren Füßen mit sich ins Meer zog.

„Nun? Keine Angst, dass uns jemand zusammen sehen könnte?" Eriks höhnische Bemerkung holte sie zurück in die Realität.

Filippa lauschte in sich hinein. Verspürte sie Angst? Verwirrung, Traurigkeit, Wut über die ausweglose Situation, ja – aber Angst?

Sie kehrte zu ihm an den Strand zurück und schaute ihn an. „Ich habe dich gebeten, dich mit mir zu treffen, weil …" Hilflos schüttelte sie den Kopf. „Um ehrlich zu sein, ich weiß es selbst nicht so genau. Vermutlich wollte ich einfach herausfinden, was ich für dich empfinde."

„Und? Wie lautet deine Erkenntnis?" Seine Lippen verzogen sich zu einem spöttischen Lächeln. „Aber ich warne dich – wenn du mich besänftigen willst, indem du mir deine immerwährende Liebe versicherst, bist du leider zu spät dran. Dir ist eine Meisterin deines Fachs zuvorgekommen. Gib dir also keine Mühe."

Erschrocken über seine harten Worte zuckte sie zusammen. Sie versuchte in den grauen Tiefen seiner Augen zu erkennen, was er wirklich dachte. Doch sie waren unergründlich wie die See.

Sie gingen ein Stück weiter den Strand entlang. Auch einige Familien nutzten den herrlichen Tag für einen Strandausflug. Sie sah einen Jungen, der mit seinem Hund spielte. Er warf ein Stück Treibholz ins Wasser, dem das Tier kläffend nachhetzte. Es schwamm ihm nach, bis es das Holz erreicht hatte, unbeirrt und beharrlich, ohne das Objekt der Begierde auch nur eine Sekunde aus den Augen zu lassen. Ein wenig fühlte sie sich an sich selbst erinnert. Auch sie selbst lief schon seit Jahren einem anscheinend unerreichbaren Ziel hinterher. Und warum? Um die Anerkennung ihres Vaters zu gewinnen? Was für ein zweckloses Unterfangen!

Filippa hatte inzwischen begriffen, dass es für ihren Vater keinen Unterschied machte, ob sie ihre Aufgabe an Bord der *Midsommarsolen* erfolgreich meisterte oder nicht. Er hatte längst von ihrem Job als Chefhostess gewusst, den sie allein, ganz ohne seine Unterstützung, bekommen hatte, einzig und allein aufgrund ihrer bisherigen beruflichen Leistungen. Doch ihre Hoffnung, dass er stolz auf sie sein und sie in dem, was sie tat, unterstützen würde, war enttäuscht worden. Stattdessen erwartete Gunnar Vinterdahl-Norrholm, dass sie auf einen Wink von ihm alles stehen und liegen ließ und zu ihm eilte. Er wollte nur, dass sie einen Mann heiratete, der seinen Vorstellungen entsprach.

Seinetwegen brauchte sie sich jedenfalls keine Mühe mehr zu geben. Das bedeutete allerdings nicht, dass sie bereit war, aufzugeben. Sie würde fortan ihren eigenen Weg gehen, ganz gleich, ob es ihrem Vater nun passte oder nicht. Und wenn er sie nicht in der Firma wollte, dann musste er eben zusehen, wo er einen passenden Nachfolger für seinen Direktorensessel fand!

Doch sie hatte sich nicht mit Erik getroffen, um über die Beziehung zu ihrem Vater nachzudenken. Filippa blieb stehen. „Warum sagst du so etwas?", flüsterte sie. „Ich verstehe nicht, wieso du plötzlich so anders zu mir bist. Du …" Obwohl niemand in der Nähe war, der ihre Worte hätte hören können, hielt sie die Stimme gesenkt. „Du hast mit mir geschlafen, Erik, und dann bist du einfach ohne ein Wort der Erklärung verschwunden." Während sie redete, kochte hilfloser Zorn in ihr hoch. „Du bist derjenige, der sich schäbig aus der Affäre gezogen hat. Ich vermute, du hast erreicht, was du wolltest. Schön, ich mache dir deswegen keine Vorwürfe. Ich bin alt genug und wusste, worauf ich mich einlasse. Aber wie kannst du es wagen, mir danach auch noch Vorhaltungen zu machen?"

Erik hatte mehrfach dazu angesetzt, ihren Redefluss zu unterbrechen, doch sie hatte einfach weitergesprochen. Jetzt musterte er sie mit finsterer Miene. „Entweder du bist tatsächlich unschuldig, oder du hast für deine oscarreife Darbietung einen Preis verdient. Aber was sage ich? Du bist schließlich eine Frau!"

Seine Worte steigerten ihre Wut ins Unermessliche. „Oh, du Mistkerl, ich …!"

Geschickt fing er ihre rechte Hand ab, mit der sie ausgeholt hatte, um ihm eine Ohrfeige zu geben. Sein herablassendes Lächeln raubte ihr fast den Verstand, doch sie war froh, dass er sie davon abgehalten hatte, womöglich eine weitere Dummheit zu begehen.

Sie stand ihm direkt gegenüber, ihre Brust hob und senkte sich heftig, und sie spürte, dass ihre Wangen wie Feuer brannten. „Lass mich los", forderte sie atemlos und versuchte sich loszureißen. Doch sein Griff war erbarmungslos. Filippa reckte entschlossen das Kinn und blickte zu ihm auf. Als sie das gefährliche Glitzern in seinen Augen bemerkte, ahnte sie, was er vorhatte – doch ihr blieb keine Zeit mehr zu reagieren, und so stolperte sie geradewegs in seine Arme, als er sie ruckartig zu sich heranzog. Im nächsten Moment spürte sie seine Lippen auf ihrem Mund.

Filippa wusste, sie sollte das nicht zulassen. Sie sollte sich wehren, ihn von sich stoßen, um Hilfe schreien – doch sie tat nichts dergleichen. Stattdessen schlang sie die Arme um seinen Nacken, presste sich an ihn und gab sich ganz den köstlichen Gefühlen hin, die sein Kuss in ihr auslöste.

Zeit und Raum schienen zu verschwimmen. Irgendwo in weiter Ferne glaubte sie die Stimme ihrer Vernunft protestieren zu hören, doch sie wurde immer leiser, bis sie schließlich vom ohrenbetäubenden Hämmern ihres Herzschlags übertönt wurde.

Es war falsch, unvernünftig, verrückt – doch es war auch genau das, wonach Filippa sich so sehr gesehnt hatte. Sie drängte sich Erik entgegen, und als er sanft mit der Zunge über ihre Lippen strich, öffnete sie bereitwillig den Mund, um ihm Einlass zu gewähren.

Ihr ganzer Körper stand in Flammen, es gab nur einen einzigen Weg, diesen Schmerz zu lindern – und der Schlüssel dazu war Erik. Sie wusste nicht, was sie erwartet hatte. Dass sie ihm gegenüberstehen und dabei kühl und gelassen bleiben könnte? Was war sie nur für ein Dummkopf gewesen!

Mit den Fingern fuhr sie durch sein dichtes, leicht gewelltes

Haar, strich über seinen Nacken und seine Schultern und dann seinen Rücken hinab. Das Spiel seiner Muskeln unter dem Stoff des dünnen Pullovers raubte ihr schier den Verstand. Sie wusste nicht, wie sie diese köstliche Qual auch nur eine Sekunde länger aushalten sollte. Und doch wünschte sie sich, dass dieser Moment niemals enden mochte.

„Oh, Filippa", stöhnte er unterdrückt, als seine Lippen sich von ihren lösten und er eine Spur brennender Küsse ihre Kehle bis hinunter zu ihrem Dekolleté zog.

Filippa legte den Kopf in den Nacken und stieß ein heiseres Seufzen aus, das Erik nur noch mehr anzuspornen schien. Sie hatten die Welt um sich herum vollkommen vergessen, und erst ein leises Kichern ließ sie wieder in die Realität zurückkehren.

Sie hatten die Aufmerksamkeit einer Gruppe Jugendlicher auf sich gezogen, die ganz in der Nähe mit einer Frisbeescheibe spielten. Filippa spürte, wie ihr das Blut ins Gesicht schoss, doch Erik meisterte die Situation souverän. Er winkte den Halbwüchsigen grinsend zu, dann nahm er Filippa bei der Hand und zog sie mit sich, tiefer in die Dünenlandschaft hinein.

Als sie außer Sichtweite waren, zog Erik sie wieder an sich. „Das ist verrückt", stieß er atemlos aus.

Filippa nickte. „Ja, ja, das ist es – aber ich könnte für nichts in der Welt damit aufhören."

Mit diesen Worten stellte sie sich auf die Zehenspitzen und verschloss seinen Mund mit ihren Lippen. Erik verlor das Gleichgewicht, und sie landeten nebeneinander im warmen Sand.

Ohne mit dem Küssen aufzuhören, zogen sie sich gegenseitig aus. Filippa fühlte sich leicht, so leicht, als würde sie schweben. Das Rauschen der See und die Schreie der Möwen erfüllten ihren Kopf und vermischten sich mit Eriks heiserem Stöhnen und ihren eigenen leisen Seufzern. Als sie sich dieses Mal liebten, war es wild und ungestüm, aber auch so zärtlich, dass Filippa, als sie den Höhepunkt erreichte, Tränen in den Augen standen.

Sie wusste nicht, wie es weitergehen sollte. Nur eines, das wusste sie ganz genau: dass ein Leben ohne Erik für sie glanz- und freudlos sein würde.

Willst du mir nicht erzählen, was dich so gegen Frauen eingenommen hat?", fragte Filippa, als sie in Eriks Armen lag. Sie hatte eine Weile lang schweigend zum Himmel hinaufgeblickt, an dem bauschige Wolken entlangzogen, ehe sie das Wort an ihn richtete. Sie drehte sich auf die Seite und stützte den Kopf auf die Hand. „Was ist geschehen, dass du so schlecht von uns denkst?"

Unwillig runzelte Erik die Stirn. Filippa glaubte schon nicht mehr, dass er noch antworten würde, da sagte er schließlich: „Ich habe gelernt, dass es besser ist, euch zu misstrauen."

Sie verzog das Gesicht. „Das klingt aber sehr pauschal, findest du nicht? Du ... du musst mir nicht erzählen, was dahintersteckt, aber ... Verdammt, ich wüsste gern, mit wem ich hier in einen Topf geworfen werde."

Ihre Ausdrucksweise brachte ihn zum Schmunzeln, doch kurz darauf wurde seine Miene wieder ernst. „Ihr Name war Renée van Dyke. Ich hatte nie an Liebe auf den ersten Blick geglaubt, doch als ich Renée zum ersten Mal gesehen habe, hab ich mein Herz an sie verloren."

„Was hat sie getan?"

„Mich hintergangen." Er lachte bitter auf. „Im Grunde hat sie mich von Anfang an reingelegt. Sie machte mir schöne Augen, um mich rumzukriegen. Doch es ging ihr nie um mich, ich war nur ein Mittel zum Zweck. Durch ihren Verrat hätte sie mich beinahe ruiniert, aber mit der Unterstützung meines Geschäftspartners konnte ich das Schlimmste abwenden." Erik schaute sie direkt an, doch Filippa hatte das Gefühl, dass er mit seinen Gedanken weit, weit weg war. „Damals schwor ich mir, nie wieder zuzulassen, dass eine Frau solche Macht über mich gewinnt. Ich bin diesem Versprechen treu geblieben – bis ich dich kennenlernte ..."

Filippa schluckte. Sie wollte etwas sagen, wollte ihm erklären, dass nicht alle Frauen so eiskalt und berechnend waren wie diese Renée van Dyke. Doch sie kannte die Bitterkeit in seinem Herzen nur zu gut, sodass sie wusste, wie wenig wohl-meinende Worte ausrichten konnten. Also sagte sie nur: „Ich bin nicht sie, Erik …"

„Ich weiß …"

Eine Weile lang lagen sie einfach nur da und schwiegen. Filippa schmiegte sich in Eriks Armbeuge und wünschte, dass dieser Moment ewig andauern würde.

Da meldete sich ihr Mobiltelefon.

„Tut mir leid, es könnte wichtig sein", entschuldigte sie sich und zog das Gerät aus ihrer Tasche. Sie sah aufs Display – es war Majken. Sie stand auf und ging ein paar Schritte, ehe sie das Gespräch annahm. „Ja?", meldete sie sich besorgt. Dass ihre Zimmergenossin sie anrief, obwohl sie wusste, dass Filippa ihren freien Vormittag hatte, konnte nichts Gutes bedeuten.

„*Förlåt*, aber ich musste dich unbedingt anrufen", erklärte Majken aufgeregt. „Der Dieb, der an Bord sein Unwesen getrieben hat, ist gefasst – es ist niemand anderes als Nils Olufsen! Und man hat ihn nur deshalb erwischt, weil die Crew ihn auf deine Anweisung hin im Auge behalten hat."

„Nein", stieß Filippa erstaunt aus. „Das ist ja wunderbar! Aber es bedeutet leider auch, dass wir bei der Suche nach unserem Kritiker wieder ganz am Anfang stehen."

„Das stimmt nicht so ganz." Auf einmal klang Majkens Stimme bedrückt. „Die Jungs von der Marketingabteilung haben sich gemeldet und uns einen Namen und ein Foto geschickt. Filippa, ich weiß gar nicht, wie ich es dir sagen soll …"

„Was denn? Nun mach doch nicht so ein Geheimnis daraus! Wer ist es?"

„Erik, Filippa. Der Name des Qualitätsprüfers lautet Carl-Erik Andersson."

Filippa hatte das Gefühl, den Boden unter den Füßen zu verlieren.

Ohne ein weiteres Wort beendete sie das Gespräch, das Handy entglitt ihren Fingern und fiel in den Sand.

„Filippa? Ist alles in Ordnung?"

Eriks Stimme holte sie zurück in die Realität. Er stand hinter ihr, sie konnte seinen forschenden Blick förmlich spüren.

Daran hatte Eklund vermutlich nicht gedacht, als er dich darum bat, dem Reisekritiker deine besondere Aufmerksamkeit zu schenken, schoss es ihr durch den Kopf, und sie hatte Mühe, ein bitteres Auflachen zu unterdrücken.

Mit einem Mal sah sie alles vollkommen klar. Deshalb hatte sich Erik also mit ihr eingelassen. Deshalb war er mit ihr ins Bett gegangen. Um an Insiderinformationen zu gelangen!

Ihr wurde übel bei dem Gedanken, wie unsagbar dumm sie gewesen war.

„Filippa?"

Als er ihr eine Hand auf die Schulter legte, stieß sie einen erstickten Schrei aus und wirbelte herum. „Du hast mich benutzt", schleuderte sie ihm enttäuscht und zornig entgegen. „Wie konntest du nur?"

Er blinzelte verständnislos. „Was? Wovon sprichst du eigentlich? Was soll das Theater?"

„Was hast du dir davon versprochen, mit mir zu schlafen? Dachtest du, ich würde dir ein paar pikante Details für deinen Abschlussbericht ausplaudern?" Ihre Augen wurden schmal. „Was glaubst du eigentlich, wer du bist, du selbstgerechter Mistkerl? Du bist selbst nicht besser als diese Frau, die du so verabscheust – wenn das nicht nur eine weitere deiner Lügen war."

„Woher weißt du …? Filippa, es ist nicht so, wie du denkst, ich …"

Sie wandte sich ab, konnte seine Lügen und Ausflüchte nicht ertragen. „Lass mich in Ruhe!", fauchte sie, als er versuchte, sie zurückzuhalten. „Ich will dich niemals wiedersehen!"

Filippa nahm ein Taxi zurück zur *Midsommarsolen*. Als sie eine Stunde später die Gangway hinaufstieg, fühlte sie sich noch immer wie betäubt, und ihr Herz war kalt und leer.

Sie konnte nicht fassen, dass Erik sie die ganze Zeit über hintergangen, sie für seine Ziele benutzt hatte. Wie grausam das Schicksal doch war, dass es ihr ausgerechnet jetzt, wo sie ihre

Liebe für ihn erkannt hatte, die Augen über ihn öffnete!

Immer noch besser jetzt als nie!

Wie sollte es weitergehen? Wie sollte sie weiter ihrem Dienst an Bord der *Midsommarsolen* nachgehen, wo sie stets Gefahr lief, Erik zu begegnen? Sie wusste nicht, ob sie es ertragen würde, ihn noch einmal zu sehen. Verzweifelt kämpfte sie die Tränen zurück, die ihr in den Augen brannten. Sie durfte jetzt nicht weinen. Wenn sie es erst einmal zuließ, würde sie womöglich nicht mehr aufhören können.

Alles, was sie wollte, war, sich in ihre Kabine zu verkriechen und die Bettdecke über den Kopf ziehen, bis ihre Schicht in zwei Stunden begann.

Doch daraus wurde nichts, denn Jörgen Eklund erwartete sie bereits am Ende der Gangway, und seine grimmige Miene verhieß nichts Gutes. Ohne lange Vorrede bedeutete er ihr, ihm zu seinem Büro zu folgen. Zu ihrer Überraschung saß dort bereits eine weitere Person, mit der Filippa nicht gerechnet hatte: Eriks Stiefschwester.

Filippa runzelte die Stirn. Die Anwesenheit von Emilia, die ihr noch von ihrem ersten Tag an Bord in schlechter Erinnerung geblieben war, bestätigte ihre Befürchtung, dass sie in Schwierigkeiten steckte. Nur wie? Was hatte das alles zu bedeuten?

Sie musste nicht lange auf eine Antwort warten. Nachdem Eklund sich gesetzt hatte, öffnete er eine Schreibtischschublade und legte ein Foto auf den Tisch.

„Was haben Sie dazu zu sagen?"

Mit zittrigen Fingern nahm Filippa das Bild auf. Es war ein unscharfer Schnappschuss, trotzdem waren die beiden Personen darauf deutlich zu erkennen. Ebenso wie das, was sie taten.

Das Foto zeigte Erik und sie – in inniger Umarmung, in einen Kuss vertieft.

Filippa hatte das Gefühl, dass man ihr den Boden unter den Füßen weggezogen hätte. „Woher ... haben Sie das?"

Emilias triumphierendes Grinsen war Antwort genug. „Sie haben wohl geglaubt, dass Sie mir Erik einfach so vor der Nase wegschnappen können, wie? Aber das lasse ich mir nicht gefallen, meine Liebe. Erik ist *mein* Jackpot, verstanden? Und wenn ich ihn erst einmal so weit habe, dass er mich heiratet …"

„Heiratet?", wiederholte Filippa verblüfft. „Aber ich dachte … Sind Sie denn nicht seine Stiefschwester?"

„Mein Gott, haben Sie dieses lächerliche Märchen etwa tatsächlich geglaubt?" Emilia lachte hell auf. „Da hat Erik Sie aber ganz schön reingelegt! Wissen Sie, Sie könnten mir beinahe leidtun …"

Filippa fühlte sich wie vor den Kopf geschlagen. Alles war nur eine einzige, große Lüge gewesen. Eine schillernde Seifenblase, die nun zerplatzte.

„Ihnen ist ja wohl klar, dass ich Sie unter den gegebenen Umständen nicht länger auf der *Midsommarsolen* beschäftigen kann. Bitte packen Sie Ihre Sachen. Wir laufen gegen siebzehn Uhr aus – ich möchte, dass Sie bis dahin von Bord gegangen sind."

Filippa nickte. Sie fühlte sich wie betäubt. Es gab nichts, was sie noch sagen oder tun konnte. Sie verstand Eklunds Reaktion, ja, sie wusste, dass er gar keine andere Wahl hatte, als sie zu entlassen. Trotzdem war ihr bei der Vorstellung, alles zu verlieren, als würde ihre ganze Welt zusammenbrechen.

Sie konnte sich lebhaft vorstellen, wie ihr Vater auf die Neuigkeit reagieren würde. Letztlich war genau das eingetreten, was er schon die ganze Zeit prophezeit hatte. Vielleicht stimmte es ja wirklich, und sie war nicht in der Lage, eine verantwortungsvolle Position auszufüllen.

Langsam erhob sie sich. „*Tack*", sagte sie. „*Tack så mycket*, dass Sie mir diese Chance gegeben haben. Es tut mir sehr leid, dass ich Ihr Vertrauen enttäuscht habe."

Eklund erwiderte nichts, und seine Miene war wie versteinert. Die einzige Person, die über die ganze Situation erfreut zu sein schien, war Emilia.

Ohne die andere Frau noch eines Blickes zu würdigen, verließ Filippa das Büro. Am schlimmsten war, dass es niemanden gab, dem sie für ihr Scheitern einen Vorwurf machen konnte – niemanden außer sich selbst.

„Du hast – bitte was?"

Erik war zur *Midsommarsolen* zurückgefahren, als ihm klar wurde, dass Filippa nicht zurückkommen würde. Er wusste nicht, wie sie dahintergekommen war, dass er ein Qualitätsgutachten über die Kreuzfahrt erstellte. Doch ganz offensichtlich glaubte sie nun, dass er nur mit ihr geschlafen hatte, um an Informationen zu kommen.

Wie konnte sie das nur annehmen? Es ärgerte ihn, dass sie so über ihn dachte, zugleich stimmte es ihn aber auch nachdenklich. War er ihr gegenüber nicht genauso misstrauisch und argwöhnisch gewesen? Und das alles nur aufgrund seiner schlechten Erfahrung mit Renée?

Als er die *Midsommarsolen* erreichte, war Filippa unauffindbar gewesen. Weder ihre Freundin Majken noch irgendein anderer ihrer Kollegen schienen zu wissen, wo sie sich befand. Schließlich war er in seine Suite gegangen, in der vagen Hoffnung, dass sie dort auf ihn warte würde.

Doch stattdessen war es Emilia, die er dort antraf. Und was sie ihm mitteilte, machte ihn so wütend, dass er sie am liebsten gepackt und geschüttelt hätte.

„Um Himmels willen, irgendjemand musste doch was unternehmen, Erik. Wie diese Frau dich um den Finger gewickelt hat, war ja nicht mehr mit anzusehen! Aber damit ist jetzt Schluss, ich habe dafür gesorgt, dass sie von Bord gehen muss."

Erik ergriff sie bei den Händen und zog sie von der Couch hoch. Er zwang sie, ihm in die Augen zu sehen. „Was hast du getan, Emilia? Was?"

Sie riss sich von ihm los und rieb sich theatralisch die Handgelenke. „Sie hat dich ganz schön verhext, dieses gerissene Miststück. Aber ich habe ihr klargemacht, dass ich nicht zulassen werde, dass sie dich mir wegnimmt. Ich …"

„Wie bitte?" Erik konnte kaum glauben, was er da hörte. „Was bildest du dir eigentlich ein?"

Offenbar merkte sie, dass sie zu weit gegangen war. Ihre großen dunklen Augen füllten sich wie auf Kommando mit Tränen. „Verstehst du das denn nicht? Erik, du bist der einzige

Mensch, den ich auf der Welt noch habe. Wir zwei könnten doch glücklich werden zusammen, denkst du nicht? Was für ein hübsches Paar wir abgeben …"

„*Nej!*" Energisch schüttelte er den Kopf. „Ich will davon nichts mehr hören, verstanden? Ich muss verrückt gewesen sein, dass ich je auch nur eine Sekunde darüber nachgedacht habe, dich zu heiraten! Du weißt doch gar nicht, was Liebe ist, Emilia."

„Ach ja – aber du, was?", höhnte sie. „Die Liebe ist etwas für Träumer, waren das nicht immer deine Worte?"

Sie hatte recht, das hatte er immer geglaubt – doch inzwischen hatte er seine Meinung geändert. Und das hatte er niemand anderem als Filippa zu verdanken.

Filippa, die seinetwegen ihren Job verloren hatte.

Er musste unbedingt mit ihr reden!

Ohne ein weiteres Wort ließ er Emilia stehen. Er ignorierte ihr wütendes Schimpfen ebenso wie ihr Schluchzen und Heulen, denn ihm war klar geworden, dass nichts davon echt war. Um ihres Vaters willen hatte er sie bei sich aufgenommen und sich um sie gekümmert. Im Grunde war ihm natürlich klar gewesen, dass die Art von Unterstützung, die er ihr zuteilwerden ließ, über jedes vernünftige Maß hinausging. Doch damit musste jetzt Schluss sein. Emilia hatte den Bogen einmal zu oft überspannt.

Erik ging zur Rezeption, weil er hoffte, dort auf Filippas Freundin Majken zu treffen, doch hinter dem Empfangstresen stand niemand. Davor wartete ein junger Mann, den er noch nie gesehen hatte.

Ungeduldig trommelte der Fremde, der ebenfalls auf jemanden zu warten schien, mit den Fingern auf den polierten Tresen. „Also, wenn meine Verlobte nicht bald hier auftaucht, dann gehe ich sie eben suchen", verkündete er schließlich und bedachte Erik mit einem neugierigen Blick. „Was ist mit Ihnen los? Sie sehen ziemlich angespannt aus. Lassen Sie mich raten: Es ist auch wegen einer Frau?" Er grinste anzüglich. „Stress mit der Gattin? Einmal zu oft den Schönheiten am Pool nachgeschaut, was?"

Erik fand das Geschwätz des anderen Mannes unerträglich, doch er zwang sich zu einem kühlen Lächeln und fragte höflich:

„Sie treffen sich hier mit Ihrer Verlobten?"

„Ich hole sie ab. Sie hat es sich leider in den Kopf gesetzt, unbedingt eine Anstellung hier an Bord annehmen zu wollen, dabei besitzt ihr Vater eine eigene Kreuzfahrtflotte – ganz schön absurd, was?" Kopfschüttelnd streckte er Erik die Hand entgegen. „Ich heiße übrigens Helge Bergström, und … Ach, da ist sie ja!" Er ließ Erik einfach stehen. „Na endlich, *min älskling*! Ich warte schon eine halbe Ewigkeit! Freust du dich, mich zu sehen?"

Neugierig auf die Frau, die mit diesem arroganten Lackaffen vor den Traualtar treten wollte, drehte Erik sich um – und erstarrte.

Filippa!

Er atmete tief durch. Ausgerechnet sie hatte ihm Vorwürfe gemacht?

Rasch wandte er sich ab – er wollte nicht mit ansehen, wie dieser Bergström Filippa in seine Arme zog und küsste.

Fassungslos über seine eigene Dummheit eilte Erik die Gangway hinunter. Gerade er hätte es doch besser wissen sollen, als noch einmal einer Frau sein Vertrauen zu schenken. Jetzt wollte er nur noch eines: seinen Auftrag hier an Bord so schnell wie möglich hinter sich bringen und dann in Stockholm von Bord gehen und die *Midsommarsolen* und ihre ehemalige Chefhostess nie wiedersehen.

Seine Miene war wie versteinert, als er Filippa in der Obhut ihres Verlobten zurückließ, ohne noch einmal zurückzublicken.

11. KAPITEL

*H*ast du vollkommen den Verstand verloren?" Nachdem sie ihre anfängliche Überraschung überwunden hatte, löste sich Filippa aus Helges Umarmung und funkelte ihn wütend an.

Was zum Teufel hatte er hier zu suchen? Er konnte doch unmöglich bereits wissen, dass sie ihre Anstellung als Chefhostess der *Midsommarsolen* verloren hatte, und …

Aber natürlich! Sie atmete scharf ein. „Es war mein Vater, nicht wahr? Er hat dich geschickt, um mich nach Hause zu holen." Sie schluckte den Fluch herunter, der ihr auf der Zunge lag. „Wie kommt er dazu, sich ständig in mein Leben einzumischen!"

Helge verzog das Gesicht. „Du hast mir also immer noch nicht verziehen?"

„Verziehen?" Fassungslos starrte Filippa ihn an. „Wie oft muss ich es dir noch sagen, Helge? Ich will dich niemals wiedersehen! Das mit uns, das war einmal! Ich würde dich nicht einmal heiraten, wenn du der letzte Mann auf Erden wärst – begreif das endlich!"

Damit hob sie ihre Tasche auf, die bei Helges stürmischer Begrüßung auf dem Boden gelandet war, und ließ ihn einfach stehen. Erst als sie wenige Minuten später in einem Taxi saß, wurde ihr klar, dass sie überhaupt nicht wusste, wo sie hinsollte.

Alle Männer, die ihr etwas bedeuteten, hatten sie betrogen. Helge, ihr Vater – Erik. Und jetzt, da ihre Wut langsam verrauchte, fühlte sie nur noch, wie schwarze Hoffnungslosigkeit von ihr Besitz ergriff.

Erik saß dumpf vor sich hin brütend in seiner Suite und starrte zum Fenster hinaus auf die bleigraue See. Doch sosehr er sich auch bemühte, er konnte an nichts anderes denken als an Filippa. Selbst jetzt, da er wusste, dass sie ihn die ganze Zeit über belogen und hintergangen hatte, war er nicht in der Lage, sie sich aus dem Kopf zu schlagen.

Als sein Handy klingelte, wollte er es zuerst ignorieren. Doch dann erinnerte er sich daran, dass er noch immer Chef eines Unternehmens war und dass seine Angestellten sich auf ihn verließen.

Er nahm das Gespräch an; es war Torben.

„Ich habe endlich herausgefunden, wer die Frau war, die der Reederei der *Midsommarsolen* angeboten hat, die Bewertung zu manipulieren." Er zögerte kurz. „Ich weiß gar nicht, wie ich es dir sagen soll …"

„Wer ist es?"

„Emilia. Der Verantwortliche bei der Reederei hat das Telefonat aufgezeichnet. Es ist ihre Handynummer, und die Stimme konnte zweifelsfrei identifiziert werden. Es … Es tut mir leid, Erik. Ich …"

„Schon gut, danke, Torben." Erik beendete das Gespräch. Emilia also. Offenbar hatte es ihr nicht gereicht, sich von ihm aushalten zu lassen. Sie war gierig geworden, so wie schon ihr Vater vor ihr. Doch er konnte nicht einmal mehr wütend auf sie werden. Seit er Filippa verloren hatte, schien er zu überhaupt keiner tiefer gehenden Regung mehr fähig. Es war, als hätte sie ihm sein Herz geraubt und es, als sie mit ihrem Verlobten die *Midsommarsolen* verließ, einfach mit sich genommen.

Jemand klopfte zaghaft gegen die Tür der Suite. „Hallo? Bitte, Herr Andersson, wenn Sie da sind, machen Sie auf. Ich muss dringend mit Ihnen reden."

Er erkannte die Stimme – es war Filippas Freundin. Als sie nicht aufhörte zu klopfen, erhob er sich mit einem Seufzen. Besser, er brachte dieses Gespräch schnell hinter sich, dann hatte er für den Rest der Reise vielleicht endlich seine Ruhe.

„Was wollen Sie?", fragte er barsch, nachdem er geöffnet hatte.

Die junge Frau zuckte zusammen, erschrocken über seine Unhöflichkeit, fing sich aber rasch wieder. „Ich muss mit Ihnen über Filippa sprechen."

„Da gibt es nichts mehr zu besprechen."

„Ach, erzählen Sie mir doch nichts! Sie ist ohne ein Wort des Abschieds von Bord gegangen, und Sie, Herr Andersson, haben

Ihre Suite seitdem kein einziges Mal verlassen. Sie können mir nicht weismachen, dass da kein Zusammenhang besteht."

„Und selbst wenn – ich wüsste nicht, was Sie das anginge", entgegnete Erik unfreundlich.

Doch so leicht ließ sie sich nicht einschüchtern. „Filippa ist meine Freundin. Ich mache mir Sorgen um sie!"

„Dann wenden Sie sich doch am besten an ihren Verlobten. Sein Name ist Bergström. Helge Bergström. Er hat sie vorhin abgeholt."

„Was?" Fassungslos starrte die junge Frau ihn an. „Aber … Filippa hat mir von ihm erzählt. Sie sind nicht verlobt – jedenfalls *nicht mehr*! Dieser Helge war an der Firma ihres Vaters sehr viel mehr interessiert als an ihr. Und als Filippa das herausfand, hat sie ihn kurzerhand in den Wind geschossen."

Erik runzelte die Stirn. „Wollen Sie damit sagen, er hat gelogen? Filippa ist nicht mit ihm zusammen?"

Sie schüttelte den Kopf. „Nein, ganz sicher nicht!"

Einen Moment lang stand Erik einfach nur da, fassungslos darüber, was für ein Idiot er gewesen war. Er hatte Filippa so unrecht getan! All die Vorwürfe, die er ihr gemacht hatte, waren ungerechtfertigt gewesen. Sie war weder eine gerissene Betrügerin noch eine Lügnerin – und sie war auch nicht mit einem anderen Mann verlobt.

Sie war nicht wie Renée und all die anderen Frauen, mit denen er bisher zu tun gehabt hatte, doch er hatte mit seinem Misstrauen und Argwohn alles kaputt gemacht.

Filippa war fort. Er hatte sie verloren.

Es sei denn …

„Hören Sie." Er packte Filippas Freundin bei den Schultern und fixierte sie eindringlich. „Ich weiß, Sie haben keinen Grund, mir zu glauben, aber ich liebe Filippa und denke, dass sie mich auch liebt. Helfen Sie mir, sie zu finden?"

Filippa saß in der Villa ihrer Eltern am Stadtrand von Stockholm und starrte trübsinnig aus dem Fenster. Draußen herrschte strahlender Sonnenschein, und das Wasser des Mälarsees funkelte und glitzerte wie ein Meer aus Diamanten. Doch genießen konnte Filippa die Schönheit ihrer Umgebung nicht. Düstere Wolken und Regen hätten ihrer Stimmung weitaus besser entsprochen.

Ihre Eltern gaben sich wirklich redlich Mühe, sie aufzumuntern. Gestern hatte sie einen erbitterten Streit mit ihrem Vater ausgefochten. Danach hatten sie sich endlich miteinander ausgesprochen, und sie hatte ihren Vater dazu bringen können, ihr einmal wirklich zuzuhören. Er hatte sogar versprochen, sich zukünftig vollkommen aus ihrem Privatleben herauszuhalten. Dennoch fühlte sie sich so einsam und verlassen wie nie zuvor. Und sie kannte auch genau den Grund dafür. Sie konnte nur hoffen, dass es ihr irgendwann gelingen würde, Erik zu vergessen.

Natürlich war Filippa froh darüber, dass es endlich eine Annäherung zwischen ihr und ihren Eltern gegeben hatte. Ihr Vater bereute offenbar tatsächlich, wie sehr er ihr wegen der Trennung von Helge zugesetzt hatte. Er war jetzt sogar bereit, ihr einen verantwortungsvollen Posten in der Firma zu geben, um ihr zu beweisen, dass er seine Meinung geändert hatte.

War das nicht ein Grund, sich zu freuen? Genau das hatte sie sich doch immer gewünscht! Doch die Tatsache, dass der Gedanke an Erik sie immerzu verfolgte, dass sie jede Nacht von ihm träumte und sich danach sehnte, wieder in seinen Armen zu liegen, verlieh ihrem Triumph einen bittersüßen Beigeschmack.

Ein Klopfen an der Tür riss Filippa aus ihren trüben Gedanken. Es war ihre Mutter, die im Türrahmen stand und aufmunternd lächelte. „Du hast Besuch, *min älskling*.“ Und noch ehe Filippa etwas erwidern konnte, stand plötzlich Erik neben ihr.

„*Hej,* Filippa.“

Ungläubig schüttelte Filippa den Kopf. „Erik …? Was … Was tust du hier?“

„Ich bin gekommen, um mich bei dir zu entschuldigen, und um dir ein paar Dinge zu erklären. Vor allem aber …“ Er atmete tief durch. „Vor allem will ich dir sagen, was mir schon die ganze Zeit auf dem Herzen liegt: Filippa Vinterdahl, ich liebe dich.“

„Lass das besser nicht deine Verlobte hören", entgegnete Filippa mit heiserer Stimme. Ihre Augen füllten sich mit Tränen. „Das ist sie doch in Wahrheit, nicht wahr? Nicht deine Stiefschwester."

„Emilia? Sie ist weder das eine noch das andere. Ihr Vater war mein Geschäftspartner, aber ich musste mich von ihm trennen, als herauskam, dass er ein doppeltes Spiel spielte und die Firma und unsere Kunden hinterging. Ich habe ihn ausgezahlt, doch er hat das Geld innerhalb kürzester Zeit verprasst. Ein paar Monate später hat er sich mit seinem Wagen in die Ostsee gestürzt. Also habe ich mich um Emilia gekümmert, weil ich mich schuldig fühlte am Tod ihres Vaters. Doch sie hat mich genauso betrogen wie er. Jetzt hat sie alles zugegeben und muss die Konsequenzen tragen. Natürlich habe ich sie rausgeworfen. Ich glaube, es wird ihr ganz guttun, wenn sie endlich einmal gezwungen ist, auf eigenen Beinen zu stehen." Er trat auf Filippa zu, hob die Hand und strich ihr mit dem Daumen über die Wange. „Ich liebe dich, Filippa. Vielleicht glaubst du mir nicht mehr, nach allem, was geschehen ist, aber …"

„Natürlich glaube ich dir", schluchzte Filippa, vollkommen außer sich vor Glück. „Und ich liebe dich auch! Mehr als alles andere auf der Welt!"

Erik strahlte glücklich, als er ihre Worte hörte. Und dann schlang er die Arme um sie und küsste sie voller Leidenschaft und Hingabe, während Tränen des Glücks und der Erleichterung über Filippas Wangen liefen.

EPILOG

Sechs Monate später.

W ie eine kostbare Perle schimmerte die *Filippa* – das neue Flaggschiff der Reederei Norrholm – im klaren Sonnenschein, und an jeder Reling und jedem Fahnenmast flatterten leuchtend blaue Wimpel mit gelben Kreuzen.

Heute sollte das große Kreuzfahrtschiff zu seiner Jungfernfahrt auslaufen – anlässlich der Hochzeit seiner Namensgeberin und deren Verlobtem Erik Andersson.

Filippa trug einen Traum aus cremefarbener Spitze, als sie am Arm ihres Vaters die Treppe zum Skydeck hinaufschritt. Dort, wo sich bereits in wenigen Tagen die ersten Gäste sonnen würden, stand jetzt ein bezaubernder kleiner Hochzeitspavillon, der von roten Kletterrosen und wildem Wein umrankt wurde.

„Sieht die Braut nicht wunderschön aus?", wandte sich Lisbet Westenberg an die junge Frau neben ihr. „Und ich könnte schwören, dass ich sie schon einmal irgendwo gesehen habe. Sie kommt mir so bekannt vor …"

„Sie soll bis vor Kurzem noch auf der *Midsommarsolen* gearbeitet haben", erwiderte Sabrina Lavander strahlend. „Mein Mann Jonas und ich haben letztes Frühjahr unsere Flitterwochen an Bord verbracht. Es war einfach herrlich!"

„Aber ja, natürlich!" Lisbet lachte. „Mein Mann und ich sind auch schon mal auf der *Midsommarsolen* gefahren – die Reise war Hannes' Geschenk zu unserer Hochzeit." Seufzend hakte sie sich bei ihrem Mann unter, der sie verliebt anschaute. „Daher kenne ich die Braut also. Wie klein die Welt doch ist."

Verstohlen wischte Sabrina sich eine Träne aus den Augenwinkeln. „Ja wirklich. Und was für eine herrliche Traumhochzeit, fast so schön wie unsere damals. Vielleicht sollte die Reederei die *Midsommarsolen* umbenennen lassen in …"

„In *Midsommarhjärta*", schlug ihr Mann vor. „Das klingt doch hübsch, oder?"

„Mittsommerherzen", seufzte Lisbet verträumt. „Na, wenn das kein verheißungsvoller Name ist ..."

Da hätte Filippa ihr sicher zugestimmt – doch die war im Augenblick mit anderen, sehr viel wichtigeren Dingen beschäftigt. All die Menschen, die ihr auf der Welt etwas bedeuteten, hatten sich auf dem Skydeck der *Filippa* versammelt. Ihre Eltern, ihre Freunde und auch Majken, die ihr den wohl größten Dienst erwiesen hatte, den man sich überhaupt nur vorstellen konnte.

Als Filippa Erik anschaute, fing ihr Herz an, heftiger zu klopfen. Wie gut er aussah! Er schien von innen heraus zu strahlen, und es war ein wunderbares Gefühl, dass sie selbst der Grund dafür war. Er liebte sie, und das Herz ging ihr auf bei dem Gedanken, dass sie nun endlich für alle Zeiten vereint sein würden.

„Ich bin sehr glücklich, dass du doch noch den Richtigen gefunden hast", raunte ihr Vater ihr zu, ehe er sie an Erik weitergab. „Ich war so ein Idiot, dich in eine Ehe mit einem Mann zwingen zu wollen, den du nicht liebst. Ich hoffe, du kannst mir verzeihen."

„Das habe ich doch schon längst, *Pappa*", entgegnete Filippa lächelnd. „Die Hauptsache ist doch, dass am Ende alles gut wird, nicht wahr?"

Die Zeremonie war für Filippa wie ein wunderschöner Traum, und die Worte des Geistlichen berührten sie tief. Dennoch war sie froh, als er endlich die entscheidende Frage stellte, vor der sie sich so lange Jahre gefürchtet hatte. Doch jetzt, mit dem richtigen Mann an ihrer Seite, konnte sie es gar nicht mehr abwarten, ihm endlich ihr Jawort zu geben.

„... und damit erkläre ich euch, Erik und Filippa Andersson, vor Gott und den Menschen zu Mann und Frau." Der Pfarrer zwinkerte Erik aufmunternd zu. „Sie dürfen die Braut jetzt küssen ..."

Das ließ sich Erik nicht zweimal sagen. Und als er ihre Lippen endlich mit einem langen, leidenschaftlichen Kuss versiegelte und Reis und Rosenblätter auf sie herabregneten, wusste sie, dass sie endlich angekommen war.

Nicht Erfolg und Anerkennung hatten ihr Leben komplett gemacht, sondern ein Mann, der sie liebte und mit dem sie Kinder haben und alt werden wollte. Alles andere hatte sich ganz von allein eingestellt: Eriks Firma befand sich wieder auf Erfolgskurs, und sie selbst leitete gemeinsam mit ihrem Vater die Geschäfte der Reederei. Und ganz gleich, was die Zukunft auch bringen mochte – Filippa zweifelte nicht daran, dass sie jede Herausforderung gemeinsam meistern würden.

– ENDE –

Pia Engström
Mittsommergeheimnis
Band-Nr. 25547
9,95 € (D)
ISBN: 978-3-89941-904-7
480 Seiten

Pia Engström
Mittsommerhochzeit
Band-Nr. 25441
9,95 € (D)
ISBN: 978-3-89941-724-1
448 Seiten

Pia Engström
Mittsommerträume
Band-Nr. 25380
8,95 € (D)
ISBN: 978-3-89941-617-6
464 Seiten

Susan Mallery
Schönes Leben noch!
Band-Nr. 25599
8,99 € (D)
ISBN: 978-3-86278-330-4
eBook: 978-3-8678-420-2
352 Seiten

Kristan Higgins
Mit Risiken und Nebenwirkungen
Band-Nr. 25593
8,99 € (D)
ISBN: 978-3-86278-319-9
eBook: 978-3-86278-408-0
416 Seiten

Susan Andersen
Vor Schmetterlingen wird gewarnt
Band-Nr. 25598
8,99 € (D)
ISBN: 978-3-86278-329-8
eBook: 978-3-86278-418-9
304 Seiten

Emilie Richards
Gefährliches Vermächtnis
Band-Nr. 25587
8,99 € (D)
ISBN: 978-3-86278-312-0
èBook: 978-3-86278-400-4
464 Seiten

Susanne Schomann
Bernsteinsommer
Band-Nr. 25582
8,99 € (D)
ISBN: 978-3-86278-303-8
304 Seiten

Nora Roberts
Summer Fever
Band-Nr. 25601
8,99 € (D)
ISBN: 978-3-86278-332-8
416 Seiten

Nora Roberts
Magic Moments
Band-Nr. 25589
8,99 € (D)
ISBN: 978-3-86278-314-4
352 Seiten